Myrihandes

Le secret des Âmes-Sœurs

AU DIABLE VAUVERT

Ouvrage publié avec le concours de la Région Languedoc-Roussillon

ISBN : 978-2-84626-258-3

Au diable vauvert
www.audiable.com
La Laune 30600 Vauvert

Catalogue disponible sur demande
contact@audiable.com

Loi n° 49.956 du 16 juillet 1949 sur les publications destinées à la jeunesse

Guilhem Méric

Myrihandes

Le secret des Âmes-Sœurs

À toi,
dont j'ai perdu les boucles blondes
toutes emmêlées à mes paupières
du temps où nous rendions au monde
une parcelle de sa Lumière...

Quand tu danses, y songes-tu ?

Montagne de Pan-Kaïa
Tour du Mirador
Cité d'Ostacle
Cité d'Arkopolis
Cité de Thrèce
Lac Isthme
Ancien Cratère

Prologue

La journée était passée vite, comme souvent dans les moments de bonheur. Sisam et Helya jouaient encore autour de l'enclos de la maison. Leurs parents les avaient enjoints à ne pas trop s'éloigner à cause de la nuit tombante, bien qu'à cette heure-ci les rues de la Cité étaient encore éclairées par les hautes torches suspendues aux colonnes de marbre qui jalonnaient les pavés.

Au croisement des ruelles, au milieu d'une grande fontaine, trônait la statue d'un ange mystérieux. Doté d'une multitude de bras empruntant à la grâce des songes, il déversait de ses mains de pierre plusieurs petites cascades d'eau auprès desquelles il faisait bon se rafraîchir, surtout en cette saison précocement estivale. L'une des plaisanteries favorites de Sisam consistait à plonger sa bouche dans la vasque de la fontaine, y gonfler ses joues d'eau, et poursuivre ensuite Helya pour l'asperger. Il n'allait pas déroger à la coutume, d'autant que cette journée d'anniversaire lui offrait toutes les excuses pour s'en donner à cœur joie. Loin de se laisser faire, la fillette profitait des quelques secondes durant lesquelles Sisam s'abreuvait pour l'inonder en dirigeant habilement de ses petits doigts l'un ou l'autre des jets sur son tortionnaire.

Leurs espiègleries se poursuivirent durant une bonne heure et ils s'écroulèrent enfin sur le rebord de la fontaine, ruisselants et le cœur battant, un large sourire vissé aux coins des lèvres.

— Tes parents ne te laisseront jamais rentrer dans cet état ! se moqua Sisam en écartant une grosse mèche noire qui lui barrait le visage. Tu vas devoir sécher au grand air !

— Ça nous laisse encore un peu de temps pour nous, alors, répondit-elle avec une mine réjouie.

Sisam rit de bon cœur et s'épongea le front. Il se sentait formidablement gai et la tête lui tournait, comme s'il avait bu de cette bière au miel dont le père d'Helya se barbouillait la moustache à la grande taverne des *Laborieux*. Ce n'était pas la première fois que cela se produisait. Il n'osait pas en parler à sa jeune amie. La crainte du ridicule le retenait, mais il n'y avait pas que cela. Une mystérieuse intuition lui disait que la présence à ses côtés d'Helya n'était pas étrangère à ces brusques vertiges, et il redoutait plus que tout de la vexer, ou pire, qu'on les oblige à s'éloigner l'un de l'autre. Depuis qu'elle était entrée dans sa vie, le monde s'était revêtu de couleurs dont il n'avait jamais soupçonné l'existence. Comme si quelque déesse du ciel s'était penchée sur son monde pour l'illuminer d'allégresse, tant et si bien qu'il lui était devenu de plus en plus difficile de se séparer d'elle, ne serait-ce qu'une seule journée. Parfois même, Sisam avait l'impression que les yeux bleus et malicieux de sa compagne pouvaient sonder d'un regard ses plus secrètes pensées. C'étaient des choses dont il ne parlait jamais, préférant vivre leur extraordinaire amitié plutôt que de la comprendre ou l'expliquer.

— Ça me change tant que ça ? demanda-t-elle soudain.

— De quoi est-ce que tu parles ?

— Ça fait bien deux minutes que tu me regardes comme si tu me voyais pour la première fois, Sisam. Je me suis dit que ma nouvelle coiffure y était pour quelque chose !

Il secoua la tête pour tenter de remettre ses idées en place.

— En fait, heu... j'ai été un peu surpris par cette drôle de tradition dans ta famille. Ma tante m'a dit que tu serais plus rassurée si c'était moi qui coupais ta tresse. Mais je n'étais pas très à l'aise pour le faire devant tout le monde.

— Je n'en savais rien non plus, tu sais. Les adultes ont des idées un peu bizarres, parfois... Mais de toute façon, je comptais bien couper mes cheveux avant l'été.

— Moi, je les trouvais très bien comme ils étaient !

— Je te rappelle que j'entrerai bientôt à l'école de la Jeunesse Épigone, riposta-t-elle. Là-bas, toutes les filles portent les cheveux courts !

Sisam haussa les épaules.

— Bah ! Ma tante m'en a parlé, de ton école de m'as-tu-vu.

— Et alors ?

— J'ai croisé plusieurs fois des élèves quand j'étais de corvée de provisions, et ils ne semblaient pas très ravis d'y être.

— Ah oui ? Et qu'est-ce qui te faire dire ça ?

— Leurs yeux. Ils étaient aussi tristes que ceux des esclaves de la Cité.

Helya se rapprocha de son ami, posant presque le bout de son nez mutin contre le sien.

— Dis plutôt que tu n'as pas envie de me voir partir ! souffla-t-elle, un petit sourire en coin.

Sisam la dévisagea, et d'étranges picotements commencèrent à titiller son ventre. Il adorait trop son amie pour le lui dire avec des mots, mais la seule pensée d'être séparé d'elle lui faisait l'effet d'une flèche empoisonnée en plein cœur.

L'expression de Sisam parla pour lui, Helya perdit son humeur taquine.

— Pardon, Sisam, dit-elle avec un petit air contrit. Je n'ai pas envie non plus de m'en aller. Tu es mon meilleur ami. Mon grand frère. Et… si je fais autant la maligne en ce moment, c'est tout simplement parce que j'ai peur. Elle est loin d'ici, cette école, et je me sentirai un peu perdue si tu n'es pas avec moi.

Sisam sentit son cœur se gonfler, et les picotements dans son ventre s'intensifièrent. Il n'aurait pas su dire si c'était une sensation agréable ou pas. Mais elle le troublait plus qu'il ne fût en capacité de la comprendre.

Désemparé, il chercha une parade pour maîtriser les turbulences qui envahissaient ses entrailles. Sa première pensée fut de se lever et de courir pour libérer cette pénible tension qui fourmillait dans son corps comme des insectes facétieux. Mais il n'osa pas bouger de sa place et eut peur de se ridiculer devant son amie. Alors, réagissant plus à l'instinct qu'autre chose, sa main vint délicatement frôler la joue de Helya, dissimulant son visage aux lueurs de la lune montante. Puis il entrouvrit ses doigts, et un rai de lumière bleuté zébra le regard étonné de la fillette.

— Lune blanche, froid qui tranche, s'entendit-il murmurer en continuant de faire jouer les ombres sur son visage.

C'était la première fois qu'il s'amusait à mettre des gestes sur cette comptine qu'ils avaient inventée l'année de leur rencontre. Helya sembla trouver l'idée amusante. Poursuivant le jeu, elle étira un bras et dessina des cercles concentriques autour de la tête de Sisam, puis derrière sa nuque, telle une fée de légende jetant un charme mystérieux.

— Lune pâle, l'eau dévale, récita-t-elle à son

tour, se surprenant elle-même des mouvements qui lui venaient maintenant naturellement et s'harmonisaient avec ceux de son jeune compagnon.

Ce n'étaient plus des gestes désordonnés, mais une véritable danse. Leurs mains, leurs bras balançaient, tout leur corps se mouvait avec une fluidité et une grâce surnaturelles, comme si ces ondulations qui s'entrecroisaient et modelaient leurs silhouettes avaient toujours été présentes en eux sans le savoir. Dessinant des ombres saisissantes sur les façades des maisons alentour, les deux enfants s'observaient avec la même stupéfaction, tout à la fois inquiets et émerveillés par cette formidable chorégraphie dont ils ne maîtrisaient plus l'ensorcelante perfection.

— Lune rouge… vent qui bouge, articula finalement Sisam.

Helya écarquilla les yeux, ne croyant pas ce qu'elle voyait : du jeu de leurs mains et de leurs gestes sourdait peu à peu une lumière qui grandissait et les enveloppait. Une lumière blanche, bienfaisante, puissante et chaleureuse, dans laquelle leurs mains commençaient à se fondre doucement.

— Mais que se passe-t-il ? bafouilla Sisam, éberlué.

Stupéfaite, Helya entrouvrit la bouche. Elle n'eut pas le temps de parler, car des hurlements répondirent à sa place. Des cris de bêtes sauvages, stridents et abominables, comme aucun des deux enfants n'en avait jamais entendu au sein de la Cité d'Ostacle.

Alors que leurs corps semblaient se fondre, que leurs deux cœurs se touchaient pour s'ouvrir l'un à l'autre, surgirent des ruelles sombres une cohorte d'individus vêtus de tuniques amples à longues manches, aux visages dissimulés derrière de sinistres masques blancs. Ils se ruèrent en quelques secondes sur les deux enfants et les arrachèrent l'un à l'autre en les projetant violemment en arrière. La lumière qui les avait lovés dans sa tendre chaleur s'éteignit brusquement. Sisam bascula dans la fontaine, se cognant durement contre la statue de pierre.

— Helya ! s'écria-t-il.

Au-dessus de la fillette, deux yeux jaunes aux pupilles étrécies la dardaient avec férocité.

— Sisam ! hurla-t-elle, terrorisée. Maman, papa ! Au secours !

Ses cris suraigus alertèrent ses parents et sa tante, qui se précipitèrent à leurs fenêtres.

— Helya... Seigneur ! fit sa mère d'une voix blanche.

Malgré leur grande taille, les êtres aux masques blancs se déplaçaient avec une force et une vivacité qui dépassaient l'entendement. S'adressant les uns aux autres par des modulations semblables à des miaulements, ils arrachèrent subitement Helya du sol et l'emprisonnèrent dans un grand sac qui étouffa aussitôt ses cris désespérés.

— Non ! cria Sisam, vacillant et glissant sur le rebord de la fontaine. Laissez-la tranquille !

Les masques blancs ignorèrent ses vaines supplications. En quelques bonds, ils abandonnèrent les pavés de la petite place et disparurent dans le lointain de la Cité, la petite Helya en guise de butin.

Étourdi et bouleversé, Sisam finit par s'extraire de la fontaine, à l'instant où sa tante arrivait vers lui en courant. Elle le retint dans ses bras, mais le garçonnet voulut se dégager d'elle et suivre la trace des ravisseurs.

— Ils ont pris Helya ! sanglota-t-il, le corps trempé et les yeux pleins de larmes. Qu'est-ce qu'on a fait de mal, ma tante ? Qu'est-ce qu'on a fait ?

Helya venait d'avoir dix ans, et comme son jeune ami l'an passé, elle avait demandé à leurs deux familles de se réunir pour festoyer autour de son anniversaire. Pour l'occasion, ses longs cheveux d'un roux flamboyant étaient attachés en une jolie natte tressée et piquée de fleurs d'amandier. On l'avait également vêtue d'une tunique neuve en lin plissé d'un pourpre éclatant, qui tranchait avec la blancheur nacrée de sa peau. Ses parents et la tante de Sisam s'étaient prêtés de bonne grâce à l'événement, afin de faire de cette journée une fête inoubliable. Voilà des années que leurs enfants se connaissaient, et leur vaillante amitié avait rapproché les deux familles, d'autant plus facilement que celles-ci étaient voisines l'une de l'autre. Les parents d'Helya habitaient une maison de plein pied bien entretenue, dont la magnifique charpente en olivier avait été rebâtie et lustrée par son père, aidé du jeune Sisam, qui s'était pris de passion pour le travail du bois et le parfum entêtant de la sciure. Très vite, il avait commencé à faire profiter la vieille maison de sa tante de son savoir-faire naissant, notamment lorsqu'il s'agissait de patiner les vieux escaliers, de renforcer l'étanchéité des fenêtres ou de confectionner des ustensiles pour la cuisine et le potager. C'était sa façon à lui de jouer au petit homme du foyer, et ce sentiment de responsabilité l'enchantait. De plus, cela lui évitait de trop songer à ses propres parents, dont il n'avait jamais connu que les noms. Même si sa tante en avait souvent parlé, lui ne se souvenait de rien, pas même de leurs visages ou d'un simple détail de sa petite enfance à leurs côtés. Fort heureusement, même si le destin lui avait volé la source de sa jeune vie, elle lui avait fait don d'un cadeau unique : Helya, la seule véritable amie qu'il n'ait jamais eue.

Pour le repas d'anniversaire, les parents de la fillette avaient mis les petits plats dans les grands. Même s'ils étaient loin d'avoir les moyens de dignitaires Ostallans, tous les ingrédients étaient là pour offrir à leur fille une fête mémorable : une copieuse salade de blettes à l'ail saupoudrée d'origan, de l'agneau aux marrons et au miel, et comme dessert, des petits fours au sésame relevés d'écorce d'orange. Malgré son jeune âge, Helya avait conscience du temps et des sacrifices que ses parents avaient dû consentir pour lui offrir un tel festin. Elle alla tour à tour se pendre à leur cou et les serra très fort de ses petits bras opalins.

— Merci, merci ! s'exclama-t-elle, pleine de joyeuse gratitude.

— C'est notre plaisir à nous, Helya, lui répondit sa mère avec douceur. Tu verras que le temps file bien vite, et qu'il est bon de garder avec nous le souvenir de nos meilleurs moments... Tiens, approche.

Fouillant dans une poche de sa robe, elle découvrit alors sous les yeux grands ouverts de sa fille un petit coffret bleu d'une dizaine de centimètres. Ses rebords de velours étaient un peu élimés par les années, mais l'objet aux motifs ouvragés n'en respirait pas moins une valeur que la petite Helya, aussi candide qu'elle fût, ne pouvait ignorer.

— À toi de jouer, mon grand, fit la tante de Sisam en opinant du menton.

Ce dernier leva alors un regard un peu anxieux sur elle, mais le jeune garçon aux cheveux noirs comme le jais se sentit tout de suite rassuré. C'était toujours ainsi quand il rencontrait les petits diamants de ses yeux, dont les commissures dessinaient comme des frises sur ses hautes pommettes. Sa peur et ses doutes s'évanouissaient soudain comme par magie et, cette fois-là comme les autres, Sisam retrouva tout à coup l'usage de ses jambes et de sa langue.

— Oui, ma tante, acquiesça-t-il avec un sourire.

Se levant de table, il s'approcha d'Helya, et son père en profita pour déposer entre ses mains une paire de longs ciseaux. Sisam releva la tête et l'observa un instant. Sous l'épaisse barbe bouclée qui lui mangeait le visage, le grand maître ferronnier aux bras taillés dans le roc avaient les lèvres qui tremblaient.

— Tu vois, Helya, poursuivit sa mère en caressant le petit objet du bout des doigts, ce coffret appartient à notre famille depuis toujours. Ma mère me l'a donné le jour de mes dix ans. Cela fait bien longtemps, déjà... Et aujourd'hui, il est à toi.

Un peu impressionnée, Helya ouvrit précautionneusement le couvercle et, stupéfaite, plongea son nez à l'intérieur.

— Mais... il n'y a rien là-dedans ! dit-elle en relevant les yeux vers sa mère.

La jeune femme lui sourit :

— Ce coffret fut celui de mon enfance. Et à partir de ce jour, il est celui qui renfermera le souvenir de la tienne.

En se retournant, Helya trouva Sisam face à elle. Il avait cette expression qu'elle lui connaissait bien quand il rechignait à lui avouer quelque chose. L'un et l'autre avaient toujours bien eu du mal à se mentir, même lorsqu'ils jouaient aux dés ou à l'arbre magique. Aussi, devant ce cadeau si précieux qui tardait tant à lui être révélé, l'embarras de son jeune compagnon lui rendit le sourire.

— C'est toi qui me portes le bijou, Sisam ? Qu'est-ce que c'est ?

— Heu… bredouilla-t-il en papillonnant des yeux. En fait, c'est… c'est *toi*, le bijou.

Helya remarqua alors les ciseaux dans la main moite du garçonnet, tandis que sa mère prenait délicatement entre ses doigts la longue natte de sa fille.

— Un bout de ta tresse dans ce coffret restera un éclat d'or de ton enfance pour toutes les années à venir, lui confia-t-elle en caressant son visage. Il te rappellera toujours cette journée et te réconfortera pour tous les instants de doute et de peine que tu rencontreras dans ta vie. Avec le temps, tu comprendras mieux sa valeur, ma chérie.

Les cheveux noués étincelaient sous la lumière diffuse des grandes lampes à huile de la maison. Sisam approcha les ciseaux de la natte que tenait dans ses mains la mère d'Helya. Indécis, le jeune garçon plongea alors ses prunelles brunes dans celles de son amie. Ils partageaient depuis si longtemps déjà leurs jeux et leurs rires en véritables frère et sœur qu'ils pouvaient se comprendre sans même user de mots. En réalité, ils se sentaient si proches dans leur cœur qu'il leur semblait parfois que rien d'essentiel n'aurait su exister en dehors de la profonde affection qui les liait.

Cette fois encore, la comptine qu'ils avaient inventée voilà bien des années pour donner corps et voix à leur complicité, s'éleva d'entre leurs lèvres.

— *Lune blanche, froid qui tranche*, commença Helya.

— *Lune pâle, l'eau dévale,* poursuivit instinctivement

Sisam en ouvrant les lames des ciseaux sur la natte de son amie.

— *Lune rouge... vent qui bouge!* acheva-t-elle.

Sisam ferma les yeux. Le crissement des ciseaux sur les cheveux de la fillette mit soudain un terme à leur attente crispée et presque solennelle. Le bout de tresse coupée se détendit entre les mains de sa mère, et les cheveux d'Helya se libérèrent tout autour d'elle comme un bouquet chatoyant de fleurs d'automne.

Les hurlements de Sisam se répercutaient de mur en mur en une plainte folle et déchirante. Près de Laïmu, qui le tenait fermement contre elle, les parents d'Helya avaient eux aussi accouru, tandis que les lumières des maisons alentours s'éclairaient les unes après les autres.

Les yeux hagards, la mère de la fillette tomba à genoux et serra convulsivement les poings sur son ventre.

— Notre petite fille, murmura-t-elle. Seigneur, qui étaient ces monstres ? Que lui voulaient-ils ?

Elle s'écroula en larmes, et son mari la serra contre lui, son gros visage potelet durci par la colère et une sourde douleur. Il était clair dans son regard d'acier qu'il n'allait pas en rester là.

— Reste ici auprès de Sisam et de sa tante, déclara-t-il d'un ton péremptoire. Et prépare mon cheval, je vais la retrouver.

— Mais tu ne sais même pas où ils...

— Si tu ne me vois pas revenir d'ici l'aube, avertis le Gouverneur, trancha-t-il en prenant le visage éploré de sa femme entre ses mains. Tu m'as bien entendu ? N'hésite pas une seconde ! Petit peuple ou non, nous sommes des citoyens d'Ostacle, alors tu te feras entendre et tu réclameras les droits qu'ils nous doivent ! Fais-le pour notre fille et… fais-le pour moi.

Les lèvres tremblantes, sa femme finit par acquiescer. Puis elle l'embrassa avec force et s'en alla seller son cheval.

— Tu as entendu, Sisam ? fit sa tante. Ils vont la retrouver. Elle sera bientôt de retour, mon chéri, tu verras…

Il y avait quelque chose d'étrange dans sa voix, quelque chose que Sisam n'avait pas encore l'âge de comprendre ni même de concevoir. Quelque chose ressemblant à de la résignation.

Le temps devait lui donner raison. Durant les jours, les mois et les années qui suivirent, plus personne à Ostacle ne sut ce qu'il était advenu de la jeune Helya.

PREMIÈRE PARTIE

SISAM

Chapitre 1

Quinze années s'étaient écoulées.

Sisam était devenu un charmant jeune homme de vingt-six ans à la chevelure brune et au regard ténébreux, dont la présence était toujours grandement appréciée des demoiselles d'Ostacle. Il ne semblait pas en tirer de gloire particulière, et s'agaçait quelquefois des ravissements qu'il suscitait autour de lui. Il ne faisait pourtant rien pour les encourager, mais force était de constater l'étonnante détermination dont pouvaient faire preuve certaines femmes afin de mériter ses égards, quitte à s'y brûler les ailes. Aucune cependant n'aurait pu prétendre un jour avoir conquis son cœur, et peut-être était-ce justement cette image d'inaccessible dandy qui rendait Sisam si captivant à leurs yeux. Il en jouait parfois, mais ses idylles s'achevaient brutalement, fauchées dans leurs élans comme la luzerne sous le coup du moissonneur.

Depuis bientôt cinq ans, Sisam avait fondé sa petite entreprise ouvrière. Devenu artisan menuisier, il s'était forgé une certaine réputation qu'il s'efforçait d'honorer en donnant le meilleur de lui-même. Ce travail de longue haleine avait fait de lui un homme énergique et bien bâti, aux mains calleuses d'ouvrier accompli. Les commandes affluaient et il lui fallait tenir le rythme, d'autant que le bois était pour les Cités un matériau des plus précieux. Perchées sur les cimes de la montagne Pan-Kaïa qui surplombait toute la contrée, les Cités éprouvaient depuis toujours certaines difficultés à faire pousser des futaies. Des abris avaient été aménagés à l'intérieur de grandes parois rocheuses où s'épanouissaient des hêtres, des bouleaux, des pins et des genévriers, soigneusement entretenus par les cultivateurs. Par ailleurs, ils élevaient également sous de hautes serres des noisetiers, des citronniers et toutes sortes d'arbres fruitiers qui offraient aux citoyens une alimentation variée.

En plus de l'ébénisterie, Sisam savait travailler la pierre brute, le marbre et certains minéraux précieux. Ses talents lui ouvraient les portes de nombreux dignitaires soucieux du luxe de leur demeure. Il n'avait encore jamais eu l'occasion de travailler pour le Palais du Gouverneur, mais il espérait bien un jour attirer ses faveurs. Non pas que Sisam fût épris de prestige, mais un client de cette envergure aurait l'indubitable mérite de payer rubis sur l'ongle. Cela le changerait de ses commanditaires, qui avaient la fâcheuse habitude de retarder le paiement de leurs dettes, voire de négocier le prix de l'ouvrage.

Profitant du soleil dont les rayons embrasaient les murs blancs de la ville, Sisam travaillait sur les échafaudages du Temple de la Cité, vestige d'anciens cultes auxquels peu de citoyens s'intéressaient maintenant, hormis quelques historiens et d'incorrigibles rêveurs.

De ces hauteurs, le jeune homme surplombait l'ensemble de la ville, faite de hautes et fières bâtisses, telle une splendide mégalopole antique. Ses murailles s'érigeaient sur les sommets dentelés d'un ancien cratère appelé Pan-Kaïa, siège des Trois Cités. Culminant à plus de 2 200 mètres au cœur du continent d'Oesion, ce grand volcan éteint qui avait jadis accueilli les premiers grands nomades, ressemblait à une étrange et gigantesque molaire, depuis que de violentes éruptions avaient arraché les rocs et la terre. On eut presque dit que les plus hautes cimes s'efforçaient d'accrocher le ciel pour s'emparer de ses plus beaux joyaux. Le soleil et la lune n'en poursuivaient pas moins leur danse quotidienne, indifférents à ces hautes griffes de pierres volcaniques qui se hérissaient vers eux comme pour les soustraire aux faveurs célestes.

Bâties au-delà de la ceinture opaque de nuages sur chacune des cimes de la montagne, les Trois Cités étaient reliées entre elles par de grands viaducs dont la construction avait réclamé plusieurs décennies de labeur. Baptisées Arkopolis, Thrèce et Ostacle, ces acropoles étaient devenues l'unique refuge des Hommes de ce monde, depuis que les derniers des leurs avaient traversé l'anneau de nuages pour n'en jamais revenir. Certains murmuraient même que l'air vicié du continent avait anéanti toute forme de vie depuis longtemps, et que seules quelques horribles créatures survivaient dans ce monde empoisonné. Dès lors, pour le peuple des Cités, les contrées invisibles d'Oesion n'eurent plus d'autre appellation que celle, occulte et funeste, d'Âpre-Monde.

Le volcan autrefois aride et brûlant sur lequel leurs ancêtres avaient édifié la Cité avait donné naissance à une flore intense, que les citoyens s'étaient employés à développer et cultiver. Un grand fleuve, appelé l'Isthme, s'écoulait depuis les cimes jusqu'au creux des dents du cratère. Ses ressources étaient insuffisantes, et de grands puits avaient été creusés pour alimenter en eau potable l'ensemble des Trois Cités. Hélas, tous les citoyens ne pouvaient y prétendre, ce luxe étant essentiellement réservé aux demeures de la gent aristocratique. Sans être aussi fortuné que celle-ci, Sisam aurait certainement pu s'offrir une telle maison, mais il avait toujours refusé de quitter celle de sa tante Laïmu, où il conservait des souvenirs heureux si chers à son cœur. De plus, il ne pouvait envisager d'abandonner ainsi sa tante, qui l'avait élevé, nourri et aimé. L'aide qu'il lui apportait était devenue aujourd'hui en son sens une nécessité. Il y avait toujours quelque chose à entretenir, à réparer ou à renforcer dans cette vieille demeure usée par le temps, et Sisam était sans cesse à l'affût des dégâts dont Laïmu aurait pu pâtir, bien qu'elle n'ait jamais émis la moindre contrariété à ce sujet.

Oros, son ami et associé, l'assistait comme chaque jour dans ses travaux. Débonnaire, aussi haut que large, il arborait une longue barbe et de courts cheveux bouclés d'un noir charbonneux. Son ventre bedonnant et ses lèvres gourmandes témoignaient d'un appétit de vie et de bonne chère parfaitement assumés, qui tranchaient avec la silhouette athlétique de Sisam. Ses mains étaient épaisses, rudes et boudinées, mais malgré ces apparences trompeuses, Oros savait faire preuve d'autant de force musculaire dans le gros œuvre que de minutie dans les ouvrages plus délicats.

Ecleïes, le vieux conservateur du Temple, déboucha de la grande porte et descendit en bas du perron d'un pas hésitant. D'une cinquantaine d'années bien consommées, Ecleïes portait néanmoins une longue chevelure brune piquée de quelques mèches blanches, qu'il tenait attachée en arrière par un fin cordon en fibres de chanvre. Sur sa longue toge aux couleurs océanes figurait le dessin stylisé d'un hippocampe.

Il leva les yeux au ciel et plissa ses paupières aux sourcils broussailleux pour apercevoir les deux jeunes artisans affairés sur l'échafaudage.

— Sisam, où en est la face Ouest ? demanda-t-il en haussant bien la voix pour se faire entendre. Sisam ! Pardonne-moi, mais il se fait tard et je ne voudrais pas que vous continuiez votre travail sous la lumière tombante.

Tiré de sa méditation, Sisam descendit avec souplesse de son perchoir.

— Mon travail sera bientôt terminé, Ecleïes. J'espère également que de votre côté, vous avez trouvé l'argent pour payer nos travaux.

— Ma parole, Sisam, je finirai un jour par croire que tu n'as que ce mot à la bouche ! s'irrita le vieil homme.

Sisam repensa au nombre de ses clients plus ou moins prestigieux qui n'avaient pas encore honoré leurs engagements, et sentit que la moutarde venait lui piquer le nez.

— Vos prières ne nourrissent que vos ouailles. Vous m'avez demandé beaucoup de rénovations sur le Temple, et j'ai un foyer à faire vivre, figurez-vous.

— Oh, à ce propos, comment se porte ta chère tante ? Je la suppose heureuse de te savoir restaurateur de notre bon vieux Temple.

Cette fois, Sisam manifesta une exaspération plus prononcée et se tourna vers Oros, qui le regarda en haussant les épaules.

— Ecleïes, de grâce, n'essayez pas de m'amadouer avec vos petites mignardises, soupira-t-il en s'essuyant le front du revers de la manche. Mon associé et moi sommes pressés.

— Et je vous retarde, fit ce dernier, visiblement embarrassé. Sisam, tu sais le peu d'aide que m'apporte le Gouverneur sur l'entretien du Temple... Je ne saurais te dire le nombre d'années depuis lesquelles je bataille pour conserver cet antique monument hors de portée de leurs griffes. Chaque année, promesses sur promesses, on se plaît à me faire miroiter quelques oboles. Bah ! Paroles creuses de politiciens... Ces bonimenteurs sont hélas dépourvus de toute sagesse ! Et pourtant... Rends-toi compte, Sisam, qu'il s'agit là, devant toi, du dernier Temple voué au culte des Myrihandes...

— Les Myrihandes, oui, parlons-en !

Ecleïes fronça les sourcils et prit les deux compagnons par les épaules.

— Parfaitement, les Myrihandes, renchérit-il sur un ton de confidence. Pourquoi nos ancêtres auraient-ils bâti un tel édifice s'ils n'avaient pas vécu parmi eux ? Les nomades d'antan ont longtemps habité dans les plaines d'Oesion et connu bien des choses avant de venir jusqu'ici pour élever les murs de ces Cités. C'est pour cette raison qu'ils ont décidé de construire ce Temple : afin que l'on n'oublie jamais ces êtres éblouissants qu'étaient les Myrihandes, dont il est écrit qu'ils reviendront un jour parmi les hommes. Et crois bien que ce jour-là...

— Ecleïes, l'interrompit Sisam, je suis fatigué de vous entendre ressasser ces histoires. Et quoi qu'il en soit, vous savez comme moi que la vie au-dessous de nous a cessé d'être ce qu'elle était depuis longtemps. Aussi, écoutez-moi bien : si vous n'honorez pas vos dettes une fois pour toutes, vous pourrez prier vos précieux Myrihandes de terminer les travaux à ma place.

Sur ces mots, il abandonna Ecleïes sur le perron du Temple et, ayant rassemblé ses outils, s'éloigna d'un pas rapide en compagnie d'Oros.

Chapitre 2

Les deux amis déambulaient dans les rues populaires d'Ostacle. Sur les murs de granit et la toiture des bâtiments, on pouvait sentir l'empreinte des siècles passés, comme si les générations de seigneurs, soldats, hommes et femmes du peuple, avaient marqué de leur essence et de leur cœur chacune des pierres qui faisaient ces Cités. Avec le temps, les édifices aux allures gothiques s'étaient élevés, abritant une population toujours plus dense, avide d'espace, de nouveaux biens et de loisirs. Les constructions, ayant traversé de nombreux âges, empruntaient depuis lors leur prodigieuse architecture aux mystères des contes.

En cette chaude fin de journée, les rues étaient toujours animées. Elles regorgeaient de commerces, de salons de jeux et de petits parcs ombragés qui restaient ouverts jusque tard dans la soirée pour accueillir les promeneurs désireux de se dégourdir les jambes.

Ce n'était pas encore l'été, mais les hommes

Ostallans avaient déjà troqué leurs lourds habits d'hiver contre des vêtements plus seyants. Ces tuniques étaient pour la plupart constituées de deux carrés de tissu élégamment drapés sur le corps et maintenus aux épaules par des épingles ou des broches.

Les femmes, quant à elles, portaient des robes en tissu léger, attachées aux épaules par une série de petits boutons qui formaient de nombreux plis serrés. Une cordelette, fixée à la taille, faisait bouffer le tissu, auquel certaines d'entre elles, plus coquettes, accrochaient des marguerites ou des langtangs aux élégants pétales bleu azur.

Par ailleurs, tous les citoyens d'Ostacle appréciaient les longues chevelures, qu'ils nouaient au moyen de tresses savantes ou maintenaient par de longs peignes. Seuls les esclaves avaient le crâne rasé, afin de les distinguer. Cette pratique déplaisait à certains, dont Sisam. Même si ces êtres privés de liberté s'étaient un jour retournés contre l'ordre des Cités ou avaient commis quelque crime, ils méritaient, selon lui, une autre justice. Certains pourraient même avoir la possibilité de s'amender. Mais en dépit de rares sollicitations, aucune grâce ne leur avait jamais été accordée.

Ainsi allait la loi et le gouvernement des Trois Cités. Implantées sur chacune des grandes cimes de Pan-Kaïa, Thrèce, Arkopolis et Ostacle étaient sous l'autorité d'une oligarchie de trois Gouverneurs, dont les anciennes familles avaient été celles des chefs des premiers nomades venus conquérir les sommets de la montagne.

Le Palais d'Ostacle était le fief du Gouverneur Heguemandre : une femme à la poigne d'acier, qui dirigeait les affaires de la Cité depuis la mort de son époux. Heguemandre n'avait jamais été appréciée pour son affabilité, mais son accession au trône l'avait rendue plus sèche et glaciale qu'il n'eût semblé possible de devenir. C'était du moins ce que rapportaient les rumeurs, car Sisam n'avait pas encore eu le loisir de la rencontrer. À peine l'avait-il aperçue lors de cérémonies, ou par hasard dans les grandes artères de la Cité, lorsqu'elle se rendait à l'extérieur pour siéger au Haut Parlement en compagnie de ses pairs.

Mais le jeune artisan ne désespérait pas de pouvoir l'approcher un jour. Il y avait fort à parier que le vaste et vieux Palais du Gouverneur aurait tantôt à faire appel à ses services.

Sur le chemin qui les ramenait chez eux, Oros remarqua les lumières vacillantes de bougies au travers des fenêtres d'une taverne d'où s'élevait un chaleureux brouhaha.

— Il serait temps de nous octroyer un peu de détente ! s'exclama-t-il avec bonhomie.

— La Taverne des *Laborieux*, lut Sisam en ébauchant un sourire. Voilà qui me rappelle de bien lointains souvenirs…

— Sans doute trop lointains, si on en juge par ta

mine. Quant à moi, ah ! Cette journée dans la poussière et la pierre m'a rudement mis en appétit !

— Que ne faudrait-il pas pour te trouver une bonne excuse, lui répondit Sisam, amusé.

Et les deux hommes pénétrèrent derechef dans l'auberge foisonnante de convives.

Chapitre 3

La Taverne des *Laborieux* était l'un des incontournables lieux de rendez-vous de la Cité : un endroit formidablement spacieux où foisonnait une pléiade de citoyens venus se délasser de leur journée. On y croisait pêle-mêle bourgeois et ouvriers, maîtres et esclaves, dans une ambiance détendue et bruyante où le vin et la bière coulaient à flots. Les tenanciers, deux frères rompus au métier pour avoir été les apprentis de leur propre père, le vieux Mazokis à l'honorable réputation, avaient développé le commerce, en introduisant notamment au sein de l'équipe de nouveaux cuisiniers, qu'ils étaient parvenus à faire s'expatrier de Thrèce. Une véritable performance, quand on songeait aux complications administratives que cette volonté avait dû impliquer. En effet, la loi régissant les transferts de populations entre les Trois Cités était sévère. On l'avait sobrement appelée la Règle des Flux, et il fallait s'armer de patience autant que de diplomatie pour obtenir un jour quelque résultat concret. Personne ne pouvait impunément traverser les viaducs sans une autorisation expresse des Gouverneurs, et Sisam supposait que les deux fils de Mazokis avaient dû faire jouer certaines relations de leur vieux boucanier de père afin d'arriver à leurs fins.

De la salle principale à l'étage supérieur, de nombreuses torches murales et des bougeoirs sphériques posés sur chaque table éclairaient la taverne. Le parfum du vieux bois et des vapeurs d'encens se mêlait à ceux du malt broyé et des épices dont les cuisiniers saupoudraient leurs plats. Ici et là, les brocs de bière ou de vin s'entrechoquaient dans la bonne humeur, hommes et femmes ripaillant ensemble et oubliant, pour quelques heures, jusqu'aux différences de leurs classes sociales. Les jeux et les paris étaient fréquents au sein de la clientèle, et ils occasionnaient régulièrement des rassemblements animés. On jouait à pair ou à impair avec des pièces de monnaie, aux osselets et aux dés, misant petites ou grosses fortunes au gré de la témérité de chacun. Certains érudits s'amusaient à des concours de charades, dont le vainqueur restait souvent celui des deux qui avait su écarter les effluves spiritueuses de sa stratégie.

Sisam et Oros s'étaient installés autour d'une table après avoir commandé une chope accompagnée d'une petite collation. Impuissant à maîtriser son appétit gourmand, Oros avait réclamé le plus consistant des plats, agrémenté d'une double pinte de vin en plus de la chope. Ses yeux s'écarquillèrent de plaisir en voyant bientôt arriver les victuailles encore fumantes sur la table.

— C'est tout ce que tu comptes avaler ? fit-il en considérant l'assiette que l'on venait de servir à Sisam. Des biscuits et des fruits secs ?

Sisam avala une bonne lampée de sa bière et lui décocha un sourire en coin.

— Je n'ai pas autant d'espace que toi à entretenir, Oros. Et puis, je suis attendu pour dîner, ce soir.

— Voyez-vous ça ! Mon cher associé me ferait des cachotteries, à présent ?

— T'en ai-je jamais fait ? répondit Sisam d'un ton moins conciliant. Ma tante aura préparé le repas, voilà tout. Je mange le plus simplement du monde avec elle.

Oros se rembrunit, puis mordit à pleines dents dans sa cuisse de dinde à l'anis. Il savait que le sujet des femmes n'était pas un terrain de discussion facile avec Sisam, bien qu'il eût toujours ignoré pourquoi. En règle générale, il aimait bien le taquiner dans l'espoir un peu dérisoire de lui décrocher quelque éventuelle anecdote, mais ce soir, il avait trop faim pour s'adonner à ces petites facéties.

Depuis leur arrivée, une jeune fille accoudée au comptoir, grande et longiligne, les épiait de son regard émeraude souligné par d'épais sourcils bruns. Ses très longs cheveux d'un blond cuivré, lisses et soyeux, tombaient élégamment jusque dans le bas de son dos voilé d'une robe claire et légère aux couleurs de soleil couchant. Sa douce beauté ne semblait pas avoir éveillé l'intérêt qu'elle aurait mérité, car personne n'avait engagé de conversation avec elle, ni même ne l'accompagnait. Il était évident que cette jeune citoyenne, si charmante qu'elle fût, savait se montrer discrète. D'un geste délicat, elle porta un verre de liqueur à ses lèvres carmines et en but lentement quelques gorgées, sans perdre des yeux les deux jeunes hommes.

À ce moment, un homme mûr à la démarche chaloupée et au large chapeau de toile brunie, survint devant Oros et Sisam et les prit gaillardement à partie.

— Bonsoir à vous, citoyens ! s'exclama celui-ci d'une voix déjà bien éméchée.

Son sourire révéla une rangée de dents jaunies par la fumée de feuilles d'Arlin, dont la saveur douce-amère ne dispensait pas son fumeur d'une haleine nauséabonde. L'homme au chapeau s'approcha un peu plus de Sisam, qui recula ostensiblement et le regarda avec embarras.

— Ce soir, rien ne va plus ! confia-t-il en essayant de se camper sur ses deux pieds. Une petite conche d'arlequin, ça vous tente ?

Sisam connaissait bien ce jeu de hasard très prisé par les citoyens d'Ostacle pour y avoir jadis laissé quelques deniers. Les règles en étaient simples.

Chaque joueur devait se munir de plusieurs coquilles peintes de diverses couleurs : jaune, rouge, verte, bleu ou noire. Il s'agissait ensuite de deviner le nombre de couleurs que détenait l'adversaire dans son poing fermé, sachant qu'il ne pouvait parier plus de trois coquilles à la fois. Celui qui empochait le plus de conches remportait alors les gains. Le jeu était d'autant plus périlleux que chacune des couleurs avait une valeur différente. Parier sur la rouge doublait la mise, et celle de la noire la triplait. La sagesse voulait qu'on ne s'aventure pas trop à choisir les conches noires, mais beaucoup de soiffards perdaient ici leurs principes et risquaient souvent le tout pour le tout.

Sisam s'apprêtait à refuser poliment l'invitation, mais Oros le devança.

— Un pari ! argua-t-il joyeusement. On a bien le temps de s'amuser un peu, pas vrai ?

— Oros, je ne suis pas sûr que ce soit…

— Prends les chopes et ne fais pas tant d'histoires, l'apostropha-t-il. Allons-y !

Leur interlocuteur sourit de plus belle et les invita d'un ample mouvement de bras à les suivre à sa table.

Il y avait là deux autres individus au parler fort et à la face avinée, flanqués de trois filles de joie aux décolletés profonds. Celles-ci semblaient empressées de remplir les pintes pour sans doute mieux détrousser ensuite leurs malheureux amants d'un soir.

— Faites place ! brailla leur acolyte. Voilà nos deux nouveaux concurrents !

Puis il s'adressa à l'un des tôliers qui se tenait non loin :

— Eh, Mazokis, apportez-nous les conches d'arlequin ! C'est ici que tout se joue !

Les deux comparses de l'homme au chapeau s'esclaffèrent de plus belle, tandis que l'une des souillons versait dans leurs chopes une nouvelle rasade de bière. Derrière eux, l'un des taverniers apparut et déposa sur la table deux rondins de bois gravés de losanges colorés.

— Bravo, souffla Sisam à l'oreille d'Oros. Tu as du flair, je ne pouvais rêver meilleure compagnie.

Celui-ci lui jeta un regard malicieux et le gratifia d'une petite bourrade.

— Ils sont déjà tous ronds comme des poêles, chuchota-t-il. Fais-moi confiance !

Sisam ne se sentit pas vraiment rassuré par la hardiesse de son compagnon et hocha la tête sans grande conviction. Le tavernier venait de renverser les rondins sur la table, libérant leur trentaine de conches bigarrées.

— Messieurs, vous connaissez les règles. Pas plus de trois coquilles par tour. Pas de mise hors de portée de vos poches. Bonne chance et à vous de jouer !

En dépit des craintes de Sisam, la partie commença plutôt bien pour eux. Emportés par l'ivresse, leurs adversaires avaient multiplié dès le départ les paris les plus risqués pour dépouiller rapidement les deux compagnons. Mais la chance étant souvent fille de patience, les conches les plus précieuses disparurent une à une de leurs mains, tandis qu'Oros et Sisam, usant de prudence et de bluff calculé, amassaient doucement mais sûrement leur butin. Le gros compagnon de Sisam n'avait pas son pareil pour déguiser ses pensées et feindre le meilleur ou le pire en fonction du jeu qu'il savait entre ses doigts. Il y prenait d'ailleurs un plaisir certain, et Sisam savait alors se mettre en retrait, écoutant sans broncher les conseils toujours avisés de son ami. Aujourd'hui, il se contenterait certainement de freiner son enthousiasme, afin que leurs adversaires ne prennent d'aventure le dessus.

L'issue de la partie ne faisait maintenant plus aucun doute. L'homme au chapeau avait perdu de sa superbe et fixait ses dernières conches d'un œil torve. Manifestement irrité par sa déveine et se refusant à déclarer forfait, il commanda plusieurs chopes de vin pour passer sa colère. Les gains montaient, et la partie devint rapidement l'attraction la plus prisée de la taverne, hommes et femmes se bousculant pour assister au jeu et parier à leur tour sur le futur perdant.

À court d'idées et d'esbroufe, l'alcool lui montant au cerveau, l'adversaire de Sisam et d'Oros fouilla discrètement dans les poches de ses vieilles guêtres.

Debout derrière le joueur malintentionné, la mystérieuse jeune fille aux yeux émeraude s'en aperçut.

En observant le mouvement de ses mains, elle finit par distinguer, habilement dissimulées entre les doigts moites du joueur, deux paires rouges et noires de conches contrefaites. Fronçant les sourcils, elle essaya de se faufiler au milieu de la foule rassemblée autour de la table, mais les badauds les plus proches refusèrent de lui céder le passage.

Très vite, la chance sembla abandonner Sisam et Oros. Grâce à ces précieuses coquilles jusque-là bien camouflées, le parieur avait surpris la vigilance de ses adversaires et reprenait maintenant la main. En découvrant ses couleurs sur des paris aussi improbables qu'au début de la partie, le tricheur avait fait mouche. Décontenancés, les deux associés virent peu à peu leurs meilleures coquilles repartir dans les poches de leur rival au visage ragaillardi.

— La roue tourne, comme on dit ! railla celui-ci en coinçant entre ses lèvres la tige d'une bouffarde d'Arlin.

— C'est pas vrai ! se lamenta Oros en posant une main couverte de sueur sur son large front. Foi d'Ostallan, le mauvais œil est sur nous !

— Nous devrions nous retirer avant de tout perdre, l'avisa Sisam.

— Tu plaisantes ? Il y a là au moins l'équivalent d'une semaine de labeur !

— Eh bien, ne rendons pas notre bêtise encore plus laborieuse. Récupérons le peu qui nous reste et partons.

Au moment où ils allaient abandonner la partie et régler leur compte au tricheur, la jeune inconnue parvint à se frayer une place entre deux brailleurs du premier rang. À grands renforts de coups de coudes, elle s'extirpa de l'assemblée des parieurs et vint délicatement s'asseoir sur les genoux du vainqueur, qui la regarda avec une stupeur enchantée.

— Quel panache... chuchota-t-elle en lui glissant les bras autour de sa taille. Cela mérite bien un baiser...

Suffoqués, Sisam et Oros fixaient cette jeune beauté, dont le regard pénétrant croisa brièvement le leur. Malgré son indignation, Oros se serait bien vu à la place de cet hurluberlu qui semblait décidément cumuler ce soir toutes les bonnes fortunes. L'homme au chapeau, au comble de l'exaltation, approcha ses lèvres humectées de bière du visage offert de la belle, quand celle-ci fila un coup sec dans sa tunique. Une dizaine de coquilles toutes peintes de rouge et de noir valsèrent subitement de ses poches avant de retomber sur la table, dévoilant en quelques secondes le stratagème du voleur.

Tous les regards étaient maintenant braqués sur lui. Vexé et furibond, l'homme la repoussa avant de se lever. Puis sans prévenir, il lui administra une gifle magistrale.

— Espèce de sale catin ! beugla-t-il en l'attrapant sèchement par le bras.

Sisam essaya aussitôt de le tempérer et se leva à son tour.

— Du calme, l'ami ! Si vous n'aviez pas...

Mais un violent coup de poing en plein visage l'envoya chuter dans l'assistance. Oros réagit au quart de tour et se jeta sur le tricheur de l'autre côté de la table, faisant voler couverts, chaises et bougies, tandis que les badauds s'écartaient vivement autour d'eux en criant de plus belle. Les comparses du joueur malhonnête se joignirent à la mêlée, s'armant de bouteilles et de tout ce qui tombait entre leurs mains. L'une des souillons ramassa même quelques conches et les jeta en vociférant sur le dos charnu d'Oros, que la supercherie avait mis hors de lui.

Une bagarre générale éclata, tandis que la jeune fille aux yeux émeraude aidait Sisam à se relever et à sortir de la taverne tonitruante.

Chapitre 4

Sisam reprit lentement sa respiration et ses esprits. Une douleur sourde irradiait de sa mâchoire et de sa tempe droite. Il avait les lèvres endolories, avec un goût de métal sur la langue.

À l'intérieur de la taverne résonnaient les cris, les coups et le vacarme de verres brisés. Un homme traversa une fenêtre dont les volets de bois éclatèrent en morceaux. Certains clients sortaient en toute hâte, tandis qu'on entendait au loin les frères Mazokis s'époumoner en vain pour ramener le calme dans leur auberge.

Chancelant encore, Sisam se releva pour retourner aider Oros, mais la jeune fille l'en empêcha, avant de vaciller elle-même et de tomber à genoux. Inquiet, il la prit maladroitement dans ses bras et l'aida à se relever.

— Vous êtes blessée ? s'enquit-il.

— Tout va bien. C'est juste une… *absence.*

Devant le visage perplexe de Sisam, elle se remit sur pieds et reprit un peu de contenance. Néanmoins, la gêne subsistait sur son visage, dont la violente gifle avait cramoisi une joue.

— Une *absence* ? interrogea Sisam. C'est sans doute à cause du coup que vous avez reçu. Ce mufle n'y est pas allé de main morte.

— Non… Je parle de l'absence… d'un être cher. Cela pèse parfois lourdement sur une vie.

Sur ces mots, elle releva la tête et osa enfin affronter le regard soucieux de Sisam.

— Nous nous perdons tous depuis trop longtemps, poursuivit-elle avec une étrange mélancolie. Il est peut-être temps d'apprendre à nous retrouver. À nous réconcilier enfin.

Sisam resta interdit, ne sachant ce qu'elle voulait dire par là.

— Nous réconcilier ? Mais mademoiselle, je ne me rappelle pas avoir…

Il n'eut pas le loisir d'en dire ou apprendre davantage, car Oros réapparut à cet instant de la taverne, visiblement satisfait.

— Bonne nouvelle ! annonça-t-il fièrement. J'ai convaincu notre fieffé tricheur d'aligner la monnaie. Il s'est montré très coopératif, au bout du compte.

Il fallut quelques secondes à Sisam pour véritablement saisir les paroles de son ami. Puis il fit mine de s'épousseter la tunique pour reprendre un peu de contenance.

— Je suppose que tu avais des arguments de poids, répondit-il en lui donnant une petite tape amicale sur l'épaule.

Oros sourit à ce trait d'humour, puis salua la jeune inconnue d'une petite courbette.

— Mille fois merci, mademoiselle. Sans votre aide, ce pourceau nous aurait dérobé jusqu'au dernier sou.

— Ce n'est rien, dit-elle en écartant une longue mèche cuivrée de son visage au teint de lune. Juste un peu d'observation.

— Et moi, j'observe que ce geste mérite bien une petite récompense, jugea Oros. Qu'en pensez-vous ?

Il lança des œillades vers son compagnon, faisant cliqueter les pièces entassées dans sa besace.

— Mais oui, bien sûr ! s'exclama Sisam en se remémorant soudain la coquette somme qu'ils avaient gagnée ce soir grâce à elle. Nous serions ravis de partager avec vous les gains du jeu. Après tout, vous avez été de la partie.

— Et pas qu'un peu ! renchérit Oros avec un grand sourire.

La jeune inconnue sourit.

— C'est très gentil à vous, mais non, je ne saurais accepter.

— Nous allions tout perdre, mademoiselle, assura nerveusement Sisam. C'est simplement un gage de gratitude de notre part.

— Votre bonté d'âme est ma récompense, soyez-en certains.

Elle avait répondu instinctivement et parut presque le regretter. Un silence troublé s'installa entre elle et Sisam, que ne manqua pas de remarquer Oros.

— Eh bien, il est tard, s'excusa-t-elle finalement. Veuillez me pardonner, je dois me sauver…

Elle s'éloigna de la taverne en suivant la rue qui menait vers l'Ouest de la Cité. Pris de court, Sisam l'interpella avant qu'elle ne soit loin.

— Merci pour votre bienveillance, mademoiselle… ?

— Oriance, fit-elle en se retournant une dernière fois. Bonne nuit à vous.

Et elle disparut au détour de la rue.

Chapitre 5

Sisam et Oros traversaient une ruelle de la Cité en discutant de cette journée bien singulière. Les créances sans cesse repoussées d'Ecleïes, l'échauffourée dans la taverne, l'intervention providentielle d'Oriance… Il y avait fort longtemps qu'ils n'avaient connu pareille animation dans leur quotidien sans histoire. De surcroît, les jeux leur en avaient fait oublier la collation, qui avait sans nul doute fini écrasée sous la carcasse de l'un de ces vauriens. Au moins étaient-ils partis avec un sérieux lot de consolation. Il s'avérerait utile à tous deux, ne serait-ce que pour investir dans du matériel qui faisait encore défaut dans leur atelier.

Ils débouchèrent sur un carrefour où quelques enfants jouaient encore à proximité, hélés par leurs parents pendus aux fenêtres. Une fontaine de pierre surmontée d'une grande plaque en étain trônait au milieu du carrefour. L'ange mystérieux sculpté en son centre épanchait de ses innombrables mains de pierre de petites cascades scintillantes. Oros s'en approcha et vint s'asperger le visage d'eau fraîche.

Les deux compagnons se tinrent là un moment au croisement des chemins qui les ramèneraient chacun chez eux.

Sisam sentait des élancements douloureux dans son épaule, probablement dus à son empoignade dans la taverne. Les lèvres serrées, il regarda un moment le visage granulé de l'ange, puis son regard se perdit un peu plus loin.

Oros releva la tête, la barbe dégoulinante.

— J'ai trouvé la jeune Oriance bien charmante, remarqua-t-il avec un sourire entendu. M'est avis que tu lui as tapé dans l'œil.

Sisam émergea tout à coup de ses pensées et se massa l'épaule :

— Ma foi, je constate surtout qu'elle a aiguisé le tien.

— Et comment ! Tes yeux étaient-ils bien ouverts ? Elle n'avait rien de commun avec les rares fanfaronnes que je t'ai connues !

— C'est bien pour cette raison qu'elle ne m'intéresse pas.

— Parce qu'elle a fait preuve de générosité et d'esprit ?

Visiblement lassé par le sujet de leur conversation, Sisam ne répondit pas et alla se rincer les mains dans la vasque de la fontaine.

— Oh, très bien ! déclara Oros, renfrogné. Si ses charmes te sont égal, je tenterai donc ma chance la prochaine fois. Et tu regretteras une fois de plus de ne pas l'avoir saisie à ma place !

— Quelle aubaine ! se moqua son ami. Tout ce que je t'ai vu saisir jusqu'ici, ce sont des sueurs d'adolescent !

Oros le toisa avec rudesse, puis éclata finalement d'un rire fulgurant dont il détenait le secret.

— Tu es vraiment le pire des raseurs, Sisam !

— Mais ça ne te décourage toujours pas de vendre mes mérites à toutes les filles qui croisent notre route.

— Comme tu y vas ! le modéra-t-il. Désolé de te décevoir, mais il m'arrive de penser aussi à mes propres fantaisies...

Cette fois-ci, ce fut au tour de Sisam de rire aux éclats. Puis, après quelques petits quolibets, les deux hommes se séparèrent sur une dernière accolade.

— Bonne nuit, fit Oros en partant. Passe le bonsoir à ta tante de ma part.

— Sans faute, répondit Sisam.

Chapitre 6

La nuit avait maintenant recouvert de son manteau d'étoiles les murs de la Cité. Ostacle brillait elle aussi de ses milliers d'étincelles, filtrant des fenêtres des chaumières, des dernières boutiques encore ouvertes et des torches éclairant les pas des promeneurs. La température avait chuté, car à l'apparition de la pleine lune, une légère brise s'était levée et parcourait paisiblement les cimes de Pan-Kaïa, balayant d'une douce fraîcheur les toitures et les pavés des Cités.

Sur le chemin qui le reconduisait chez lui, Sisam n'avait cessé de penser aux étranges paroles d'Oriance, qui avaient résonné dans son cœur comme pour l'éveiller à quelque obscur souvenir.

Nous nous perdons tous depuis trop longtemps. Il est peut-être temps d'apprendre à nous retrouver. À nous réconcilier enfin.

Plus il y songeait, plus il avait l'impression que la jeune citoyenne avait essayé de lui délivrer un message.

Mais que pouvait-elle bien savoir de lui, et surtout, que cherchait-elle ? Certainement pas à le séduire, comme le prétendait Oros. Voilà longtemps qu'il avait appris à lire le désir dans le regard des femmes, longtemps qu'il déjouait avec constance leurs pièges amoureux, et l'intérêt que lui avait porté celle-ci n'avait rien de commun avec ce sentiment. Cette certitude, d'ailleurs, le réconfortait : il n'aimait pas le trouble qui s'était emparé brusquement de lui en sondant l'étrange regard d'Oriance. Et il ne tenait certainement pas à devoir s'excuser un jour de cette répugnance envers elle.

La maison aux contours familiers se dressa devant lui au détour d'une rue. Sisam poussa la porte et entra, humant aussitôt le parfum exquis de la cuisine. Il sourit.

— Bonsoir, ma tante, s'exclama-t-il en suspendant sa ceinture d'outils au portant de l'entrée.

Du fond de la cuisine, Laïmu apparut et se dirigea rapidement vers le salon, une grande soupière fumante entre les mains.

— Bonsoir, mon garçon, répondit-elle, réjouie. Comment s'est passée ta journée ?

— Plutôt bien, quoique… un peu déroutante.

Laïmu jeta sur lui un rapide coup d'œil et déposa la soupière sur la table ovale avant de se retourner. En le regardant plus attentivement, elle remarqua les bleus qui endolorissaient le visage du jeune homme. Une vilaine coupure barrait sa lèvre inférieure et l'une de ses joues avait pris une couleur violacée. Les racines de ses cheveux étaient humides de transpiration et ses oreilles encore rouges ; des signes qui ne trompaient jamais l'attention bienveillante de Laïmu. En soupirant, elle posa les derniers couverts et s'approcha de lui pour mesurer l'étendue des dégâts. Elle ne paraissait pas étonnée de le trouver dans cet état.

— Encore une escarmouche de vide-bouteilles ? observa-t-elle un peu agacée. Je t'ai dit mille fois de ne pas accompagner Oros dans ces maisons de beuverie.

— Le vin n'était pas en cause, cette fois-ci. Un joueur de conche a voulu nous escroquer, et nous avons défendu notre bon droit.

Se redressant, Laïmu alla chercher un tissu dans sa commode et l'imbiba d'eau froide, qu'elle appliqua ensuite avec soin sur le menton blessé de Sisam.

— Les jeux ne font pas bon ménage avec Oros, semble-t-il, dit-elle avec un sourire compatissant. J'espère que tu n'y as pas perdu ton appétit ?

— Non, je ne crois pas, répondit-il en grimaçant un peu.

— Ta lèvre ne te fait pas trop souffrir ? Veux-tu que j'y mette un peu d'eau-de-vie ?

— Je survivrai, ma tante. Ne t'en fais pas, ce ne sont que des égratignures.

Le regard de Laïmu se détendit et elle lui embrassa tendrement le front.

La soirée se poursuivit autour de la table du dîner tandis qu'ils discutaient de la journée passée, et du travail de Sisam sur les murs du Temple.

Les cheveux longs attachés en chignon, Laïmu l'écoutait avec intérêt. Ses yeux d'une étonnante clarté, à l'expression presque angélique, perpétuaient une étonnante jeunesse sur son visage, aux traits semblables à ceux d'une adolescente qui aurait joliment vieilli. Sa longue robe empesée, d'un bleu outremer, était surmontée d'un vieux tablier beige dont les motifs avaient presque disparu avec les multiples lavages. Elle aurait sans doute pu s'acheter un tablier neuf, mais comme pour beaucoup de choses, Laïmu y accordait une valeur affective. Il aurait fallu que le tissu soit parsemé de déchirures et de trous pour qu'elle se décidât à le troquer contre un nouveau. Par ailleurs, malgré son travail laborieux de lessiveuse, Laïmu tenait leur maison en véritable fée du logis. La pierre apparente alliée aux boiseries conférait à leur demeure une chaleur particulière, nourrie de l'habileté de sa propriétaire à harmoniser avec goût les couleurs et le mobilier, en dépit de la modestie de ses moyens. Elle avait toujours de bonnes excuses pour refuser à Sisam des frais qu'elle considérait inutiles, et préférait qu'il destine ses économies à d'autres fins.

Ils discutèrent avec entrain durant tout le repas. Laïmu vint finalement déposer un plateau de fruits frais sur la table, dont Sisam fit valser une pomme dans laquelle il croqua tout en bavardant.

— Tu sais, Sisam, enchaîna sa tante au bout d'un moment, depuis que je t'ai vu naître et grandir, tu as toujours su réaliser des choses extraordinaires de tes mains. Cette maison est toute remplie de toi, de ton talent, d'une infinité de souvenirs que nous partageons depuis tant d'années, déjà…

Pensive, elle marqua une courte pause, avant de reprendre :

— Le temps est un vrai renard. Il tourne autour de toi comme un ami, il t'apprivoise doucement, te laisse même parfois caresser son pelage… mais un jour, sans crier gare, il finit toujours par te mordre !

Elle eut un petit sourire nostalgique, et son regard erra un instant sur les murs drapés de tentures de la pièce, à la recherche de quelque souvenir enfui. Reposant la pomme dans son assiette, Sisam se pencha vers elle.

— Quelque chose ne va pas, ma tante ?

Laïmu voguait sur un océan d'images anciennes dont la mémoire échappait entièrement au jeune homme. Il avait déjà surpris sa tante perdue dans les méandres de ses pensées lointaines, lorsqu'elle raccommodait de vieilles tuniques trouvées au marché ou se détendait près de l'âtre les froides soirées d'hiver, quand ses doigts couverts d'engelures la faisaient trop souffrir. Maintes fois il avait voulu savoir ce que dissimulaient ses longs silences, mais Laïmu y répondait toujours par quelque plaisanterie ou accusait avec humour une sénilité précoce.

— Ma tante ? insista-t-il.

— Oh, souffla-t-elle, comme si elle reprenait enfin conscience du monde qui l'environnait. Pardonne-moi, Sisam, je suis une vieille sotte qui laisse ses pensées un peu trop l'envahir. J'ai bien moins d'avenir que de passé, à mon âge…

— Tu sais bien que pour moi, ça ne change rien, répliqua-t-il avec chaleur.

— Et pourtant… Les années creusent nos rides aussi sûrement que nos forces. Et cela sans même que tu t'en aperçoives ! Toutes ces réparations et ces aménagements que tu as faits dans cette maison, je n'aurais pu les accomplir. Tu es un véritable orfèvre, Sisam, et crois bien que j'en suis fière.

— Grâce à toi, ma tante. Je sais les sacrifices que tu as endurés pour me donner toutes mes chances. Alors, le moins que je puisse faire aujourd'hui, c'est bien de garder notre maison en état.

Elle hésita un instant, cherchant les mots les plus délicats pour exprimer sa pensée.

— Tu as fait tout ce qui était possible de faire, répondit-elle en fixant à nouveau son regard limpide sur lui. Mais les années passent à grande allure, et tu es un homme, à présent. Un sacré bel homme, d'ailleurs, d'après ce qu'en disent certaines filles de la Cité… C'est là un merveilleux atout, et cet atelier que tu as créé avec ton ami Oros t'a également valu une solide réputation parmi les hautes gens d'Ostacle. Tu gagnes correctement ta vie, désormais et… ma foi, tu mérites bien d'avoir une maison pour toi seul. Tu sais bien que j'arriverai toujours à me débrouiller ici, désormais, tu as tant œuvré pour me rendre la vie plus facile... Il est sans doute temps aujourd'hui pour toi de voler de tes propres ailes, de fonder un vrai foyer.

Sisam sembla un peu contrarié, mais lui adressa un sourire qui se voulut réconfortant.

— Tante Laïmu, crois-moi, je me sens parfaitement heureux avec toi. Tu as toujours été ma seule et unique famille... Rien n'a plus d'importance à mes yeux que de te savoir à l'abri du besoin et d'être là pour veiller sur toi, comme tu l'as fait pour moi durant toutes ces années... Et puis, j'aime cette maison. J'y suis chez moi, du plus profond de mon cœur.

— Je sais que tu seras toujours là pour moi, Sisam, et cette maison sera toujours la tienne. Mais vois-tu... je voudrais te voir sourire davantage à la vie. Le ciel sait à quel point t'élever et t'accompagner tout au long de tes jeunes années m'a offert de bonheur. Mais ce bonheur-là aurait été si différent à partager auprès d'un être aimé...

Un court moment, ses yeux se voilèrent, mais elle se reprit :

— Ma vie est faite, mon garçon. Mais la tienne commence. Tu n'as pas à suivre les pas qui ont été les miens. Quelque part, ici ou plus loin, le vrai bonheur t'attend. Et cela... tu le sais, seul l'amour en est digne et pourra te l'offrir.

Sisam se renfonça dans sa chaise et posa une main nerveuse sur son épaule endolorie. Le visage fermé, il semblait s'être tout à coup retiré en lui-même, comme au plus profond d'un puits de silence familier. Laïmu savait ce que signifiait ce comportement taciturne chez son neveu, mais elle trouva néanmoins le courage de lui avouer le fond de sa pensée.

— Sisam, tu ne peux plus continuer ainsi à l'attendre et l'espérer, lâcha-t-elle dans un souffle. Helya ne reviendra plus, il faut que tu l'admettes une fois pour toutes.

À ces mots, les yeux de celui-ci s'embrumèrent, avant de s'enflammer. La colère et la douleur l'étreignirent soudain si fort que son cœur se mit à résonner en lui comme l'orage sur le versant d'une montagne.

— *Quoi ?* fit-il d'une voix blanche.

Une boule de feu gonflait dans sa gorge, asservissant son corps et ses pensées. Il n'avait plus ressenti pareille brûlure depuis bien longtemps.

— Sisam, je sais que nous aurions dû parler de tout cela plus tôt, mais…

— Tu ne sais rien, absolument *rien* ! s'écria-t-il en bondissant de sa chaise, qui bascula et se renversa en claquant sèchement sur le sol. Toi qui es restée seule toute ta vie, ma tante, que peux-tu bien savoir de l'amour ?

Désemparée, Laïmu ne trouva rien à répondre. Les yeux noirs de douleur, Sisam s'enfuit de la pièce commune, grimpant quatre à quatre les escaliers de l'étage supérieur. Le feu qui couvait au fond de sa gorge calcinait maintenant son cœur et se répandait vivement dans son épaule comme un torrent de flammes. Parvenu dans sa chambre, il claqua la porte derrière lui et se laissa choir sur le lit, les poings serrés. Puis il vida enfin l'air brûlant de ses poumons, étouffant son long cri douloureux dans l'épaisseur de l'édredon où il enfonça son visage.

En proie à de sourdes angoisses, il retira alors sa tunique et effleura des doigts un étrange tatouage ornant son épaule : une ligne sinusoïdale marquée de trois points. On eut dit une plaie tant sa couleur était rouge, comme si on venait de marquer sa peau au sang.

Peu à peu, les flammes s'éteignirent et Sisam parvint à respirer, les yeux perdus dans les ombres lancinantes du plafond.

Les larmes auraient certainement envahi son visage si ses yeux n'avaient déjà puisé depuis longtemps ce qu'il lui restait à pleurer. Mais la douleur, la peur et le chagrin étaient trop profonds, trop subtils. Il s'était tant acharné à les enterrer au plus secret de lui-même qu'il pensait presque s'en être à jamais débarrassé. Quelle innocente vanité que de l'avoir cru !

Le passé venait de resurgir.

Avec une acuité qui le bouleversa tant les images qui défilaient maintenant sous ses yeux semblaient réelles, Sisam revit le visage de la petite fille d'antan qui partageait jadis chaque moment de sa jeune vie.

Helya.

DEUXIÈME PARTIE

HELYA

Chapitre 7

Ses paupières étaient closes. Ses longs cils recourbés frémissaient à peine.

La pointe de l'ange. L'équilibre parfait. Elle y était presque.

Il fallait garder sa concentration, effacer toute image de son esprit. Là résidait le secret.

— Maîtresse Helya ! Il nous faut partir à présent. M'entendez-vous ? Je vous en prie, nous n'avons que trop tardé !

À l'appel de son nom, elle ouvrit instinctivement les yeux et aperçut le vieux Farf, en contrebas, qui lui faisait des signes désespérés de ses deux bras osseux. La jeune fille se gourmanda d'être aisément influençable et referma les paupières.

La vaste salle de gymnastique résonnait de voix et de pas lointains. On s'affairait tout autour d'eux. On les cherchait même certainement. Mais Helya n'en avait cure pour l'instant. Voilà maintenant quinze ans qu'elle était citoyenne de Thrèce, qui plus est fille de Gouverneur, et elle s'autorisait certaines libertés sans lesquelles la vie dans cet écrin de marbre blanc serait vite devenue une prison pour son cœur.

Arrachée il y a longtemps à sa famille de sang et adoptée par la famille du Gouverneur Phonkerf alors qu'elle n'était qu'une enfant, elle vivait aujourd'hui dans l'opulence et le luxe du Palais de ses nouveaux parents. À vingt-cinq ans, elle était aujourd'hui une belle jeune fille aux boucles rousses, dont les grands yeux bleus myosotis témoignaient d'une sensibilité à fleur de peau. Ses petites lèvres ourlées et son front volontaire lui donnaient parfois des airs de poupée, mais l'analogie s'arrêtait là. Avec l'âge, la jeune Helya s'était forgée un caractère autrement plus coriace que ce que laissait présager son visage angélique. Nombreux étaient ceux dans le Palais qui auraient pu en témoigner, voire s'en plaindre.

— Saperfouille, Dame Helya, le seigneur Phonkerf sera très mécontent de notre retard ! Voulez-vous bien m'écouter ?

Farf, son petit compagnon Anachrone, la surveillait avec inquiétude. D'ailleurs, lorsqu'il commençait à user de ses jurons burlesques, c'était toujours chez lui un signe d'extrême irritation ou d'excessive joie. Ami fidèle et serviteur attitré de la jeune fille, il ressemblait, comme tous les jeunes de sa race, à un vieil homme trapu de soixante-dix ans passés. En réalité, même si son corps fripé semblait usé par les années, son esprit et son cœur étaient ceux d'un adolescent. C'était là une singularité qui différenciait les Anachrones de la race des Hommes. Farf n'avait jamais croisé l'un de ses semblables au sein des Cités, et pour tout dire, personne ne croyait vraiment ici à l'existence de son peuple. D'aucuns parlaient de lui comme d'une sorte de monstre dégénéré, que la vie solitaire dans l'Âpre-Monde aurait perverti et condamné à cette apparence de vieillard prématuré. Esclave de la Cité de Thrèce, il portait de simples braies grises attachées à la taille par un ceinturon de cuir et ficelées aux chevilles, accompagnées d'une tunique sans manches marquée du sceau du Gouverneur : un grand faucon posé ailes déployées sur le sommet d'une tour. À l'instar des autres esclaves, et quoique cela lui en eût coûté depuis son arrivée au Palais, on lui avait interdit le port de chaussures, afin de lui ôter toute velléité d'évasion.

Le corps tendu sur une haute poutre suspendue à six mètres du sol, les yeux bien clos, Helya cherchait à atteindre ce qu'elle appelait *la pointe de l'ange* : un point d'équilibre parfait entre l'air et la terre, son corps n'étant plus tenu que par l'extrémité d'un de ses pieds tendu. Son visage, serein et décontracté, cherchait la lumière des hautes verrières.

— Maîtresse Helya ! l'interpella Farf, de plus en plus anxieux. Vous n'êtes pas raisonnable, vraiment. Helya, est-ce que vous m'écoutez ?

Ignorant les vaines protestations de son ami, la

jeune fille sourit doucement et leva peu à peu les bras vers le haut plafond garni de lustres en argent. Elle ressemblait maintenant à une ballerine, perchée au plus haut sommet de son univers intérieur, sa courte robe en mousseline de soie violine flottant légèrement dans l'air tiède de la salle.

Ici, elle se sentait libre. Ici, elle vivait l'un de ses trop rares moments de paix de l'âme. Un instant rare et magique dont elle voulait jouir en toute impunité.

Garder sa concentration. Là résidait le secret.

Aujourd'hui était un jour bien particulier. Il marquait la célébration du 999e anniversaire de l'édification des Trois Cités. Arkopolis, Thrèce et Ostacle avaient vu le jour à une époque si lointaine que peu de manuscrits étaient parvenus à franchir les épreuves du temps, alors que les premiers Hommes avaient décidé de quitter les contrées sauvages d'Oesion pour bâtir une nouvelle civilisation sur les cimes de Pan-Kaïa. D'après ces manuscrits, la première Cité jamais bâtie sur l'une des dents de la montagne fut celle d'Arkopolis. Elle avait accueilli les premiers de leurs ancêtres, ce qui expliquait sans doute pourquoi les ouvrages de leurs aïeux étaient conservés là-bas, précieusement entretenues par la confrérie des Archivistes. Mais avec les années, Arkopolis avait vu sa population atteindre des proportions que la seule Cité ne pouvait contenir, et il fallut entreprendre de nombreuses excursions sur les autres cimes de Pan-Kaïa, qui devaient devenir les berceaux d'Ostacle et de Thrèce. Plusieurs décennies furent nécessaires pour construire ces nouvelles Cités, et plus encore pour les relier entre elles par les imposants viaducs.

Comme ses ancêtres avant lui, Phonkerf était devenu le Gouverneur de la Cité de Thrèce, certainement la plus démocratique de toutes. Même si la politique qui régissait les trois mégalopoles avait toujours su garder sa cohésion, les choix de gouvernement n'étaient pas pour autant les mêmes au fil des siècles. La répartition de l'ensemble des citoyens sur les crêtes de Pan-Kaïa avait instauré de nouvelles notions de territoire. Il devint alors indispensable de créer un lieu privilégié qui puisse rassembler dans une parfaite neutralité les trois représentants de chaque Cité : le Haut Parlement, jadis édifié par l'un des ancêtres de Phonkerf, à l'épicentre des trois grandes demeures des Hommes, au sommet du grand Mirador. Dès lors, ce fut au cœur de ce vaste bâtiment que siégèrent traditionnellement les Gouverneurs lors de toutes leurs grandes assemblées, au cours desquelles étaient débattues les grandes questions politiques, juridiques et sociales des Cités. Des centaines de hautes colonnes de marbre couraient tout le long de son enceinte, hérissée elle-même de nombreux balcons offrant une vue étourdissante sur chacune des Trois Cités. À vol d'oiseau, on aurait pu comparer l'édifice à une immense roue, vissée sur l'enceinte du Mirador.

Pourtant, si le Haut Parlement demeurait aux yeux

de tous un monument riche de sculptures, de peintures et de vastes tapisseries, la poussière des âges y régnait en maître, et l'or étincelant d'autrefois avait perdu son éclat originel. En vérité, le monde et les mentalités avaient changé. Avec les siècles, les Cités étaient devenues de plus en plus indifférentes au sort de chacune, jusqu'à restreindre leurs relations à la plus cordiale des diplomaties.

En ce jour exceptionnel, le Gouverneur Phonkerf était plus agité que de coutume. Les préparatifs pour la cérémonie s'avéraient lourds et fastidieux. Il n'avait jamais été lui-même un fervent défenseur de celle-ci, dont les intérêts premiers de dialogues et de tables rondes s'étaient rapidement substitués à d'affligeantes mondanités.

Malgré son âge, Phonkerf avait gardé la robustesse de ses jeunes années, acquise tout au long d'une vie trépidante et laborieuse. Le temps avait creusé des sillons sur son visage massif, mais ses yeux d'un bleu vif n'avaient rien perdu de leur pugnacité. Tout comme ses mains, son cœur pouvait se tendre vers ceux qui honoraient ses idées, ou se fermer à ceux qui les trahissaient. Phonkerf avait en effet toujours considéré que la conciliation ne suffisait pas à faire la noblesse d'un souverain : l'intégrité était sa nécessaire condition.

Outre ses convictions d'harmonie politique, le Gouverneur se conduisait à la ville en aristocrate de bon goût, usant de tous les apparats et des coutumes protocolaires dus à son rang. Mais hors de ce contexte, il aimait à redevenir un homme simple et proche de son peuple, délaissant les costumes luxueux du Palais pour des vêtements plus modestes.

En traversant à pas vifs les couloirs, deux soldats le saluèrent sur son passage, auxquels il ne prêta pas plus attention que de coutume.

— Seigneur Phonkerf, firent-ils en inclinant légèrement la tête sur son passage.

Croisant dans les couloirs sa femme Syline et leurs deux fils, il les interrompit dans leur propre affairement.

— Avez-vous vu Helya quelque part ? demanda-t-il à brûle-pourpoint. Voilà plus d'une heure que je l'ai faite appeler.

— Je regrette, cher époux, mais j'ignore où peut bien se cacher votre adorable petite peste. Cela dit, nous n'allons pas nous mettre davantage en retard pour elle, n'est-ce pas ?

Phonkerf ne releva pas la remarque piquante de sa femme, tandis qu'elle pressait ses fils devant elle. Puis, ravalant avec peine son agacement, il s'engagea dans les escaliers du Palais en hélant le nom d'Helya.

Chapitre 8

Dans la salle d'entraînement, Farf faisait les cents pas, ne pouvant s'empêcher de pester contre sa jeune maîtresse.

— Dame Helya, ronchonna-t-il une fois encore, vous vous doutez que votre famille doit vous chercher partout pour rejoindre les portes du Palais, fin prête, habillée et maquillée comme votre rang l'exige. Dois-je vous rappeler que la célébration des Cités est pour aujourd'hui ? Nom de nom, ma Dame, pourquoi vous obstinez-vous toujours à ne faire que ce que bon vous semble ?

Farf s'égosillait en vain. Helya faisait la sourde oreille, toute concentrée sur son équilibre et le monde qu'elle entrebâillait sous ses paupières closes. Durant quelques enivrantes secondes, elle laissa son esprit s'envoler plus loin encore que les toits du Palais, plus loin que les Cités elles-mêmes. Elle s'imagina faucon, fendant les airs de ses ailes puissantes, surplombant les terres sans aucune entrave à sa noble liberté.

Le ciel l'appelait. La lumière l'enveloppait.

Phonkerf fit alors brutalement irruption dans la salle.

— HELYA ! hurla-t-il de colère.

Surprise, la jeune fille perdit l'équilibre, oscilla un instant sur la poutre en balançant les bras d'avant en arrière, et tomba brusquement de son perchoir. Elle se rattrapa à l'extrémité d'une seconde poutre, en contrebas, sous les yeux pétrifiés de Farf, qui s'élança vers elle au moment où elle lâcha prise. Elle tomba de tout son poids dans les bras chétifs de son serviteur qui s'effondra sous le choc, amortissant néanmoins la chute de sa protégée.

Instantanément, la mauvaise humeur de Phonkerf se dissipa. Inquiet, il courut vers elle et s'agenouilla à ses côtés, s'assurant qu'elle n'était pas blessée.

— Helya, je suis terriblement désolé.

Son regard s'était adouci et sa voix vibrait d'une sincérité rassurante.

— Merci, Farf, dit-elle en grimaçant de douleur.

Le malheureux Anachrone ne trouva ni la force ni le souffle nécessaire pour lui répondre, et se contenta de lui adresser un petit signe de la main.

— Helya, s'enquit Phonkerf, réponds-moi, ma fille. Tu es sûre que tu n'as rien ?

Devant le silence absolu qu'elle s'obstinait à tenir, il serra les lèvres et lui caressa maladroitement la tête.

— Bien, fit-il en se redressant. Me voilà rassuré. Farf, il va nous falloir un peu de glace pour soulager ces vilaines blessures.

Péniblement, ce dernier se remettait sur pieds quand Helya l'arrêta.

— Inutile, je vais très bien.

Farf détendit ses muscles et soupira discrètement. Le choc l'avait sérieusement secoué, et il se massa le crâne en tortillant du cou.

— Eh bien, si c'est le cas, enchaîna le Gouverneur, je te rappelle que nous devons partir dans moins d'une heure pour Ostacle. Nous fêterons le 999e anniversaire des Cités, et même si cela ne m'enchante guère plus que toi, je ne peux m'y dérober. Tous les hauts dignitaires des Cités y sont conviés, ainsi que les gens de leurs familles. Il nous faudra faire bonne figure, n'est-ce pas ?

Helya acquiesça, puis se releva en écartant la main que lui tendait son beau-père.

— N'ayez crainte, je m'en vais repoudrer ce nez qui vous fait si honte.

Farf s'excusa timidement auprès du Gouverneur et emboîta le pas à la jeune fille, claudiquant un peu de la jambe droite. Phonkerf les regarda s'éloigner, le front barré d'une peine dignement contenue.

En empruntant l'un des escaliers qui menait à sa chambre, Helya croisa sa belle-mère Syline. Toute de noir vêtue, sa longue robe satinée cascadant derrière elle en une farandole de frises argentée, elle avait remonté ses cheveux bruns en une coiffe sévère et peint son visage d'un masque de beauté glaciale. Les lèvres pincées, elle la foudroya du regard.

— Te voilà enfin ! la réprimanda-t-elle d'un ton cassant. Je vois que tu ne manques jamais une occasion de te faire remarquer. Tous les gens de ce Palais ne sont pas seulement là pour satisfaire tes caprices, très chère. À croire que tu prends un malin plaisir à causer tant de soucis à ton pauvre père.

Helya se retourna vers elle et la toisa avec dédain.

— Pauvre, certainement pas. Et autant que je sache : père, encore moins.

Sans attendre de réponse, Helya dévala les escaliers, suivie de près par le vieux Farf, plus recroquevillé que jamais.

Chapitre 9

La famille au grand complet du Gouverneur Phonkerf était rassemblée sur les marches du perron du Palais. En de telles occasions, les ramifications aristocratiques s'étendaient jusqu'en dehors des simples murs de la résidence, et l'on voyait réapparaître des cousins, neveux, nouveaux oncles et anciennes veuves dont la fibre familiale se ravivait soudainement. Les nombreuses générations de dignitaires s'étaient accumulées les unes après les autres, tant et si bien qu'il était devenu inimaginable d'en vérifier l'authenticité, hormis certains d'entre eux. Seule la Confrérie des Archivistes aurait pu s'atteler à cette tâche, mais ce n'était ni son rôle, ni sa préoccupation. Pour Phonkerf, le véritable problème était de garder en mémoire les noms de tous ces individus qui se réclamaient de sa dynastie. Aussi, afin de ne froisser personne, était-il devenu un génie de la pirouette lorsqu'un visage ne lui rappelait rien.

Empruntant plusieurs carrosses tirés par de nombreux chevaux aux apparats étincelants, le prestigieux cortège, entouré d'une escorte de cavaliers, prit la direction des portes de la Cité, puis traversa l'un des grands viaducs, au-dessous duquel le vide de l'ancien cratère était comblé par un anneau vertigineux de nuages. Long de mille deux cents mètres, ce fantastique monument enjambait majestueusement la falaise à plus de mille mètres au-dessus du niveau de l'ancien cratère. Il avait fallu construire autrefois plusieurs ponts de bois pour relier les versants entre eux avant de commencer l'ouvrage définitif. La construction des trois viaducs avait nécessité un travail de grande précision, et les architectes de talent qui s'y étaient attachés avaient laissé leurs noms gravés sur la pierre, à l'exacte jonction des deux moitiés de l'arc.

De l'autre côté du viaduc les attendait, érigé sur plusieurs centaines de mètres, le Grand Mirador, clef de voûte des Trois Cités. Un lieu de passage obligé pour tous les voyageurs qui avaient à se rendre dans l'une ou l'autre des Cités. Là, des individus en longs manteaux gris, le visage dissimulé derrière leur masque blanc, les accueillirent et relevèrent leurs identités.

— Cette comédie est ridicule ! lança discrètement Syline d'un ton indigné. Nous ne devrions pas avoir à nous prêter à leur inspection répugnante !

Phonkerf fit signe à son épouse de se calmer.

— Nul ne le devrait, en vérité. Mais la paix des Cités est à ce prix.

— Tout de même, nous sommes les souverains de Thrèce, en visite officielle !

— Allez donc le leur expliquer, ma chère. Je suis de tout cœur à vos côtés.

Syline eut cette moue fâchée qu'il lui connaissait bien, dont l'expression finit par se muer en petit rictus contrit.

Installée à l'arrière de l'un des carrosses aux côtés de ses demi-frères, Helya observait avec angoisse le visage blafard de ceux qu'elle avait toujours appelés les Masques Blancs. Enveloppés sous leurs amples capes, on ne pouvait que deviner leurs silhouettes et les subtils mouvements de leurs corps invisibles. Les années passées dans la quiétude du Palais n'avaient pas effacé ses douloureux souvenirs, pas plus que la terreur que lui avaient toujours inspiré ces sinistres individus dont elle n'avait jamais entendu prononcer un traître mot.

— Tu en fais une drôle de tête, Helya, observa l'un des garçons, les mains croisées derrière la tête. On dirait que tu as mal digéré quelque chose ?

— À mon avis, ce sont ces types masqués qui lui filent la trouille, avança son frère en ricanant.

— C'est vrai ? Oh, Helya, tu crois qu'ils vont nous faire du mal ? Tu imagines, si jamais l'un d'eux entrait dans notre carrosse…

Les deux frères venaient de trouver un nouveau terrain de jeu pour leurs railleries, mais cette fois, Helya ne put contenir son exaspération, amplifiée par la sourde angoisse qui s'emparait d'elle.

— Silence ! cracha-t-elle brusquement. Encore un mot de vous, et je jure que fils de Gouverneur ou pas, je vous traîne l'un et l'autre si près d'une de ces faces de neige que vous pourrez goûter son haleine ! Quelqu'un est tenté ?

Étonnés par son accès d'humeur, les deux garçons se turent un moment, avant de se mettre à glousser dans leur coin. Mais au moins, ils la laissèrent un moment tranquille.

Du haut de sa Tour, le maître du Mirador venait d'être informé par l'un des Masques Blancs de l'arrivée des représentants de Thrèce. Inclinant la tête pour intimer à son sbire de retourner à son poste, il descendit quelques marches et rejoignit le balcon inférieur. D'allure funeste et imposante, celui qu'on nommait Morlhed « le Passeur » arborait une lourde cuirasse de métal sombre et usée qui recouvrait son large torse. Un heaume à visière, imitant le faciès d'un grand félin, recouvrait son visage, dont on ne pouvait distinguer que les yeux par une étroite ouverture. Une grande cape anthracite aux insignes de Doldometh et aux broches en forme de pattes griffues tombait sur ses colossales épaules.

— Bienvenue à vous, Gouverneur Phonkerf, tonna-t-il de ses hauteurs sans que la distance n'affecte la puissance de sa voix profonde. Il devient rare de vous voir par ici, et je me réjouis de vous savoir présent pour cette grande célébration de nos chères Cités…

ou plutôt *vos* chères Cités, pardonnez-moi. Tous vos gens sont-ils avec vous ? Aucun retardataire ?

Dans son carrosse à ciel ouvert, Phonkerf se leva pour saluer son interlocuteur et fit un signe de dénégation de la main.

— Mes proches et leurs familles attendaient cette journée avec impatience, seigneur Morlhed, s'exclama-t-il. Merci de votre accueil et mes hommages à votre maître.

La diplomatie du Gouverneur n'avait d'égal que sa courtoisie, dont il savait toujours user avec habileté. Les yeux de Morlhed sourirent sous la pénombre de son casque, puis après un bref instant d'observation, il leva un bras pour autoriser le passage.

— Heureux séjour en la Cité d'Ostacle ! leur souhaita-t-il tandis que les grandes portes du second viaduc s'entrouvraient.

Phonkerf se rassit à sa place, sous le regard presque accusateur de sa femme. On aurait dit qu'elle lui reprochait silencieusement son allégeance, qu'elle confondait trop souvent avec de la vulgaire soumission.

Le carrosse d'Helya et de ses demi-frères se mit en branle. Ils quittaient enfin l'immonde compagnie des Masques Blancs. Elle soupira de soulagement.

Le cortège pénétra alors sur le deuxième viaduc, en direction de la Cité d'Ostacle, dont les fières et éclatantes bâtisses se détachaient au loin sur le ciel azuré.

Chapitre 10

Quelques heures plus tôt, émergeant des ombres feutrées de la nuit, la belle Cité d'Ostacle s'était éveillée doucement sous un soleil à peine voilé de maigres nuages. La haute altitude avait ceci d'agréable qu'elle apportait toujours brise et fraîcheur aux habitants, mais malheureusement trop peu de gros nuages chargés de pluie. Cela s'avérait d'autant plus vrai en cette fin de printemps, où le soleil de plomb cristallisait en son zénith toutes les activités les plus pénibles des citoyens. Les seuls à pouvoir travailler en plein midi étaient encore ceux qui avaient la chance d'exercer leur emploi à l'abri de leur maison ou de leur commerce. Il fallait bien apprendre à composer avec le climat et les pénuries d'eau si l'on voulait continuer à faire vivre l'économie. En cela, une année n'était jamais pareille à une autre. Tous les citoyens en avaient conscience et se montraient prudents à l'approche des chaudes saisons, d'autant que personne, pas même les plus fous ou les plus téméraires, ne se serait risqué à improviser une expédition de ravitaillement hors des frontières des Trois Cités. Selon les rumeurs, seules de détestables créatures survivaient au-dehors, ainsi qu'une poignée de barbares, que l'armée citoyenne devait régulièrement repousser des limites de leur enceinte. On les appelait les Khalibans : des brigands dégénérés, jaloux du bien-être et des fortunes des antiques mégalopoles. Des êtres avilis par l'Âpre-Monde, que tous les Gouverneurs s'étaient toujours employés à refouler au plus loin de leur havre de paix.

Laïmu se réveilla brusquement. Elle venait de rêver des Khalibans. Ils s'étaient emparés de Sisam durant la nuit et l'avaient enlevé sous ses yeux pour l'emporter au-delà de la ceinture impénétrable de nuages. Un horrible rêve, qui lui avait laissé des sueurs froides dans le dos. Rassemblant ses esprits, elle se redressa sur le lit, se leva et alla se tremper le visage dans une bassine d'eau fraîche. En relevant la tête, elle aperçut son visage dans le miroir. Ses yeux étaient rouges et marqués de cernes bruns. Beaucoup trop de choses s'étaient emmêlées cette nuit dans sa tête, et depuis quelque temps déjà, l'insomnie la guettait. Mais Laïmu ne voulait pas se laisser aller à ses angoisses de vieille femme. Posant quelques couleurs sur ses joues et coiffant ses longs cheveux argentés avant de les attacher en cet élégant chignon dont elle ne se départait jamais, elle sortit de sa chambre et se rendit dans la cuisine. Elle y découvrit Sisam, assis en tailleur en train de réparer un vieux fauteuil en osier. Son visage s'adoucit, et elle s'approcha de son neveu pour lui caresser la joue d'une main frêle. Il recula, plus par réflexe que par simple surprise.

— Bonjour, dit-elle. Tu es bien matinal, aujourd'hui.

— Oros et moi avons rentré de nouvelles commandes cette semaine, expliqua-t-il en remettant le fauteuil d'aplomb pour s'assurer de son état. J'ai déjà pris beaucoup de retard en travaillant de bonne grâce sur le Temple d'Ecleïes, et je ne veux pas perdre mes nouveaux clients à cause de lui.

— Sisam, risqua-t-elle, je voulais te dire… Je suis terriblement désolée pour hier. En fait…

À son grand étonnement, Sisam lui saisit doucement la main et, abandonnant ses outils au sol, se leva pour la prendre dans ses bras. Laïmu en resta interdite. C'était la première fois depuis de bien longues années qu'il prenait une telle initiative. Il la serrait si fort contre elle que ses mains tremblaient.

— Je t'aime, ma tante, murmura-t-il. J'ai été dur avec toi la nuit dernière, et en vérité, c'est moi qui m'excuse pour tout ce que je t'ai dit. C'était injuste et vraiment lamentable de ma part.

Laïmu eut un sourire ému et prit le visage de Sisam entre ses mains.

— Mon petit, ne dénigre pas tes émotions. Elles sont toutes à ton honneur, et me prouvent une fois de plus que ton cœur est le plus noble qui soit ! Je suis persuadée qu'il guidera toujours tes pas sur le plus juste des chemins.

— Je l'espère, ma tante, répondit-il d'un ton évasif. C'est juste que… j'aimerais simplement que le monde soit un peu différent… Qu'il soit possible d'aller et venir librement entre nos Cités, sans avoir à toujours montrer patte blanche comme des animaux tenus en cage !

Il s'interrompit, essayant de calmer le feu qui embrasait déjà son esprit.

— Tu as toujours voulu voler de tes propres ailes, reprit calmement Laïmu en le regardant avec une lueur d'admiration dans les yeux. Je n'ai d'ailleurs jamais été surprise que tu deviennes ton propre patron en montant cet atelier avec ton ami Oros. L'indépendance, la liberté… Tu n'as jamais cessé d'avoir ces mots-là à la bouche.

Pensif, Sisam relâcha son étreinte de Laïmu et alla décrocher ses quelques affaires du portant.

— Peut-être… peut-être qu'en gagnant la vraie liberté, je pourrai un jour retrouver Helya.

Le visage de sa tante devint grave.

— Je comprends ton chagrin, mon garçon, dit-elle avec bonté. Mais souviens-toi que tes parents ont jadis payé le prix de leur affront aux Gouverneurs, et que tu les as perdus à cause de leur obstination à vouloir trouver cette liberté. Je t'en prie, ne commets pas les mêmes erreurs.

— Je n'ai pas l'intention d'épouser une révolution ! se défendit-il aussitôt.

— À la bonne heure. Une femme, cela serait déjà bien suffisant.

Sisam ne releva pas la remarque et adressa à Laïmu un petit salut du menton. Puis il quitta le seuil de la maison pour s'en aller rejoindre l'atelier. Oros devait déjà être sur le pied de guerre.

Chapitre 11

Sur son chemin, Sisam croisa quatre gardes citoyens, forçant une femme avec un bébé braillant dans les bras à les suivre. Interloqué, il les observa un moment. Ce n'était guère la première fois qu'il assistait à une scène semblable, mais chacun de ces incidents le renvoyait inévitablement à son drame personnel. Il se demanda quel méfait cette pauvre femme avait bien pu commettre pour se retrouver en état d'arrestation, tout comme il s'était toujours demandé pourquoi Helya avait un jour disparu de sa vie, enlevée par ces inconnus aux visages masqués. Personne n'avait jamais obtenu de réponse claire à cette question, pas même les parents éplorés de son amie, qui avaient remué ciel et terre pour la ramener à eux. Les seuls et uniques coupables qu'on leur ait désignés avaient toujours été ces damnés Khalibans.

Perdu dans ses pensées, Sisam fut soudain interpellé dans la rue. En se retournant, il reconnut Oriance, la jeune fille rencontrée la veille au soir à la Taverne des *Laborieux*. Elle lui faisait signe depuis l'entrée de son magasin, l'invitant à la rejoindre. Lui rendant son signe amical, il dévia de sa route et entra dans ce qu'il découvrit être une soufflerie de verre, ornée de nombreuses sculptures finement ciselées et aux couleurs chatoyantes. Il y avait là de splendides pots de fleurs, des duos de verres à pied entrecroisés pour couples, des saladiers translucides, des récipients de toute beauté et des figurines sculptées avec force détails. Sisam était émerveillé par tant de prouesses, lui qui savait ce que représentaient l'application, la patience et la minutie du travail manuel. Il songea que celui du verre requérait certainement une finesse qui convenait davantage aux doigts fuselés d'Oriance.

— Auriez-vous oublié celle qui vous a sauvé des loups, Sisam ? lança-t-elle d'un ton espiègle.

— Bien sûr que non. Comment allez-vous ?

— Très bien, merci. Je vous ai aperçu depuis l'autre côté de la rue, mais vous avez mis un certain temps pour me reconnaître, je pense.

Sisam la regarda avec plus d'insistance, et se remémora les paroles de son ami Oros. Oriance avait un regard expressif aux couleurs de prairie, accentué de longs sourcils bruns qui donnaient à son visage une expression réellement fascinante. Grande et svelte, vêtue d'une longue robe de lin orangée serrée à la taille par de fins foulards brodés, elle n'était probablement pas femme à passer inaperçue aux yeux des autres hommes. Il devait lui suffire de dénouer ses longs cheveux d'un blond cuivré, et d'agrémenter son regard cristallin de doux battements de cils, pour faire battre le cœur des plus aguerris.

— J'aimerais beaucoup vous faire découvrir mon petit univers ! Qu'en dites-vous ?

Embarrassé par la spontanéité désarmante de la jeune femme, Sisam regretta un instant l'élan d'enthousiasme qui lui avait fait emprunter cette rue-ci pour rejoindre l'atelier.

Entrant dans la boutique de la jeune femme, il fut étonné de trouver là Ecleïes. Ce dernier venait manifestement récupérer une commande personnelle, qu'il caressait de ses doigts poussiéreux : une étrange sculpture représentant un homme et une femme fondus l'un dans l'autre, le torse de l'homme émergeant comme une vague du ventre de la femme à la poitrine tendue.

Sisam ne fut pas mécontent de trouver là un terrain de diversion à sa gêne envers Oriance, même en la personne de ce vieil acariâtre dont il préférait d'ordinaire éviter le chemin.

— Tiens, Sisam ! s'exclama Ecleïes en le voyant entrer. Serais-tu devenu d'humeur plus sociable pour te risquer dans les boutiques de notre bonne vieille Cité ?

Sisam leva un œil sur son interlocuteur et fronça les sourcils. Il n'appréciait guère ses sarcasmes.

— Il est mon invité, confia Oriance avec un sourire

en coin adressé à Sisam. J'avais envie de lui faire faire un peu connaissance avec la boutique. Vous n'y verrez pas d'inconvénient, cher Ecleïes ?

Celui-ci feignit d'ignorer la question.

— Combien te dois-je pour cette petite merveille, ma petite ? demanda-t-il en désignant la sculpture.

— Trois cents deniers.

— Oui, hem… Trois cents, c'est exact. Dis-moi, pourrions-nous nous arranger comme la dernière fois ? J'attends encore l'arrivée de certains subsides que le Gouverneur m'a promis et qui ne tarderont pas à m'être accordés. Si entre-temps il était possible de…

— Ne vous en faites pas, Ecleïes, le rassura-t-elle. Allez déposer votre nouvelle statue dans le Temple. Je sais que je peux avoir confiance en vous.

— Merci mille fois, jeune Oriance.

Immobile et silencieux, Sisam observait les corps entrelacés sculptés dans le verre scintillant de la statue. Il semblait à la fois comme subjugué et terrifié par cette vision onirique.

— Me donnerais-tu un coup de main ? le sollicita soudain Ecleïes. Ce chef-d'œuvre m'a l'air bien lourd.

Sisam parvint à détacher son regard de l'étrange sculpture et dévisagea alors le vieil homme avec hostilité.

— Navré, je n'ai pas le temps. Il faudra vous débrouiller.

Ecleïes soupira de dépit.

— Eh bien ! La jeunesse n'est plus ce qu'elle était…

— J'espère en tous cas que vos fameux subsides, eux, n'ont rien d'un mythe, lâcha-t-il comme pour se venger de l'affront.

Ecleïes se tourna alors vers lui et ses yeux noirs pétillèrent de malice.

— Tous les mythes s'abreuvent à une source, Sisam, et celui des Myrihandes est à l'origine de tout ce que nous sommes. Ils sont la promesse d'un avenir meilleur pour nos Cités, un formidable espoir de voir ce monde malade changer. Mais tu finiras bien par le comprendre un jour ou l'autre…

Sisam soutint un moment son regard sans mot dire. Puis Ecleïes cala entre ses bras la lourde statue de verre et prit finalement congé de ses deux compagnons.

— Et dire qu'il parle parfois tout seul à ses stupides statues ! s'exclama enfin Sisam d'un air faussement dégagé.

Oriance lui sourit avec chaleur.

— Je suis ravie de vous voir en si bonne forme après l'escarmouche d'hier, remarqua-t-elle. Je craignais que vous ayez à en souffrir davantage.

— Oh, je n'ai hérité que de quelques éraflures et d'une vilaine bosse au menton, précisa-t-il. Rassurez-vous, j'ai connu pire.

— En rénovant notre bon vieux Temple, par exemple ? suggéra-t-elle.

La subtilité du regard de la jeune fille le déconcertait ; quelque chose d'intense et d'indéfinissable, qui lui échappait totalement. Troublé, il s'attacha à examiner les pièces de verre qui ornaient les tablettes de la boutique.

— Rénover est un bien grand mot, dit-il en déambulant autour de quelques grandes pièces translucides. Disons que nous nous efforçons de le faire tenir debout. C'est un très vieux bâtiment qui n'est plus suffisamment entretenu. Pour être franc, sa restauration ne devrait même pas être de mon ressort.

Oriance prit un instant de réflexion avant de répondre :

— Vous savez, Ecleïes se bat depuis longtemps contre la politique du Gouverneur. Il est le plus ancien Conservateur du Temple que j'aie jamais connu, et il a toujours fait du mieux qu'il pouvait pour préserver ses murs de la destruction. Je ne vous apprendrais rien en vous disant que le Haut Parlement souhaite depuis longtemps le faire démolir au profit de nouvelles habitations.

— Vu la croissance galopante de nos bons citoyens, je pense effectivement que ce ne serait pas une si mauvaise idée.

— Mais nous avons un devoir de mémoire, Sisam, observa-t-elle en faisant quelques pas vers lui. Si nos aïeux ont cru bon de bâtir autrefois cet édifice, c'est parce qu'ils avaient certainement de bonnes raisons de le faire.

Les convictions appuyées d'Oriance le surprirent.

— Que voulez-vous dire, au juste ?

Elle lui sourit à nouveau, et la gorge de Sisam se serra soudain. Il s'efforça néanmoins de n'en rien montrer.

— Soyez davantage à l'écoute de vos racines... et essayez de témoigner un peu de confiance à Ecleïes. Après tout, il ne fait que prêcher pour la foi qui l'anime. De nos jours, c'est bien le moindre des maux.

— La foi, cela ne nourrit pas une famille. Il a engrangé un bon nombre de dettes sur les travaux que j'ai entamés depuis plusieurs mois sur le Temple. Et je ne sais où il saura pêcher cet argent.

Oriance posa une main délicate sur son épaule.

— Soyez patient. C'est un homme de parole, et il honorera ses devoirs envers vous. Croyez-moi, il vous apprécie beaucoup, et... en vérité, je suis certaine que vous le méritez vraiment.

Un frisson glissa le long de sa nuque et se propagea comme une flèche brûlante dans son épaule. Sisam prit une courte inspiration et se déroba.

— Je dois vous laisser, Oriance. Mon associé doit déjà être à l'atelier, et...

— Et vous ne voulez pas le faire attendre. C'est tout naturel. J'ai été heureuse de vous revoir, Sisam. Allons, ne traînez pas !

— J'essayerai de tenir compte de vos conseils... À plus tard, peut-être.

Il sortit après un dernier au revoir et pressa le pas. Il n'avait qu'une hâte : que cesse cette agitation qu'elle avait fait naître en lui.

Chapitre 12

Dans le somptueux Palais d'Ostacle, les trois Gouverneurs Heguemandre, Phonkerf et Hacton s'étaient réunis en compagnie de leurs proches et des diverses familles d'aristocrates. La célébration se déroulait autrefois dans les murs prestigieux du Haut Parlement, mais, avec les années, les dignitaires s'étaient entendus sur le fait qu'ils n'aimaient guère se sentir épiés par les Masques Blancs du Mirador. C'était déjà bien assez que ces derniers eussent imposé la Règle des Flux à leurs concitoyens. Celle-ci régissait tous les déplacements entre les Cités, pour des soi-disant « raisons d'État » qui restaient sous le sceau du secret des Gouverneurs et de leurs familles. Il leur avait fallu cependant faire preuve d'une fastidieuse diplomatie et accorder encore à Morlhed d'autres privilèges sur les Cités afin de soustraire le corps aristocratique à cette Règle désobligeante. Hacton, le Gouverneur d'Arkopolis, avait négocié cette requête commune dans les limites de l'influence que lui autorisaient ses accointances personnelles avec le Passeur des Cités. Ses pairs n'auraient sans doute rien obtenu de mieux, et s'étaient finalement satisfaits de ces étroites dérogations.

Pour couronner cette grande journée commémorative, un ballet allait être donné au sein même du Palais d'Ostacle. La demeure du Gouverneur était suffisamment vaste pour que les architectes aient prévu à cet effet un grand théâtre capable d'accueillir jusqu'à un millier de spectateurs, ce qui était fort honorable et amplement satisfaisant pour les quelques centaines de dignitaires attendus. Immense et luxueuse, la salle de spectacles était partout drapée de tissus bordeaux aux frises dorées. De nombreuses et grandes alcôves aux embrasures sculptées de feuilles d'acanthe présidaient aux entrées des aristocrates. Sur le plafond en forme de dôme, des centaines de lustres d'argent dessinaient plusieurs cercles concentriques qui illuminaient magnifiquement la salle de leurs milliers de bougies. Dominant une cinquantaine de rangées de sièges confortables, le haut rideau couleur de rubis dissimulait de ses pans de velours le parterre de la scène. Le parquet boisé qui traversait l'ensemble de la somptueuse salle avait été marqué du passage de nombreuses empreintes. Toutefois, malgré ces déploiements d'opulence, il régnait partout une atmosphère de vieille bourgeoisie aux mœurs ancestrales, comme le vestige d'illustres aïeux dont les rares portraits encore accrochés au sommet de la scène témoignaient du souvenir.

Installés sur les meilleures places des balcons, les dignitaires venus de toutes les Cités bavardaient en attendant le début du spectacle. Un vrai déversoir de fatuité et de sempiternelles politesses où la superficialité et les jeux de pirouettes étaient l'apanage de tous. Les dîners fastes copieusement consommés déliaient les langues les plus fourchues et faisaient oublier l'instant d'une journée les dissensions politiques. Il aurait été idéal pour tous que ces bonnes résolutions survivent à la nuit. Mais personne n'était dupe, et la réalité reprendrait rapidement ses droits dès le lendemain de la célébration, qui se voulait pourtant depuis toujours comme une opportunité de conciliation. Un vieux rêve de grands hommes du temps jadis...

Helya se tenait à l'écart, réfugiée dans l'encoignure d'une rangée inférieure au balcon des Gouverneurs. Élégamment vêtue d'une longue tunique de lin ornée d'une série d'étincelantes fibules d'or et d'une grande étole richement brodée, elle avait bien du mal à passer inaperçue, en dépit de ses efforts. En vérité, ces étalages de luxe et d'infinies coquetteries l'excédaient. Elle supportait mal la vacuité de toutes ces conversations autour d'elle, et moins encore la présence à ses côtés de ses demi-frères, dont les moqueries et les brimades l'épuisaient. Après l'avoir gratifiée d'un vilain croc-en-jambe qui avait failli la faire s'étaler par terre, ils avaient rejoint Phonkerf et leur mère sur le balcon, grimaçant de joie, satisfaits de leur petite forfaiture. Il n'en avait pas fallu davantage à Helya pour décider de s'installer dans la rangée inférieure où personne ne viendrait l'importuner.

Les deux autres Gouverneurs entrèrent dans l'allée principale, accompagnés de leurs proches. Heguemandre monta directement sur le balcon et salua son homologue avant de prendre place. Le Gouverneur Hacton jeta un coup d'œil en passant sur la rangée vide et y aperçut la silhouette solitaire de la jeune fille. Il cligna des yeux et l'observa un court instant, l'air songeur, avant de remarquer les deux fils de Phonkerf qui, assis près de leurs parents, semblaient manifestement s'amuser de la situation.

— Veuillez accompagner nos hôtes, pria-t-il ses suivants. Je vous rejoins dans un moment.

Il avança dans les rangées inférieures et vint s'asseoir juste derrière le siège d'Helya.

Elle l'avait senti s'approcher. Elle connaissait son pas, son parfum fleuri, et sa présence souffla sur son cœur comme un baume rassurant.

— Eh bien, voilà le meilleur endroit pour ne rien voir d'une bonne moitié de la scène, illustra Hacton d'un ample mouvement de bras.

Elle aimait bien cet homme, depuis toujours si proche et compréhensif à son égard. Délicat dans ses attitudes et ses tenues sombres mais élégantes, il inspirait le respect et une certaine sagesse. Ses cheveux bruns coupés courts étaient piqués de blanc sur les tempes. Ses traits étaient angulaires, et ses yeux noirs enfoncés sous d'épaisses arcades sourcilières. Dans l'ensemble, c'était un homme séduisant, dont la virilité s'accommodait d'une certaine douceur. Comme de coutume, il arborait d'ailleurs une belle rose fraîchement coupée épinglée à sa tunique bleu roi.

Helya baissa les yeux et se mordit les lèvres.

— Ne trouves-tu pas dommage de rater le spectacle à cause de quelques chamailleries ? poursuivit-il sur un ton de confesseur. Ce ne sont que des enfants, même si leurs plaisanteries peuvent parfois être de mauvais goût.

— Je suis très bien ici, finit-elle par répondre. Et de toute façon, personne ne s'en soucie.

La dernière remarque d'Helya fit tiquer le Gouverneur, qui s'accouda au siège voisin de la jeune fille.

— Moi, je m'en soucie. Voudrais-tu que j'en touche deux mots à ta belle-mère ?

— Autant demander à une hyène d'épargner une biche à l'agonie, siffla-t-elle, amère.

Hacton osa un sourire.

— Tu ne sembles pas la porter beaucoup dans ton cœur.

— Je porte seulement ce que je peux supporter.

Helya avait le cœur lourd, mais la colère grondait en elle. Soucieux, le Gouverneur plissa les yeux et se rabattit au fond de son siège, fixant sa nuque délicate comme pour y trouver des réponses.

— Tu sais, jeune Helya, il va falloir apprendre à te défendre et te montrer plus farouche, déclara-t-il au bout de quelques instants. La vie, ce sera toujours comme ça, il faut s'y habituer au plus tôt, sinon ce sont les autres qui finissent par te dominer et te détruire. Crois-moi, j'en ai appris beaucoup depuis que je suis Gouverneur d'Arkopolis, sans parler de la Prison pour laquelle j'ai dû consentir à d'énormes sacrifices afin de m'y faire respecter.

Helya réfléchit un instant, puis elle se retourna sur son siège pour lui faire face. Il lui offrit un sourire, mais elle hocha négativement de la tête.

— Le vrai problème n'est pas là.

— Très bien. Alors, où est-il ? Voilà maintenant plus de dix ans que je te connais, jeune Helya, dix ans que je te prodigue mes conseils et mon savoir... et je sais aujourd'hui quand tu as mal. Tu peux sans doute cacher cela aux autres, mais à moi, ton regard ne peut mentir.

D'abord indécise, elle lâcha le Gouverneur du regard et fit mine de s'intéresser aux premiers applaudissements qui réclamaient le commencement du spectacle. Finalement, elle se mit debout sur son siège et l'enjamba pour venir s'asseoir à la droite du Gouverneur. Un peu intimidée, elle se recroquevilla comme saisie par le froid.

— Vous savez, confia-t-elle au bout d'un instant, j'avais une famille ici, à Ostacle, il y a longtemps... si longtemps que les souvenirs me fuient... et je sais que je n'ai pas ma place dans celle qui m'a accueillie. Je l'ai toujours senti au fond de leur cœur.

— Phonkerf a beaucoup fait pour toi, et j'espère que tu en es consciente. C'est lui qui a demandé à t'adopter il y a quinze ans, et il a dû se battre comme un lion pour obtenir gain de cause.

— Est-ce que vous pensez vraiment que je dois lui en être reconnaissante ?

— Helya, reprit posément Hacton, si on t'a retiré de ta famille de sang, sois certaine que cela a été décidé pour ton bien. Tes parents étaient des hors-la-loi, des parias qui avaient dangereusement porté atteinte aux lois des Cités…

— Je sais cela, Gouverneur, répondit-elle sans grande conviction.

— Mais tu ne l'as jamais vraiment accepté, n'est-ce pas ?

Nerveuse, elle agrippa les accoudoirs et se redressa sur son siège, les lèvres si serrées qu'elles en devinrent écarlates.

— Gouverneur, avez-vous… avez-vous conscience que l'on ne m'a *jamais* expliqué quelles avaient été leurs fautes ? J'ai posé des questions autour de moi, à mes beaux-parents, aux gens du Palais, même à ce vieux Farf qui se damnerait sûrement pour moi s'il le pouvait… Mais non, aucune réponse. Comme si rien de cela n'avait existé ! Pourtant, ma vie n'a pas toujours été celle d'une citoyenne de Thrèce, et j'ai perdu ici une famille qui m'aimait. Comment voudriez-vous que je l'accepte ?

Hacton se tourna vers elle et la regarda avec une attention accrue.

— Y aurais-tu perdu plus que cela ?

Le cœur d'Helya s'emballa soudain et une flamme lui lécha brusquement les joues. Les lumières se firent plus sombres et les rideaux en velours mordorés s'élevèrent, révélant le début du spectacle. Un instant de répit providentiel que la jeune fille accueillit avec soulagement, se joignant aux applaudissements qui fusaient maintenant de tous les balcons. Hacton retira ses gants de cuir à la blancheur impeccable et l'imita sans grand enthousiasme.

Le ballet débuta avec huit danseurs enveloppés par couples d'un seul et même costume de tulle d'un doré étincelant. Des étoles de couleurs opposées les différenciaient les uns des autres, et ils en jouaient en apparaissant et disparaissant à tour de rôle à l'intérieur du tissu extensible. La vision de ce ballet était envoûtante. Les artistes chantaient et dansaient, retraçant l'histoire légendaire des Myrihandes : un conte de l'ancien temps sur la vie des Âmes-Sœurs, que tous les enfants des Cités avaient un jour appris à l'école ou entendu de la bouche de leurs parents pour les endormir. À un moment, l'un des Myrihandes déchirait son costume, et les deux danseurs se retrouvaient tout à coup séparés, se perdant peu à peu en tournoyant jusqu'à disparaître dans les profondeurs du décor. Les autres Myrihandes, pris d'une bouleversante compassion, couraient alors de toutes parts pour retrouver ces deux moitiés égarées et les unir à nouveau.

C'était féerique, malgré la sobriété de la mise en scène. Les décors étaient mis en valeur par un ensemble complexe d'accessoires, de peintures et de bas-reliefs qui évoquaient une nature luxuriante et fantasque. Des câbles permettaient même de simuler l'envol de certains danseurs, qui décollaient du sol pour sauter de vallées en montagnes, en de splendides chorégraphies.

Hacton observait le désarroi grandissant d'Helya à la vision de cet étonnant ballet. Il attrapa sa main et se pencha vers elle.

— J'ai été marié, jadis. Le savais-tu ?

— Non, je l'ignorais, chuchota-t-elle.

— C'était il y a longtemps, avant que tu ne deviennes une fille de Thrèce. J'aimais une femme formidable, aussi belle et rayonnante que le soleil. Elle avait cette grâce naturelle que l'on prête aux déesses. Tous les gens de la cour en étaient fous. Mais pour mon plus grand bonheur, c'était moi qu'elle avait choisi. Pourquoi, je n'aurais pu le dire. Nous avions toujours su, depuis notre première rencontre, que nous étions faits l'un pour l'autre, comme si l'univers tout entier s'était concerté pour nous réunir. C'était enivrant et merveilleux de partager ce sentiment d'harmonie... Aussi, le jour où j'ai appris qu'elle était malade, je me suis effondré. J'ai convoqué les meilleurs médecins afin de trouver un remède à son mal. Mais aucun ne pouvait la guérir, elle était condamnée. Elle à la mort, et moi… à vivre le restant de mes jours sans elle…

Touchée par les paroles du Gouverneur et pleine de son propre chagrin, Helya étouffa un sanglot.

— Pourtant, vous avez trouvé la force de surmonter cette peine, jugea-t-elle.

— La vie de Gouverneur oblige à porter de nombreux masques. Même celui de la guérison.

Les larmes menaçaient au coin des yeux de la jeune fille, et elle essaya de les cacher à Hacton en détournant le visage. Sur scène, le ballet se poursuivait. Deux Myrihandes venaient de retrouver l'une des Moitiés perdues, qu'ils portaient inanimée au-dessus d'eux. Son arrivée fut accueillie par des applaudissements nourris.

— Pourquoi me confier tout cela aujourd'hui ? fit-elle d'une voix tremblante.

— Helya, dit-il en s'éclaircissant la gorge, entends bien ceci : lorsqu'on a trouvé sa Moitié, lorsqu'on l'a enfin reconnue et qu'elle vous a reconnu elle aussi, c'est comme si le destin ouvrait ses bras. Et ce bonheur extraordinaire, il faut tout mettre en œuvre pour le protéger… et le garder au plus près de soi. Car qui sait de quoi demain sera fait ?

La jeune fille saisit dans les intonations d'Hacton davantage qu'un simple conseil. Elle l'observa un instant et perçut l'étonnant appel à l'aventure qu'il lui suggérait d'un regard complice.

— Vous croyez vraiment que…

— Je ne crois rien, l'apostropha-t-il doucement. Je *sais*, Helya.

Impuissante à refluer l'émotion qui s'emparait de son cœur, elle serra alors le Gouverneur dans ses bras, une larme griffant sa joue.

— Merci, murmura-t-elle à son oreille.

Puis elle se leva et déserta rapidement sa place, se faufilant entre les rangées supérieures pour finalement quitter la salle.

Hacton la regarda partir, une expression insondable figée sur le visage.

Chapitre 13

En ouvrant les portes du balcon de scène, Helya s'engagea d'un pas ferme dans les couloirs. La clarté des grandes et hautes fenêtres l'éblouit, mais elle n'en ralentit pas pour autant sa marche. Farf, qui discutait avec d'autres esclaves du Palais, la repéra au loin et accourut vers elle, inquiété par son brusque départ.

— Damoiselle Helya ? l'interpella-t-il. Mes oreilles se sont-elles engourdies ? Il ne m'a pas semblé entendre la fin du spectacle.

— Tes oreilles vont très bien, rassure-toi.

— Pardonnez-moi, mais où comptez-vous aller ainsi ?

— Je m'en vais, répondit-elle aussitôt, prise d'une surprenante euphorie. Je suis à Ostacle, et j'ai enfin l'occasion de rentrer chez moi, de retrouver ma vraie famille et… peut-être quelqu'un à qui je tiens plus que tout.

De son petit corps malingre, Farf s'opposa à sa course en essayant de lui barrer la route.

— Ma Dame, c'est de la folie ! protesta-t-il. Où avez-vous donc la tête ? Les gardes du Palais ne vous laisseront pas faire, sans compter le fait que vous serez aussi gravement réprimandée par votre père ! Ne me faites pas encore mourir de honte, Helya. Allons, soyez raisonnable, je vous en prie !

Mais elle ne voulait plus rien entendre. Elle retroussa les plis de sa longue robe et grimpa les escaliers qui conduisaient au plus haut des tourelles du Palais.

L'ascension était épuisante, son cœur battait à tout rompre dans sa poitrine. Fixant ses pensées sur le seul sentiment de liberté, comme elle le faisait sur la barre supérieure dans la salle de gymnastique, elle fit abstraction des volées de marches qui n'en finissaient pas de tourner, apparaissant et disparaissant au gré de la lumière diffusée par les quelques ajours qui jalonnaient les escaliers.

Lorsqu'ils arrivèrent tous deux sur les toits, essoufflés par leur course, Helya et Farf découvrirent l'enceinte circulaire de la tourelle à ciel ouvert, dont les abords étaient protégés par un simple parapet. Cela n'avait d'ailleurs rien d'étonnant, puisque les Cités n'avaient à se défendre d'aucun envahisseur potentiel, sinon de quelques Khalibans que leurs armées mettaient aisément en déroute. Sans perdre de temps, Helya grimpa sur le muret, mais recula tout aussi vivement en réprimant un haut-le-cœur.

En bas du précipice, le grand bassin, qui servait autrefois de douves au Palais, semblait tout à coup minuscule.

Du haut des balcons où se tenaient les Gouverneurs, les deux jeunes fils de Phonkerf avaient vu leur demi-sœur se lever en toute hâte de sa place et se précipiter à l'extérieur du théâtre. Comme ils n'avaient jamais manqué une occasion d'empoisonner la vie d'Helya, ils se dirent qu'ils tenaient sans doute là une chance en or de la traîner davantage dans la boue. L'aîné souffla quelques mots à l'oreille de son frère, puis s'approchant discrètement de son père, il lui tapota l'épaule.

— Qu'y a-t-il ? s'étonna Phonkerf.

— C'est Helya, susurra le garçon en lui désignant le siège inoccupé près du Gouverneur Hacton. Je l'ai vue se lever tout d'un coup et courir vers la sortie !

Stupéfait, le Gouverneur se redressa et jeta un bref regard vers les portes. Près de lui, Heguemandre s'avisa de son étrange attitude.

— Quelque chose ne va pas, Gouverneur ?

— Je ne sais pas... Ce n'est sans doute rien mais...

Un homme de la garde fit soudain irruption sur le balcon et s'inclina devant Heguemandre.

— Gouverneur, veuillez me pardonner ce dérangement, mais l'une de vos jeunes invitées a quitté le théâtre et emprunté les escaliers de la tourelle Sud.

La souveraine d'Ostacle se raidit. Ses ongles accrochèrent les accoudoirs du siège sur lesquels ils laissèrent des traces mauves de vernis. C'était une femme de grande tenue, dont la présence inspirait toujours crainte et respect, même parmi celles et ceux qui faisaient partie de son entourage privé. Son intransigeance proverbiale avait affermi depuis longtemps son autorité sur la Cité, qu'elle administrait avec une efficacité redoutable.

— Avez-vous pu identifier cette personne ? demanda-t-elle finalement.

— Non, Gouverneur, répondit le soldat. Mais elle était accompagnée d'un vieil esclave malingre.

Heguemandre ferma les yeux un instant et se tourna vivement vers Phonkerf.

— Peut-être vouliez-vous m'entretenir de la disparition inopportune de votre fille, Gouverneur ?

Décontenancé, ce dernier la considéra avec embarras.

— Soyez assurée que j'ignorais tout de...

— Je crois que nous savons maintenant où elle se trouve, n'est-ce pas ? poursuivit-elle, abrupte, avant de se retourner vers son subordonné. Major, dépêchez quatre de vos hommes et ramenez-moi immédiatement cette demoiselle. Veillez à ce que cela se fasse dans la plus grande discrétion et sans brusquerie. Il s'agit de la fille du Gouverneur Phonkerf.

— Bien, Gouverneur.

L'homme la salua et s'éclipsa aussitôt. Le visage

tendu, Heguemandre se leva et invita promptement son hôte à la suivre.

Dans la pénombre du balcon inférieur, Hacton les regarda sortir, jeta un dernier regard sur le ballet et leur emboîta le pas.

La tête collée au sol, Farf entendait résonner des pas empressés dans les escaliers. Anxieux, il se précipita vers Helya.

— Ma Dame, par toutes les plaines de Cornovan, je vous en conjure, ne faites pas d'histoires ! Nous n'avons plus le choix, les gardes de la Cité seront ici d'une minute à l'autre ! Ne cédez pas une fois encore à vos caprices, par pitié !

Helya s'était rapprochée des rebords de la tourelle, les cheveux au vent. Avec des gestes mal assurés, elle s'agenouilla sur le parapet et, doucement, se mit debout, les yeux plongés dans les profondeurs du bassin en contrebas. Devinant ses pensées, Farf se rua vers elle et lui attrapa les jambes.

— Farf, non ! Lâche-moi, tout ça ne te regarde pas !

— Foutacrasse, vous avez perdu la tête ! s'écria-t-il en s'agrippant du mieux qu'il put au parapet. C'est du suicide, redescendez tout de suite !

— C'est toi qui vas finir par nous faire tuer tous les deux ! Allons, laisse-moi !

Le vent s'engouffrait avec virulence dans la longue tunique bouffante et la chevelure de la jeune fille.

Ils luttèrent encore un instant, jusqu'à l'arrivée de deux gardes sur la tourelle.

Surprise, Helya, dont l'un des pieds était maintenant dans le vide, perdit l'équilibre. Prise de panique, elle s'accrocha au dos de Farf qui, malgré sa force, fut incapable de retenir sa jeune maîtresse. Elle bascula en arrière et entraîna dans sa chute l'Anachrone terrorisé.

Les gardes n'eurent que le temps de les voir disparaître en une gerbe blanche sous les eaux profondes du bassin.

Chapitre 14

Sisam avait rejoint son ami dans l'atelier, où l'attendaient plusieurs mobiliers à restaurer. Leur nouvelle notoriété avait son revers de médaille : ils ne seraient bientôt plus assez de deux pour tenir des délais convenables face au nombre croissant de commandes. Il faudrait à court terme embaucher un apprenti, et Sisam ne se sentait pas l'âme d'un professeur. Pendant ses jeunes années, il plaignait ses enseignants, incapables de se faire comprendre de leurs élèves ou de se faire respecter, et il s'était juré de ne jamais se trouver face à une cohorte de gamins moqueurs et intraitables. La pierre et le bois, au moins, s'avéraient toujours dociles : ils se laissaient traiter avec patience. Une vertu que Sisam savait leur rendre, appliquant des feuilles de bois précieux sur les bâtis des armoires, des lits ou des sculptures qu'il entretenait.

— Les paupières étaient lourdes, ce matin ? s'enquit

Oros qui concentrait ses efforts sur le placage d'un échiquier.

— Pas du tout, assura-t-il. Tout va pour le mieux.

— Remarque, j'aurais compris, étant donné notre petite équipée d'hier soir...

Sisam esquissa un sourire et s'assit face à son compagnon, rassemblant quelques outils éparpillés sur la table de travail.

— Pour tout te dire, j'ai croisé le vieil Ecleïes sur ma route. Il vient d'acheter une énorme sculpture de verre pour le seul plaisir de ses ouailles.

— Il n'est donc pas si démuni qu'il le prétend ?

— M'est avis que si, hélas ! déplora Sisam en se grattant la tête. Ce damné sorcier laisse des ardoises un peu partout, et c'est bien ce qui m'inquiète.

— Voilà qui est un peu fort ! s'indigna Oros, dont l'irritation fit déraper son racloir sur le rebord de la table. J'imagine que tu ne l'as pas laissé repartir comme ça ?

Il allait lui répondre quand retentit le puissant cor d'alarme de la Cité d'Ostacle.

Sisam se redressa.

À nouveau, le tatouage dissimulé sous les plis de sa tunique éveillait ses sens. Cette fois, c'était bien plus que cela. Un pressentiment indescriptible. Un incident terrible et inattendu qui le concernait personnellement. Sisam, paralysé, ne savait plus à quel sentiment s'en remettre. La peur, l'envie et l'agitation le tiraillaient en même temps tels des charbons ardents.

Mû par l'inquiétude et une mystérieuse prémonition, il abandonna ses outils et sortit précipitamment. Oros ne bougea pas de sa chaise.

— Encore une alerte pour cette damnée Règle des Flux à laquelle personne ne comprend jamais rien ! pesta-t-il sans quitter des yeux le fruit de son travail.

Dans la rue, Sisam courait en direction du Palais, dont le cor d'alarme résonnait pour la seconde fois.

— Tu sais quoi, poursuivit Oros, son gros nez penché sur l'échiquier, j'aimerais bien que, pour une fois, un de ces fugitifs réussisse son coup. Qu'il échappe pour de bon à ces guignols et leur donne quelques sueurs. Ne serait-ce que pour voir se décomposer la figure constipée de notre chère Gouverneur ! Ça serait un grand moment, pas vr... ?

Le sourire d'Oros s'effaça soudain en constatant que son ami avait disparu.

— Sisam ! Bougre de trimardeur, mais pourquoi faut-il toujours que tu me fasses ce coup-là ?

Chapitre 15

Marchant d'un pas vif dans le long corridor principal du Palais, Heguemandre se faisait résumer le déroulement des événements. À ses côtés, Phonkerf écoutait avec acuité les paroles du major.

— Personne n'a compris ce qui lui prenait, commenta ce dernier. Elle est sortie précipitamment du théâtre et a foncé vers les escaliers qui mènent à l'une de nos tourelles. Nous avons seulement eu le temps de la voir sauter avec son esclave par-dessus le parapet et plonger dans le bassin.

— C'est une chute terrible, s'inquiéta Phonkerf. Le choc les aura certainement assommés !

— Ce serait le moindre des maux, considéra Hacton derrière eux, la voix pleine de compassion. Cette jeune demoiselle est bien perturbée, je le crains.

Heguemandre se retourna vers lui. Son large front était plissé de rides soucieuses et il se mordit la lèvre inférieure avec une moue embarrassée.

— Vous a-t-elle confié des pensées que nous serions en droit de connaître, Gouverneur Hacton ?

— Pour être franc, j'ai remarqué son malaise avant le début du spectacle et j'ai pris sur moi de la rejoindre, observa-t-il en se frottant le menton. Vous savez mon affection et mon intérêt particulier pour votre fille, cher Phonkerf. Elle est pour ainsi dire comme un membre de ma propre famille. Or, je pense que sa venue à Ostacle l'affecte fortement. Elle n'a pas tiré un trait sur cette période de sa vie, malgré toutes ces années écoulées et votre sincère bienveillance envers elle…

— Elle se serait enfuie pour aller retrouver son ancienne famille ? proféra Phonkerf, outré. Vous plaisantez, j'espère ? Helya est fille de Thrèce depuis plus de quinze ans ! Elle n'a jamais manqué de rien parmi nous, et toutes ces vieilles histoires appartiennent à un passé dont elle n'a plus guère de souvenir.

— Parons au plus pressé, décréta Heguemandre. Major, veillez à informer le Capitaine Hemerod de nous rejoindre immédiatement dans mes appartements. Je dois d'urgence m'entretenir de tout ceci avec lui.

Le soldat hocha la tête et repartit aussitôt.

— Gouverneurs, si vous voulez bien me suivre, fit-elle en les invitant d'une main. Nous avons à parler.

Sur la berge, de nombreux badauds s'étaient regroupés. Le plongeon spectaculaire des deux fugitifs avait soulevé les eaux du bassin sur plusieurs mètres, aspergeant quelques citoyens qui se tenaient aux abords.

Helya et Farf nagèrent un moment dans les profondeurs, s'aidant vigoureusement de leurs jambes et de leurs bras pour regagner la surface, s'emmêlant les pieds dans les longues racines des nénuphars qui recouvraient les flots de leurs grandes feuilles vernissées aux fleurs blanches et rougeâtres. Ils y parvinrent enfin en suffoquant et avalèrent alors une grande goulée d'air. Le choc avait été rude, mais ils étaient indemnes. Helya avait perdu une de ses chaussures en se débattant au fond de l'eau, et elle finit par se débarrasser de l'autre pour se remettre à nager vers les bords du bassin. Elle manquait encore d'air et sa gorge la brûlait. À bout de souffle, elle s'arrêta un instant pour respirer, mais Farf l'agrippa soudain par le bras et la força à avancer.

— Ce n'est pas le moment de flancher, ma Dame ! Allons, hâtez-vous, nous devons vite sortir d'ici !

— Juste une seconde...

— Non, pas de temps à perdre ! Accrochez-vous à moi !

— Tu n'auras jamais la force !

Mais le vieil Anachrone semblait posséder des ressources insoupçonnées. Le contact avec l'eau l'avait étonnamment ragaillardi. Il nagea avec vigueur, la tête de sa jeune maîtresse calée au creux de son épaule, afin de rejoindre le bord du bassin qui s'avéra trop haut pour qu'il puisse l'atteindre de son seul bras disponible.

— Eh vous, là-haut ! s'époumona-t-il, le souffle court. S'il vous plaît, quelqu'un pour nous prêter la main !

Loin de se montrer coopératifs, les curieux qui s'étaient approchés reculèrent, effrayés à l'idée de porter secours à cette étrangère et à son curieux acolyte échappés de la tourelle du Palais. D'ailleurs, à trois cents mètres de là, quatre gardes de la cité dévalaient en grande hâte les marches de la demeure du Gouverneur. En les voyant, la panique saisit à nouveau la jeune fille. Malgré tous les efforts déployés pour prendre le large, faisant fi du danger et des représailles, ils allaient bêtement se faire prendre à quelques foulées de la liberté, piégés par l'architecture du bassin.

Pourtant, une main finit par émerger de la foule et se tendit vers eux. Farf allongea la sienne du mieux qu'il put. L'inconnu la lui attrapa et le tira rapidement hors de l'eau, puis tendit la main à Helya, qu'il parvint à extraire à son tour.

Essoufflée, chancelante, elle fut fermement maintenue par la poigne de l'étranger. La longue capuche qui ceignait son visage ne laissait entrevoir qu'une partie de ses traits, dissimulés derrière plusieurs longues mèches de cheveux. Son regard lumineux croisa brièvement celui de la jeune fille.

— Filez d'ici, à présent, leur intima-t-il. Allez, et ne vous retournez pas !

Les quatre hommes de la Garde n'étaient maintenant plus très loin. Helya et Farf jetèrent un dernier coup d'œil au mystérieux allié, et se sauvèrent sans poser de questions.

S'assurant que les deux fugitifs étaient hors de vue, l'étranger, ébauchant un sourire, se faufila dans la foule et disparut.

Chapitre 16

Oros parcourait les rues avoisinantes à la recherche de Sisam. Le son du cor avait ameuté les citoyens qui s'interrogeaient sur les raisons de l'alarme. La plupart d'entre eux considérait ces événements comme de sympathiques attractions, qui avaient le simple mais notoire mérite de les distraire de leur quotidien ordinaire. Surtout si l'incident ne concernait pas une personne de leur proche entourage. Pour sa part, Oros avait déjà vu la sœur de son voisin chaudronnier se faire arrêter au nom de cette Règle pour laquelle le cor d'Ostacle semblait être dévolu. Il n'avait pas eu le cœur à rire.

Donnant du coude, il se fraya un passage au sein de la populace. Il reconnut au loin son compagnon et l'interpella. Une véritable cacophonie régnait au milieu de la rue, et il dut insister en criant plus fort encore. Sisam ne semblait pas l'entendre.

Les yeux fermés, debout et immobile, Sisam était

comme à l'affût d'un invisible gibier, les sens en éveil. Il attendait. Quelque chose d'inconnu, et à la fois d'étrangement familier, avait piqué sa conscience. Cependant, il ne parvenait pas à déterminer d'où lui venait cette lointaine intuition. Lui d'habitude si réfléchi, si rationnel... Cela ne lui ressemblait vraiment pas. Il aurait voulu pouvoir chasser cet émoi qui échappait à sa raison.

Soudain, les troublantes paroles d'Oriance lui revinrent à l'esprit :

Soyez davantage à l'écoute de vos racines.

Nous nous perdons tous depuis trop longtemps...

Ses paupières se rouvrirent, un éclair de fol espoir planté dans le regard. Ses tempes vibraient comme à l'appel d'un carillon. Il s'élança à travers la foule.

Pesamment appuyé contre un mur à l'autre bout de la rue, Oros lâcha un soupir rageur.

— Bon, et si j'en restais là pour cette fois ? marmonna-t-il pour lui-même.

Irrité et ronchonnant de plus belle, il ne l'en suivit pas moins.

Chapitre 17

Les trois Gouverneurs s'étaient réunis dans les appartements privés d'Heguemandre. C'était la première fois que les plus hauts représentants des Cités se trouvaient ainsi rassemblés pour de seules raisons politiques en dehors du Haut Parlement. Chacun d'entre eux avait établi à sa manière les droits et les devoirs au sein de sa Cité, et du moment que les décisions individuelles ne remettaient pas en cause leurs serments communs ainsi que le commerce équitable de leurs concitoyens, la vie pouvait s'écouler dans l'harmonie et la paix. C'était également la première fois qu'un membre de l'aristocratie gouvernementale se livrait à une fugue. Chacun mesurait la gravité de ce geste et le dramatique de la situation.

Au centre de la pièce, chargée d'antiques tableaux et d'un vieux triptyque figurant les Cités unifiées, trônait une grande table rectangulaire marquée du sceau d'Ostacle : une anguille et un gecko croisés sur un bouclier. Les hautes portes-fenêtres aux embrasures sculptées de motifs raffinés dispensaient les lueurs zébrées du soleil sur son bois en chêne massif.

La souveraine d'Ostacle considéra tour à tour ses homologues masculins et fit quelques pas le long de la table. Grande et élancée, Heguemandre était une belle femme d'une cinquantaine d'années, dont le regard sombre reflétait l'extrême profondeur des pensées et la multitude de responsabilités qui l'accaparaient. Ses longs cheveux acajou tombaient jusque dans son dos en une natte sophistiquée entrelacée de fils d'or et d'argent. Elle aimait d'ailleurs en modifier souvent les motifs ou la matière, au gré de son humeur et de ses déplacements. Sa grande robe, cousue de tissus mêlant rouges et pourpres, était aussi vive au regard qu'était intransigeant le ton de sa voix.

— J'irai droit au but, déclara-t-elle enfin à l'attention de Phonkerf. Je dois vous avouer mon étonnement et mon inquiétude devant le laxisme dont vous avez fait preuve aujourd'hui. Nous sommes à Ostacle, au cœur de la Cité dont j'assume l'entière responsabilité, et vous connaissez comme moi le passé de votre fille. Ne vous en déplaise, mais il était envisageable qu'elle tenterait de vous fausser compagnie.

Face aux accusations péremptoires d'Heguemandre, Phonkerf garda la tête froide et soutint résolument son regard d'acier.

— Les lois de nos fières Cités sont peut-être parfois un peu trop sévères, se défendit-il sans sourciller.

Vous ne le savez que trop bien. Ce genre d'incident nous pendait au nez, et il est même remarquable qu'il n'y en ait pas eu d'autres auparavant. Helya est seulement la première de nos nobles familles à enfreindre la Règle. Mais combien de simples citoyens se sont-ils déjà rebellés contre elle ?

— Beaucoup trop, intervint Hacton avec dépit. Les cellules de nos prisons d'Arkopolis ne sont plus assez grandes pour les accueillir.

— La Règle des Flux ne peut être remise en cause, réfuta aussitôt Heguemandre. Elle est ce qu'elle est et nous n'y pouvons rien. S'il devait y avoir d'autres actes séditieux, nous devrions alors prendre des mesures en conséquence.

— Ne trouvez-vous pas que ces mesures sont suffisamment directives pour nos citoyens ? souligna Phonkerf en se penchant vers elle. À moins qu'il ne faille davantage remettre en cause nos propres privilèges afin de mieux montrer l'exemple ?

Anticipant la discorde qui couvait entre les deux Gouverneurs, Hacton les interrompit avec toute l'habile diplomatie qui le caractérisait.

— Nous quereller ainsi ne résoudra rien et le temps nous est compté, dit-il en effleurant d'une main la rose agrafée à sa tunique. Je pense que cette situation de crise devrait nous inciter à considérer l'affaire la plus pressante. Les gardes de la Cité d'Ostacle ne seront bientôt pas les seuls aux trousses de notre jeune protégée, et il vaudrait mieux pour elle que nous la retrouvions avant les Meutes.

Ce dernier mot claqua comme un coup de fouet aux oreilles de Phonkerf, dont le visage devint soudain plus pâle. Une lueur d'effroi traversa son regard, et il chercha alors celui d'Heguemandre, dont l'expression resta celle d'un masque glacé.

Chapitre 18

Les quatre soldats du Palais traversaient l'une des rues centrales en écartant les passants avec autorité. L'un d'entre eux renversa un étal sur son passage, envoyant valser plusieurs dizaines de fruits et de légumes sous les protestations rageuses des commerçants. Helya et Farf les regardaient en silence, cachés derrière une vieille charrue de foin. Quelques brindilles chatouillèrent le nez busqué de l'Anachrone, qui aurait bruyamment éternué si la jeune fille ne lui avait écrasé une feuille de salade sur le visage.

— Foutacrasse ! protesta-t-il en l'arrachant des mains de sa maîtresse. Vous voulez donc m'étouffer ?

— Chut ! Pas un mot ! chuchota-t-elle.

Helya examina les rues derrière elle. Ses souvenirs d'Ostacle étaient lointains, mais la mémoire des lieux lui revenait vite. Elle était si peu sortie dans les quartiers de la Cité de Thrèce, contrainte de rester dans l'enceinte du Palais, qu'aucune autre image ne parasitait son esprit. Il lui suffisait juste d'observer et de se laisser guider par son instinct.

— Helya, souffla le vieux Farf d'une voix tremblotante, j'ignore où vous comptez aller ainsi, mais j'ai la désagréable sensation que vous avez décidé de signer notre arrêt de mort !

— Bien au contraire, répondit-elle en posant doucement une main sur sa joue creusée d'épais sillons. Je signe aujourd'hui autre chose : un retour à la vie.

Farf secoua désespérément la tête.

— De la poésie, grommela-t-il pour lui-même. Me voilà rassuré !

Elle déchira le tissu trop long de sa fastueuse robe, puis leva la tête au-dessus de la charrue. Leurs poursuivants avaient enfin quitté les lieux.

— C'est le moment où jamais, avisa-t-elle son compagnon en se retournant.

Après un bref échange de regards, ils s'élancèrent d'un bond dans une petite rue adjacente presque déserte.

Sur la grande place du Palais, des citoyens interloqués commentaient la chute des deux fugitifs et leur course-poursuite avec les gardes de la Cité. Certains badauds, arrivés trop tard, avaient bien du mal à croire au récit des témoins, et des disputes éclatèrent.

Personne ne prêta attention à l'individu au sombre manteau qui s'était approché, attentif aux paroles de la foule. Il dodelinait doucement de la tête, dissimulée sous une ample capuche. Helya et Farf auraient pu reconnaître en cette haute silhouette leur énigmatique sauveur. Mais les ondulations qui faisaient frémir l'épais tissu brun n'avaient rien de commun avec ce dernier.

L'être au long manteau se crispa subitement, comme statufié. En se retournant pour quitter les lieux, un rai de lumière filtrant d'entre les toitures des bâtiments le surprit, et l'ombre du capuchon céda la place à un inquiétant Masque Blanc, d'où ne se distinguaient que des yeux aux éclatantes pupilles jaunes.

Helya et Farf poursuivaient leur course. La jeune fille n'avait pas décelé de détails qui lui eussent rappelé un lieu familier où retrouver d'anciennes relations amicales susceptibles de les aider. La ville avait tellement changé. Il lui semblait pourtant qu'ils étaient sur le bon chemin, sans toutefois pouvoir se l'expliquer.

Il lui fallait bien se fier à quelque chose. L'intuition était désormais tout ce qui lui restait, avec son fidèle Anachrone.

Après bien des détours, ils arrivèrent sur une patte d'oie filant vers deux nouvelles rues : l'une principale, l'autre conduisant vers un chemin de terre privé. Elle hésita un instant, tandis que Farf emprunta sans réfléchir la rue principale, manifestement rassuré de se fondre parmi les nombreux citoyens qui la fréquentaient. Quant à elle, Helya s'élança dans la ruelle dont l'extrémité disparaissait sous un porche d'où filtraient quelques faibles rayons de soleil. Au pire, celui-ci pourrait leur offrir un abri providentiel jusqu'à ce que la nuit tombe et que les choses se calment.

S'étonnant de ne plus sentir derrière lui les pas de sa maîtresse, Farf réalisa un peu tard qu'elle ne l'avait pas suivi. Il rebroussa aussitôt chemin. Ne la voyant nulle part, le petit Anachrone paniqué sentit les battements de son cœur cogner jusque dans ses tempes.

— Dame Helya ? appela-t-il d'abord doucement, puis avec plus d'insistance. Dame Helya, mais où êtes-vous ?

À cause de sa petite taille, il provoqua plusieurs bousculades, et certains passants pestèrent contre lui, n'hésitant pas à lui administrer quelques coups de pieds. Farf n'y prêtait guère attention, obsédé par la crainte d'avoir perdu sa jeune maîtresse.

Soudain, deux mains de fer l'empoignèrent et le firent décoller du sol. Farf se tordit le cou et reconnut l'un des gardes partis à leur poursuite, qui le toisa avec ironie.

— Difficile pour un vieux singe comme toi de passer inaperçu, hein ? plaisanta-t-il.

— Surtout en gueulant à tout-va le nom de ta mignonne, renchérit son comparse.

— Je vous prie de me lâcher ! s'exclama Farf en se débattant, plus fâché contre lui-même qu'autre chose. Est-ce ainsi que vous traitez tous vos esclaves dans cette Cité ?

— À leur juste valeur, il semblerait ! fit le deuxième

garde d'un ton péremptoire. Et si tu veux qu'on te traite mieux, il va falloir d'abord nous montrer le chemin. Ou bien on va te lâcher, mais ce sera pour aller moisir au fond d'un puits bien sec. Qu'est-ce que tu décides ?

Helya traversa le porche en courant sans cesser de jeter de rapides coups d'œil derrière elle. Dans la ruelle, le décor commençait à lui revenir en mémoire, comme ces vieilles balustrades bordeaux qu'elle avait aperçues, couvertes de lierre sur la façade abîmée d'une maison. Elle se sentit un peu rassurée. Une prise de confiance de courte durée, puisqu'elle déboucha sur une impasse. Un enchevêtrement de planches, de poutres et de pierres éboulées interdisait tout passage. Pourtant, elle se souvenait parfaitement de cette ruelle.

Bien des choses avaient changé en quinze années. Dans sa course à travers la Cité, elle avait remarqué les commerces de son enfance fermés, les travaux restés inachevés, il n'était donc pas si surprenant de tomber maintenant sur une rue bouchée par un effondrement. Le propriétaire de cette voie privée avait sans doute déserté le quartier depuis longtemps.

C'était bien sa veine. Helya se sentit prise au piège. Elle ne pouvait plus avancer et il lui semblait périlleux de revenir sur ses pas. De plus, elle prit conscience qu'elle avait semé Farf en chemin. La détresse la submergea. Dans un dernier élan d'espoir, elle essaya de s'agripper aux rebords du mur mitoyen. Mais il était beaucoup trop haut pour qu'elle puisse l'atteindre, même en sautillant.

Un bruit de pas venant de l'autre côté de l'effondrement attira son attention et elle cessa aussitôt ses tentatives désespérées d'escalade. Les soldats du Palais l'avaient-ils entendue ? Peut-être avaient-ils déjà mis la main sur ce pauvre Farf ? Elle se surprit à prier pour que ce ne soit pas le cas. Après tout ce qu'elle venait d'endurer, ç'aurait été trop injuste ! Elle ne retournerait plus à Thrèce, parmi cette détestable engeance d'aristocrates qui n'étaient bons qu'à gloser ou à exécuter des ronds de jambe à son Gouverneur de père pour grappiller quelques miettes de pouvoir ! Cette vie-là n'était pas la sienne. Même au bout de ces longues années passées au sein de cet univers feutré, elle ne l'avait jamais perçue comme telle.

En s'approchant de l'amas de débris couvert de suie et de moisissures, Helya perçut bientôt une présence humaine. Un sentiment des plus étranges s'empara d'elle. Une émotion indéfinissable, mélange troublant d'attirance et de crainte.

Les fantômes du passé surgirent et dansèrent devant ses yeux en une farandole impétueuse. Le soleil aveuglant, les pétales nacrés des cerisiers en fleurs, les trèfles verdoyants dans le jardinet de la chaumière de ses parents… Les images défilèrent en un éclair et s'imprimèrent aussitôt dans son cœur.

Ce fut en cet instant que son regard croisa en le

frôlant celui qu'elle n'attendait plus, sans jamais n'avoir cessé de le désirer de toutes ses forces.

— Sisam… ? murmura-t-elle.

Derrière les décombres, le jeune homme, au front ruisselant, se sentit brusquement traversé par une vague foudroyante de lumière. Il comprit aussitôt quelles raisons avaient guidé ses pas pour l'amener jusqu'ici, telle une marionnette mue par des fils invisibles.

— Helya…

Les deux jeunes gens, chacun de leur côté, se reconnurent alors, et le temps sembla se figer. En se redécouvrant, mûris par les années, leurs souvenirs firent jaillir au fond d'eux-mêmes des ombres et des voix passées. À travers les rais et les crevasses, l'un et l'autre virent tour à tour l'adulte et l'enfant, le regard de l'innocence et celui des désillusions. Celui de l'insouciance et celui de la désespérance.

Une mystérieuse intuition les avait conduits jusqu'ici, comme s'ils avaient semé chacun des graines de pensées pour être reconnus et retrouvés. Sinon par quel miracle auraient-ils pu ainsi se retrouver dans une petite ruelle anodine de la vaste Cité d'Ostacle ?

— Sisam, répéta-t-elle dans un souffle. Je suis… de retour.

Leurs yeux brillaient. Leurs cœurs battirent plus vite.

L'attente et l'espoir n'avaient pas été vains.

Helya n'en croyait pas encore son cœur. Elle s'approcha davantage pour mieux embrasser du regard le visage de Sisam, qui l'observait avec saisissement, comme pétrifié sur ses jambes.

Mais la réalité les tira rapidement de leur torpeur, en entendant les pas et les voix des quatre gardes.

— Sisam, aide-moi !

Il cligna d'abord plusieurs fois des paupières, comme s'il émergeait peu à peu de songes nébuleux et lointains. Puis, il écarta vigoureusement les planches et les blocs de pierres, s'efforçant de retirer les plus gros débris et de rompre le bois pourri. Helya l'imita du mieux qu'elle put, chacun arrachant de ses mains et de ses pieds les décombres.

L'espace d'un instant, leurs doigts se touchèrent.

Un frisson électrique leur parcourut l'échine.

À cet instant, quelques pâtés de maisons plus loin, l'être au Masque Blanc releva la tête, et ses pupilles jaunes s'étrécirent. *La* présence qu'il cherchait venait de se faire plus précise. Il obliqua et, d'un seul bond, se trouva perché sur un muret, puis sur la toiture d'un bâtiment où il commença une course effrénée, animé par un instinct aiguisé.

Sisam et Helya ne parvenaient pas à soulever deux grosses poutres trop lourdes, et, sans doute, encastrées dans l'amoncellement des pierres jonchant le sol.

— On n'y arrivera pas ! geignit Helya en poussant de toutes ses forces sur l'une des deux poutres.

— Il y a forcément un moyen ! Essaie de dégager les côtés !

Les pas se rapprochaient. Des bruits de bottes qui ne trompaient pas. Sisam ignorait comment Helya pouvait être ici et pourquoi on cherchait à s'emparer à nouveau d'elle, mais il préférait ne pas y songer. Ses pensées étaient en ébullition. Tout ce qu'il souhaitait pour l'instant, c'était fuir le plus loin possible de cet endroit. Et son cœur refusait de le faire sans Helya.

Ces maudits gravats lui donnaient bien du fil à retordre. Les hommes de la garde seraient là d'une seconde à l'autre. Alors qu'ils désespéraient d'y arriver, deux bras puissants s'abaissèrent soudain devant eux.

— Oros ! s'exclama Sisam.

— J'arrive à point nommé, on dirait ! grogna-t-il, sous la poussée qu'il dut donner pour ébranler la montagne de débris.

Sisam se joignit à lui et tira sur les monceaux de bois. Au prix d'un monumental effort, Oros parvint à dégager l'une des poutres qui craqua sous la pression et s'effondra, créant une issue salutaire. Helya traversa le mur de gravats et tomba enfin dans les bras de Sisam. Un court instant, qui valait pourtant toutes les fortunes.

Sisam se dégagea rapidement de l'étreinte. Les gardes arrivaient maintenant sous le porche.

— La voilà ! s'écria l'un d'eux. Saisissez-vous d'elle, vite !

Oros donna un grand coup de poing sur le haut des décombres. De nouveaux blocs de pierres et de bois jaillirent tout à coup des ruines amoncelées et assommèrent sur le coup leurs deux premiers poursuivants. Profitant du désordre, Farf mordit à pleines dents le poignet du garde qui le retenait. Celui-ci hurla de douleur et lâcha sa prise, cependant que le vieil Anachrone se précipitait vers sa maîtresse.

— Dame Helya ! Une minute, attendez-moi !

Deux autres gardes déboulèrent du fond de la ruelle, alors que Farf essayait de se faufiler à son tour par l'issue de nouveau obstruée.

— Dans quel pétrin t'es-tu fourré, Sisam ? l'interrogea Oros en essayant de rouvrir un passage à l'Anachrone. Et qui sont ces gens ?

Le jeune homme releva la tête et plongea son regard noir dans celui de son associé. Ses lèvres tremblèrent, mais aucun son ne sortit de sa bouche.

— Bon, je m'occupe des deux autres types, assura finalement Oros. Vous autres, décampez d'ici, allez !

— Je ne peux pas abandonner Farf ici ! s'opposa aussitôt Helya. C'est mon ami !

Oros la rassura :

— Ils ne l'auront pas, mademoiselle, foi d'Ostallan !

— Prends-le avec toi et rendez-vous directement chez ma tante, l'exhorta Sisam. Et surtout, restez-y jusqu'à ce que je vienne vous chercher !

— Entendu. Et maintenant, débarrassez le plancher !

Sisam lui adressa un hochement de tête reconnaissant, puis entraîna Helya avec lui.

Oros se retourna vers le petit être malingre auquel la mystérieuse amie de Sisam semblait tant tenir. Les gardes étaient presque sur lui et, contre toute attente, celui-ci commença à escalader péniblement l'amas de ruines. Il avait l'avantage d'être léger et souple, en dépit de son apparence chétive, ce qui lui permit d'atteindre sans trop de mal le fragile sommet de l'enchevêtrement. Il se retrouva plusieurs mètres au-dessus du sol, sans autre moyen que de devoir sauter pour rejoindre Oros de l'autre côté. Or, la vue de ce gros bonhomme à la barbe fleurie ne le rassurait pas outre mesure.

— Libérez le passage et rendez-nous cet individu, par ordre du Gouverneur ! l'enjoignit l'un des Gardes avec autorité. Il appartient à la Cité de Thrèce !

Loin d'être coopératif, Oros se plaça juste en dessous de Farf et tendit ses gros bras devant lui.

— Saute ! dit-il. C'est ta seule chance !

Jetant un dernier coup d'œil derrière lui, Farf s'exécuta et atterrit entre les bras rebondis de son imposant bienfaiteur.

— Bravo, l'ancêtre ! fit-il en le remettant sur pieds.

— Farf, rectifia celui-ci d'un ton affecté. Je m'appelle Farf, espèce de grand bouffi !

N'ayant guère le temps de faire plus ample connaissance, ils prirent rapidement la fuite, laissant les gardes à leur colère et à leur impuissance.

Chapitre 19

Sisam et Helya s'étaient enfuis loin de la ruelle, après avoir laborieusement gravi un terre-plein abrupt et récupéré leur souffle un peu plus loin dans un quartier moins sensible de la Cité. Sans qu'il en ait vraiment pris conscience, Sisam avait marché jusque devant le Temple, dont les hauts échafaudages à l'abandon semblaient presque le narguer. Après une brève hésitation, il décida d'entraîner Helya à l'intérieur et lui fit grimper la volée de marches qui menait sur le perron orné d'un triangle de grandes colonnes. Après tout, quels que soient les griefs qu'on lui reprochait, personne ne viendrait la chercher en un tel endroit.

Refermant les grandes portes derrière eux, ils prirent le temps de respirer, levant les yeux sur les vitraux de la prodigieuse fenêtre du transept. Anciens vestiges d'une gloire oubliée, les pierres de taille épuisées par les ans avaient offert des nids de fortune à quelques oiseaux égarés. L'autel lui-même, dressé comme un « T » sous la lumière bigarrée des fenêtres, accusait le poids des siècles, malgré l'entretien journalier de son seul et unique officiant. En fait, toute l'architecture du Temple semblait avoir été conçue comme un trèfle gigantesque, avec ses trois dômes aux charpentes délabrées. Des plates-formes provisoires soutenues par des charpentes en bois dénaturaient un peu l'atmosphère révérencieuse du site, jalonné de quelques échelles maculées de peinture, mais les deux jeunes gens n'en avaient cure. Il s'agissait d'une partie du chantier de Sisam et de son associé, sur lequel quelques araignées avaient déjà commencé à tisser leurs toiles dont les fils argentés scintillaient aux lueurs zébrées du soleil. Voilà quelques mois qu'il était devenu impossible de célébrer l'office, mais rares étaient ceux qui s'en étaient plaint, hormis bien sûr Ecleïes lui-même.

Marchant un instant sans mot dire le long de l'allée centrale, ils contemplèrent les grands vitraux, retraçant la légende séculaire des Myrihandes.

Helya détacha finalement son attention émerveillée de l'atmosphère singulière du Temple et dévisagea Sisam d'un air mutin.

— Viens ! l'invita-t-elle en le tirant en avant.

Elle le conduisit sous l'une des grandes alcôves, où veillaient une dizaine de bougies.

Leurs retrouvailles avaient habillé ces murs anciens

d'un voile magique. Les années avaient marqué leur visage, mais leurs regards, eux, n'avaient pas changé.

— *Helya*, murmura Sisam comme s'il découvrait avec un étrange recueillement la portée de ce mot. Helya... Je n'aurais jamais cru prononcer à nouveau ton nom un jour.

— J'ai prononcé mille fois le tien dans mes rêves, fit-elle en lui souriant.

Comme piqué à vif, il s'écarta brusquement d'elle.

— Non, c'est impossible ! jeta-t-il, l'œil fébrile. Toutes ces années, je t'ai crue morte, évaporée, ou fuyant je ne sais quel danger ! J'ai même imaginé que tu n'avais été qu'un rêve d'enfant stupide et trop solitaire...

— Moi, je n'ai jamais cessé de croire en toi. C'est ça qui m'a permis de tenir durant tout ce temps, et de m'enfuir aujourd'hui.

— T'enfuir ? répéta-t-il en écho.

— Du Palais de Thrèce. C'est là-bas que je vis, bien contre mon gré. La famille du Gouverneur m'y a adoptée depuis que l'on m'a enlevée à la mienne... et à toi.

— Toujours au nom de cette Règle, bien sûr ! Ils chassent nos gens comme du vulgaire bétail ! Mais nous n'avons rien fait pour mériter cela.

— Je sais, confia-t-elle doucement. Mais aujourd'hui, je suis là... avec toi. Et désormais, je ne veux être nulle part ailleurs.

En proie à de plus vives inquiétudes, Sisam fronça les sourcils.

— Mais la garde d'Ostacle t'a donné la chasse ! Je les ai vus, ils sont prêts à tout pour vous reprendre, ton petit esclave et toi.

— Farf n'est pas mon esclave, mais mon ami. Le seul que j'aie jamais eu à Thrèce. Sans lui, le courage m'aurait sans doute manqué pour tout quitter ainsi, et je ne serais pas là à discuter avec toi. Il est plus coriace qu'il n'en a l'air.

— Je l'espère pour lui, vu la situation. Tu as donc profité de la fête des Cités pour t'enfuir du Palais aux yeux et à la barbe des Gouverneurs ? Par toutes les étoiles du Ciel, Helya, est-ce que tu as pensé aux risques insensés que tu prenais en agissant ainsi ?

La jeune fille le dévisagea quelques secondes, les yeux brillants, puis elle se détourna et marcha doucement vers l'autel. De petits gravillons crissèrent sous ses pas, surprenant un oiseau réfugié dans les cavités d'une alcôve, qui battit des ailes d'effroi et s'envola par une brèche creusée dans le dôme.

— Je n'ai pensé qu'à une seule chose, lâcha-t-elle finalement. Récupérer la vie qu'on m'avait volée. Me donner cette chance, aussi infime soit-elle.

— Au point d'encourir la pire des peines ?

À ces mots, Helya se retourna vers lui.

— Et aussi le plus beau des cadeaux. Est-ce que tu le regrettes ?

Sisam releva les yeux. Un instant, l'orage qui tourmentait ses pensées s'éclaircit d'une subtile lumière.

— Je me rappelle notre comptine, s'étonna-t-il comme s'il prenait conscience à l'instant de ce troublant souvenir.

Helya plongea son regard au bleu de myosotis dans le sien, la mémoire envahissant petit à petit son esprit et son cœur.

— Je m'en souviens aussi, chuchota-t-elle.

Elle se rapprocha de lui sans le quitter des yeux, comme si elle pouvait lire les paroles de leur lointaine chanson sur son visage. Au moment où ils se trouvaient si proches l'un de l'autre qu'ils allaient prononcer les premiers mots de l'ancienne comptine, Ecleïes surgit de la grande porte du Temple et les interrompit vivement.

— Sisam ! lança-t-il en une sévère injonction. Non, arrêtez !

Toujours sur les toits de la Cité, le limier au Masque Blanc huma l'air avec insistance, hésita et perdit définitivement la trace de sa proie. Après quelques piétinements irrités, il rebroussa chemin.

TROISIÈME PARTIE

LE SECOND SOUFFLE

Chapitre 20

Le vieux conservateur du Temple, dont le regard perçait la pénombre jusqu'à eux, s'était montré plus impérieux que Sisam ne l'aurait jamais imaginé.

— Qu'est-ce qui vous prend, Ecleïes ? s'exclama-t-il. Vous ne vous doutez pas de ce que…

— Plus tard ! Trop de questions resteraient sans réponse. Veuillez me suivre et… je vous en prie, ne vous *touchez* pas.

Le ton employé ne laissait guère de place à la discussion. Sisam regarda Helya. Il aurait voulu lui dire de ne pas écouter ce dangereux prédicateur et de quitter sur-le-champ le Temple afin de rejoindre Oros et Farf. Mais les révélations d'Helya sur son évasion le laissaient perplexe et l'inquiétaient. Si elle avait réellement enfreint la Règle des Flux des Cités, la Capitainerie d'Ostacle devait être sur le pied de guerre pour la ramener à son Gouverneur de père. Or, il craignait désormais de réveiller les vieux démons qui n'avaient eu de cesse de hanter son cœur.

Helya brisa le silence.

— Ecleïes, c'est donc votre nom ?

— Oui, petite demoiselle. Et le vôtre est Helya, n'est-ce pas ?

Stupéfaite, celle-ci hocha à peine la tête.

— Comment le savez-vous ? demanda Sisam, tout aussi abasourdi.

— Ainsi que je l'ai dit, vos questions trouveront leurs réponses ailleurs, leur rappela-t-il en se rapprochant d'une des colonnes de la nef. Êtes-vous enfin décidés à me suivre ?

Leur silence fut consentement. Ecleïes appuya alors la paume de sa main contre un motif sculpté dans la colonne, dont la forme revêtait celle d'un étrange triangle aux extrémités larges et bombées. Il y eut alors un claquement sec de mécanisme, révélant sous une dalle anodine un passage secret dont Sisam n'aurait jamais soupçonné l'existence. Ecleïes les entraîna après lui à l'intérieur, à travers de sombres escaliers seulement éclairés par une lueur diffuse. Les marches étaient étroites, et Sisam manqua plusieurs fois de glisser.

— Prenez garde ! recommanda Ecleïes. Il y a beaucoup d'humidité par ici et ces escaliers sont dangereux pour qui n'y est pas habitué. Voilà, nous y sommes presque.

À une dizaine de mètres au-dessous des dalles du

vieux Temple, Helya et Sisam réalisèrent que la lueur provenait en fait de torches suspendues aux parois de pierre d'un long corridor.

— Mais où diable nous avez-vous amenés ? s'enquit Sisam.

Ecleïes décrocha l'une des torches et la tendit devant lui pour guider ses pas.

— Cet endroit servait jadis de catacombes. Nombreux étaient ceux qui trouvaient la paix de leur âme en choisissant d'être inhumés ici. Ils pouvaient retrouver en ces lieux sacrés le respect que l'univers des Trois Cités ne leur avait pas toujours témoigné. Car ici étaient l'illumination et la paix. Mais les temps ont bien changé, et nul ne se soucie maintenant de toutes ces anciennes coutumes...

— Je n'ai jamais entendu un traître mot à ce sujet, avoua Sisam. Qui pouvait bien avoir ce genre d'exigences ?

— Celles et ceux qui s'interrogeaient sur leurs vies passées et à venir, rapporta Ecleïes, comme absorbé par de lointains souvenirs.

— Leur vie à venir ? reprit Helya, incrédule.

Le vieil homme se retourna vers elle et la considéra avec une troublante intensité. Il semblait vouloir dire quelque chose, mais ses lèvres restaient closes. Se ravisant, il éleva finalement la torche et balaya les murs de sa lumière, révélant de haut en bas de la galerie souterraine des centaines de dalles marquées d'une écriture sibylline.

— Pour eux, la mort n'existait pas, expliqua-t-il en poursuivant sa marche. Ou du moins la mort telle que nous la concevons aujourd'hui : cet achèvement définitif de tout ce que nous sommes et avons été ici-bas. En ces temps anciens, ils la considéraient seulement comme un chemin vers une autre existence, vers un nouveau commencement. La peur avait quitté chaque parcelle de leur âme. Ils savaient qu'ils reviendraient un jour, et souhaitaient pouvoir se recueillir sur leur vie passée. C'était leur manière à eux de laisser une trace de leur passage, qui ne serait jamais souillée par la main d'un profane.

— Ces dalles sont plutôt larges, fit remarquer Helya. Il y aurait eu la place pour au moins deux corps, là-dedans.

— C'était le cas. Dans un Temple voué au culte des Âmes-Sœurs, cela me semble plutôt approprié, ne croyez-vous pas ?

Les regards d'Helya et Sisam se croisèrent. Ils ignoraient où Ecleïes voulait en venir et commençaient à craindre que le vieil homme ne les entraîne trop loin dans les méandres occultes de son univers. Hélas, ils n'avaient plus guère d'autre choix que de l'accompagner jusqu'au bout afin de connaître le fin mot de tout ceci.

Au gré de leur progression, ils débouchèrent finalement dans une sorte de grande caverne marbrée où, curieusement, s'étendaient d'étonnants jardins fleuris, illuminés par un rayon de soleil filtrant depuis un conduit taillé dans la roche. C'était un endroit proprement fascinant, dont la mystérieuse luxuriance défiait toutes les lois naturelles. Des plantes à ramuscules s'entrelaçant sur les dorures du lichen tapissaient la roche d'étonnants filigranes. Les moisissures mettaient du velours sur les angles du marbre, et des pariétaires aux charmants bouquets arboraient ici et là leurs touffes éparses. La surprenante lumière édénique qui venait d'au-dessus, à la fois pénombre d'ascèse et rayonnement paradisiaque, estompait les reliefs dans une sorte de diffusion visionnaire. La végétation fantasque et la stratification grossièrement taillée s'harmonisaient. Des piliers massifs avaient pour chapiteaux et ligatures de somptueux lierres tous pénétrés de frémissements, tant et si bien qu'on imaginait des doigts de fées chatouillant des pieds de géants.

Rien de plus troublant et de plus énigmatique que ce faste dans cet antre surgi des catacombes. L'enchantement dominait partout : c'était la rencontre de l'élémentaire et de l'orfèvrerie au cœur de l'improbable architecture du hasard.

— Vous voici dans la Chambre Verte, au cœur des plus profonds souterrains du Temple, leur révéla Ecleïes. Un lieu de refuge et de réunion tenu secret par les Ch'ken.

— Les *Ch'Ken* ? répéta Helya, dubitative. Vous voulez dire les Âmes-Sœurs ?

— Précisément. C'est ainsi qu'elles se nomment. Un Ch'Kan est toujours lié à sa Flamme Jumelle, tant que celle-ci ne s'est pas fondue en son autre Moitié. Mais peu importe le nom que vous pouvez leur donner.

— Un mirage, voilà leur véritable nom, lâcha nerveusement Sisam. Un fieffé mensonge auquel de pauvres gens se raccrochent et que vous avez toujours entretenu, Ecleïes. Je me demande bien ce que nous faisons ici !

— Ici est votre place, fit derrière eux une voix familière.

Sisam se retourna, découvrant avec stupéfaction la silhouette d'Oriance, debout près de deux bancs de pierre installés au cœur des jardins.

— Sois le bienvenu, Sisam, dit-elle doucement. Je suis heureuse de te savoir ici parmi nous en compagnie d'Helya.

Celui-ci la regarda, éberlué.

— Je ne comprends pas... Que faites-vous ici ?

Oriance fit quelques pas et sortit de la pénombre. Elle portait le même long manteau sombre à capuchon dans lequel l'avait vue Helya la première fois, croyant avoir eu affaire avec un homme. Elle esquissa un petit sourire qui éclaira alors son regard émeraude.

— Rassurez-vous, Sisam. S'il existe un endroit où vous soyez en parfaite sécurité, c'est bien ici. Vous n'imaginez pas un instant ce que votre nouvelle union aura comme conséquences, et nous sommes là pour vous aider à comprendre.

Ce disant, Oriance tendit la main pour les inviter à prendre place sur un banc de marbre blanc situé au seuil des jardins. Devant l'insistance de son geste, Sisam et Helya finirent par obtempérer et s'y installèrent. Ecleïes échangea un regard entendu avec sa jeune amie avant d'aller s'asseoir à son tour sur un grand siège couvert de lierres et de clématites.

— Voilà qui est mieux, dit Oriance avec douceur.

— Je vous reconnais, avoua enfin Helya en scrutant le visage de la jeune femme. C'est vous qui nous avez aidés, Farf et moi, à sortir du bassin quand nous nous sommes enfuis du Palais.

— Celle qui vous a sauvée des loups, fit-elle en lançant un regard complice vers Sisam. Et par conséquent, je ne fais pas partie de ceux qui chercheront à vous séparer à nouveau l'un de l'autre.

— Alors que cherchez-vous ? jeta ce dernier avec empressement. Je suppose qu'il vous fallait de sérieuses raisons pour entreprendre de tels risques.

Oriance se tourna alors vers lui et s'avança un peu plus près. Sous ses pieds luisaient les carreaux de marbre sur lesquels étaient dessinés des boucles et des anneaux entrelacés de feuilles d'acanthe. Elle retira son long manteau, le plia à côté d'elle et prit une profonde inspiration.

— Nos Cités ont des lois bien étranges, évoqua-t-elle en joignant ses mains. Migrations, transferts, disparitions parfois... si nombreux et quotidiens qu'ils en sont devenus presque ordinaires. Tous légitimés par la Règle des Flux. Et pourtant, rares sont ceux qui se posent des questions ou qui obtiennent des réponses sur toutes ces violations à nos libertés les plus fondamentales.

— Mes parents sont de ceux qui ont voulu savoir, dit Sisam avec gravité. Peut-être ont-ils appris ce qu'ils voulaient… Mais ils ont disparu depuis longtemps et je ne le saurai sans doute jamais. Aujourd'hui, je ne me souviens même plus de leurs visages.

— J'en suis profondément désolée, compatit Oriance.

— Bah, qu'importe ! grogna-t-il tout à coup, plein de ressentiment. On les connaît, les responsables. Les Khalibans. Ces barbares venus des flancs de Pan-Kaïa, qui s'en prennent sans cesse à nos gens et à nos Cités.

— Les Khalibans ? fit-elle avec surprise. C'est donc là ce que vous pensez ?

— J'attends avec impatience le jour où j'aurai l'occasion d'approcher l'un d'eux au plus près. Croyez bien que celui-là n'aura pas la chance d'aller croupir dans la Prison d'Arkopolis !

Ressentant sa peine au travers de la haine qui le tenaillait, Helya saisit sa main et la pressa solidement dans la sienne.

— Helya, intervint Ecleïes. Pardonnez-moi, mais je vous recommande vivement d'éviter les contacts physiques. Pour l'instant.

C'était la deuxième fois qu'il leur imposait cette

contrainte insolite. Sisam allait s'exécuter le premier, mais Helya maintint fermement sa main.

— Serait-ce un péché dans votre Temple, Ecleïes ? ironisa-t-elle.

— Des Limiers vous recherchent, et leurs sens sont terriblement aiguisés, précisa-t-il. Leur faciliter la tâche serait une grave erreur.

Dépité, elle lâcha tout de même la main de son compagnon, qui en parut presque soulagé.

— Comment le simple fait de nous toucher pourrait-il trahir notre présence ? demanda Sisam.

Oriance fixa un instant sur lui son regard au charme magnétique.

— Ces êtres sont loin d'être comme vous et moi, dit-elle. Mais soyez sûr d'une chose : ils sont une réelle menace pour vous deux et vous pisteront inlassablement nuit et jour, d'autant plus facilement que vous serez proches l'un de l'autre.

— Parce que nous sommes des « Ch'Ken » ? souleva Helya, narquoise.

— Parce que vous êtes les preuves vivantes de cette réalité, soutint Ecleïes en se levant de son siège. Parce que la raison véritable de tous les enlèvements, de toutes les disparitions d'hommes, de femmes et d'enfants au sein des Trois Cités n'est pas le fait de quelques malheureux guerriers affamés et frappés par l'exil ! Parce que la vérité n'est jamais mieux enfouie que sous les plus grands mensonges ! Oui, mes amis… Le fer tordu sur la braise ne sait pas encore qu'il deviendra une épée... et comme elle, vous ignorez tout des forces qui sommeillent en vous. Tout cela vous paraît sans doute fou aujourd'hui, inconcevable même. Mais vous devez ouvrir vos esprits et chasser les illusions qu'on a voulu jusqu'ici vous faire passer pour des faits acquis. Nous pouvons vous y aider. À la condition de nous accorder votre confiance...

Helya et Sisam observaient Ecleïes avec une appréhension teintée d'embarras, comme s'ils s'attendaient à le voir à tout moment se transformer en une espèce de monstrueux croque-mitaine. Pour tout dire, son discours n'avait pour eux rien de très rassurant. Mais ils voulaient en connaître le fin mot et restèrent silencieux afin de l'inciter à poursuivre. Celui-ci dut sentir leur méfiance, car il détendit les traits sévères de son visage et posa les chaudes paumes de ses mains sur le menton des deux jeunes gens. Sur le coup, Sisam recula, incommodé.

— Mes enfants, vous êtes notre miracle, augura-t-il finalement.

— Il n'y a aucune sorte de miracle dans mon évasion du Palais ! témoigna Helya avec un brin de dérision.

— Certains signes ne trompent pas, fit Oriance. Telle l'énergie de votre union. Nous vous avons trouvés et reconnus parce que cette énergie s'est répandue aussitôt parmi tous vos semblables. Nous l'appelons l'Aura.

— Et cette Aura si éclatante était la vôtre, révéla

enfin Ecleïes. Elle est si ancienne, et dotée d'une force d'amour si grande, qu'elle pourrait défaire les puissances ténébreuses qui répriment chaque Âme-Sœur en ce monde depuis des milliers d'années.

Un silence pesant tomba tout à coup sur le petit groupe.

— Qu'êtes-vous en train de dire ? s'enquit enfin Sisam d'un ton mesuré.

Il chercha en même temps le regard d'Oriance, qui le considéra avec émotion. Alors, avec une simplicité déconcertante, Ecleïes répondit.

— Vous êtes un Myrihande. Celui que nous attendions.

Secouant la tête, Helya crut d'abord à une plaisanterie, mais l'expression soutenue d'Ecleïes l'en dissuada. Abasourdie, elle essaya de réaliser ce qu'impliquaient ces révélations qui défiaient l'entendement et semblaient leur conférer, à son compagnon et elle-même, une extraordinaire responsabilité.

Sisam, quant à lui, restait sans voix. Avant qu'il n'ait eu le temps de se ressaisir, son visage était devenu aussi pâle que l'écharpe de brumes qui étreignait les cimes de Pan-Kaïa.

— Vous parlez maintenant de puissances ténébreuses, lança-t-il finalement. J'en connais effectivement une de taille : la démence. Et je réalise maintenant qu'elle vous ronge la cervelle depuis longtemps !

— Sisam, s'interposa calmement Ecleïes, notre civilisation est à l'agonie. Le cœur même de ce que nous avons été est sur le point de disparaître, et nos derniers vestiges de liberté ne seront bientôt qu'un souvenir si nous ne faisons rien. Pourquoi crois-tu qu'Helya et toi avez été jadis arrachés l'un à l'autre ? Cesse donc de vouloir écouter ta raison. Elle aveugle tout ce que tu sais de la vérité.

— Ça suffit ! éclata-t-il en se levant. Je ne veux plus rien entendre de plus ! D'ailleurs, qui me dit que vous n'êtes pas de mèche avec les ravisseurs d'Helya ? Vous cherchez seulement à gagner du temps !

— Nous ne gagnerions rien à vous mentir ! les rassura Oriance. Croyez-moi, Ecleïes et moi sommes de votre côté. Nous vous attendions, sans savoir encore qui vous étiez et comment votre Aura nous serait révélée. Vos retrouvailles sont une bénédiction pour tous ceux qui espéraient votre venue, mais aussi une malédiction pour ceux qui la craignaient. Vous courrez de grands dangers si vous quittez seuls le Temple. Accordez-nous votre confiance, je vous en prie !

Sisam la regarda et lut dans ses yeux émeraude la même compassion qu'il y avait aperçue la veille, lorsqu'elle l'avait aidé à s'extirper tant bien que mal de la taverne. Mais les paroles d'Ecleïes l'avaient rendu furieux.

— Je n'ai confiance qu'en Sisam, déclara alors Helya. Je suis désolée.

— Écoutez-moi bien, abrégea sèchement le jeune homme en se dressant devant sa compagne comme pour la protéger de leur emprise. Avant d'apprendre toute la vérité sur cette histoire, je vais conduire Helya là où elle sera en sécurité, loin de tous ceux qui s'intéressent d'un peu trop près à elle. Alors, que vous soyez fidèles du Temple ou complices des Gouverneurs, vous garderez vos distances, est-ce bien clair ?

— Sisam, je te conjure d'y réfléchir, insista Ecleïes. Tu ne peux…

Mais la décision des deux jeunes gens était prise. Invitant Helya à le suivre, Sisam la laissa passer devant lui avant de jeter un regard incendiaire en direction d'Ecleïes et Oriance. Puis il emboîta le pas de celle-ci et prit vivement la direction des catacombes.

Chapitre 21

Au Palais d'Ostacle, le Gouverneur Heguemandre, en compagnie de ses homologues Phonkerf et Hacton, avait pris place autour de la grande table de réunion. Sa belle robe drapée aux coloris agressifs tranchait avec l'illustre sobriété du mobilier. Il émanait de cette femme comme un souffle glacial à la fois féroce et séduisant, qui inspirait un respect particulier, sans doute renforcé par le fait qu'elle était l'une des rares aristocrates de la gent féminine à avoir accédé à la plus haute investiture. Les responsabilités qui lui incombaient n'en étaient que plus lourdes au regard de la convoitise de certains dignitaires, et elle savait que le moindre faux pas se transformerait en une arme redoutable pour ses détracteurs.

Aujourd'hui, son visage durci par des années de lutte sans merci pour le pouvoir reflétait l'expression d'une décision sans appel.

— Messieurs, déclara-t-elle, nous ne pouvons

plus nous payer le luxe de la patience. Trop de temps a déjà passé depuis le départ de mes troupes, et cette attente n'est pas tolérable. Il nous faut agir.

— Que suggérez-vous ? demanda Phonkerf.

— D'user de tous les moyens que nous jugerons nécessaires. Helya et l'Anachrone doivent être retrouvés et ramenés au Palais dans les plus brefs délais.

— Vous craignez des représailles ? souleva Hacton, les mains élégamment croisées sur la table.

— Si le Seigneur de Doldometh ou Morlhed apprenait cette évasion, Gouverneur, cela pourrait non seulement coûter la vie de cette petite inconsciente, mais aussi nous mettre tous en péril et risquer la perte irrémédiable du contrôle des Cités.

Prenant une pose pour lui laisser le temps de mesurer la portée de ses mots, Heguemandre se tourna ensuite vers Phonkerf.

— De votre côté, faites votre possible pour dissimuler la disparition de votre fille. La journée de célébration se terminera dans quelques heures, et tous nos hôtes regagneront bientôt leurs demeures. Nous devons rendre cet incident le plus discret possible, pour vos propres intérêts comme pour les nôtres.

Phonkerf, le corps prostré, releva la tête.

— À votre guise. Tout ce que je demande, c'est qu'il ne lui soit fait aucun mal. Helya n'a pas à subir les conséquences de nos engagements envers le Passeur et son souverain.

— Il est notre souverain à tous, fit remarquer Hacton. Il serait sage de ne pas l'oublier.

Heguemandre considéra un instant Phonkerf et esquissa un sourire de circonstances.

— Nous ferons de notre mieux, dit-elle finalement. Capitaine Hemerod ?

Un jeune homme aguerri d'une trentaine d'années, au regard sombre, fit quelques pas en avant. Ses cheveux de jais tombaient sur ses larges épaules d'athlète recouvertes d'une somptueuse cuirasse de chevalier. Ses sourcils épais et sa courte barbe offraient à son visage une maturité que son âge aurait certainement démentie. D'aucuns auraient pu dire qu'il était le fringant reflet de son vieux père, avant que la maladie n'en ait fait l'ombre de lui-même et ne l'ait emporté voilà plusieurs années. La cicatrice qui filait le long de son arcade sourcilière et achevait sa course sur sa paupière gauche était le témoignage visible de blessures qui n'étaient pas toutes apparentes. Celle-ci meurtrissait son visage altier, mais honorait aussi la légitimité de sa réputation d'éminent guerrier.

Derrière Hemerod se tenait une jeune femme aux grands yeux noirs et vigilants, vêtue d'une longue robe orangée. Ses cheveux bruns mi-longs étaient tressés et ornés de petits galets d'opale et d'agate colorés.

— Oui, mère, dit-il sobrement en inclinant la tête pour saluer les deux autres Gouverneurs.

— Hemerod, je te confie la tâche de retrouver la jeune Helya et son serviteur, un dénommé Farf.

Quatre de nos soldats sont partis à leur poursuite dès que nous avons eu vent de leur évasion du Palais, mais il semblerait que nos fugitifs se soient montrés plus malins que nous n'aurions pu le supposer. Ils ont très probablement été recueillis par d'anciennes connaissances Ostallanes ou quelque comploteur malintentionné. Le temps nous est compté, alors ne lésine sur aucun moyen en ta possession pour les capturer.

Le jeune Capitaine sourcilla.

— Helya ? La fille du Gouverneur Phonkerf ?

— Elle a impunément quitté le Palais durant la cérémonie avec la complicité de son esclave, et il te faudra manœuvrer avec habileté pour savoir où elle se cache. Notre ami Gouverneur veut récupérer sa fille au plus vite, et aucun de nous ne souhaite faire de vagues autour de cet incident. Est-ce bien entendu ?

Hemerod acquiesça, s'excusa devant les autres Gouverneurs et prit rapidement congé.

Il s'engageait dans les escaliers pour aller retrouver ses hommes à l'extérieur du Palais quand la jeune femme à la robe orangée l'interpella sèchement.

— Te voilà fin prêt pour une nouvelle chasse ! clama-t-elle tout haut. La souveraine d'Ostacle a parlé, et son dévoué Capitaine se lance sur-le-champ dans sa mission. Hemerod, tu n'as donc d'autre ambition que de rester toute ta vie un pion sur l'échiquier de notre mère ?

Hemerod s'immobilisa, et son expression se fit lasse. Il se tourna vers elle et la dévisagea un court instant. Le velours et la soie de sa robe, finement ciselée et décorée de motifs subtils, voletaient légèrement sous ses pieds. Ses lèvres d'habitude si douces et gourmandes avaient pâli tant elle les tenait serrées. Les poings fermement serrés sur ses hanches ornées de plusieurs ceintures dont les bandes tombaient élégamment jusqu'au sol, elle ressemblait un peu à une furieuse gorgone aux allures de garçon manqué.

— Nisis, tu sais très bien qu'il n'y a pas d'autre choix, répondit-il avec sang-froid.

— Nous avons toujours le choix, mon frère, fit-elle en le suivant sous le porche du Palais. Réfléchis-y lorsque tu auras trouvé ce que tu cherches.

Les hommes d'Hemerod l'attendaient sur place et avaient déjà sellé son cheval.

— Je suppose que tu as déjà ta petite idée pour mettre la main sur la fille de Phonkerf ? insista-t-elle en atteignant le parvis.

— En effet, répondit-il sobrement.

Hemerod lui jeta un regard en biais. Il devinait trop bien où Nisis voulait en venir.

— Certains devoirs échoient au premier Capitaine d'Ostacle. Je ne fais que les respecter.

— Pour le plaisir des Gouverneurs ? riposta-t-elle, acerbe.

— Très exactement pour l'indépendance et la liberté qui sont les nôtres. Rien de pire que cela, chère sœur. Il faudra bien que tu l'acceptes un jour.

Elle aurait voulu lui renvoyer ses fières certitudes

au visage, mais il grimpa alors sur son destrier et, sans attendre de réponse, s'éloigna rapidement avec ses cavaliers.

Écartant les tresses emmêlées de son visage hâlé, Nisis les regarda un moment s'éloigner, puis considéra un instant l'anneau autour de son doigt, qui représentait deux feuilles d'acanthe enroulées autour d'une colonne : l'emblème de la famille des Gouverneurs d'Ostacle. Elle le saisit entre son pouce et son index, prête à le retirer et à le jeter. Puis elle se ravisa, émit un long soupir, et rejoignit les portes du Palais d'un pas rageur.

Chapitre 22

Au travers des vieux faubourgs de la Cité, Oros avait entraîné Farf jusqu'à la maison de Laïmu, sans croiser à nouveau les gardes de la Cité. Une faveur dont Oros ne souhaitait pas trop longtemps abuser. Il avait appris très jeune que le ciel était facétieux, capable de bénir un homme le matin et le maudire le soir. Mieux valait donc compter sur sa propre valeur et ne pas trop s'en remettre aux mains de la providence.

Il était tard, et le crépuscule avait jeté un manteau outremer sur les rues dont les veilleuses se faisaient plus rares au fur et à mesure que l'on s'éloignait du centre d'Ostacle. Pour une fois, cette habituelle déconvenue était une précieuse alliée, la pénombre enveloppant peu à peu Oros et Farf sous ses ailes protectrices, hors de vue des soldats opiniâtres de la Cité.

Lorsque Oros toqua à la porte, la tante de Sisam apparut sur le seuil, les cheveux noués en un chignon vaporeux.

— Oros ? fit-elle, surprise. Vous avez pris congé de l'atelier sans mon neveu ?

— Si l'on puit dire, répondit-il en jetant un œil derrière lui. Laïmu, pouvons-nous entrer ?

Celle-ci observa un instant le petit vieillard aux grands yeux un peu affolés qui piétinait à côté de lui, puis elle leur céda le passage en souriant.

— Mais bien sûr, je vous en prie. Entrez.

En refermant la porte derrière eux, Laïmu prit soin de tirer le loquet. Son intuition la titillait. Quelque chose dans l'expression d'Oros l'inquiétait.

— Fait-il si chaud dehors que vous soyez tous deux aussi trempés ? considéra-t-elle avec subtilité.

Le gros associé de Sisam porta sur la table deux grands verres en terre cuite qu'il remplit avec l'eau d'une cruche, puis il s'assit lourdement sur la chaise réparée le matin même par son ami. Avalant une franche gorgée, il reposa le verre vide et poussa un soupir qui hésitait entre le harassement et la préoccupation. Farf, quant à lui, contempla un instant le récipient comme s'il s'agissait d'un véritable joyau, puis goûta l'eau avec plus d'égard que son sauveur, savourant son contenu avec un délice insolite.

— Vous n'avez rien de plus fort ? s'enquit Oros en écartant les lacets entrecroisés de sa tunique souillée de transpiration.

— Je crains que non. Nous avons terminé la dernière carafe de vin hier soir. Mais peut-être qu'un peu de thé au miel ferait l'affaire ?

Essayant de camoufler son dépit, il acquiesça poliment et entreprit de lisser sa longue barbe pour se donner une contenance. Une bonne chope de bière l'aurait bien aidé en de telles circonstances.

— Laïmu, lui confia-t-il alors en élevant un bras devant lui pour désigner son acolyte, je vous présente Farf. C'est... disons... le compagnon fidèle d'une amie de votre neveu.

— Enchantée, Farf, dit-elle en lui adressant un aimable sourire.

— C'est moi, hoqueta-t-il, le verre encore collé aux lèvres. Je suis un Anachrone, au service du Palais de Thrèce.

— Un Anachrone ? s'étonna Laïmu, croyant avoir mal compris. Est-ce un titre honorifique ?

— Non, ma bonne dame, dit-il en souriant de ses lèvres plissées. C'est le nom de mon peuple, dont les terres sont bien loin des vôtres.

— Peuh ! Quelle mascarade ! s'exclama Oros en haussant les épaules. Il n'existe que des barbares et d'infectes créatures en dessous des montagnes.

— Ai-je vraiment l'air d'une « infecte créature » ? grommela Farf, indigné.

— Oros, lança Laïmu pour couper court à la querelle, je m'en voudrais de froisser notre invité, d'autant plus s'il est porteur de nouvelles si intrigantes. Quelle pourrait bien être cette amie que mon cher neveu ait négligé de me présenter ?

Devant l'expression impuissante de celui-ci, Laïmu interrogea alors Farf du regard.

— Hem, fit-il, s'essuyant maladroitement la bouche après avoir reposé son verre. Eh bien, ma maîtresse est fille du Gouverneur de Thrèce, le seigneur Phonkerf. Un homme bon, soit dit en passant, qui a toujours montré une vraie générosité pour les siens et ses citoyens, même avec les simples esclaves comme moi.

— Alors pourquoi ne l'a-t-il pas tout bonnement aboli, cet esclavage ? l'interrompit Oros à brûle-pourpoint.

— Il le ferait certainement si tous les Gouverneurs arrivaient à s'entendre ! Mais à ce qu'il semblerait, même les célébrations des Cités ne sont plus ce qu'elles étaient autrefois, et plus rien de bon ou de mauvais n'en ressort vraiment. Et ma foi, je suis un bien humble personnage pour juger de tout cela... Enfin, toujours est-il que les choses ne tournaient pas rond depuis quelque temps déjà dans la tête de ma maîtresse. Car même si je peux vous assurer qu'elle a toujours vécu au Palais à mes côtés, du moins depuis que j'y demeure moi-même, elle se persuade depuis toujours que sa vie était jadis ici, à Ostacle. Aussi têtue qu'une mule enragée, vraiment ! Tant et si bien qu'elle a profité de l'anniversaire des Cités pour s'enfuir du Palais d'Ostacle et rejoindre ce Sisam dont elle me parle depuis toujours !

— Allons bon ! s'exclama Oros. À moi, il ne m'en a jamais parlé !

Farf avait repris un verre d'eau et s'apprêtait à boire, mais ses lèvres restèrent brusquement collées au récipient.

— Saperfouille ! balbutia-t-il, les yeux tout ronds. Elle ne délirait donc pas, ce garçon existait bel et bien…

— « Saper… » quoi ? fit Oros en fronçant ses gros sourcils.

— Farf, demanda Laïmu avec une émotion contenue, dites-moi, quel est le prénom de cette jeune fille que vous servez ?

— Helya, lâcha-t-il enfin avant d'engloutir le contenu de son verre.

Étourdie, Laïmu en perdit son aplomb. Se levant silencieusement de sa chaise, elle s'éloigna de ses hôtes et vint s'immobiliser devant la fenêtre, serrant avec force les rebords écaillés du lavoir. Le crépuscule naissant commençait à envahir le ciel de notes rouge et turquoise. Les yeux et les joues de Laïmu semblaient maintenant refléter les mêmes couleurs.

— *Helya*, répéta Oros pensivement. C'est donc le nom de cette petite demoiselle en danger… Non, vraiment, je ne vois pas.

— Elle était notre voisine il y a plus de quinze ans, les instruisit alors Laïmu sans bouger de sa place. À l'époque, elle et Sisam étaient enfants, unis comme les deux doigts de la main. Deux frère et sœur n'auraient pas été plus proches. La famille d'Helya avait aménagé près de chez nous au printemps d'une année dont j'ai perdu les derniers chiffres… Mais s'il est une chose dont je me souvienne avec clarté, c'est bien du visage illuminé de mon petit Sisam lorsqu'il aperçut pour la première fois Helya. « Est-ce un ange ? », m'avait-il demandé. Et c'est vrai qu'elle en avait les yeux… Je crois n'avoir jamais connu une telle affection, un attachement si passionné entre deux enfants. Et quand je les voyais parfois se prendre dans les bras comme de petits adultes et serrer leurs jeunes fronts l'un contre l'autre, j'en avais le cœur tout chaviré…

Il nous arrivait fréquemment de nous inviter entre parents, et de les voir s'ébattre comme des malappris près de la fontaine pendant que nous dînions dehors, les soirs d'été. Ils n'avaient pas plus de dix ans alors, et nous aurions dû les gronder maintes fois pour qu'ils regagnent leur lit à l'heure du coucher. Mais nous étions tous en admiration devant ces petits, les parents d'Helya tout autant que moi-même, et nous n'avions que rarement le cœur à les séparer tant ils étaient beaux à voir jouer et rire ensemble. Et puis, continua Laïmu en se retournant enfin, des larmes aux coins des yeux, et puis il y a eu cette affreuse nuit où ces hommes masqués sont venus enlever la petite Helya. En quelques secondes, elle avait disparu. Oh, par tous les Cieux ! Ces images sont encore si vives en moi… Ses parents et moi terminions de dîner dans leur maison. Comme à leur habitude, elle et Sisam jouaient dans la rue, ce soir-là, autour de la fontaine. J'entends encore leurs rires et leurs comptines d'enfants…

— Des hommes masqués, avez-vous dit ? fit Oros, stupéfait. Et personne n'a tenté de les en empêcher ?

Laïmu essuya nerveusement les larmes qui dévalaient maintenant sur ses joues.

— Ils ont été si rapides, dit-elle comme une excuse. Je n'ai rien pu faire. Sinon prendre Sisam dans mes bras et nous barricader jusqu'au lendemain dans la maison. Il criait et pleurait. J'ai dû le retenir quand le père d'Helya est parti à la recherche de sa fille. Il se débattait comme un diable pour s'en aller courir après ces horribles individus qui venaient de lui voler la perle de ses yeux… Depuis, les siens sont devenus secs, mais je sais qu'il n'a jamais pu oublier cette effroyable nuit.

— Mais il faut alors s'en réjouir ! lança vivement Oros. Sisam a bel et bien retrouvé Helya, je l'ai vue de mes propres yeux. Elle est vivante et en parfaite santé ! Les voilà réunis après toutes ces années…

— … et coursés par les soldats d'Ostacle, ajouta aussitôt Farf. Helya n'a pas le droit d'être ici ! Elle s'est tout bonnement enfuie du Palais, et c'est pour cette raison que nous avons été poursuivis à travers les rues d'Ostacle. Il s'en est d'ailleurs fallu de peu pour que les gardes de la Cité ne nous reprennent ! Je connais

Phonkerf, et croyez-moi, il tient plus à sa fille qu'à tout autre chose. Il fera tout ce qui est en son pouvoir pour la récupérer.

— Le Gouverneur de Thrèce est donc son père d'adoption, en déduisit Laïmu. Ma foi, elle aurait pu tomber plus mal. Où sont-ils, à présent ?

— Sisam m'a demandé de venir ici pour les attendre, Helya et lui, l'informa Oros. J'imagine qu'il l'a conduite en sécurité le temps de se remettre les esprits en place et de laisser passer la tempête. Ne vous faites pas de soucis, il saura se débrouiller et rapatrier Helya jusqu'ici saine et sauve. C'est un battant, j'ai pleinement confiance en lui.

Laïmu hocha distraitement la tête et ébaucha un petit sourire sans joie.

— Je sais, dit-elle, laconique.

Devant la soif manifestement intarissable de Farf, qui avait vidé à lui tout seul une première cruche et venait d'en remplir une seconde, Oros pouffa de consternation.

— Ma parole, combien de cruches te faut-il pour épancher ta soif ?

— Oh, se réjouit-il, je pourrai en avoir d'autres ?

Chapitre 23

Hemerod chevauchait avec les hommes de sa garde, traversant la Cité d'Ostacle et les glorieux viaducs pour rejoindre les Archives, au cœur de la Cité d'Arkopolis.

Au-dessous d'eux ondoyaient des brumes opaques se noyant dans les profondeurs du vieux cratère. Tous les citoyens, un jour ou l'autre, s'étaient posé la question sur la vie qui pouvait encore animer les abysses de cet ancien volcan, paisible et silencieux depuis des siècles. Chacun priait l'âme du vieux volcan afin de le garder pour longtemps encore dans ce paisible sommeil.

Hemerod et son escorte venaient de traverser le dernier des viaducs et étaient entrés par les grandes portes ouvragées d'Arkopolis. La plus ancienne des Trois Cités de Pan-Kaïa n'était pas la plus accueillante. Les rues étaient ternes, les commerces sans animation et la population peu amène. Les pavés brillaient comme si nul pied ou sabot n'avait foulé le sol sans qu'une légion d'esclaves ne soit passée derrière pour nettoyer les moindres empreintes. Pas un détritus ne souillait la Cité, malgré tous les aléas du quotidien, les transports de marchandises, les allées et venues de charrettes, de carrosses, ou les promenades d'animaux domestiques. Il régnait ici une atmosphère tout à la fois glaciale et fascinante, à laquelle Hemerod n'avait jamais vraiment réussi à s'habituer. Cette surprenante austérité, qui imprégnait chaque mur de l'acropole, s'expliquait sans doute par la présence de la grande Prison, dont le Gouverneur Hacton avait affermi la puissance depuis son accession au pouvoir.

Mais toutes ces préoccupations n'étaient pas les siennes, et le Capitaine d'Ostacle poursuivit sa chevauchée vers le nord-ouest de la Cité. S'érigeant en une haute tour de pierres blanches de plus de deux cents mètres, l'imposant édifice des Archives apparut derrière un dernier pâté de maisons. Environné d'un petit parc naturel à l'herbe fraîchement coupée, il était orné de splendides sculptures et de bas-reliefs évoquant l'écriture d'une époque oubliée. À son sommet étincelait une vaste rosace cerclée de verre couleur de rubis. C'est là que demeuraient les ouvrages les plus précieux, auxquels peu d'élus avaient accès. Un sanctuaire inviolable et silencieux, à l'intérieur duquel Hemerod espérait toutefois obtenir certaines informations.

Dans l'enceinte de la cour principale, deux élèves

Archivistes accueillirent le Capitaine et ses hommes, qui les débarrassèrent de leurs montures. On reconnaissait facilement les apprentis à leurs vêtements mauves et à leur jeune âge, bien que le recrutement de ces derniers ait toujours été tenu secret. L'une des vérités essentielles que chacun connaissait sur la Confrérie des Archivistes, était l'interdiction d'entretenir tout lien familial, amical ou conjugal avec de simples citoyens. De tout temps, cette règle avait fait ses preuves en matière de respect et d'absolue confidentialité sur la tenue des Archives, quoi qu'il en ait coûté à toutes celles et ceux qui avaient prononcé leurs vœux et embrassé la vocation.

Par la grande ogive d'une porte massive arriva le Maître Archiviste en personne, Santoriès. Un homme mûr d'une cinquantaine d'années aux yeux clairs et rusés. Ses cheveux mi-longs d'un blond argenté dessinaient comme une crinière autour de son noble visage. Il portait une ample tunique bordeaux à manches courtes, sanglée par une large ceinture faite de cuir et surmontée d'un pagne anthracite. Au large collier ambré et dentelé qui ornait son cou était accroché un camée en argent et lapis, à l'effigie d'un grimoire ouvert.

— Capitaine Hemerod, lança-t-il en le reconnaissant. Voilà qui est surprenant. Que nous vaut cet honneur ?

— Maître Santoriès, s'inclina celui-ci après avoir retiré son casque. Navré de vous déranger dans vos occupations, mais je crains que nous n'ayons un problème urgent à traiter.

— Vraiment? Cher Capitaine, il semblerait que vous ne me fassiez la courtoisie de vos visites qu'en de telles situations. Pour ma part je trouve cela regrettable, car j'aurais certainement d'autres sujets fort intéressants à débattre avec vous.

Piqué par la remarque, Hemerod fit quelques pas vers le perron où se tenait Santoriès, dont les yeux de vieux loup farouche semblaient sourire.

— C'est un fait, admit-il. Et je comprends parfaitement votre requête. Bien des choses nous accaparent tous et il est de mon devoir comme du vôtre d'y faire face. Pourrions-nous nous en entretenir en privé?

— Mais bien entendu. Vous savez que nos portes sont toujours grandes ouvertes pour les hauts dignitaires de nos Cités. Veuillez me suivre, je vous prie. Seul et sans arme, bien entendu, vous connaissez nos usages.

Hemerod adressa un bref hochement de menton à ses hommes pour leur signifier de l'attendre, puis il confia son épée à l'un d'eux et accompagna le Maître Archiviste à l'intérieur.

Après avoir grimpé une volée de marches, Hemerod et Santoriès arrivèrent sur un étage à ciel ouvert, gigantesque terrasse où fleurissaient des jardins à l'abri de quelques conifères et de treillages. De grands lierres aux feuillages orangés ornaient les arceaux des vieilles pierres entretenues de main de maître. Des colonnes striées jalonnaient chacune des allées au bord desquelles poussaient des rangées de buis délicatement taillés. L'endroit respirait paix et sérénité, car l'air lui-même semblait chargé de légèreté et de douceur.

En pénétrant dans l'immense et luxuriante closerie, ils croisèrent une jeune fille d'à peine vingt ans aux longs cheveux dorés et à l'air espiègle, revenant d'une grande serre aménagée au cœur des jardins. Sa peau laiteuse se confondait presque avec le corsage de lin blanc qu'elle portait, croisé de délicats cordons qui laçaient à ses hanches d'adolescente une longue jupe beige richement décorée. Un magnifique diadème, orné d'entrelacs d'argent imitant des ailes de papillons, couronnait son petit visage malicieux.

— Capitaine Hemerod, voici ma fille Chrysalie, les présenta brièvement Santoriès.

Elle sourit avec grâce devant l'étranger, et s'éclipsa aussitôt, affairée à ses divertissements solitaires.

— Veuillez l'excuser. Elle est toujours un peu sauvage avec les étrangers et n'est guère familière des soldats. Ne le prenez pas pour vous.

— Son sourire valait toutes les excuses, Maître.

Santoriès acquiesça d'un discret hochement de tête et proposa une promenade improvisée à son hôte entre les allées fleuries des jardins.

— Je suppose que vous n'avez pas fait tout ce

chemin pour me parler des attraits de ma fille, suggéra l'Archiviste, les mains jointes derrière le dos.

Hemerod attendait la question. Il fut soulagé de ne pas avoir à tourner trop longtemps autour du sujet qui l'amenait.

— Pour être tout à fait franc avec vous, nous vivons à Ostacle une situation délicate, expliqua-t-il tout en déambulant à ses côtés. Vous n'êtes pas sans ignorer qu'aujourd'hui est le jour de l'anniversaire des Trois Cités.

— Le 999e, précisa Santoriès. La grande fête mondaine de nos éminents politiciens.

Hemerod entendit bien l'allusion empreinte de sarcasmes à peine voilés, mais il fit mine de l'ignorer.

— Elle se déroule à Ostacle, cette année. Et à l'approche du premier millénaire, toutes les familles de haut rang ont répondu à l'invitation.

— Hormis la mienne, fit remarquer le Maître Archiviste.

— Vous avez vos raisons, et je n'ai d'ailleurs aucune intention de les discuter. Mais ce n'est pas votre absence à la cérémonie qui m'amène ici.

— Vous m'en voyez ravi. Dans ce cas, je serais curieux d'en connaître la motivation.

— La fille du Gouverneur Phonkerf, confia-t-il. Elle a saisi cette occasion pour s'enfuir du Palais. À l'heure qu'il est, elle court toujours dans les rues de la Cité en compagnie de son serviteur Anachrone.

— Vous voulez parler d'Helya, sa fille adoptive ?

— Oui, il s'agit bien d'elle.

Santoriès dodelina lentement de la tête et croisa les bras sur sa poitrine.

— Cela ne m'étonne guère. Helya n'a jamais vraiment accepté sa nouvelle vie à Thrèce. Et d'après mes souvenirs, c'est une personne qui n'est pas dénuée de caractère.

— Là n'est pas la question, Maître, si je puis me permettre.

— Elle le devrait pourtant, rétorqua Santoriès avec humeur. Vous le savez aussi bien que moi. Tous les jours, nous courons après des citoyens qui, d'une manière ou d'une autre, ont refusé de soumettre leur destin ou celui de leurs proches à la Règle des Flux. Helya n'est qu'une goutte dans cette houle qui finira un jour par nous submerger.

— Maître Santoriès, l'interrompit le Capitaine en lui faisant face, je vous prie de mesurer la gravité de la situation. Nous avons toujours eu la maîtrise du peuple et, quoiqu'il l'ignore, pour son propre bien. Mais si Morlhed le Passeur apprend de qui émane cette évasion, nous risquons de perdre des privilèges durement acquis depuis l'édification des Cités.

Santoriès marqua une pose et son visage se fit plus grave.

— Qu'attendez-vous de moi ?

— Votre coopération, répondit Hemerod. Vous détenez ici toute l'histoire des Ch'Ken, de leur naissance à leur mort, depuis des siècles. Vous pouvez remonter aux origines d'Helya et retrouver la trace de son ancienne famille afin de savoir qui seraient les citoyens d'Ostacle susceptibles de l'aider et de la dissimuler.

— Capitaine, s'opposa l'Archiviste avec rudesse, vous savez que je désapprouve ces méthodes. Les Archives que nous détenons ici sont l'arbre de vie de nos citoyens, pas un instrument de rétorsion à la solde des Gouverneurs.

— J'en ai parfaitement conscience, Maître Santoriès, et c'est une valeur qui vous honore.

— Et que devient cette valeur lorsque vous décidez ainsi de la fouler au pied ?

Hemerod baissa la tête et observa quelques secondes de silence. Quand il la releva, ce fut pour assener sa dernière carte.

— Il s'agit de nous protéger *tous*, se défendit-il en plantant son regard dans le sien. Et vous devriez le savoir mieux que quiconque.

Santoriès s'apprêtait à répondre, mais son regard se troubla. Il se détourna de son hôte et, absorbé par de soudaines et soucieuses pensées, contempla au lointain la grande serre où s'activait sa fille Chrysalie. Alors la peur s'inscrivit sur les traits de son visage en lettres noires.

— Très bien, abdiqua-t-il finalement après un long soupir. Je vous aiderai à la retrouver.

Chapitre 24

Sisam et Helya, profitant de la fin de journée pour se fondre dans la foule, arpentaient les rues animées d'Ostacle.

Le Temple et ses inquiétantes catacombes étaient loin derrière eux. Helya éprouvait à présent tant de bonheur à retrouver le berceau de son enfance qu'elle en oubliait le regard des autres citoyens et entraînait gaiement Sisam sur son chemin. Il aurait souhaité que la magie opère aujourd'hui comme elle l'avait fait autrefois, quand ils n'étaient encore que des enfants pétris d'insouciance et de candeur. À cette époque, chaque instant devenait plus riche, chaque jour plus lumineux, et leurs sens s'aiguisaient. Jamais la vie n'avait revêtu plus de valeur, de simplicité et de vérité que dans cette joyeuse harmonie qui les liait alors.

Il en était tout autrement aujourd'hui. L'enchantement de ses jeunes années l'avait quitté, et cette promenade improvisée dans les faubourgs d'Ostacle le rebutait. Comment Helya pouvait-elle faire abstraction des dangers qu'ils encourageaient ? Lui, en tous cas, en était désormais aussi incapable que de se laisser aller au ravissement d'avoir retrouvé son amie.

Ils traversèrent une place animée de spectacles de danse et de numéros d'acrobatie qu'une poignée de citoyens applaudissait avec vigueur. Des cracheurs de feu et des joutes à cheval monopolisaient aussi l'attention, et les échoppes vendaient des pintes de bière et de vin, proposant des paris. L'unique règle du jeu consistait à tenir en équilibre plus de dix secondes sur une outre remplie de vinaigre. Les gagnants remportaient une double pinte. Les moins chanceux repartaient couverts de honte et de vinasse sous les huées des citoyens. Adossés aux murs, des artistes installés de part et d'autre de la place proposaient de faire le portrait des passants.

— Mon bon monsieur ! héla l'un d'eux à l'intention de Sisam. Un petit portrait de vous et de la charmante demoiselle ?

Sisam déclina d'un geste agacé et força Helya a accélérer le pas. Il ne tenait guère à être sollicité par d'autres artisans qui pourraient à tout moment se révéler être un informateur à la solde du Palais.

Ils pénétrèrent ensuite dans un quartier plus calme dont les décors semblèrent plus familiers à Helya. Son sourire se figea quand ses yeux croisèrent une petite maison abandonnée, située non loin de celle de Sisam. De vieux souvenirs enfouis au plus profond de son cœur refirent surface et embrumèrent ses pensées. Il ne lui avait pas fallu beaucoup de temps pour reconnaître la demeure où elle avait vécu jadis avec ses parents. Hypnotisée, elle lâcha le bras de Sisam et s'approcha lentement.

— Helya, tu ne devrais pas... dit-il pour la mettre en garde.

En dépit de ses avertissements, la jeune fille marcha jusqu'au seuil et, posant sa main sur la porte aux gonds rouillés, l'entrebâilla doucement. Son ventre s'était noué si fort qu'elle en ferma un instant les yeux de douleur. La porte venait de révéler une vieille masure abandonnée, aux volets clos et aux murs recouverts de poussière et de débris épars. Les plafonds lambrissés avaient pris la couleur de la suie, abritant de vieilles toiles d'araignées dont quelques filaments flottaient dans l'air nauséabond. Il flottait une odeur rance d'animal mort ; sans doute des rats ou de quelconques rongeurs avaient trouvé ici un repaire providentiel. La chaleur s'était accumulée sous la toiture et rendait l'atmosphère de la pièce d'autant plus irrespirable.

Helya fit quelques pas timides sur le parquet grinçant, heurtant plusieurs récipients brisés qui jonchaient le sol. Ses yeux fouillaient le grand séjour délabré, en quête d'objets oubliés qui sauraient raviver sa mémoire meurtrie. Elle observa un moment les escaliers de bois aux marches abîmées et en partie recouverts de débris, dont une moitié de poutre qui s'était affaissée. Il semblait manifestement périlleux de s'engager à l'étage, si tant est qu'il restât quelque chose à découvrir là-haut. Elle y renonça et s'intéressa davantage aux zones les plus sombres de la pièce.

En s'agenouillant dans l'un des recoins de l'ancien salon où moisissait un vieux fauteuil rongé par les mites, Helya remarqua un petit coffret bleu, qu'elle prit fébrilement entre ses mains. Soufflant pour chasser la poussière, elle l'ouvrit avec précaution, révélant une longue tresse de cheveux roux et soyeux, enroulée sur elle-même comme une ellipse. La saisissant entre ses doigts tremblants d'émotion, elle ferma les yeux et la porta doucement à son visage pour en humer le parfum.

— C'est toi qui me l'avais coupée le jour de mes dix ans, confia-t-elle d'une voix étouffée par un sanglot.

— Ta mère tenait beaucoup à ce que représentait ce coffret, répondit tristement Sisam.

— Elle disait qu'en y conservant une tresse de mes cheveux, ce serait un peu de mon enfance qui resterait pour toujours auprès d'elle. Mais au bout du compte, ça n'a pas suffi…

Le jeune homme entra à son tour dans la vieille maison, le parquet craquant encore plus sourdement sous ses pieds, et il s'agenouilla aux côtés de son amie.

— Helya, je ne voulais pas t'en parler si tôt… Mais tes parents sont morts il y a longtemps. Cette maison n'a jamais plus été la même du jour où tu as disparu.

Ils t'ont cherchée sans cesse, par tous les moyens dont ils disposaient. Le Gouverneur en personne les a même reçus. Il leur a appris que tes ravisseurs étaient des Khalibans, et que tout serait mis en œuvre pour te retrouver. Mais bien sûr, les années ont passé sans que personne ne sache ce que tu étais devenue. Et le chagrin a fini par leur ronger le cœur.

— C'est si injuste, chuchota-t-elle. Tant de vies gâchées. Nous ne méritions pas cela...

— Ces maudits barbares finiront bien un jour par payer tous leurs crimes. Par ma foi, si le destin m'offre cette chance...

— Ne sois pas stupide, Sisam ! le rabroua-t-elle soudain avec humeur. Les Khalibans ne sont-ils pas sensés être nos ennemis ? Alors pourquoi m'auraient-ils donnée au Gouverneur de Thrèce plutôt que de m'emporter avec eux hors des Cités ?

— Peut-être parce que Phonkerf est le plus tolérant de nos souverains, et qu'en échange d'une fille, il a pu promettre une amnistie à certains d'entre eux.

— Non, je ne peux pas croire à de telles choses ! Jamais il n'aurait fait ça !

Helya aurait voulu dissimuler sa peine, mais la colère qui embrasait son cœur était tout aussi éloquente. Désemparée, elle ne trouva de réconfort que dans les bras malhabiles de Sisam, qui l'invita à se relever.

— Viens, lui glissa-t-il. Inutile de nous attarder dans cette maison. Il n'y a rien d'autre à chercher ici.

Acquiesçant, Helya garda le petit coffret bleu au creux de ses mains, et, après un dernier regard sur les vestiges de son ancien foyer, sortit le pas lourd de la maison orpheline.

Chapitre 25

Pendant ce temps, le Masque Blanc qui avait pourchassé Helya et Farf à travers les rues d'Ostacle avait quitté l'enceinte de la Cité et rejoint le Grand Mirador, dont la sinistre tour surplombait les cimes de la montagne. Là, se tenait Morlhed, que la plupart des citoyens connaissaient mieux sous le nom de « Passeur des Trois Cités ». Personnage énigmatique à l'impressionnante stature, celui-ci n'abandonnait que rarement les murs du Mirador. Nul n'avait jamais vu son visage, dissimulé sous un heaume dont seule la visière laissait entrevoir un regard aussi glacial que les monts enneigés du Continent Sans Âge. Un mécanisme installé sur les côtés de son casque aux apparences de fauve menaçant lui permettait de dévoiler sa bouche aux lippes disgracieuses. Il eut semblé que le sourire figé qu'il arborait continuellement s'apparentait plus à un rictus engendré par d'invisibles cicatrices qu'à une véritable expression mue par la volonté. Néanmoins, personne ne se serait aventuré à lui en faire la réflexion, pas même les plus éminents dignitaires des Cités, dont la préoccupation majeure était toujours commandée par le souci de s'attirer ses bonnes grâces.

Le Masque Blanc se présenta devant son maître, qui se trouvait sur l'un des niveaux les plus élevés du Mirador. Un vent violent s'engouffrait sous sa grande cape noire dont les extrémités venaient fouetter son épaisse cuirasse de métal. Assis sur un confortable siège de cuir, il examinait avec une attention soutenue les mouvements au cœur des Cités. La raie sombre de son casque était vissée sur l'œil d'un prodigieux télescope monté sur un trépied dont le miroir était composé d'une multitude de mosaïques colorées. À y regarder de plus près, cette étonnante machine aux savants rouages ressemblait davantage à un engin de guerre qu'à un véritable outil d'observation.

— Oui ? clama-t-il. Que veux-tu ?

Le Masque Blanc s'approcha et commença son rapport. Le langage de cet être mystérieux était étrange, mêlé de sons aigus et de râles hachés que seul le Passeur semblait apte à comprendre.

La nouvelle suscita son intérêt immédiat. Délaissant l'usage du télescope, Morlhed se leva et abandonna les hauts murs du Mirador pour se rendre promptement au Palais d'Ostacle.

Accompagné de trois Masques Blancs, le Passeur des Trois Cités arriva bientôt à dos de cheval au pied des marches du grand édifice. La journée de célébration s'achevait. Le ballet était terminé depuis presqu'une heure, sans que personne n'ait remarqué l'affairement de la garde d'Ostacle et de leurs souverains. Déjà, de nombreux aristocrates quittaient le Palais, bavardant tranquillement autour du bassin où des geckos de pierre expulsaient de fins jets d'eau de leurs gueules entrouvertes. Les trois Gouverneurs, quant à eux, étaient restés sur place jusqu'au terme de la soirée. En aucune façon ils n'auraient souhaité éveiller de suspicion chez les sbires de Morlhed par le fait d'une absence prolongée. Aussi, après une brève concertation, Heguemandre, Hacton et Phonkerf avaient rejoint leurs pairs sur le perron du Palais.

Ils échangeaient encore quelques propos avec certains dignitaires lorsque le Passeur se présenta devant eux, flanqué de ses inquiétants cavaliers. Ils l'accueillirent sans surprise, le visage empreint d'une sérénité calculée.

— Seigneur Morlhed, bonsoir à vous, s'inclina Heguemandre avec obséquiosité. Mes confrères et moi-même sommes honorés de vous accueillir ici en cette fin de journée solennelle.

— Épargnez-moi votre bienséance, répondit froidement Morlhed sous son heaume au regard impénétrable. Les raisons qui m'amènent ne peuvent souffrir aucun délai. Je dois m'entretenir avec vous en privé.

Le Gouverneur d'Ostacle façonna sur son visage un sourire de convenance.

— Mais certainement. Eh bien, veuillez me suivre, messieurs.

Ils longèrent un moment le corridor principal aux dizaines de lustres argentés, les pas de Morlhed laissant sur le grand tapis fait de lin et de soie aux teintes framboise quelques vilaines taches brunes.

Une fois réunis dans une salle fastueuse destinée aux réceptions politiques, les Gouverneurs prirent place autour d'une grande table ronde marquée du sceau d'Ostacle. Accrochées aux murs figuraient de nombreuses armoiries, vestiges des illustres ancêtres de la Cité.

Morlhed, quant à lui, préféra rester debout face à eux, effectuant en silence quelques lugubres va-et-vient, les bras croisés derrière le dos.

— Je viens d'apprendre il y a environ une heure l'évasion d'un Ch'Kan hors de votre Palais, Gouverneur, commença-t-il en s'adressant directement à Heguemandre. Ce renégat a pris la fuite au cours de votre cérémonie et se cache en ce moment même dans la Cité. Il m'a semblé curieux que vous n'ayez pas pris la peine de m'en tenir informé vous-même.

— Nous avons effectivement eu un petit ennui de cet ordre, convint-elle avec aplomb. Cependant, vous imaginez aisément qu'il nous était difficile de vous avertir si vite en un tel jour.

— Peu importe cela. Je suis là pour connaître l'identité de cet individu.

Imperturbable, Heguemandre s'attendait aux exigences du Passeur et ne laissa transparaître aucun malaise.

— Soyez sans crainte, toutes les mesures ont été prises. J'ai envoyé plusieurs hommes à sa recherche dès que j'ai appris l'incident. La hors-la-loi a été rapatriée au Palais et se trouve désormais sous bonne garde. Je peux vous assurer qu'elle sera sévèrement réprimandée pour cet acte injustifiable.

Morlhed observa un instant le visage impassible d'Heguemandre, puis dévisagea tour à tour les deux autres Gouverneurs.

— Fort bien, dit-il finalement. C'est donc une femme que vous avez appréhendée. Où se trouve-t-elle, à présent ?

— Dans l'un des cachots du Palais, indiqua Hacton. Mais nous n'allons pas embarrasser le Gouverneur Heguemandre avec la présence de cette insoumise, et je compte la faire transférer dès demain dans mes propres geôles, à Arkopolis.

Morlhed émit un petit rire rauque.

— Vos précieux détenus ne commencent-ils pas à se sentir à l'étroit dans leurs cellules ?

— Leur condition de vie n'a pas vocation à être enviée de celle de nos honnêtes citoyens, estima le Gouverneur d'un air dégagé. Par ailleurs, j'ai engagé la construction d'un nouveau quartier que j'aurais le plaisir de vous faire visiter bientôt.

Celui-ci sembla réfléchir un instant, puis il se retourna vers Heguemandre.

— Votre Ch'Kan. Amenez-moi à elle.

L'injonction était sans appel. Abandonnant promptement la salle, Hacton ouvrit la marche et les conduisit dans les soubassements du Palais, là où demeuraient les cachots provisoirement destinés aux dissidents, avant que ceux-ci ne soient conduits vers le pénitencier d'Arkopolis ou les geôles du Mirador. Creusé dans les fondations du Palais, l'endroit était aussi froid qu'humide. Les quelques torches murales révélèrent plusieurs cellules basses de plafond, où la roche grossièrement taillée affleurait des parois. En apercevant ses illustres visiteurs, le garde de faction se raidit et, sur un signe d'Hacton, s'empressa de conduire les Gouverneurs et leur sinistre hôte auprès de la nouvelle prisonnière. Ils s'arrêtèrent finalement devant un cachot isolé, à l'intérieur duquel se contorsionnait une jeune fille aux yeux emplis de haine, vêtue de haillons maculés de boue, qui leur cracha au visage en les voyant approcher. Son dialecte primitif était incompréhensible. Hacton fit un pas en arrière, s'essuyant l'épaule de dégoût.

— Cette Ch'Kan est une de nos esclaves, soutint Heguemandre. Nous avions déjà eu quelques problèmes avec son tempérament rebelle. Elle a voulu s'affranchir de ses obligations envers le Palais et sera punie en conséquence.

Morlhed examina celle-ci, approchant son heaume massif des barreaux de la cellule. Le souffle qu'il exhalait devait être aussi funeste que l'obscurité de son regard, car la petite esclave cessa aussitôt ses vociférations et se recroquevilla sur elle-même en gémissant. Morlhed n'en parut pas affecté et se redressa, regardant tour à tour les Gouverneurs. Le visage de Phonkerf était maintenant crispé et son front brillant de transpiration.

— Gouverneur Phonkerf, vous sentez-vous bien ? demanda-t-il mielleusement. Je vous trouve un peu fébrile. Vous m'étiez apparu en bien meilleure forme ce matin.

Surpris, celui-ci leva les yeux sur le Passeur et, après quelques efforts, ébaucha une ombre de sourire.

— Ce n'est rien, bredouilla-t-il en s'efforçant de calmer le tambour assourdissant au creux de sa poitrine. J'éprouve simplement... de la répugnance face aux prisons et aux détestables créatures qu'elles abritent.

— Comme je vous comprends, fit Morlhed d'un ton complaisant. Les prisons ne sont pas faites pour les gens de votre rang, cher Phonkerf. L'air que l'on y respire appartient seulement à ceux qui se sont montrés indignes de leur citoyenneté. Et je compte sur votre bon entendement pour faire respecter cette dignité si chère à notre Seigneur de Doldometh.

— Nous savons sa valeur, acquiesça Hacton. Comme vous pouvez le constater, nul homme ou femme de nos Cités ne peut s'y soustraire sans en payer le prix.

Pour des raisons qui échappaient encore à ses homologues, le Gouverneur d'Arkopolis entretenait avec le Passeur une certaine complicité, qui s'avérait souvent utile en pareille situation. C'était le cas aujourd'hui. Apparemment satisfait, Morlhed se détourna de la cellule et considéra avec une désagréable complaisance les trois souverains des Cités. Sous ce grand casque glacé, il était impossible de deviner les pensées, bonnes ou mauvaises, qui pouvaient se tramer dans son esprit. Un désagrément qui rendait nerveux tous ceux qui avaient eu affaire à lui.

— Parfait, l'incident est clos en ce qui me concerne, déclara-t-il.

— Fort bien, Monseigneur, le remercia Heguemandre. Nous vous raccompagnons ?

Morlhed accepta et, s'apprêtant à quitter les lieux, se retourna une dernière fois vers eux en dressant un doigt vers la jeune captive encore toute tremblante.

— J'oubliais : abattez-la en place publique. Pour l'exemple.

Cette fois, les yeux d'Heguemandre ne purent cacher sa stupeur. Cherchant un appui providentiel, elle se tourna vers Hacton.

— Ce sera fait, Monseigneur, opina alors ce dernier.

Malgré tout soulagée d'avoir gagné un peu de temps, Heguemandre fit entrer des hommes de la Garde, tandis qu'elle conduisait Morlhed hors du Palais. Les deux autres Gouverneurs restèrent sur place pour veiller un instant sur la dissidente, toujours prostrée dans un coin de la cellule. Les pas du Passeur s'éloignaient dans les escaliers, sévères et pesants, mêlés au cliquetis de son armure. Quand ils eurent complètement disparu, Phonkerf se détendit enfin et appuya lourdement ses épaules contre le rebord humide de la roche.

— Je ne sais comment vous remercier, souffla-t-il à Hacton. Je craignais terriblement qu'il ne dévoile notre subterfuge.

— Ne me remerciez pas, mon ami. J'aurais été aussi impuissant que vous si notre consœur n'avait trouvé parmi ces prisonnières une Khaliban aussi stupide et dénuée de langue. Ces barbares sont une mine d'or pour camoufler toutes nos petites déconvenues. Néanmoins, nous avons eu beaucoup de chance. N'oublions jamais que Morlhed est l'émissaire du seigneur de Doldometh et qu'il sait renifler les artifices.

— Vous pensez qu'il se doute de quelque chose ?

— Je n'irais pas jusqu'à affirmer une telle chose, murmura pensivement Hacton. Mais à l'avenir, croyez-moi, ne prenons plus le risque d'abuser d'autres impostures. Nous pourrions le regretter amèrement…

Le Passeur avait regagné la surface et retrouvé sa monture. Faisant preuve d'une diplomatie mesurée,

Heguemandre avait chargé deux gardes citoyens de l'accompagner jusqu'aux portes de la Cité, en gage de gratitude pour son honorable visite au soir de leur grande commémoration.

Avant qu'il n'eût quitté l'enceinte du Palais, Morlhed fut néanmoins accosté par un serviteur qui lui remit une enveloppe, marquée d'un sceau de cire représentant les pétales déployés d'une rose. Il observa un court instant le cachet au dessin familier, puis glissa l'enveloppe à l'intérieur de son gant avant de quitter promptement la place.

Chapitre 26

Les dernières lueurs du soleil couchant s'étaient évanouies derrière les plus lointaines montagnes d'Oesion, et la nuit envahissait doucement la Cité d'Ostacle d'un rideau de velours sombre. Un veilleur traversait les rues à pas lents, muni d'un long flambeau avec lequel il allumait une à une les lanternes d'un paisible quartier, à l'intérieur duquel deux jeunes gens aux pas pressés venaient d'entrer. Ils se dirigèrent aussitôt vers une vieille demeure en pierre de taille joliment entretenue et, s'immobilisant devant l'entrée, donnèrent trois petits coups sur la porte avec le heurtoir de bronze.

Quand Laïmu vit qui se tenait sur le seuil, elle en resta un instant bouche bée. Elle dut s'y reprendre à plusieurs fois pour prononcer le prénom de la jeune fille.

— Helya... ? murmura-t-elle.

— Bonjour, Laïmu.

Les deux femmes s'observèrent quelques secondes, comme pour bien s'assurer qu'elles ne rêvaient pas, puis elles tombèrent dans les bras l'une de l'autre, rires, joies et larmes mêlés. Sisam se tenait derrière elles.

— Sisam ! s'exclama Oros, attablé aux côtés de Farf devant une assiette garnie de charcuterie. Nom d'un chien, vous voilà enfin !

— Dame Helya ! s'écria le vieil Anachrone avec un grand sourire.

— Mon petit Farf, lâcha-t-elle, soulagée de le revoir sain et sauf. Les étoiles ont dû entendre mes prières…

— Mes oreilles plus que vos étoiles, ajouta Oros avec bonhomie.

La jeune fille lui sourit avec gratitude et vint déposer un petit baiser sur sa main potelée. Le gros compagnon de Sisam en fut si surpris qu'il en laissa tomber le bout de saucisson d'entre ses doigts.

— Tu as tellement grandi, ma petite ! fit Laïmu avec émotion. Une vraie princesse, je n'en crois pas mes pauvres yeux… Mais ne restez pas plantés ainsi comme des piquets ! Allons, entrez, entrez !

— Ma tante, fit Sisam en la prenant à son tour dans ses bras. Tu n'imagineras jamais ce que j'ai vécu aujourd'hui…

— Ma foi, si, dit-elle en posant des mains pleines d'affection sur le visage de son neveu. Tes amis se sont montrés plus bavards que je n'aurais osé l'espérer.

Mais je veux l'entendre de ta propre bouche et de celle d'Helya, et cela devant un bon repas ! Nous allons fêter dignement ce merveilleux instant. Allez, tous à table !

La soirée prit des airs de réunion de famille, dont les membres ne se seraient pas revus depuis une éternité sans étoile. Helya conta sa vie à Thrèce, en demoiselle du Palais à laquelle on ne refusait aucun avoir, mais seulement la liberté d'être.

La jeune fille avoua son ennui et son amertume au sein du Palais de Thrèce, que seules ses promenades dans les jardins et les heures de liberté passées dans la salle de gymnastique parvenaient à alléger. Elle n'avait pas eu la chance d'apprendre un travail qui lui permît un jour de gagner sa vie, sans doute parce que ses beaux-parents n'avaient songé à son avenir qu'en termes de noble mariage. Plusieurs prétendants lui avaient été présentés à la cour, tous plus suffisants et ternes les uns que les autres. Les rares fois où l'arrivée d'un nouveau soupirant l'avait sortie de sa léthargie, ce fut, au grand dam de son entourage, pour le terrasser de remarques caustiques et d'allusions déplaisantes. S'ensuivaient d'homériques disputes entre Phonkerf et sa femme, auxquelles Helya préférait se dérober pour s'en aller vaquer avec Farf à de plus saines occupations.

Tous l'assaillaient de questions, mais elle voulut savoir leur histoire. Elle s'émerveilla devant les ouvrages de Sisam et le félicita pour sa florissante entreprise.

Enfin, Sisam rapporta à sa tante les étranges paroles d'Ecleïes et de ses mystérieux alliés.

— Il nous a donné asile dans de vieilles catacombes, à l'intérieur du Temple. Son attitude envers Helya et moi était surprenante. D'ailleurs, comment pouvait-il se douter des événements qui nous avaient amenés jusque-là ? C'était comme s'il s'attendait à nous trouver ensemble, pis encore, qu'il *connaissait* Helya. Et cette jeune femme, Oriance, qui persistait à le soutenir... Insensé !

— Le soutenir à quel propos ? voulut savoir sa tante.

Il y eut un silence. Les mots semblaient subitement coincés au fond de sa gorge comme d'hostiles et piquantes arêtes.

— D'après eux, expliqua finalement Helya, tous nos malheurs viendraient du fait que nous serions, Sisam et moi, des Âmes-Sœurs. Dans leur jargon, ils appellent cela des Ch'Ken.

— Des Myrihandes ?

Oros pouffa.

— Il semblerait que ce vieux prédicateur d'Ecleïes ait trouvé d'autres illuminés pour entretenir ses sornettes !

— Mais vous, demanda posément la jeune fille, qu'en pensez-vous, Laïmu ? Toutes ces histoires vous semblent-elles aussi aberrantes ?

Laïmu s'accorda quelques instants avant de répondre. Elle semblait maintenant lourdement préoccupée, et son visage d'habitude si délicat avait perdu son apaisante douceur.

— Ma tante ? fit Sisam, étonné par son silence.

— Mes enfants, dit-elle enfin, il y a beaucoup trop de choses que vous ignorez encore. J'ai longtemps espéré que le destin vous épargnerait l'épreuve de les connaître. Mais je ne peux vous cacher aujourd'hui que vous devrez être forts si vous voulez poursuivre votre chemin ensemble.

— Les soldats qui vous pourchassaient n'avaient vraiment pas l'air de vouloir plaisanter, rapporta Oros. J'ai failli en avaler ma chique.

— Vous connaissez les lois de nos Cités, reprit Laïmu. Du plus lointain que je me souvienne, jamais un Gouverneur n'a pu tolérer qu'on les enfreigne impunément. Vous n'êtes pas les premiers que leur Règle des Flux ont dépossédés. Et malheureusement pas les derniers.

— Cette Règle est absurde ! fit alors Sisam. Qui sert-elle, si ce n'est l'intérêt de charlatans et de voleurs ?

— Sisam, nous n'avons pas le pouvoir de nous en affranchir. De plus, le Gouverneur Phonkerf voudra récupérer sa fille et, au delà de lui, d'autres dangers vous menaceront bientôt. Il existe là des enjeux qui nous dépassent tous, avec lesquels les dirigeants de nos Cités ne sont pas près de composer. Croyez-moi, mes enfants : en la matière, vous ne devez vous fier à personne.

Laïmu s'interrompit. Elle ne pouvait maintenant plus reculer devant l'évidence qui dressait son ombre sur ses pensées.

— Il vous faut très vite quitter Ostacle, et vous réfugier là où l'on ne vous cherchera pas.

Sisam baissa la tête et croisa les doigts sur son front plissé.

— C'est donc l'exil que vous nous suggérez ? s'alarma Helya.

— L'exil ? s'exclama Oros, tout aussi consterné.

— Il n'y a pas d'autre issue. Il faudra faire preuve d'un grand courage, je le sais. Mais vous avez cette chance inouïe de vivre à nouveau côte à côte, alors que le destin s'est acharné à vouloir vous séparer. Cela ne vaut-il pas tous les sacrifices du monde ?

— J'ai eu mon compte de sacrifices ! s'emporta soudain Sisam en se levant. Je tiens à ce que j'ai ici ! Et personne n'a le droit de me l'enlever !

— Préférerais-tu donc abandonner Helya ? avança alors sa tante.

Les mots étaient abrupts. Mais Laïmu avait raison : il n'y avait pas d'autre alternative possible.

Helya posa une main sur lui, et peu à peu, comme un orage cédant à l'éclaircie, la peur, la colère et le doute s'évanouirent de ses pensées les plus obscures.

C'était une sensation miraculeuse. Fasciné, Sisam observa un instant son amie, et sentit que son cœur pourrait bien décider de l'accompagner jusqu'au bout du monde.

— Fichtre ! jeta Farf en se tenant la tête à deux mains. L'ennui, c'est que je ne vois pas du tout où nous pourrions bien nous cacher sans risquer un jour ou l'autre d'être découverts.

— Thrèce, proposa alors Laïmu. Même si cette Cité est le fief de votre beau-père, Helya, vous y serez davantage en sécurité qu'ici. La vieille ville est traversée de bien plus de faubourgs que la nôtre, et je connais certains habitants vivant près des murailles qui vous prendront sous leur protection. Et quand bien même j'y laisserais ma vieille peau, je ferai tout ce qui m'est possible pour vous aider à vous y enfuir.

À ces mots, Sisam se tourna vers elle, incrédule.

— Ma tante, je me refuse à te...

— J'ai fait ma vie, l'apostropha-t-elle. Rappelle-toi le désir le plus cher que tu m'avais confié, Sisam. C'était il y a déjà bien longtemps, mais dis-toi que le hasard est souvent autre chose que le nom que nous donnons à notre ignorance. Ne repousse pas ce que le destin te donne aujourd'hui, et saisis-t-en avant qu'il ne t'échappe.

Sisam n'avait jamais lu tant de détermination dans les yeux de sa tante. Il savait aussi ce que cette décision lui coûtait, mais elle avait la force et la sagesse de n'en rien montrer. Et au fond de lui, il devait bien admettre qu'elle avait raison. S'ils souhaitaient conserver une chance de vivre l'un auprès de l'autre envers et contre les interdits imposés par les Gouverneurs, aucun autre choix ne s'offrait à eux. Il esquissa un sourire auquel, tendrement, Laïmu répondit.

Au terme de la soirée, Sisam raccompagna Oros sur le seuil et s'attarda un moment devant la porte. Son ami le prit contre lui et ils restèrent ainsi l'un contre l'autre.

— On vous aidera tous, autant qu'on peut, lui promit-il. Mais nom de nom, Sisam, pourquoi ne m'avoir jamais parlé d'elle ?

— Par bêtise, lui confia-t-il en souriant. Et peut-être par amitié, aussi. Je n'ai jamais eu le cœur à partager tout cela...

— Un damné cachottier, voilà ce que tu es ! En tous cas, me voilà libre de ne plus être seulement le gentil confident de toutes ces demoiselles dont tu as ravi le cœur !

— Je ne leur ai rien volé de si précieux. Mais je suis certain qu'en mon absence, tu compteras double pour elles.

Les deux hommes rirent de bon cœur. C'était bon de libérer un peu la tension qu'ils avaient accumulée tout au long de cette journée.

— Quand penses-tu partir ? demanda enfin Oros.

Le sourire de Sisam s'amincit et il scruta un instant les étoiles qui avaient piqué la nuit d'étincelles argentées.

— Dès demain matin, dit-il. Rester ici plus longtemps devient dangereux, je le crains. Ma tante a aidé mes parents à l'époque, et elle connaît certainement des moyens pour nous faire traverser incognitos les viaducs. Du moins, je l'espère.

— Si vous avez besoin d'aide...

— Merci, Oros. Je sais que je peux te faire confiance. Mais je préférerais que tu restes pour t'occuper de l'atelier. On y a mis suffisamment de cœur et de sueur tous les deux, et je tiens à ce que toutes ces années de travail ne soient pas vaines. Tu sauras faire ça pour moi ?

Il le regarda avec chaleur.

— Je serai toujours ton associé, Sisam.

Ils se prirent une dernière fois dans les bras, puis Oros salua la petite assemblée.

— Alors, à demain, lâcha-t-il avant de s'éloigner et disparaître au fond de la rue.

Sisam garda une main crispée sur l'embrasure de la porte. Derrière lui, Helya s'était saisie d'un chandelier, qu'elle fit osciller devant le visage pensif de son ami. Sisam plissa les yeux et se retourna en lui souriant.

— Il est déjà tard, dit-il. La journée promet d'être difficile demain, nous devrions aller dormir.

Laïmu passa devant eux pour rejoindre sa chambre et leur adressa un signe de la main.

— Merci pour tout, Laïmu, répondit Helya. Je suis heureuse de vous avoir retrouvée.

— Je le suis aussi, fit-elle avec douceur. Bonne nuit à vous, mes enfants.

À la lueur de la chandelle, Sisam invita son amie

à le suivre dans les escaliers et, une fois à l'étage, lui désigna la porte de sa chambre, qu'elle ouvrit presque avec solennité. La lumière éclaira la pièce, mouchetant de taches claires les murs de pierre polie. Petite et rustique, elle était celle d'un garçon aux revenus modestes, qui prenait soin toutefois de ses quelques affaires personnelles. Le mobilier se limitait à un lit, une commode campagnarde et une petite table de chevet, sur laquelle patientait un cahier à la reliure de cuir, aux pages noircies d'une écriture nerveuse. Une plume et un encrier ovale étaient posés par-dessus.

— Tu as sans doute été habituée à beaucoup mieux, s'excusa Sisam d'un air penaud. En fait, je me suis toujours contenté de peu.

— Je me suis efforcée de ne garder que de bonnes habitudes, dit-elle pour le rassurer. Ici, je respire. Et tu es là.

Elle s'assit sur le rebord du lit, puis déposa le chandelier sur la petite table et leva lentement une main vers Sisam pour qu'il la rejoigne. Les ombres vacillaient sur son visage et jouaient sur ses traits comme le vent sur les dessins fantasques des nuages. Manifestement intimidé, le jeune homme ne répondit pas à son geste et s'appuya contre le mur sans cesser de la regarder. Les étranges picotements dans son ventre étaient revenus et, comme autrefois, Sisam se demanda si elle éprouvait ces mêmes troublantes sensations.

— J'ai tant passé de nuits à t'imaginer ici que

chacun de ces murs est un souvenir de toi, confessa-t-il. Mais c'était toujours une enfant que je voyais et dont j'entendais les rires...

— Moi, je n'avais que des rêves pour me ramener à toi. Tout était si différent, là-bas... De l'avoir, du pouvoir, et toutes les distractions possibles. Le luxe du Palais est une vertu à laquelle mes démons de demi-frères se sont depuis longtemps habitués. Mais il n'a jamais remplacé pour moi l'amour de parents... ou d'un ami. Et ce soir, le destin m'a donné raison, car j'ai fini par retrouver ce lointain petit garçon que mon cœur n'a jamais oublié.

Le regard d'Helya se porta sur un petite figurine de bois posée sur la table de chevet. Celle-ci avait sans doute été brisée en plusieurs morceaux, car on pouvait encore apercevoir les stigmates d'anciennes cassures, habilement masquées par quelques traits de peinture.

— C'était un jouet de ton enfance ? demanda-t-elle. Je ne m'en souviens pas.

Sisam considéra la figurine avec un petit sourire nostalgique.

— Je l'ai sculpté plus tard... Même à l'école, je ne m'en séparais jamais. Quelle sotte idée de la part d'un gamin qui prenait tout de haut et ne se liait à personne !

— Il est si abîmé... Est-ce un de tes petits camarades de l'époque qui l'a mis dans cet état ?

— Oui. J'aurais probablement étranglé de rage

le garnement en question, mais Oros est arrivé pour m'en empêcher.

Helya s'étonna :

— C'est donc ainsi que tu l'as connu ! J'avoue que je l'aurais davantage imaginé en train de te porter secours à toi.

— Ce n'était pas encore le colosse rondouillard que tu as vu aujourd'hui, précisa Sisam avec une pointe d'humour. Ses doigts étaient d'ailleurs plus adroits que les miens, et il a réussi à remettre la figurine en état. Depuis ce temps-là, elle n'a jamais plus quitté cette pièce !

Ses yeux se reportèrent sur Helya, qui s'était installée plus confortablement pour l'écouter. Après quelques secondes d'hésitation, il s'approcha d'elle et lui caressa le visage de ses doigts frémissants. Au moment où il s'allongea enfin à ses côtés, son cœur se mit à cogner plus fort dans sa poitrine. Helya plongea son regard dans ses prunelles luisantes, et ses lèvres se rapprochèrent lentement des siennes jusqu'à les frôler. Mais Sisam posa alors une main légère sur sa bouche.

— Helya, dit-il, nous ne devrions pas...

— Pourquoi ?

— Les paroles d'Ecleïes ont fini par me faire réfléchir, répondit-il avec prudence. Tout est arrivé si vite... Je ne voudrais pas amener le tourment chez moi.

Helya se fit tendre et posa son front sur le sien.

— Tu as raison. J'ai beaucoup d'affection pour ta tante, et je m'en voudrais affreusement s'il lui arrivait malheur par ma faute.

Les mots moururent un instant sur ses lèvres. Le souvenir de ses propres parents disparus était un fardeau qu'elle ne souhaitait pas de surcroît faire porter à son ami, et elle dissimula un instant sa peine dans la pénombre des draps.

— Si nous devons choisir l'exil, se reprit-elle, si le bannissement est notre seule et unique chance, je suis prête, Sisam. Je ne connais de Thrèce que son Palais, mais quoi qu'il puisse nous attendre là-bas, en bien ou en mal, ce ne sera jamais pire que de vivre sans toi.

— Alors partons dès demain, trancha-t-il avec un enthousiasme qui le surprit lui-même. Plus rien ni personne n'aura d'emprise sur nous. Et avec le temps, ceux qui voulaient nous séparer finiront bien par nous oublier.

Touchée, Helya rit doucement et le dévisagea avec ferveur.

— Je t'aime, Sisam, dit-elle simplement.

— Pas mieux, répondit-il en lui rendant son sourire.

Chapitre 27

Au milieu de la nuit, Farf se leva en quête d'eau fraîche. Les litres avalés durant la soirée, loin d'avoir étanché sa soif, avaient réveillé ses sens longtemps anesthésiés par les restrictions que lui imposait à Thrèce sa condition d'esclave. Bien que ses traits fussent ceux d'un vieil adulte rabougri et sa peau aussi fragile que de la soie, Farf était un jeune Anachrone d'une vingtaine d'années, pour qui l'eau était aussi vitale que le lait du sein maternel. Né de la Mer lointaine des rivages de Cornovan, il en éprouvait le besoin quotidien pour nourrir son corps et son esprit. Sans eau, son horloge biologique se déréglerait, et plutôt que de le faire rajeunir un peu plus chaque année, le pendule intérieur qui gouvernait sa vie finirait alors par en sonner le glas.

Depuis son arrivée dans le monde des Hommes, il ne s'était jamais habitué à leur mode de vie, pas plus qu'à ces enfants et ces vieillards dissimulant sous leurs oripeaux des esprits si différents de ceux de son peuple. Parmi les siens, on mesurait la sagesse des anciens à la douceur satinée de leurs visages, au miel de leur voix et à l'indéfinissable profondeur de leurs grands yeux que toute ride avait abandonnés. Ah, s'il n'avait jamais entrepris l'épreuve du Long Voyage hors des frontières de Cornovan, jamais il ne se serait retrouvé si loin de son univers ! Mais le Long Voyage faisait partie du périple traditionnel des Anachrones, et il n'avait pu s'y soustraire, lui qui venait à son tour d'être enfanté par la Mer et foulait la terre de ses ancêtres depuis dix ans. Faire preuve de son autonomie, de son aptitude à survivre et à s'assumer seul au cœur des contrées les plus hostiles d'Oesion tout un mois durant garantissait à chaque Anachrone respect, logis et protection en Cornovan pour tout le restant de sa vie.

Malheureusement pour lui, le Long Voyage avait mal tourné. Farf ignorait encore trop de choses sur le pays des Landes, et tout particulièrement les surprises que lui réserverait sa faune. C'est ainsi qu'il se fit prendre en chasse par un Monx, terrifiant mastodonte aux allures de batracien, taillé dans le corps d'un buffle. Cet animal à priori pacifique ne lui aurait pas causé tant de souci s'il n'était entré par mégarde sur son territoire. Le Monx en furie l'avait poursuivi des jours et des nuits durant, jusqu'à ce que la providence conduisit son chemin aux pieds de la montagne Pan-Kaïa. Se refusant à redescendre par crainte de se trouver à nouveau nez à nez avec la dangereuse créature, Farf avait arpenté longuement la montagne, jusqu'à se faire repérer par une sentinelle de la Cité de Thrèce. Sa physionomie de vieillard lui servit plus qu'il ne l'aurait imaginé, et on le laissa entrer dans la Cité, le prenant pour un citoyen aventureux.

On s'aperçut très vite qu'il n'existait aucune trace de son existence au sein des Trois Cités, mais il évita de justesse l'expulsion. Au milieu de ce monde où tout lui était étranger, Farf n'aurait pas demandé mieux que de retourner auprès des siens, fier survivant de l'épreuve du Long Voyage. Comme le Gouverneur Phonkerf avait besoin d'un valet pour sa jeune fille Helya, la quête initiatique de l'Anachrone s'acheva là. Dépourvu d'identité, on lui attribua une condition d'esclave d'autant plus facilement que personne ne croyait en la possibilité d'une vie saine et civilisée dans ce qu'ils appelaient l'Âpre-Monde.

Néanmoins, le temps n'était plus aujourd'hui aux lamentations.

Les yeux perçant l'ombre silencieuse de la cuisine de Laïmu, Farf tâtonnait à la recherche de la cruche posée sur le rebord de l'évier, quand des bruits de pas et des tintements de ferraille provenant de derrière les fenêtres le firent sursauter. S'approchant discrètement, il discerna des ombres qui s'agitaient autour de la maison. Effrayé, il grimpa quatre à quatre l'escalier et entra dans la chambre où dormaient Helya et Sisam.

— Dame Helya ! chuchota-t-il en la secouant énergiquement. Foutacrasse, Dame Helya, réveillez-vous !

— Qu'y a-t-il ? marmonna-t-elle, vaseuse.

— Des rôdeurs, dit-il, le cœur angoissé. Ils tournent autour de la maison, je les ai vus !

Sisam ouvrit les yeux et fronça les sourcils. Il se leva d'un bond et écarta légèrement les rideaux de sa fenêtre. En bas, plusieurs hommes en armure se tenaient à l'affût devant le pas de la porte.

— Les gardes du Palais nous ont retrouvés, fit-il en enfilant rapidement ses chaussures. Lève-toi, vite !

Ils rassemblèrent leurs affaires et quittèrent la chambre. Au rez-de-chaussée, la porte se brisa dans un fracas assourdissant. Les gardes entrèrent tout aussi bruyamment dans la maison.

— En voilà assez ! s'écria Sisam. Attendez-moi ici.

Helya tenta de le retenir, mais il dévalait déjà l'escalier, décidé à en découdre. Dans le salon, deux gardes de la Cité tenaient fermement Laïmu. Leur commandant s'avança.

— Sisam, je présume ? lança-t-il, une main posée sur la garde de son épée. Je suis Hemerod, Capitaine d'Ostacle.

— Relâchez immédiatement ma tante ! Vous lui faites mal !

Ignorant ses paroles, le Capitaine considéra les lieux d'un bref regard.

— Nous sommes ici chez nous ! poursuivit rageusement Sisam. Quelles que soient vos raisons, vous en répondrez devant le Gouverneur !

— C'est justement le Gouverneur qui m'envoie, répondit calmement Hemerod. Je vous somme de rendre Helya et son serviteur sans faire d'histoires. Vous savez parfaitement que vous n'avez aucun droit de les dissimuler. Ils se sont enfuis du Palais et doivent être rendus à leur famille de Thrèce.

— Leur famille ? Helya est fille d'Ostacle. J'ai vécu près d'elle ici-même avant qu'elle ne soit enlevée par ces mêmes hommes masqués que vous êtes censés traquer. Sa vie est ici, pas chez des imposteurs qui prétendent être ses parents !

Laïmu voulut parler, mais l'homme qui la retenait lui bâillonna la bouche de sa main gantée d'acier.

— N'aggravez pas votre cas, jeune Sisam, tempéra le Capitaine. Vous ne me laissez guère de choix.

D'autres soldats entrèrent, tenant fermement Oros par les bras.

— Sisam ! balbutia-t-il, je... je suis désolé, ils m'ont surpris chez moi avant que je puisse t'avertir !

Sisam sentit la panique le submerger. Ils étaient piégés.

D'un signe de la tête, Hemerod ordonna à deux de ses hommes d'inspecter l'étage.

Ils n'eurent pas le temps d'atteindre la première marche. Les vitres du salon explosèrent en mille éclats, et la pièce s'illumina comme si un fabuleux soleil emplissait la maison.

D'abord aveuglés, ils distinguèrent ensuite une silhouette irradiée de lumière. Sa longue chevelure dorée, semblable à la parure d'une étoile, ondulait autour de son buste gracile. À en juger par son apparence, il s'agissait d'une femme dont les étranges vêtements se confondaient avec les courbes de son corps, tels des appendices flottant au gré d'une brise surnaturelle. Brillant de leurs pupilles mordorées, ses yeux aux larges cils argentés dévisagèrent avec impétuosité ses adversaires.

Sisam recula d'un pas, tandis que Farf, caché avec Helya à l'étage, poussa un cri de stupéfaction. La jeune fille plaqua aussitôt sa main contre sa bouche. S'ils n'avaient jamais rien vu de pareil, les soldats et leur Capitaine semblaient moins surpris.

Ils avaient dégainé leurs épées et se lancèrent sans hésiter à l'attaque. L'être luminescent bondit en avant pour éviter l'assaut et, avec une étonnante légèreté, se fraya un chemin jusqu'à Sisam.

— *Fuyez !* dit-il d'une voix au timbre insaisissable.

Et il contourna un nouvel assaut, malgré la hardiesse des soldats, faisant virevolter armes et boucliers sous des coups précis, assenés avec une rapidité surhumaine. Il était difficile pour les soldats d'anticiper ou de parer ses attaques, car des entrelacs de flammes brouillaient ses mouvements. Les deux hommes qui retenaient Oros en perdirent leurs moyens et il en profita pour les projeter l'un contre l'autre, les mettant en un seul coup hors d'état de nuire.

Malgré l'injonction du mystérieux allié, Sisam ne pouvait se résoudre à abandonner sa tante. S'armant de courage, il se précipita pour l'arracher des mains des soldats qui la retenaient à l'écart, mais Hemerod s'interposa et le projeta violemment contre le mur. Sisam s'écroula, assommé, et le Capitaine le porta sur son dos.

— Inutile de lutter contre *celui-là*, cria le Capitaine en désignant du menton l'être luminescent à ses soldats. Nous ne sommes pas assez nombreux pour lui tenir tête. Suivez-moi !

Les gardes relâchèrent Laïmu qui vacilla et tomba à terre. Les derniers soldats d'Hemerod s'efforcèrent de contenir les offensives de leur ennemi avant de partir à leur tour.

Helya s'élança au secours de son compagnon, mais elle fut subitement tirée en arrière. Une main épaisse se plaqua sur sa bouche.

— Il est trop tard, maintenant, murmura une voix familière. Allons, venez !

Sortant de l'obscurité, le visage plissé d'Ecleïes apparut.

— Ils ont Sisam ! cria-t-elle, la voix vibrante de colère.

— C'est à cause de lui qu'ils vous ont retrouvée, Helya. Ils savent tout de votre passé à Ostacle, de vos parents et de vos amis. Mais c'est *vous* qu'ils veulent.

— Que vont-ils lui faire ?

— Helya, insista le vieil homme en la prenant par

les épaules. Je vous en conjure, nous n'avons plus un instant à perdre.

Désemparée, elle accepta, et Ecleïes l'aida à se relever pour l'amener avec Farf devant la fenêtre grande ouverte de la chambre. Une corde munie d'un grappin dégringolait jusque sur les pavés de la rue, où les attendait une petite charrette attelée à deux chevaux.

— Descendez, vite ! lança-t-il.

Hésitante, Helya attrapa la corde qui oscillait sous ses doigts et commença à escalader le mur. Ecleïes chargea Farf sur son dos et descendit à sa suite. Sur la terre ferme, Helya sauta dans la charrette et aida Farf à grimper à ses côtés, pendant qu'Ecleïes, en expert, tirait sur la corde afin de décrocher le grappin et le récupérer.

— Là ! s'écria l'un des soldats qui venait d'atteindre l'étage. Capitaine, ils s'échappent !

Hemerod déchargea le corps inanimé de Sisam sur son cheval et courut dans la direction que lui indiquait le soldat. Il aperçut alors le vieil homme robuste monter à l'avant de la charrette, rejoint par Oros et l'être lumineux. Quelques secondes plus tard, le petit véhicule cahotant disparut avec ses protégés dans l'obscurité des rues de la Cité.

Ramassée sur elle-même dans la charrette auprès de Farf, Helya était toujours libre. Mais une fois encore, son cœur ne l'était plus.

Chapitre 28

Évanoui et les mains liées, Sisam fut conduit au Palais d'Ostacle. Les cavaliers et leur Capitaine stoppèrent leur course dans la cour enténébrée dont seuls les grands flambeaux du perron éclairaient la façade. Le piétinement des sabots sur le parvis de marbre acheva de réveiller le jeune captif, qui cligna plusieurs fois des paupières avant de recouvrer ses esprits. L'arrière de son crâne lui faisait terriblement mal, et il se souvint alors des dernières secondes qui avaient précédé le néant. La douleur lancinante troublait ses pensées. En revanche, s'il y avait bien une réalité désormais tangible, c'était son arrestation. L'incertitude demeurait sur ce qu'il était advenu d'Helya, de Laïmu et des autres.

Hemerod le redressa sans ménagement. Sur ses pieds, Sisam flancha un peu avant de parvenir à se tenir debout. Le sol lui donnait la désagréable impression de tanguer, comme s'il se trouvait dans un canot abandonné sur un océan tumultueux.

— Qu'avez-vous fait de mes amis ? se risqua-t-il à demander.

Irrité, le Capitaine le saisit par la nuque et le força à lever les yeux sur les hautes balustrades du Palais dont les fenêtres luisaient sous les scintillements de luminaires.

— Voyez-vous ces lumières ? dit-il d'un ton cassant. Ce sont celles des appartements du Gouverneur, dont la soirée de célébration des Trois Cités s'est trouvée on ne peut moins perturbée par votre faute et celle de vos comparses. Présumer qu'il puisse être seulement agacé serait pure insulte. Par conséquent, à votre place, je ferais mon possible pour me montrer des plus accommodants.

Hemerod ne lui laissa pas le loisir de répondre et le conduisit à l'intérieur du Palais, où l'attendaient Heguemandre et les autres Gouverneurs. La nuit avait été longue, et leurs traits accusaient la fatigue. Aucun ne cacha cependant son étonnement en voyant apparaître le jeune homme prisonnier, qui se laissa choir sur le sol.

— Qui est-ce ? s'enquit Heguemandre.

— Ce citoyen se nomme Sisam, mère, répondit Hemerod. Mes recherches auprès des Archives ont révélé qu'il était l'Âme-Sœur d'Helya.

Avachi dans un fauteuil au fond duquel il s'était assoupi, Phonkerf tressaillit.

— Vous avez trouvé son Ch'Kan ? toussota-t-il.

— Helya et lui ont été séparés quand ils étaient encore enfants, continua le Capitaine. Mais il semble que des forces aient été mises en œuvre pour les réunir à nouveau.

— Des forces ? fit Heguemandre, soucieuse. Précise ta pensée.

— Helya et l'Anachrone ont été secourus par plusieurs individus au moment où nous allions nous en emparer. Nous avons eu du fil à retordre avec... deux Ch'Ken *réconciliés* contre lesquels mes hommes ont dû vainement se mesurer. Ils n'étaient pas seuls. Un homme que je n'ai pu identifier conduisait la charrette à bord de laquelle ils se sont enfuis.

La nouvelle produisit son petit effet. Hacton se leva de son siège situé près de l'âtre rougeoyant et minauda quelques petits applaudissements.

— Mes félicitations, Capitaine Hemerod. Sans le savoir, vous avez chassé la proie pour l'ombre. C'est là une information intrigante. Si de pareils Ch'Ken ont osé intervenir pour venir en aide à ces petits frondeurs, c'est qu'ils sont pour eux d'une importance capitale.

— Êtes-vous certain de ce que vous avancez ? demanda Phonkerf, visiblement contrarié.

— Je le suis, Gouverneur, répondit le Capitaine.

— Des « Ch'Ken réconciliés », dis-tu, souleva Heguemandre, songeuse. Quel surprenant acte d'héroïsme, n'est-ce pas ?

— Je pense que nous aurions intérêt à en connaître les réelles motivations, mère.

— Vous voyez, mon cher Phonkerf, soupira Hacton en posant une main affable sur son épaule, j'en serais presque las d'avoir toujours raison…

Mal à l'aise, Sisam comprenait peu de choses aux allusions des trois Gouverneurs et du Capitaine. Qu'entendaient-ils par cette étrange expression de « Ch'Ken réconciliés » ? Ces mots abscons dissimulaient une autre vérité. Le rapport entre Helya et leurs petites guerres intestines lui échappait. Toutes ces histoires commençaient à lui embrouiller l'esprit. Il n'eut pas la liberté d'y réfléchir davantage. Heguemandre s'approcha et le fixa d'un regard aussi froid que la lame effilée d'une épée.

— Citoyen, j'exige que vous me disiez qui étaient ces dissidents et en quels lieux ils les cachent. Inutile de vous dire que je n'ai pas le cœur à plaisanter.

Même si Sisam aspirait depuis plusieurs années à un tête-à-tête avec le Gouverneur d'Ostacle, jamais il n'aurait imaginé que celui-ci se déroulerait en de telles conditions. Le dégoût montant en lui, il ne put contenir plus longtemps la bile qui bouillonnait dans son ventre.

— Heureux d'apprendre qu'il en est un qui bat encore en vous, lâcha-t-il en levant les yeux vers elle.

Un silence de mort tomba sur l'assemblée. Heguemandre ne perdit pour autant son sang-froid et saisit fermement le menton mal rasé de Sisam.

— Je vous pose la question une seconde fois : où se cache-t-elle et qui sont ses alliés ?

Excédé par ses manières brutales, il dégagea son visage.

— Et moi, j'ai d'autres questions pour vous, Gouverneur ! jeta-t-il avec colère. Car je voudrais comprendre enfin pourquoi Helya a été bannie de notre Cité et arrachée à sa véritable famille ! J'ai été son ami durant toutes les premières années de notre vie, et j'ignore quel mal elle aurait pu commettre alors qu'elle n'était qu'une enfant ! Dire que je croyais nos Cités exemplaires et justes... alors que vous n'avez visiblement de la dignité des Gouverneurs que le titre !

Heguemandre se redressa, retira avec application l'un de ses gants de cuir, et gifla le visage du jeune homme. Puis elle l'empoigna par les cheveux et le contraignit à lui faire face à nouveau.

— N'essayez surtout pas de me faire la leçon ! cracha-t-elle. Le Gouverneur Phonkerf tient à ramener avec lui sa fille, que l'on aurait d'ailleurs jetée derrière des barreaux si elle n'avait été de noble famille ! Vous nous faites perdre un temps précieux et mes hôtes sont pressés de rentrer dans leur Cité pour prendre un repos que vous avez largement contribué à bouleverser. Il n'y a donc aucune matière à discuter. Une dernière fois, dites-nous où est Helya !

Devant le silence de Sisam, Heguemandre finit par relâcher son étreinte et se tourna alors vers Hacton.

— Laissons-lui le temps de retrouver toute sa raison, convint-elle en prenant une serviette pour s'en nettoyer la main. Qu'il soit conduit dans votre Prison d'Arkopolis. Une telle visite des rebuts les plus infâmes de nos Cités ne saurait le laisser indifférent. Nous verrons alors de quel côté penchera son sens si aiguisé de la justice…

QUATRIÈME PARTIE

L'ORIGINE DES MYRIHANDES

Chapitre 29

La charrette conduite par Ecleïes ralentit sa course et s'arrêta devant le Temple. Il faisait maintenant nuit noire, et l'édifice dont les hautes formes se découpaient dans le ciel nimbé d'étoiles semblait les écraser de son ombre. Les flambeaux habituellement allumés de part et d'autre du porche étaient éteints. Sans doute une précaution d'Ecleïes pour dissimuler leur retraite. Les lieux s'en trouvaient plus inquiétants encore, le vent s'engouffrant par bruyantes rafales dans les ajours et les fissures du Temple. Il n'était pas rare au sein des Cités d'essuyer quelques tempêtes nocturnes, pendant lesquelles la température pouvait brutalement chuter de dix ou quinze degrés. Ce soir-là, ce déchaînement des éléments ne semblait pas naturel. Rien ne l'avait annoncé, pas même la couleur de la lune ou la rosée précoce sur les jeunes pousses des arbres.

Après une rapide inspection des alentours, Ecleïes

entraîna Helya, Farf et Oros à l'intérieur. Le mystérieux être de lumière leur sourit avec bienveillance, ses bras diaphanes tendus avec grâce. L'Aura de cette créature aux traits délicats perçait l'obscurité, mais ses trois compagnons n'en furent pas rassurés pour autant.

À l'abri de l'édifice éclairé par quelques bougies, le Conservateur enclencha le mécanisme de la trappe secrète et s'engagea en premier dans le sombre escalier.

Helya s'élança mais Farf lui attrapa la main et recula d'un pas.

— Ne crains rien, je suis déjà entrée ici, lui dit-elle.

— Mais pourquoi s'enterrer là-dessous ? demanda-t-il avec anxiété. Il y fait noir comme dans un trou de souris !

— Laissez-moi vous éclairer, intervint alors leur allié au corps phosphorescent.

Il plongea à travers la trappe comme un poisson aurait glissé sous les flots, et, atterrissant lestement en contrebas, sa douce lumière irradia la cavité et en révéla les reliefs.

— Te voilà rassuré ? demanda Helya en commençant à descendre prudemment les marches.

Farf, penché au-dessus de la trappe, inspecta rapidement l'intérieur. Avec une grimace de dégoût, il se releva et prit la direction opposée, mais le ventre rebondi d'Oros le stoppa.

— Arrête ton chichi, l'ancêtre ! le sermonna-t-il. Ou bien c'est moi qui me charge de t'y faire descendre, et ce sera sans doute moins agréable !

Vexé, Farf grommela quelques injures inaudibles et posa prudemment ses pieds sur les marches de l'escalier abrupt. Oros le suivit et referma la trappe sur eux.

Après avoir traversé les catacombes parsemées de leurs mystérieuses grandes dalles, devant lesquelles les deux compagnons d'Helya préférèrent ne pas poser de questions, ils entrèrent dans la Chambre Verte aux incroyables jardins nourris par la lueur crépusculaire de la lune. Oros et Farf en restèrent pantois.

L'endroit inspirait la même sérénité qu'Helya avait ressentie la première fois. Une odeur de pierre sans âge se mêlait aux fragrances subtiles de la végétation, et la jeune fille emplissait, presque malgré elle, ses poumons de ce paisible parfum, comme si celui-ci pouvait réveiller des émotions enfouies ou des souvenirs perdus. Puis elle se ravisa. Tout cela n'avait pas de sens. À part ce matin, elle n'avait jamais pénétré en ces lieux, pas même quand elle vivait à Ostacle. Rien de ce qui existait ici ne pouvait lui être familier. Les événements de cette journée embrumaient sa raison. Recouvrant ses esprits, elle agrippa Farf pour le tenir au plus près d'elle. Oros, sentant la détresse de ses amis, s'approcha d'eux, prêt si besoin à faire barrage de son corps.

— Nous vous avions prévenue, Helya, rappela

Ecleïes avec affliction. Vous avez refusé de nous écouter. Voyez où votre obstination vous a conduits. La situation est maintenant plus difficile qu'elle ne l'était déjà.

— Je pense qu'il va vous falloir être plus explicite, rétorqua Oros, plein de défi.

Réalisant que l'étrange entité continuait d'inquiéter Helya, Ecleïes lui adressa un bref hochement de tête. Sous les regards incrédules des trois compagnons, elle éleva lentement les bras et entama un mystérieux rituel fait de gestes et de chants. Ses bras scintillants dessinèrent des mouvements de plus en plus complexes, s'étreignant et s'entrelaçant au gré d'une danse harmonieuse, alors que l'éclat diffus de son corps irradiait davantage. Un chant à peine murmuré s'éleva, telle une psalmodie surgie des méandres d'un lointain passé oublié du monde des Hommes. Sa voix résonnait de manière surnaturelle, comme un lointain écho dont le volume amplifiait à chaque seconde. Le timbre féminin trompait l'oreille comme si plusieurs couleurs vocales se donnaient le change en une seule et même impulsion. Peu à peu, les parois de la Chambre Verte s'éclairèrent jusque dans ses moindres recoins, obligeant les uns et les autres à plisser les paupières.

Puis, la lumière et la voix faiblirent jusqu'à s'éteindre complètement et Helya, Oros et Farf purent enfin relever les yeux. Face à eux, se tenaient à présent deux silhouettes féminines distinctes. Leurs regards tendrement mêlés se détachèrent l'un de l'autre, et chacune recouvrit son individualité. Helya frissonnait de tout son être. Sa confusion atteignit son apogée en découvrant l'un de ces deux visages, et elle serra Farf contre elle.

— Voici mon élève Oriance, déclara Ecleïes. Mais vous l'aurez sans doute reconnue…

Helya dut déglutir pour retrouver l'usage de sa voix.

— C'était donc vous…

— Et la demoiselle que voici est Nisis, fille d'Heguemandre, acheva-t-il de les présenter.

La jeune femme aux traits anguleux et aux cheveux noirs décorés de petits galets s'inclina devant eux, puis salua plus longuement Helya.

— Ravie de vous rencontrer enfin, dit-elle. C'est un vrai plaisir et un honneur.

Les paroles d'Ecleïes lui revinrent soudain en mémoire.

Un Ch'Kan est toujours lié à sa Flamme Jumelle, tant que celle-ci ne s'est pas fondue en son autre Moitié.

Cet être lumineux, semblable à quelque légendaire déité païenne, venait de se métamorphoser en deux femmes ordinaires, aussi humaines qu'elle pouvait l'être elle-même.

Le mythe prenait corps, et s'imposa alors au cœur d'Helya dans toutes ses incroyables implications.

— Êtes-vous vraiment… ? interrogea-t-elle sans pouvoir terminer sa phrase.

— Les Âmes-Sœurs ne sont pas seulement une

fable pour enfants, avança Nisis. Pas plus que ne l'est l'existence des Myrihandes.

— Mais c'est ce que nos souverains ont toujours voulu laisser croire, intervint Ecleïes. L'imposture et le mensonge sont devenus leur seule monnaie d'échange pour conserver un semblant de pouvoir sur les Cités.

Effaré, Farf cligna plusieurs fois des yeux.

— Fichtre ! souffla-t-il. À vous entendre, on se croirait en pleine conspiration !

— C'en est une, en vérité, acquiesça Ecleïes.

— Quand bien même, comment pourrions-nous vous faire confiance ? lança vivement Helya. L'une de vos alliées est la sœur du Capitaine d'Ostacle qui a tenté de me livrer aux Gouverneurs, et qui vient de capturer Sisam sous nos yeux !

— Mon frère a le cœur noble, se défendit Nisis, mais il reste fidèle aux volontés de notre mère. Je l'aime et je le hais aussi pour cela.

— L'alliance de Nisis à notre cause est aussi secrète que le lien qui m'unit à elle, assura Oriance. Depuis des années, notre survie en dépend.

La jeune femme posa ses mains sur les épaules de sa compagne. Leurs lèvres restèrent muettes, bien qu'il semblât que des mots inconnus venaient d'être échangés entre elles.

Oros réfléchit un instant et releva la tête, s'adressant à Ecleïes.

— Vous avez parlé de monnaie d'échange, tout

à l'heure, dit-il. À qui devons-nous quelque chose et pourquoi ? Y aurait-il donc quelqu'un avec qui les Gouverneurs doivent traiter ?

Les sourcils froncés, le Conservateur du Temple s'approcha des trois amis, toujours sur la défensive. Il semblait que de sinistres souvenirs affluaient soudain en lui, et son visage tout entier en était affecté.

— Oui, lâcha-t-il enfin, il y a bien *quelqu'un*.

— Dites-nous la vérité, Ecleïes, insista Helya. Si nous devons vous donner notre confiance, il vous faut aussi nous accorder la vôtre.

Le vieil homme s'installa sur le rebord d'un banc de la Chambre Verte et joignit les longs doigts de ses mains calleuses. Son dos était aussi voûté que les arches séculaires de son Temple, comme si le poids des années s'était lourdement abattu sur ses épaules.

Un silence pesant régnait. Ils étaient prêts à entendre son récit.

Chapitre 30

« Il y a bien longtemps, les Myrihandes foulaient les terres d'Oesion libres, heureux et en paix. Le monde n'avait alors rien de commun avec celui que nous connaissons. Des lointaines contrées du Continent Sans Âge au Désert du Sud, la vie prospérait dans la quiétude et l'harmonie, car toutes les créatures qui peuplaient ce vaste univers ne connaissaient ni Bien ni Mal, ni même la convoitise, la peur ou le malheur. Les Myrihandes étaient leurs bergers. C'étaient des êtres uniques et parfaits, créant et recréant leur propre bonheur en osmose avec le monde naturel. Chacun d'eux vivait dans l'Amour de toutes choses et de lui-même, dans l'ignorance absolue des guerres, de la colère et de toutes les vanités qui assombrissent le cœur des Hommes. Nés de la seule puissance de l'Amour, divines créatures tout à la fois androgynes et indivisibles, ils étaient les enfants d'une Conscience Infinie, qui ne redoutaient pas même la mort, car ils savaient qu'au-delà, ils se retrouveraient toujours d'un côté ou de l'autre de ce monde.

« En ces temps reculés, les cimes des montagnes n'avaient que peu d'attraits, alors que les vallées et les plaines fleurissaient d'une nature généreuse. Les Myrihandes s'y étaient établis pour vivre leur rêve de paix, à l'abri des hautes frondaisons verdoyantes qui s'étendaient à quelques pas des rives de la Mer. Leurs propres habitations étaient des prolongements de cette flore dont ils recueillaient les moindres bienfaits sans jamais lui nuire. Bien au contraire, ils participaient à sa richesse en entretenant chacune de ses épaisses futaies et rendaient quotidiennement hommage à l'âme de la forêt.

« Un jour, pourtant, l'un d'entre eux disparut. La solidarité était grande au sein de leur peuple, et un tel événement ne pouvait se produire sans conséquences. Nul n'avait jamais quitté la fratrie, et nul ne pouvait envisager que l'un des siens pût un jour ainsi disparaître de son plein gré. C'était un concept tout à fait étranger à leur existence, une pensée proprement inconcevable. De fait, il fut admis qu'une telle disparition était naturellement l'œuvre d'une tragédie. Confrontée à cette éventualité, la communauté refusa de s'abandonner à la résignation. Le destin d'un des leurs était en jeu, et la profonde solidarité qui les unissait tous leur commandait d'agir.

« C'est ainsi que tous les Myrihandes partirent à la recherche de leur frère disparu, traversant les plaines et les montagnes, les mers et les océans, les forêts et les plus lointaines dunes de sable. Mais la contrée était vaste, et leur nombre insuffisant. Il existait tant de terres à parcourir, tant de fleuves à franchir, qu'il leur aurait fallu des mois, voire des années pour avoir une chance de le retrouver. Alors, le plus ancien et le plus sage de tous les Myrihandes proposa une solution que seul son grand pouvoir était capable de réaliser : trancher leur être par le milieu. Ainsi séparés de leur précieuse Moitié jumelle, ils seraient plus nombreux pour retrouver leur frère disparu. Le péril était considérable, et chacun d'eux en avait pleinement conscience. Leurs chemins allaient les entraîner pour certains à l'autre bout du monde connu, et nul n'était sûr d'en revenir sain et sauf. Néanmoins, et quelles que furent leurs craintes, tous acceptèrent de courir le risque.

« La grande quête qui s'ensuivit dura de nombreuses années, hélas, sans que jamais le Myrihande perdu ne fût retrouvé. Les premiers Ch'Ken ainsi désunis se perdirent à leur tour à travers le monde, car rares furent ceux qui retrouvèrent leur Moitié, égarée au hasard des contrées et des terres qu'ils avaient longuement traversées. Eux qui n'avaient jamais rien connu d'autre que l'unité harmonieuse de l'Amour affrontèrent bientôt le manque de cet autre qui avait toujours été la seconde moitié d'eux-mêmes. Rien ne les avait préparés à une telle épreuve et, de chagrins en désillusions, ils finirent avec le temps par se lier à d'autres êtres déchirés qui, las d'avoir parcouru les vallées et les monts du continent, avaient eux aussi abandonné leur quête.

« Mais celles et ceux qui furent autrefois des Myrihandes ne purent perpétuer leur lignée. Privés de leur Flamme Jumelle, ils étaient devenus une race nouvelle, étrangère à cet autre horizon qui était désormais leur foyer. Ils durent apprendre à se découvrir, à se comprendre et, finalement, à s'aimer. Leurs enfants vinrent au monde, eurent à leur tour leurs propres enfants, et donnèrent peu à peu naissance aux hommes et aux femmes tels que nous les connaissons aujourd'hui.

« L'être à l'origine de tout cela, quant à lui, est toujours bien vivant. Il est la moitié jumelle du Myrihande disparu, à l'origine du déclin de tous ses semblables partis jadis à sa recherche. Avide de savoir, sa curiosité l'a poussé à savoir qui ou quoi décidait de leur destin à tous. Les seuls êtres à même de satisfaire son insatiable soif de connaissance étaient les trois Gardiens, uniques détenteurs des Clefs ouvrant aux secrets de la Porte des Âmes. Le Myrihande dut essuyer bien des échecs, des tempêtes et des grands froids avant de trouver le sanctuaire de la Chambre des Gardiens. Ces derniers écoutèrent avec attention ses doléances, mais lui refusèrent l'accès à la Porte des Âmes et le prièrent de repartir. Profondément déçu au regard du temps qu'il lui avait fallu pour découvrir leur demeure, le Myrihande rebroussa chemin. Toutefois, sa curiosité dévorante le poussa une dernière fois à supplier le

Gardien qui l'avait raccompagné sur le seuil. Touché par tant de passion, ce dernier accepta de répondre à sa requête, en échange de la promesse du Myrihande de retourner ensuite chez les siens et de ne jamais revenir. Bien sûr, celui-ci accepta. Alors, à l'insu de ses confrères, le Gardien le conduisit dans la Loge d'Argent et fit apparaître entre ses doigts l'une des trois Clefs qui commandait la Porte des Âmes.

« Elzée, la Clef de l'Ouverture.

« Conscient de l'insoutenable savoir que renfermait la Porte, il l'entrebâilla seulement quelques secondes sous les yeux grand ouverts de son hôte impatient. Mais quand le Myrihande plongea son regard à l'intérieur, la connaissance infinie le foudroya et emporta avec elle sa Moitié Jumelle.

« En un éclair, le Ch'Kan se retrouva seul, prisonnier de lui-même et d'une déchirante solitude, face à laquelle il se sentit tout à coup terrorisé et impuissant. Fou de douleur et de colère, il arracha la Clef des mains du Gardien et s'enfuit en hurlant.

« Les semaines, les mois et les années passèrent. Assombri par l'amertume et le malheur, le Ch'Kan s'installa à Doldometh, une vieille citadelle jadis érigée par les Ochrils, dont le peuple ancien avait précédé celui des Myrihandes. Là, il malmena longuement la Clef volée afin d'ouvrir à nouveau la Porte des Âmes, dans le vain espoir de retrouver son Âme-Sœur égarée. Mais la Porte ne lui apporta rien d'autre que le Mal qu'il avait lui-même amené.

« De cet être corrompu et malfaisant vinrent tous les malheurs de ce temps, car depuis des siècles, jaloux de ses semblables, il donna une chasse sans merci aux derniers Myrihandes afin que nul ne subsiste en ce monde.

« Son nom devint l'image vivante de la peur et de la haine : Kryom. »

Chapitre 31

Morlhed, le Passeur des Trois Cités, avait donné ses ordres aux gardes du Mirador avant d'emprunter l'escalier menant aux niveaux inférieurs de la tour. Les informations qu'il venait de recevoir étaient d'une trop grande importance pour qu'il se risquât à prendre seul certaines décisions. Des divisions semblaient désormais couver au sein même de l'aristocratie, et cela le contrariait. Il devait se rendre au plus tôt à Doldometh auprès de son maître, et pour cela, il avait besoin de la plus rapide des montures.

Absorbé par ses sombres pensées, Morlhed déboucha dans une grande niche aux murs de pierre maculés de suie noire. Ajourée d'une large excavation à ciel ouvert en forme d'alvéole, elle offrait une vue stratégique sur les terres alentour et, au-delà, perçant un brouillard entêtant sous les lueurs de la lune, la lointaine citadelle de Doldometh, bâtie sur les terres primitives du Continent Sans Âge.

Une plainte rauque s'éleva d'un recoin de la niche. Le Passeur leva la tête. Une paire d'yeux ovales et rouges jaillit de l'obscurité, et le sol se mit à trembler, distillant des filets de poussière depuis les hauts plafonds. Avec calme, Morlhed fit signe à la créature de s'avancer. Deux grandes pattes griffues sortirent de l'ombre, révélant la monumentale silhouette d'un rapace dont la grosse tête pourvue d'un sinistre bec recourbé et crasseux frôlait les hauteurs de la niche. Sur son plumage couleur de rouille était disposé un harnachement de métal avec une selle de navigateur et une imposante nacelle incurvée, dont les coursives attachées aux flancs du volatile pouvaient supporter un équipage d'une dizaine de soldats. Au centre de la nacelle pointait l'impressionnante épine dorsale de l'animal percée d'orifices où passaient les solides cordages qui maintenaient l'ensemble.

L'immense rapace tordit vers Morlhed son cou aux muscles puissants, comme pour renifler quelque pièce de viande. Le Passeur flatta d'une main ses naseaux frémissants et grimpa sur le dos de l'animal. La nuit était maintenant suffisamment noire pour que personne ne remarquât l'envolée de la lugubre créature et de son cavalier depuis les cimes de Pan-Kaïa.

Doldometh, synonyme de maléfice et de terreur pour tous les peuples qui avaient eu un jour l'affront de s'opposer à sa toute-puissance, s'élevait en une immense citadelle à la splendeur insolente. Le monument, vestige de la mégalomanie de l'ancienne race des Ochrils, culminait au plus haut du ciel, hérissé de constructions s'amoncelant les unes sur les autres, tels d'étranges champignons éclos de l'écorce d'un arbre ancestral. On n'aurait su énumérer le nombre de remparts et de murailles que les Ochrils avaient jadis construits pour s'isoler du reste du monde, fiers de leur pouvoir et de leur art conquérant. Noyés dans d'épaisses brumes, ses rivages étaient faits de sable, de calcaire et de rocs. La houle y était parfois si violente qu'elle avait creusé davantage la falaise, créant une voûte de pierre dangereusement abrupte qui interdisait toute escalade. Depuis les sommets de la citadelle de Doldometh, la contrée semblait à portée de main, révélant les terres les plus éloignées et les moindres ressacs de la Mer au bord de laquelle se dressait la grande porte de la seigneurie.

Au cœur de son royaume, cloîtré dans son vaste salon privé orné de tentures retraçant les plus éclatantes victoires et les couronnements des grands rois Ochrils, Kryom, le visage hâve et tourmenté, chuchotait devant la grande Porte des Âmes. Ses cheveux noirs comme l'abîme tombaient jusque dans son dos, adoucissant à peine ses traits comme taillés dans le roc. Sur son large front subsistait une large cicatrice boursouflée, vieux stigmate de la perte de sa Moitié, qu'il avait souvent coutume de dissimuler sous un bandeau ou un diadème d'argent. Comme toujours et depuis bien des siècles, il concentrait ses forces et sa volonté pour communiquer avec son Âme-Sœur égarée dans la Porte : Doloriane, l'entité avec laquelle il était alors un être entier. Un Myrihande.

— M'entends-tu ? murmura-t-il, les yeux comme profondément enfoncés dans leurs orbites. Doloriane… Ma flamme et mon tout… Écoute ma voix. Écoute ce cœur qui te réclame… Où te caches-tu donc ?

C'est alors qu'il la vit apparaître dans les ondulations occultes de la Porte, étincelle fugace à l'Aura familière. Mais comme à chaque fois, elle ne le vit ni ne l'entendit, voguant dans un au-delà nébuleux où rien n'était semblable au monde de la matière. Il voulut la retenir de ses mains et de sa voix, mais il s'abstint, sachant bien qu'elle ignorerait toujours tout de ses vains acharnements. Le regard voilé par une sourde douleur, il la contempla voguer dans les entrelacs de cet outre-monde, comme s'il pouvait s'emparer de cette image bien-aimée et la garder à jamais dans les tréfonds les plus intimes de son âme meurtrie.

Le son du heurtoir sur la porte du grand salon l'arracha à sa fiévreuse observation, l'image de Doloriane s'étiola avant de disparaître. Dérangé en pleine séance privée, Kryom sentit la colère gronder en lui.

— J'avais exigé d'être seul ! vociféra-t-il.

Un vieil homme malingre et au teint cireux apparut alors au seuil de l'entrée, vêtu d'une sorte de longue chasuble sombre aux larges manches.

— Votre émissaire des Cités, le seigneur Morlhed, demande à vous voir, glapit-il.

Résigné, Kryom quitta la salle pour aller à sa rencontre, son ample toge noire doublée d'hermine fouettant l'air sur son passage.

Le vieillard aux yeux torves et au crâne dégarni accompagna son maître sur les balcons surplombant la falaise. Certains Hommes des Trois Cités se seraient étonnés de voir l'un des leurs vivre dans ce lointain continent, qui plus est au service du noir Seigneur de Doldometh. Mais la misère et l'immensité du monde avaient assombri leurs cœurs, bien plus que la seule perte de leur Âme-Sœur. Et ceux dont l'obscurité couvrait la mémoire de son manteau de désespoir s'en remettaient au pouvoir et à la justice de Kryom.

La nuit avait recouvert le ciel nimbé de nuages noirs. Les puissants flambeaux disposés sur les colonnes et les murs du balcon peinaient à percer l'obscurité envahissante. En voyant son maître approcher, Morlhed posa un genou à terre.

— Monseigneur, fit-il avec révérence.

— Je n'étais pas censé te revoir avant la prochaine pleine lune, trancha Kryom sévèrement. Que fais-tu ici ?

— Une jeune fille issue de la famille des Gouverneurs a pris la fuite dans la Cité d'Ostacle, répondit le Passeur avec pondération. Mes Limiers sont formels sur l'identité de la renégate : il s'agit d'une Ch'Kan, nommée Helya.

Morlhed tendit à Kryom l'enveloppe marquée d'une rose pourpre. Il la prit et extirpa la lettre parcheminée. Après lecture, il redressa la tête et, perplexe, replia soigneusement le document. Sur son visage, la colère cédait la place à l'inquiétude.

— Je ne comprends pas... Comment se fait-il que nos Limiers n'aient pas déjà repéré eux-mêmes cette Ch'Kan ? Je croyais leur flair infaillible ? Elle ne peut pas se cacher d'eux impunément !

Devant le silence figé de son émissaire, Kryom réfléchit un instant, caressant de ses doigts le visage marbré d'une statue de femme à la chevelure sauvage. Au loin, un orage naissant émit son grondement sourd au-dessus des flots.

— Suis-moi, le somma-t-il finalement.

Ils revinrent à grands pas dans la salle princière. Occupant un pan de mur entier, la Porte des Âmes se dressait devant eux, tel un miroir sans tain percée en son milieu d'un abîme aux éclats luminescents, dont les rameaux magnétiques reliaient ce monde à l'éther infini des Âmes. Au centre, évoluait une étrange énergie irisée de bleus et de verts sombres, dont les lentes circonvolutions jouaient sur la perspective et trompaient le regard. Kryom sortit de la poche de son pourpoint de cuir un collier d'où pendait une clef faite d'un mystérieux alliage de cuivre et d'or, et dont les formes spiralées évoquaient l'ondulation de l'eau : Elzée, la Clef du Gardien volé. Il l'inséra dans l'encoche triangulaire creusée à l'intérieur d'un large disque de granit.

Après quelques secondes, une paisible voix s'éleva des nimbes enténébrés de la grande Porte :

— La nuit n'est donc pas ton alliée, ce soir, pour que tu fasses appel à mes lumières ? susurra-t-elle avec chaleur.

— Bonsoir, Alrazel, répondit Kryom en baissant les yeux.

— Que puis-je faire pour toi ?

— Une Ch'Kan de la famille des Gouverneurs des Trois Cités s'est enfuie aujourd'hui du Palais d'Ostacle. Une Ch'Kan appelée Helya. Tout laisse à penser qu'elle a voulu rejoindre sa Flamme Jumelle.

— Une parmi tant d'autres. Elle subira le même sort que ses semblables.

— Nos Limiers n'ont pas su retrouver sa trace, souligna Kryom.

Alrazel, bien que de l'autre côté de la Porte, comprit son étonnement.

— Certains Ch'Ken échappent à la règle, expliqua la voix désincarnée. Avec le temps, leur esprit et leur corps ont changé. Le souvenir de leur existence « réconciliée » est enfoui sous des siècles de vies humaines anodines, mais ils ont développé un don nouveau, qui les protège du flair de nos Limiers.

— Combien sont-ils à le posséder ? demanda Kryom avec nervosité.

— Je l'ignore, mais sache que la nature est en

marche, l'avertit Alrazel. La Guilde défendue par les dernières Âmes-Sœurs du peuple des Hommes est devenue plus forte. Et ils seront bientôt plus nombreux que tu n'imagines à passer au travers de tes filets. Cela, tu le sais, nous ne pouvons l'admettre...

Kryom leva les yeux vers la Porte, dans l'espoir d'y percer ses ténèbres opaques. Mais le néant spiralé le renvoya à ses propres tourments.

— Je suis peiné pour toi, poursuivit Alrazel d'une voix doucereuse. Tu as toujours fait de ton mieux pour gouverner leur destin, ainsi que je te l'ai enseigné jadis. Mais les Hommes des Cités sont de piètres élèves. Ils ne méritent pas les égards que tu leur accordes, mon ami.

— Que devrais-je faire, selon vous ? Cette misérable Ch'Kan fera bientôt parler d'elle dans toutes les Cités en enfreignant nos lois de la sorte !

— Patience, conseilla Alrazel, elle ne tardera pas à se démasquer d'elle-même. Je sens des présences autour d'elle... Elle n'est plus seule.

— Sa jeunesse est peut-être trompeuse, observa pensivement Kryom. Je sens que d'anciennes forces couvent en elle. Des forces que je n'ai plus éprouvées depuis bien longtemps.

— Parce que nous avons tout fait pour qu'une telle chose ne se reproduise jamais. Mais la maîtrise totale des Cités a fini par nous échapper. Helya en est la preuve vivante : alliée à sa Flamme Jumelle, elle pourrait représenter une grave menace pour nous.

— Un Myrihande de l'ancien temps, murmura-t-il sombrement pour lui-même. Voilà qui est troublant. En êtes-vous bien sûr ?

— Aussi sûr que de l'existence et de la survie de ton Âme-Sœur, répondit Alrazel. Elle t'attend et t'espère toujours au-delà de ton monde. Souviens-toi de nos lointaines rencontres, toi et moi… T'ai-je jamais menti sur tout ce que tu souhaitais connaître de l'entre-deux-mondes ?

— Mon ignorance est restée grande bien longtemps, admit Kryom. C'est vous qui m'avez ouvert les yeux sur l'univers.

— Et je t'ai donné le pouvoir de le changer, ajouta-t-il. Les Myrihandes ne méritaient pas cette vie que leur avaient donnée les Gardiens. Depuis des millénaires, ils s'abreuvaient d'Amour et d'harmonie sans ne jamais avoir eu à en payer le prix. Comment pouvaient-ils jouir d'une telle exception sans s'être un jour battus pour la gagner ? Quelles valeurs, quelles vertus défendaient-ils ? Rien de tout ceci n'était juste, et ils couraient vers l'abîme qui les a finalement engloutis.

— C'est moi qui ai orchestré leur perte, objecta-t-il. Moi et nul autre !

— Et tu es aussi le seul qui mérites aujourd'hui de trouver la paix de cet Amour et de le garder, grâce aux souffrances que tu endures depuis tant d'années. C'est là tout le sens de l'enseignement que je t'ai donné. Souviens-t'en, mon ami. Doloriane t'attend par-delà ces ombres... Quand tu auras enfin scellé notre pacte, nous pourrons elle et moi franchir enfin la Porte grande ouverte. Alors vous serez à nouveau... un et entier.

Ébranlé par cette perspective soudaine, Kryom s'approcha des nébulosités de la Porte et s'agenouilla devant elles.

— Que dois-je faire de cette Ch'Kan ? s'enquit-il.

Il y eut un moment de silence, et la voix de Kryom se répercuta comme une balle fendant l'air contre les murs glacés de la salle.

— Alrazel ? insista-t-il.

— Le Myrihande d'Helya ne doit jamais revoir le jour, déclara finalement celui-ci. Conjure cette union... par tous les moyens.

Sur ses dernières paroles, la voix s'évanouit, et la spirale de brumes phosphorescentes se fit plus terne. Alrazel était parti.

Après un bref instant, Kryom se releva, retira la Clef de son encoche de granit, et adressa un bref signe de la main à Morlhed.

— Approche ! dit-il, péremptoire.

Sortant une amulette oblongue des replis de son manteau, il la passa autour du cou de son émissaire. Elle exhala aussitôt une lumière étrange auréolée d'une fumée luminescente, et se greffa à la poitrine de Morlhed. Une vive brûlure secoua son corps de spasmes incoercibles.

— Désormais, déclara Kryom, tu seras mes yeux

et mon bras. Je saurai tout ce que tu entends et vois par-delà toutes les mers et les terres. Retourne aux Trois Cités, et fais en sorte de retrouver Helya.

Le Passeur émit un grognement interrogatif.

— Si tu y parviens, acheva-t-il, élimine-la.

Chapitre 32

Dans la Chambre Verte, au cœur des sous-sols du Temple, Helya et ses nouveaux alliés prenaient un repas improvisé autour d'une grande table en chêne.

Les émotions avaient creusé l'appétit de Farf, qui profitait de sa liberté pour manger et boire dans tous les récipients à sa portée. Helya, quant à elle, n'avait pas très faim et se contenta de peu. Même Oros, dont la gloutonnerie souffrait peu de contrariétés, boudait son assiette. L'assaut des gardes de la Cité suivi de l'enlèvement de Sisam l'avaient affecté. Même Farf, qui dévorait son assiette face à lui, ne le distrayait pas.

Libérées de leur entité lumineuse de Myrihande, Nisis et Oriance partageaient la collation, en bonnes convives. Leurs regards ne se détachaient jamais bien longtemps l'un de l'autre. Helya les observait, imaginant les sacrifices consentis par les deux jeunes femmes pour ne pas mettre leur lien secret en péril.

On pouvait dès lors supposer l'importance qu'avaient pour elles des moments apparemment aussi anodins que ce dîner. Elle pensa au repas partagé il y a quelques heures avec Sisam et sa tante Laïmu ; le premier depuis quinze ans ! L'idée qu'un tel instant ne se reproduise plus lui traversa l'esprit, et ses paupières battirent nerveusement comme pour chasser cette pensée. Même privée de Sisam, elle devait profiter de cette soirée.

Mordant sans enthousiasme une petite cuisse de dinde, Oros manifesta son désarroi.

— Toute cette histoire semble vraiment à dormir debout ! lança-t-il sans cesser de mastiquer. Comment les Cités peuvent-elles traquer tous les Ch'Ken depuis des siècles et les empêcher de rencontrer leur Âme-Sœur ? Une besogne pareille... Faut-il être fou !

Ecleïes, qui était assis un peu à l'écart pour fumer de sa bouffarde garnie de feuilles d'Arlin aux effluves épicées, prit alors la parole.

— Je comprends votre scepticisme, confessa-t-il, Kryom n'est pas seul à œuvrer dans sa sombre tâche. Une Âme Noire, appelée Alrazel, a conclu un pacte avec lui depuis l'autre côté de la Porte.

— Alrazel ? s'inquiéta Farf. Miséricorde, comme si une seule fripouille ne nous suffisait pas !

— Kryom est donc parvenu à ouvrir la Porte des Âmes, considéra sombrement Helya.

— À l'entrouvrir seulement, la corrigea le vieil homme. Son pouvoir est certes grand, mais limité à l'unique Clef dont il s'est emparé jadis. Même si nous en ignorons toujours les circonstances, c'est en essayant de retrouver sa Moitié que Kryom a suivi le chemin d'Alrazel. Et c'est grâce à son allié d'outre-monde qu'il a pu donner vie aux immondes créatures qui pourchassent les Âmes-Sœurs.

— Qu'est-ce que vous entendez par là ? fit-elle avec appréhension.

Ecleïes la regarda fixement quelques secondes, comme pour marquer son attention.

— Nous les appelons des Félinides, dit-il. Ce sont d'impitoyables Limiers, mi-hommes mi-félins, dont les sens terriblement aiguisés peuvent déceler chaque Myrihande de nos Cités. Rien ne les arrête tant que leur proie n'a pas été prise ou éliminée. Ils sont les serviteurs les plus féroces et les plus dévoués du Seigneur de Doldometh.

Farf s'était arrêté de manger. Les révélations d'Ecleïes lui avaient définitivement coupé l'appétit.

— Allons, c'est impossible ! s'exclama Oros avec désinvolture. Comment de tels monstres circuleraient dans nos rues sans jamais avoir attiré l'attention ?

— Vous souvenez-vous de ceux que l'on nomme les « Masques Blancs » ? demanda leur compagnon.

Cette évocation glaça le sang d'Helya. Depuis la nuit de son enlèvement, ses cauchemars d'enfant avaient été hantés par ces êtres aux visages sans vie, dont les seules voix n'avaient jamais été rien d'autre que d'inintelligibles et sinistres chuchotis.

— Pourquoi nos Gouverneurs tolèrent-ils une telle abomination ? se lamenta-t-elle, consternée. Même si je ne porte pas Phonkerf au plus profond de mon cœur, il n'en est pas moins toujours resté un homme juste et droit. Jamais il n'accepterait sciemment que ces créatures puissent s'en prendre à ses citoyens !

Ecleïes, la mine sombre, se contenta de tirer amèrement sur sa bouffarde. Son silence était aussi sobre que significatif.

— Helya, intervint alors Oriance, le pacte scellé entre les Trois Cités et Doldometh existait bien avant votre naissance et la mienne. Votre père l'a accepté et subi comme ses prédécesseurs avant lui. Il est resté notre seul gage de survie face à la tyrannie de Kryom.

— La survie dont vous parlez, je la connais depuis longtemps, observa-t-elle avec aigreur. Et si j'ai décidé de quitter la cage dorée dans laquelle on m'avait enfermée, ce n'est certainement pas pour me retrouver dans une autre.

— Mes amis, tempéra Nisis, croyez-moi, nous sommes tous ici pour que les choses changent. Et elles vont changer au nom de toutes celles et ceux qui croient en un nouvel ordre, en de nouveaux lendemains. Il y a plus de gens que vous ne supposez qui se réunissent peu à peu sous notre bannière, et même si vous ignorez encore tout d'elle, la Guilde du Second Souffle sera à vos côtés.

— La Guilde du Second Souffle ? répéta Helya, incrédule.

— Notre indispensable bouffée d'oxygène, fit Oriance avec humour. Elle a été fondée voilà des années par Ecleïes. Elle compte aujourd'hui parmi elle de nombreux citoyens prêts à se battre pour gagner leur liberté. Ils sont notre force et notre résistance.

Helya se retourna vers Ecleïes et le dévisagea avec stupeur.

— Vous êtes donc le chef spirituel de cette Guilde ?

— Les dés sont jetés, désormais, déclara ce dernier en se levant pour les rejoindre. L'histoire est en marche depuis l'instant même de vos retrouvailles, Sisam et vous. Bientôt, vous deviendrez ensemble l'étincelle qui mettra le feu aux poudres dans toutes les Cités.

Helya se rembrunit et se leva à son tour pour faire quelques pas vers les jardins. Tout ici était si calme qu'elle avait du mal à concevoir l'effrayante réalité qui se profilait aujourd'hui sur sa vie.

— Vous parlez de révolution et de guerre. Mais je n'ai pas fait tout ce chemin pour me brûler à nouveau…

— Cela n'arrivera pas, soutint Nisis. Je saurai très vite par mon frère où a été amené Sisam. Alors, je vous promets de le ramener.

Helya lut une profonde sincérité dans le regard de Nisis. Sans doute comprenait-elle mieux que quiconque sa détresse pour l'avoir maintes fois vécue aux côtés de sa propre Âme-Sœur. Elle lui adressa un sourire empreint de gratitude, puis alla contempler la lumière diffuse de la lune filtrant par la lucarne ovale ouverte sur le ciel étoilé, plusieurs mètres au-dessus d'elle. Oriance la rejoignit et, voyant les larmes perler au coin de ses yeux, la prit doucement dans ses bras.

Chapitre 33

À l'aube, Sisam fut conduit avec d'autres nouveaux détenus dans la prison d'Arkopolis. Bâti sur plusieurs étages et clôturé de toutes parts, le sinistre monument, qui couvrait un tiers de l'acropole, exhibait ses hauts murs de pierre calcaire à peine équarrie, surveillés par une dizaine de vigies dont les échauguettes quadrangulaires saillaient à chaque niveau. Avec sa structure carrée empilant les étages les uns en travers des autres comme de gigantesques dalles, des plus volumineux à la base jusqu'aux plus étroits sur ses sommets, la Prison avait des allures de vrille grise broyeuse d'espoir. Les quelques fenêtres du bâtiment, suspendues plusieurs mètres au-dessus du sol, ressemblaient davantage à des meurtrières où ne filtraient que de rares rayons de soleil. Des coulées de rouille anthracite souillaient les murs sous les toitures renforcées d'acier, et il régnait partout une odeur rance de sueur mêlée à celle de viande avariée.

Depuis l'étroite allée dans laquelle il piétinait en compagnie de plusieurs dizaines d'autres prisonniers, Sisam entendait les clameurs et les bousculades qui s'élevaient des étages. Jamais il n'aurait imaginé pareil endroit au sein des Cités, malgré la triste réputation de la Prison.

— Allez, on avance ! s'écria un gardien au ventre gras et au visage dévoré par les stigmates d'une vieille lèpre. Il y aura de la place pour tout le monde ! On se dépêche, bande de racailles !

Ils approchaient des grandes portes du pénitencier. Leurs grilles si étroitement entrecroisées n'auraient même pas permis à un oiseau de traverser. À croire que l'on n'enfermait ici que des meurtriers et des déments de la pire espèce. Sisam ne se sentait appartenir à aucune sorte d'êtres dégénérés, et c'était là malgré tout qu'on allait l'emprisonner. Comment sa vie avait-elle pu ainsi basculer ? Ecleïes aurait-il dit la vérité sur l'existence et la répression des Âmes-Sœurs ? Non, il ne pouvait l'accepter !

Emprisonnée dans une cage de métal devant l'entrée, une créature au corps de serpent des mers et au buste de femme à la sensualité venimeuse attisait la curiosité des hommes. Dans la cohue, Sisam entendit prononcer le nom de « Misandre ». Un mot qu'il n'avait jamais entendu de sa vie. La créature lançait des regards noirs de haine et sifflait comme une vipère entre ses dents pointues. Ses yeux mauvais croisèrent un instant ceux de Sisam, et la Misandre étira son bras entre les barreaux de sa cage, et tendit ses doigts crochus vers lui comme pour le griffer. Surpris, Sisam fit un bond en arrière, mais le gardien le saisit fermement :

— On garde les rangs ! cracha-t-il. À moins que l'un de vous n'ait envie de gagner une soirée en tête-à-tête avec cette charmante dame !

Les rares moqueurs se turent aussitôt. Retrouvant son calme, Sisam se demanda d'où pouvait bien venir cette effrayante créature. Le continent d'Oesion devait regorger d'êtres infâmes, mais il ne pouvait imaginer que des citoyens aient eu un jour la folie d'aller à leur rencontre. D'ailleurs, comment auraient-ils pu en revenir vivants ?

La lumière se voila quand les prisonniers pénétrèrent dans l'antichambre du pénitencier. Si les lieux n'étaient pas aussi bruyants et sordides, on aurait pu se croire sur le seuil d'un sanctuaire : les murs pavés de larges pierres étaient élevés et les sons retentissants. Sisam éprouva l'horrible sensation d'entrer en enfer.

Hacton, qui avait accompagné le cortège, s'avança vers lui et le prit brièvement à partie.

— J'espère que l'endroit te plaît, glissa-t-il avec une légèreté calculée. Considère-le comme ta seconde résidence. Je te promets un séjour inoubliable, tu verras…

Puis il s'éloigna, laissant derrière lui un parfum entêtant de rose, dont les douces effluves juraient avec l'atmosphère pestilentielle des alentours. Sisam le regarda partir presque à regret, tant la peur s'insinuait dans chaque parcelle de son esprit. Le Gouverneur d'Arkopolis ne valait pas mieux que ces gardiens auxquels il venait d'être confié, mais c'était un visage familier.

Passé le vaste porche aux fausses allures de cathédrale, les murs se faisaient plus étroits et étouffants. Les gardiens y étaient nombreux, vêtus de tuniques de cuir sombre et armés de courts bâtons. Certains portaient une épée au flanc, pour mieux dissuader les plus téméraires. Il y avait tant de galeries filant ça et là vers d'obscures destinations qu'on se serait cru dans un immense et tortueux labyrinthe, où les âmes semblaient s'être maintes fois brisées comme sur les récifs du malheur.

Les gardiens menèrent Sisam et les autres détenus à un large comptoir qui tenait lieu de vestiaire. On les dépouilla de leurs vêtements. Sisam hérita d'une vieille tunique rapiécée et de courtes braies trouées par les mites. Reconduit pieds nus dans la rangée des autres prisonniers tout aussi désemparés, ils entrèrent ensuite dans une pièce où brûlait l'âtre d'une forge. Une odeur malsaine, étrangère à celle des autres lieux, piquait les narines. Des chaînes, des cadenas et tout un arsenal d'ustensiles métalliques étaient suspendus aux murs que l'huile de graissage avait rendus brillants sous l'éclat rougeoyant des flammes. En apercevant Sisam, un gros homme au faciès aviné l'apostropha de sa voix de rogomme.

— Pressé de passer par son ami le tanneur, fiston ? Parfait, tu seras le premier de la nouvelle fournée. Allez, viens par là !

L'individu s'empara d'un des bras de Sisam et l'entraîna sur le rebord d'un établi. La chaleur qui régnait là était suffocante.

— Mais qu'est-ce que vous faites ? s'exclama-t-il, effrayé.

Le geôlier hideux esquissa un petit sourire.

— J'ai juste besoin de ta signature, petit.

Puis, sans lui laisser le temps de réagir, il lui saisit fermement la main gauche et en pressa la paume sur une plaque chauffée à blanc. Il y eut un chuintement suivi d'une fumée âcre, et Sisam hurla de douleur, comme si plusieurs flèches transperçaient sa main. Son tortionnaire le lâcha et Sisam s'écroula. Tremblant de tout son corps, il regarda sa main, hébété. Sur sa paume mutilée figurait la marque brûlante d'une fleur de rose.

— Au suivant ! brailla le geôlier obèse. Pressons, on n'a pas toute la journée !

Terrorisé et fiévreux, Sisam fut emmené sans ménagement vers de hauts escaliers aux marches érodées par d'innombrables piétinements. Les détenus semblaient répartis dans plusieurs sortes de cellules dépourvues de fenêtres, seulement éclairées par la lumière vacillante de quelques torches murales. Les hommes y étaient séparés des femmes et des enfants. L'affliction et le désarroi étaient ici si oppressants que des lames effilées semblaient traverser les barreaux et les cœurs.

Mais là n'était pas encore sa place. Il traversa une coursive donnant sur une longue et étroite promenade à ciel ouvert, avant d'aboutir sur l'étage supérieur de la Prison. La plupart des autres détenus avaient été répartis dans les étages inférieurs. Sisam restait le dernier. Le gardien le força à avancer dans le couloir des cellules cernées de barreaux, au travers desquels plusieurs paires d'yeux l'observaient. Un vieillard agonisant gisait dans l'une d'entre elles, et exhala un faible gémissement à son passage, comme pour implorer son aide. Le jeune homme osa à peine regarder autour de lui et se contenta de suivre les indications du gardien, qui déverrouilla bientôt la porte d'une petite cellule dans laquelle il l'enferma.

Sa main le faisait souffrir. Sisam essuya la sueur de son front et observa les geôles alentours. Plus personne ne lui prêtait la moindre attention. Il n'était ni le premier, ni le dernier que ces hommes et ces femmes aux visages ternis par le désespoir avaient vu entrer ici. Chacun semblait muré dans ses propres tourments, éprouvant en silence son malheur, sa souffrance ou sa colère.

Il s'effondra sur la paillasse qui faisait office de lit. Le reste du mobilier ne valait guère mieux : une chaise, une petite table bancale, quelques étagères et un urinoir envahi de mouches. Sisam entendit s'approcher les gardiens. Derrière ses barreaux crasseux, il les vit traîner avec eux un prisonnier à l'imposante carrure. L'homme paraissait complètement saoul, incapable de marcher sans leur soutien. Soucieux de ne pas se faire remarquer, Sisam se recroquevilla sur sa couche. Les gardiens passèrent devant lui et ouvrirent la porte d'une cellule mitoyenne où ils jetèrent le prisonnier.

Un vieil homme occupant la cellule face à celle de Sisam, s'approcha des barreaux.

— C'était un dur à cuire, confia l'inconnu avec morosité. Pour sûr, personne n'avait envie de se frotter à lui quand on l'a amené ici. Mais... bah ! Aujourd'hui, ce pauvre type ne jure plus que par le *froog*.

— Le *froog* ? s'étonna Sisam. Qu'est-ce que c'est ?

— Une drogue de malheur, fabrication maison, que lui donnent chaque jour les matons. En échange, il nettoie les latrines et décrasse les conduits d'aération.

Sisam jeta un regard sur la cellule voisine et considéra un instant cet homme au corps puissant. Viril, la peau mate comme balayée par le sel de mer, c'était un colosse d'une centaine de kilos bâtis dans le muscle, dont les cheveux châtains ondulaient sous une épaisse couche de poussière et de terre mêlés.

— J'ai du mal à imaginer qu'une telle force de la nature puisse accepter d'être traité de la sorte, avoua-t-il finalement.

— On voit bien que tu es nouveau, petit. Tu ne sais pas ce qu'ils sont capables de faire pour briser quelqu'un. Le gars que tu vois là est devenu si inoffensif qu'ils s'en sont fait une sorte d'animal domestique... Ni plus ni moins !

— Comment s'appelle-t-il ?

Le prisonnier volubile se gratta la barbe d'un ongle jaune.

— Maâlias, je crois. Et toi, tu as un nom, gamin ?

— Sisam, répondit tristement celui-ci. Si tant est que ça ait encore une importance ici...

Pendant ce temps, la grande carcasse du dit Maâlias avait rampé jusqu'à sa couche et s'était étalée dessus avant de sombrer dans l'inconscience la plus noire. Sisam le regarda un moment, se demandant comment ce malheureux avait pu être réduit à un tel état d'abandon de soi. Ce *froog* était-il si efficace au point de faire de lui un esclave ? Maâlias se tourna sur le côté en soupirant comme un animal blessé, et Sisam voulut le réveiller pour parler avec lui.

Il commençait à le secouer à travers les barreaux qui séparaient leur cellule quand Hacton en personne vint à sa rencontre, accompagné d'un autre homme plus âgé dont il reconnut bientôt le visage.

— Sisam, déclara Hacton, je te présente Phonkerf, Gouverneur de Thrèce.

Le jeune homme se leva de sa couche et affronta le regard bleu clair du Gouverneur, dont le visage creusé de cernes bruns témoignait d'une nuit sans sommeil. Les deux hommes s'observèrent un instant sans mot dire.

— Nous nous sommes déjà croisés au Palais d'Ostacle, lâcha finalement Sisam d'une voix neutre.

— Dis-toi bien que personne ici ne te veut du mal, mon garçon, reprit Hacton avec une sincérité affectée. Mais comme tu le sais, il se trouve que la fille du Gouverneur a gravement enfreint les lois des Cités, et qu'il est maintenant très inquiet à son sujet.

Cédant à son impatience, Phonkerf s'avança au plus près des barreaux et s'adressa directement à Sisam.

— Laissez-moi vous dire que je suis sincèrement désolé d'en arriver à de telles extrémités. Je vous promets de vous faire libérer sitôt que vous nous aurez confiés où et comment trouver Helya.

Sisam soupira.

— Gouverneur, quoi que vous en pensiez, je n'en ai aucune idée. Elle a simplement cherché à me revoir, et ce n'était certainement pas dans ses intentions d'éclabousser l'honneur de votre prestigieuse famille.

— L'honneur est en tous points étranger à ma requête, se défendit aussitôt Phonkerf. Vous ignorez les dangers qu'elle encourt en ayant voulu vous rejoindre. Les gens qui sont venus à votre secours cette nuit ne sont pas vos alliés, et ils causeront votre perte si vous décidez de leur faire confiance. Ils agissent pour leur propre cause et n'hésiteront pas à vous sacrifier pour elle. Croyez-moi, Helya doit revenir à Thrèce, parmi les siens. Alors, nous oublierons toute cette malheureuse histoire et vous serez libre.

Sisam tiqua sur le dernier mot du Gouverneur et tendit la paume brûlée de sa main.

— Libre ? Parce que vous vous imaginez que je me sentirai libre après *ça* ?

— Tout ce que je souhaite, assura-t-il sans broncher, c'est protéger ma fille.

— Mais ce n'est pas *votre* fille ! protesta violemment Sisam. Et tout Gouverneur que vous êtes, vous n'êtes pas son père ! Ses parents étaient comme ma propre famille, et je suis sûr qu'ils vivraient encore aujourd'hui si Helya ne leur avait pas été arrachée ! Mais c'est bien ce qu'il s'est passé ! Vous pensez qu'Helya est heureuse à Thrèce, mais avez-vous seulement essayé un jour d'écouter son cœur, et pas seulement le vôtre ?

Déconcerté par la colère soudaine du jeune prisonnier, Phonkerf recula et se détourna, le souffle court. Hacton intervint.

— Écoute-moi bien, mon garçon, le somma-t-il avec froideur. Je pense que tu n'as pas vraiment compris la gravité de ta situation et de celle de ta précieuse amie. Je vais donc me montrer plus clair avec toi. Si tu refuses de coopérer, les faveurs de mon confrère Gouverneur pourraient bien t'échapper, et cette Prison deviendrait alors ta seule et unique adresse. Je te conseille sérieusement d'y réfléchir avant que nous n'ayons à nous revoir.

Sur ces mots, il prit courtoisement Phonkerf par le bras et ils quittèrent les lieux, laissant Sisam à ses tourments.

Chapitre 34

Le jour se levait à Ostacle. À l'abri du Temple, Helya se réveilla de bonne heure. Le lit sur lequel elle avait dormi appartenait jadis aux hommes et femmes qui subvenaient à l'entretien et au culte du Temple. Les draps étaient rêches et le matelas si dur, que son dos la fit souffrir dès le lever. C'était son premier réveil depuis dix ans hors du Palais de Thrèce, loin de ses commodités et des serviteurs toujours affairés à satisfaire ses moindres exigences. Ici, point de miroirs, de fards à beauté, de douches à l'eau tiède ou de sorties de bains en coton. Mais là n'avaient jamais résidé à ses yeux les choses essentielles. Elle pensa alors à Sisam, à ces années passées dans des conditions similaires, et à cette nuit sans doute passée dans les geôles de la Prison d'Arkopolis. Elle espérait que rien de plus grave ne lui soit arrivé et se promit de le faire libérer au plus tôt, quoi qu'il lui en coûte.

Empruntant les courtes marches de pierres dépolies au sortir de sa chambrée, Helya trouva Ecleïes, un étage plus bas, dans sa cuisine débordante d'ustensiles divers, de conserves d'épices et de vieux couverts en terre cuite.

— Bonjour, Helya. Avez-vous bien dormi ?

— Oui, dit-elle. Je vous remercie pour votre hospitalité, et... pardon de m'être montrée un peu brutale envers vous hier.

— Ne vous excusez pas, répondit-il paisiblement en lui servant un bol de thé chaud. Votre réaction était justifiée. C'est moi qui m'excuse de n'avoir pas su être plus clair. Ça a toujours été l'un de mes nombreux défauts, en fait.

Helya esquissa un sourire et vint s'asseoir à la table où l'attendait son petit déjeuner. Ecleïes prit place à son tour, soufflant sur les volutes de fumée de son infusion au jasmin.

— Comment vous sentez-vous, aujourd'hui ? demanda-t-il.

— Difficile à dire, avoua-t-elle après avoir bu quelques gorgées et attrapé une miche de pain. Sisam me manque plus encore depuis que nous nous sommes retrouvés. J'ai l'impression que le temps avait terni son souvenir et endormi beaucoup de mes chagrins d'enfant...

— Vos racines sont toutes nouées autour du même arbre, apprécia son hôte en inclinant légèrement la tête.

— Oui, murmura-t-elle. Il est des souvenirs dont on ne veut jamais vraiment guérir…

Le vieux Conservateur lui sourit avec bienveillance. L'acuité de son regard était quelquefois si perçante qu'il devenait difficile d'affirmer son âge. À certains moments, on lui aurait donné plus d'une soixantaine d'années, et à d'autres, comme à cet instant, il en paraissait moins de cinquante. Même si de profonds sillons marquaient son visage, il n'en restait pas moins vigoureux. Pour Helya, cela avait quelque chose de rassurant, et elle se plut à penser que cet homme aux longs cheveux de jais piqués de fils blancs était peut-être plus jeune et robuste qu'on ne l'imaginait.

— Quelles sont les dernières images que vous avez gardées de vous et de Sisam ? l'interrogea-t-il finalement en reposant sa tasse sur la table.

Helya prit une profonde inspiration et, observant l'émail de son bol, essaya de laisser les souvenirs remonter à la surface. Mais en dépit de ses efforts, c'était le Sisam d'aujourd'hui qui s'imposait à sa mémoire.

— Balayez les parasites de votre raison, conseilla-t-il comme s'il avait deviné sa peine. Attachez-vous uniquement à votre ressenti et aux émotions qui vous lient à lui.

Déconcertée, Helya ferma les yeux, s'évertuant à se débarrasser des entraves rationnelles de son intellect. Il lui fallut quelques minutes pour faire le vide dans son esprit et redécouvrir la vérité nue de ses plus intimes pensées. Alors, des images apparurent, d'abord comme des lueurs furtives, puis, lentement, avec une plus grande clarté.

— Les fleurs des cerisiers étaient blanches, commença-t-elle. C'était un printemps précoce, après un rude hiver où mes parents et moi avions dû commander davantage de bûches pour nous chauffer. Le froid avait gelé l'eau de la fontaine et nous avions pris un piolet dans l'atelier de mon père pour briser la glace. Nous étions si heureux de retrouver la chaleur du soleil, Sisam et moi ! Nous allions pouvoir nous aventurer à nouveau dans les rues d'Ostacle et réinventer les jeux des années passées... Je me souviens de notre dernière journée ensemble... Nous avions inventé une comptine, que nous chantions souvent pour éloigner les mauvais esprits qui hantaient notre imaginaire. Nous foisonnions toujours de folles histoires ! C'était notre petit secret... Nous l'avions imaginée ensemble en observant au fil des nuits les couleurs de la lune, et ne l'avions dévoilée à personne, pas même à nos propres parents. Et puis, ce jour-là, près de la fontaine, nous avons accompagné la comptine d'un jeu avec nos mains... Quelque chose entre la danse et l'enchantement. Rien n'était réfléchi, les gestes nous venaient naturellement, comme si nous les avions répétés depuis toujours. Et puis une drôle de lumière a surgi du bout de nos doigts et a commencé à envelopper nos bras. C'était terriblement impressionnant, et pourtant, je ne ressentais aucune peur. Sisam me regardait avec une expression éblouie que je n'oublierai jamais... Puis j'ai senti mon propre corps devenir étrangement léger, et mes pensées... mes pensées n'étaient plus tout à fait les miennes. Il m'a fallu quelques instants pour comprendre que j'étais en train de partager celles de Sisam... ça n'a pas duré bien longtemps. Une troupe de soldats cachés derrière des masques ont jailli des ombres de la rue et m'ont aussitôt enlevée. L'harmonie de ce lien qui m'unissait à Sisam s'est si violemment rompue qu'il me semble bien m'être évanouie. Ces soldats n'avaient rien de commun avec tous ceux que j'avais vus auparavant. Je me souviens encore de leurs grognements aigres, des fleurs blanches qui maculaient le sol et tourbillonnaient sur leur passage...

Elle étouffa un sanglot et posa une main tremblante sur son front devenu pâle. Le souvenir de ces images qui la hantaient depuis tant d'années continuait à lui torturer le cœur.

— Excusez-moi, Ecleïes. Je ne suis pas aussi solide que je le voudrais...

Celui-ci s'inclina vers elle et prit son autre main dans la sienne, qui était à la fois rude et chaleureuse.

— Ne croyez pas cela, Helya, lui assura-t-il. Au contraire, c'est très courageux de votre part de reculer si profondément dans la mémoire de vos émotions. Nombreux sont ceux qui en sont incapables.

Elle rouvrit les yeux, et il hocha la tête avec conviction. Touchée, la jeune fille parvint à lui sourire et ravala ses larmes.

— Ces gestes dont vous avez parlé, souleva-t-il, seriez-vous capable de vous en rappeler aujourd'hui et de les reproduire ?

Cette question la surprit, mais l'expression paisible d'Ecleïes l'invitait à garder confiance. Elle se leva alors de sa chaise, ferma à nouveau les paupières et laissa sa mémoire voyager sur les flots les plus éloignés de sa jeune vie. Ce fut moins difficile que la première fois, elle ignora les faux indices afin de laisser affluer les émotions les plus reculées de sa conscience. Murmurant du bout des lèvres l'ancienne comptine, elle sentit bientôt ses bras et ses mains se mouvoir presque malgré elle, comme s'ils devenaient indépendants de sa volonté propre. Son corps tout entier retrouvait la mémoire de ces gestes d'autrefois, qu'elle effectuait maintenant avec une grâce surprenante sous les yeux d'Ecleïes, dont les traits s'étaient illuminés d'une intime ferveur.

En souriant, il se leva à son tour et vint doucement lui prendre les mains. Helya suspendit ses gestes et rouvrit alors les yeux, troublée.

— Cette danse, je la reconnais, lui confia-t-il d'une voix pleine de compassion. Elle vous est revenue naturellement, n'est-ce pas ?

— Oui, souffla-t-elle. C'est un sentiment bien étrange…

— Rien de plus normal. Rares sont celles et ceux de nos citoyens qui ont eu un jour la chance et la liberté de l'éprouver. Ces gestes sont le souvenir d'un rituel aussi vieux que le monde et enfoui sous la prétendue sagesse de notre fière civilisation. Il s'agit d'un rituel que l'on nomme le Djhil.

— Le Djhil ?

— C'est grâce à lui que deux Âmes-Sœurs, deux Ch'Ken, peuvent devenir Myrihande. Une lumière intense précède toujours la métamorphose qui réconcilie vos corps, et c'est précisément ce que Sisam et vous alliez accomplir ce terrible jour où les Meutes vous ont séparés.

— Vous voulez parler de ces hommes en longs manteaux dont le visage est toujours dissimulé sous un masque ?

— Non pas des hommes, mais des Félinides. De la même race que ceux qui vous recherchent aujourd'hui. Ils vous ont flairés dès l'instant où vous avez entamé le rituel du Djhil, et c'est pourquoi ils vous ont éloignée de Sisam à jamais... ou du moins jusqu'à ce jour.

— Mais ce n'était pas la première fois que Sisam et moi chantions cette comptine, objecta-t-elle, perplexe. Comment se fait-il qu'ils ne nous aient pas découverts plus tôt ?

— Cela, je l'ignore encore. Certaines Âmes-Sœurs ont développé un don particulier qui les rend indécelables aux sens des Félinides. Nisis et Oriance ont ce pouvoir. Avec le temps, elles ont appris à ne rien laisser filtrer de leur âme et à vivre dans la clandestinité. Mais Sisam et vous étiez bien trop jeunes pour en être capables, et vos jeux innocents ont sans doute fini par vous trahir.

À ces mots, le regard d'Ecleïes se voila. Il semblait inquiet, comme s'il percevait un obscur et lointain danger. Helya se rapprocha et le prit par l'épaule.

— Qu'y a-t-il ?

Ecleïes se reprit et posa une main un peu frêle dans la chevelure rousse de la jeune fille.

— Ce n'est rien, murmura-t-il. Rien de grave. Cela passera.

Farf pénétra dans la cuisine. Le dos courbé et une main douloureusement vissée sur la hanche, il affichait une mine bougonne.

— Bonjour à vous ! les salua-t-il en essayant d'y mettre un peu d'entrain. Veuillez m'excuser, mais j'espère que les règles de votre Temple sont moins rigides que vos couches !

L'arrivée de l'Anachrone sortit Ecleïes de son accablement et il l'accueillit alors avec allégresse.

— Mon ami, nos règles essentielles sont celles de l'hospitalité et du partage. J'espère que vous trouverez ici quelque idée pour oublier la planche de bois qui vous a servi de lit cette nuit ?

À la vue de la table garnie de victuailles, les yeux de Farf se réjouirent soudain.

— Je peux... ? demanda-t-il, intimidé.

— Servez-vous, je vous en prie. Il y en aura pour tout le monde.

Farf ne se le fit pas redire deux fois. S'installant

au bord de la table, il s'empara de plusieurs grosses miches de pain, d'une compote de fruits et d'une grande carafe d'eau fraîche.

— Cher Ecleïes, articula-t-il entre deux bouchées, continuez comme ça et je fais de vous le nouveau meilleur copain d'Oros !

Contemplant le visage de Farf aux joues gonflées d'une grosse ration de pain tartinée de beurre, Helya et Ecleïes échangèrent un sourire détendu.

Chapitre 35

Face au miroir finement sculpté qu'elle avait offert au Temple d'Ecleïes, Nisis renouait les tresses de ses cheveux. Elle avait versé l'eau d'une cruche dans le petit évier de pierre pour se rafraîchir le visage. Allongeant quelques timides rais de lumière au travers de la fenêtre, le matin drapait d'or les murs de la petite chambre. Nisis aurait souhaité mettre un peu de couleur sur ses lèvres et ses paupières, mais les fards et les onguents n'étaient pas l'apanage des lieux de culte. Par ailleurs, elle n'avait pas eu le temps de s'embarrasser de détails quand elle avait dû quitter le Palais à l'appel d'Ecleïes pour secourir Helya et ses amis.

Une fois encore, elle s'était retrouvée face à son frère Hemerod pour déjouer ses plans. Comme toujours, elle brandissait le bras de sa justice, et lui la loyale épée des Gouverneurs. Ces luttes incessantes perduraient depuis des années, sans jamais ébranler ses convictions. Néanmoins, la peur coulait aujourd'hui dans ses veines comme au premier jour de son affrontement avec Hemerod. À chaque fois, elle craignait qu'il la reconnaisse sous cette entité de Myrihande, même si ses traits se mêlaient à ceux d'Oriance. Plusieurs fois elle avait eu envie de lui révéler la vérité pour le convaincre de rejoindre les rangs de la révolution. Hélas, elle connaissait les damnées vertus de son frère qui faisaient de lui le meilleur Capitaine des Trois Cités et le pire ennemi de leur liberté. Il n'était pas homme à capituler, même pour l'amour d'une sœur, et elle devait assumer ce fardeau.

Lasse, elle effleura des doigts son visage tendu, et fut surprise de rencontrer ceux d'une autre main, à la peau douce et nacrée.

— L'aube est encore jeune, souffla Oriance derrière elle. Mais je te vois déjà bien apprêtée, que se passe-t-il ?

Nisis glissa sa main dans la sienne et baissa les yeux.

— De mauvais songes ont occupé ma nuit, fit-elle, soucieuse. Tu devrais prendre encore un peu de repos, notre soirée d'hier a été épuisante.

— Épuisante pour nous deux, c'est vrai. Et si tu n'étais pas aussi obstinée, tu prendrais aussi un peu de temps pour toi… et pour nous.

Nisis soupira. Elle releva la tête et affronta le regard d'Oriance dans le miroir. Leurs deux visages côte à côte avaient quelque chose de troublant. Ce n'était pas tant qu'ils se ressemblaient, mais il existait une mystérieuse harmonie entre eux ; comme si les traits de l'un trouvaient un prolongement naturel dans ceux de l'autre.

— Ma mère a fait arrêter Sisam, et j'imagine qu'elle ne lui fera pas de cadeau si elle veut lui arracher des aveux, dit-elle enfin.

— Que crois-tu qu'elle soit capable de lui faire ?

— Je préférerais ne pas lui laisser le temps d'y penser. Les autres Gouverneurs étaient encore présents hier soir, et elle ne se sera certainement pas permis de perdre la face devant eux. Les enjeux politiques sont énormes, et c'est bien tout ce qui compte pour elle.

— Tu la méprises donc à ce point ? considéra Oriance avec une pointe de tristesse.

Le visage de Nisis se durcit et elle se retourna vers sa compagne.

— Crois-tu qu'il me plaise de vivre comme une recluse, de t'abandonner durant de si longs jours ou de me contraindre à faire comme s'il n'existait rien entre nous aux yeux de ma famille et du reste des Cités ? Ma mère n'entend rien aux affaires de cœur. Le sien a cessé de battre dès le jour où elle a pu saisir les rênes d'Ostacle !

— Mais les choses étaient les mêmes depuis déjà longtemps, la tempéra calmement Oriance. Ne t'acharne pas à la haïr, cela ne servira pas plus nos intérêts que les siens.

— Et qu'est-ce qui pourrait bien servir nos intérêts ?

Surprise par l'agressivité de son Âme-Sœur, la jeune femme au regard émeraude eut un sursaut et la dévisagea un instant, désarmée.

— Ton amour, répondit-elle finalement. Ton amour pour moi.

Réalisant que la colère et la rancœur s'étaient emparées d'elle, Nisis regretta aussitôt ses paroles. Elle prit Oriance dans ses bras et la serra fort contre elle.

— Pardonne-moi, ce n'est pas à toi de supporter les violences qui me traversent. J'en veux tellement à ce monde qui nous oppresse ! Trop de douleurs bouillonnent au fond de mon ventre... Je ne le supporte plus.

— Je le sais, murmura Oriance, tu es ma part de fureur et moi celle de ta clémence. Toutes les fois où nos souffrances sont trop lourdes, nous avons le pouvoir de les guérir, ne l'oublie pas. Deux Âmes-Sœurs à l'insu du monde...

— Comment pourrais-je l'oublier ? fit-elle en la libérant doucement de son étreinte. Ce serait me perdre moi-même dans l'oubli et la désespérance. Jamais je ne t'abandonnerai, et jamais je ne laisserai quelqu'un se mettre en travers de nous, fût-ce mon propre frère.

— Et c'est pour cela qu'il faut que tu partes ?

— Oui. Pour nous et pour nos amis. Ces jeunes gens qu'Ecleïes nous a amenés pourraient bien être ceux que nous attendions. Il faut que je m'en assure et que j'apprenne auprès d'Hemerod où retrouver Sisam.

— Alors, va, abdiqua Oriance en l'encourageant d'un sourire. Mais au nom de tous les nôtres, prends garde à toi.

— Ton seul nom me suffira, promit-elle en lui rendant son sourire.

Puis elle enfila un ample manteau sur sa robe de velours et quitta la chambre d'un pas empressé.

Plus tard dans la mâtinée, Nisis se présenta devant les portes du Palais d'Ostacle. Deux gardes de faction l'accueillirent cordialement et la délestèrent de son cheval, qu'ils conduisirent vers les écuries. Le cœur battant, elle grimpa les marches du Palais et traversa à grandes enjambées la Salle des Glaces, aux murs ornés de grands miroirs cerclés de marbre et de cuivre. Une idée de sa mère, qui avait un jour décidé de faire recouvrir les anciennes peintures léguées par ses aïeux. Elle les jugeait trop abîmées, archaïques, indignes du Palais. Nisis avait aimé cet endroit avant que sa mère ne le transforme en ce monticule outrancier de narcissisme. Ne subsistait de la vieille époque que les mosaïques bigarrées des pavés et les plafonds recouverts de motifs illustrant de magnifiques élytres de scarabée, symboles de sagesse et de prospérité selon la tradition Ostallane.

Elle atteignit les appartements privés situés à l'étage et pénétra dans les quartiers d'Hemerod. L'écho de sa voix lui parvint de derrière la porte, mêlé à celle d'une autre personne. Ils riaient. Ce n'était certainement pas le moment de le déranger, mais Nisis n'avait pas le cœur à attendre un jour plus propice. Elle toqua à la porte.

— Hemerod ? dit-elle.

Pour réponse, elle n'eut que le tintement de verres et de nouveaux éclats de rire. Ils trinquaient.

— Hemerod, m'entends-tu ? insista-t-elle. J'ai à parler avec toi et ça ne peut attendre.

Face à l'absence de réaction, elle ouvrit la porte.

Assis au bord d'un lit en charmante compagnie, son frère se retourna, une coupe de vin suspendue à ses lèvres. La jeune femme sursauta et faillit renverser le contenu de sa propre coupe sur la courtepointe de laine. Malgré les bonnes raisons qu'Hemerod aurait pu trouver pour s'indigner d'une telle intrusion, le bref échange de regard avec sa sœur lui ôta toute velléité de commentaires.

— Voulez-vous bien nous laisser, Mademoiselle ? s'excusa-t-il. Je pense que ma sœur et moi avons à parler.

Renfrognée, la jeune femme attrapa sa cape de velours, jeta un œil courroucé sur Nisis et quitta la chambre. Une fois seul, Hemerod posa son verre sur l'accoudoir du lit et passa une main nerveuse dans ses cheveux bruns.

— Ma chère sœur, je te serais reconnaissant de bien vouloir m'avertir au préalable avant de te précipiter sans façon dans mes appartements. Comme tu as pu le constater, il m'arrive également d'avoir une vie privée.

— Je serai aussi prévenante et complaisante qu'il est possible de l'être quand tu apprendras enfin à te montrer le cœur noble ! s'écria-t-elle. Je sais *tout* de la chasse que tu as donnée toi et tes hommes à Helya.

Il sourcilla et, cherchant manifestement une distraction plus attrayante, se rabattit sur un petit plat en céramique à l'intérieur duquel il piqua quelques dattes.

— Alors tu sais qu'elle nous a échappés, conclut-il en mordillant l'une d'elles.

— Je sais surtout que vous n'avez pas hésité à investir la maison d'un honnête citoyen qui l'hébergeait, et à le faire prisonnier à sa place ! Est-ce vraiment là le sens que tu donnes à ta loyauté envers les Cités, très cher frère ?

— Qu'est-ce qui peut bien te laisser croire que ce citoyen dont tu parles pouvait être sans reproches ? argua-t-il. On trouve à Ostacle bien plus de sympathisants aux hors-la-loi que tu ne le penses. Figure-toi que je ne suis pas arrivé jusqu'à lui par le simple fruit du hasard.

— Ça, je m'en doute, grogna-t-elle. J'imagine qu'il t'a fallu rendre visite à quelqu'un de bien placé en matière de Ch'Ken. Quelqu'un d'aisément influençable, vu la situation.

Hemerod se redressa et fit quelques pas impatients

dans la pièce, sa coupe de vin à la main. Il avait gardé ses épaisses bottes de cuir de cavalier, et le parquet en bois de châtaignier craqua légèrement sous la pression de ses talons.

— Je n'ai rien fait d'autre que mon devoir, soutint-il. Les Archives existent aussi pour nous prémunir des moindres périls et faciliter les enquêtes les plus délicates. Santoriès m'a accordé son aide car il a compris l'intérêt crucial de ma démarche. Pour moi, c'est là l'essentiel. Nous mettrons bientôt la main sur Helya, et ce jeune citoyen sera rendu à la liberté.

— De mieux en mieux, fit-elle, consternée. Voilà donc ta justification : une monnaie d'échange ? Vous gardez ce citoyen captif jusqu'à ce qu'elle se sente suffisamment coupable pour se livrer à vous ? Je comprends maintenant le sens de ta belle stratégie. Te servir de la confiance et de l'amour de deux êtres pour les manipuler, voilà qui est formidablement héroïque, à n'en pas douter.

Hemerod lâcha brusquement son verre, qui se fracassa sur le sol.

— Ne t'amuse pas à ce jeu-là avec moi ! Il est facile d'avoir de fiers idéaux lorsqu'on n'assume aucune responsabilité ! Je suis le Capitaine de cette Cité, et que cela te plaise ou non, je dois veiller sur sa sécurité. Quand seras-tu enfin capable de l'entendre ?

Loin de baisser les yeux face au regard inflexible de son frère, Nisis s'avança plus près de lui et saisit ses bras aux muscles tendus comme des flèches. Il recula, mais elle le tint fermement entre ses mains. Puis, contre toute attente, elle posa son visage sur la poitrine galbée de celui-ci et ferma un instant les yeux.

— J'entends une chose en toi, Hemerod, répondit-elle enfin. La discorde. Elle cogne si fort depuis si longtemps… Je sais que tu es loin d'approuver tous les agissements de notre mère. Je t'ai toujours connu comme un soldat du peuple. Il te respecte plus qu'il ne l'a jamais respectée elle, car il sait ta vaillance et ta droiture. De toute l'aristocratie d'Ostacle, tu es le seul qui saches inspirer une vraie confiance dans le cœur de nos citoyens. Alors pourquoi t'acharner à suivre aveuglément les volontés de notre mère ? Il y a d'autres solutions.

La fureur d'Hemerod se dissipa. Ses poings se détendirent et il laissa glisser sa main sur le menton de Nisis.

— La discorde existe bel et bien, ma sœur. Mais elle est seulement entre toi et moi. Et je suis las d'avoir à me battre contre des murs.

— Il n'appartient qu'à toi de les franchir et de cesser simplement de vouloir les abattre.

Elle leva les yeux sur lui, attendant une réaction de sa part, mais Hemerod se contenta de regarder ailleurs.

— Le garçon que nous avons appréhendé n'est pas seulement un ami de la jeune Helya, confia-t-il enfin. Il est aussi son Ch'Kan.

Il s'interrompit un instant. Nisis l'observait sans

ciller, et il dut comprendre à son regard qu'elle ne s'en tiendrait certainement pas à des explications aussi sommaires.

— Helya et lui ont vécu dix ans côte à côte à Ostacle, sans jamais éveiller l'attention des Limiers, poursuivit-il. Les Archives étaient très claires à ce sujet, même si j'ignore comment une telle chose fut possible si longtemps. Ce garçon s'appelle Sisam, et pour l'instant, c'est le Gouverneur Hacton en personne qui l'a conduit à Arkopolis, au pénitencier des insoumis.

— La Prison d'Arkopolis ? dit-elle, effarée.

— Depuis hier au soir, sur ordre de notre mère.

— Par toutes les étoiles du Ciel, Hemerod, tu sais comme moi l'enfer que représente cette forteresse ! Les pires assassins s'y sont brisés l'âme et la raison ! Comment as-tu pu permettre une telle chose ?

Excédé, Hemerod se dégagea des bras de Nisis et récupérera sa cape abandonnée sur le lit, qu'il remit sur ses épaules en l'agrafant de sa broche en forme de feuille d'acanthe.

— Tu ne changeras donc jamais, ma sœur, soupira-t-il. Crois-tu vraiment que l'on m'ait demandé mon avis ?

— Plus personne ne réclame ton avis, puisqu'il semblerait que tu n'en aies aucun !

Lourde de colère, elle se dirigea vers la porte, puis se retourna vers lui. Son expression hésitait entre le dégoût et le chagrin.

— Il y a longtemps, lâcha-t-elle avec amertume, j'ai eu un frère merveilleux auquel je voulais ressembler…

Ne sachant que lui répondre, Hemerod avança vers elle une main indécise.

— Nisis, écoute-moi, souffla-t-il, embarrassé.

Elle tourna les talons et claqua la porte derrière elle.

Surgissant d'une porte secrète, Heguemandre, qui avait tout entendu de leurs échanges, s'approcha et posa ses longues mains d'ivoire sur les épaules de son fils.

— Mère, dit-il, surpris.

— Encore une escarmouche avec Nisis, n'est-ce pas ? feignit-elle de deviner. Ce ne sera ni la première, ni la dernière, hélas.

Hemerod baissa la tête et se massa le front avec embarras.

— Il en va de même pour bien d'autres choses, dit-il en se tournant vers elle. Regardez nos Cités. Malgré tous nos efforts depuis tant années, nos vies sont toujours plus soumises aux ordres de Doldometh. Aujourd'hui, c'est la fille du Gouverneur Phonkerf que nous devons soumettre. Jusqu'où irons-nous ainsi ?

— Hemerod, fit Heguemandre avec constance, tu connais Kryom et ses serviteurs. Tu sais aussi l'importance que représente pour eux la Règle des Flux.

Ils étaient là bien avant que toi et moi n'ayons accédé aux sièges du Palais, et les pères de nos pères avant eux. Or, si nous sommes encore libres d'aller et venir dans ces Cités, c'est grâce à notre exacte capacité aux compromis. Tu le disais toi-même, nous n'avons pas le choix. Et crois bien que si nous décidions de nous affranchir de la Règle imposée par Doldometh, nous serions anéantis sur-le-champ !

Hemerod resta silencieux, mais sa mère sentit qu'elle était parvenue à le ramener à la raison. Rassérénée, elle lui sourit et le prit un bref instant entre ses bras.

— Mon cher fils... Quelle régence pourrais-je assumer si tu n'étais pas à mes côtés ? Rien ne nous a été épargné, à toi comme à moi, depuis le jour de nos premières armes jusqu'à aujourd'hui. Ton père est parti trop tôt et trop vite... Mais Ostacle a confiance en toi. Et je tiens à ce que tu saches que son Gouverneur est également très fier de son Capitaine.

— Venant de vous, je ne saurais en douter.

— J'aurais cependant une dernière requête à te demander, souffla-t-elle à son oreille.

— Je vous écoute, Mère.

— L'attitude de ta sœur me préoccupe, fit-elle en caressant l'une de ses joues rugueuses. À dire vrai, je crains qu'elle ne tombe par mégarde entre de mauvaises mains... Aussi, et même si cela te paraîtra sans doute un peu anticipé, je souhaiterais, durant quelque temps, que tu la suives comme son ombre.

Hemerod fronça les sourcils.

— La soupçonneriez-vous de quelque chose ?

— Voyons, bien sûr que non, Hemerod. C'est ma fille, tout comme tu es mon fils, et je ne saurais mettre son honneur en doute. Il s'agit juste de la protéger d'elle-même. Elle me semble bien trop impliquée par ces histoires de Ch'Ken, et ces excès d'humeur commencent à m'inquiéter. Fais cela pour moi, je t'en prie.

Contrarié par l'étrange sollicitation de sa mère, Hemerod acquiesça. Elle déposa un sobre baiser sur son front avant de l'abandonner à ses méditations.

Chapitre 36

À Arkopolis, la première matinée carcérale de Sisam débuta par la « toilette ». Au son bovin d'un grand cor tonitruant, de puissants jets d'eau froide jaillirent des plafonds grillagés et s'écrasèrent sur chacun des prisonniers encore endormis. Stupéfait, Sisam ouvrit les yeux sur sa cellule noyée d'eau boueuse. Dans la cellule voisine, Maâlias n'avait pas été réveillé pour autant. À peine toussota-t-il, retournant sur lui sa couverture détrempée pour s'enrouler à l'intérieur. Seules les voix beuglardes des gardiens le réveillèrent et il se redressa avec peine, encore ruisselant d'eau. Maâlias remarqua alors la présence de son nouveau compagnon transi. Sisam ébaucha un sourire, mais l'autre l'ignora, ne lui adressant même pas un geste de salut.

— Encore une belle journée qui s'annonce, murmura-t-il simplement entre ses dents.

D'autres gardiens arrivaient près des cellules

et distribuaient des tuniques sèches et délavées en ordonnant aux prisonniers de les enfiler. Chacun obtempérait, contraint de se dénuder devant les gardiens. L'un d'eux s'amusa de l'hébétude de Sisam et donna un coup sec de son bâton sur les barreaux.

— Dépêche-toi ! hurla-t-il, péremptoire. Tu sécheras en route !

L'homme ne plaisantait pas. Sisam se débarrassa rapidement de ses vêtements trempés et enfila la tunique sale. Il chercha au sol une paire de chaussures, mais n'en trouva pas. Les gardiens s'esclaffèrent.

— Tu as peur de mouiller tes petits pieds de Ch'Kan ? ricana l'un d'eux. Tu n'auras pas besoin de te chausser, ici, à moins peut-être qu'on ait envie de te voir danser sur des braises ! Allez, au trot !

Le petit déjeuner – si tant est qu'on pût le nommer ainsi – était servi dans des soubassements humides, éclairés de quelques torches. En descendant les marches qui les y conduisaient, Sisam et ses compagnons d'infortune passèrent devant plusieurs étroites fenêtres par lesquelles ils purent un instant contempler le paysage de la Cité noyé de brumes matinales, avant de dépasser le niveau du sol et de pénétrer sous la roche, creusée de larges cavités sépulcrales. Dans la caverne souterraine où on les conduisit enfin, les prisonniers étaient répartis autour de petites tables taillées dans la pierre, où les plus anciens semblaient monopoliser les meilleures places.

Les gardiens les mirent en rang pour aller chercher leur pitance. Ceux qui rechignaient ou étaient trop faibles pour obéir immédiatement aux injonctions recevaient une volée de coups de pied dissuasifs. Dans les bols, on ne servait qu'un liquide semblable à de la purée jaunâtre à l'odeur indéfinissable, accompagné d'une tranche de pain rassis. Rien d'appétissant ni de bien consistant, mais Sisam allait devoir s'en contenter s'il ne voulait pas se laisser dépérir dans cet immonde bourbier. À tâtons, il trouva un coin pour s'asseoir et essayer d'avaler son maigre déjeuner. Non loin de lui, Maâlias mangeait sa ration, ses cheveux crasseux tombant par lourdes mèches à l'intérieur de son récipient. On aurait dit un animal, dépouillé de pensées et de sentiments, refermé sur lui-même comme si le monde autour n'existait pas. Son attention était accaparée par cette substance douteuse au fond de son bol, dont il finit par se lécher les doigts afin de n'en rien laisser. Un gardien les pressa de terminer leur repas, tandis que d'autres gardes arrivaient afin de les emmener ailleurs.

En descendant au plus bas des étages inférieurs de la Prison, ils parvinrent dans un immense atelier, creusé dans une gangue de pierre volcanique fourmillant de machines, de treuils, de rouages et de grands outils métalliques complexes.

— Qu'est-ce encore que cet endroit ? s'interrogea Sisam avec curiosité.

Personne ne lui répondit, mais il ne tarda pas

à comprendre ce que la Prison d'Arkopolis attendait d'eux. Les détenus payaient ici leurs dettes aux Cités en fabriquant les pièces qui permettraient de construire les voies et les édifices de demain. Sisam n'aurait jamais imaginé pareille concurrence, mais le Gouverneur d'Arkopolis semblait avoir le sens des affaires en s'allouant une main d'œuvre à si bon marché.

Il fut conduit avec Maâlias dans le compartiment de confection des grandes dalles. Sur chacune d'elles devait être gravé un serpent enroulé autour d'une rose, emblème ancestral de la Cité et de son Gouverneur actuel, Hacton. Le gros du travail consistait pour eux à récupérer les blocs de granit acheminés par d'autres prisonniers, et à les tailler selon les formes et dimensions requises. Les machines rudimentaires mises à leur disposition, faites de poulies, de chariots et de cordages, permettaient même aux plus néophytes de réaliser l'ouvrage sans difficultés.

S'emparant d'une masse et d'un ciseau à pierre, Sisam se mit au travail tout en se rapprochant discrètement de Maâlias :

— Je m'appelle Sisam, dit-il en lui tendant une main que celui-ci ignora. Hem… nous sommes voisins de cellule. Je ne suis arrivé qu'hier soir, mais la pierre, ça me connaît. Je peux t'être utile.

Maâlias avait retrouvé ses esprits, mais son intérêt était à peine éveillé par le nouveau venu.

— Tiens donc, ronchonna-t-il, cynique.

— Tu es Maâlias, n'est-ce pas ? tenta-t-il de poursuivre.

— Les nouvelles vont vite.

— Apparemment, tout le monde travaille pour la gloire, ici ?

— Finalement, il est moins idiot que je ne pensais, répliqua-t-il avant de saisir entre ses dents le manche d'une vieille boucharde.

Les blocs leur parvenaient par séries sur le bardage en roules de bois, et il avait besoin de ses deux mains pour les soulever et les encastrer dans les moules en acier.

— Qu'est-ce qui t'est arrivé pour te retrouver dans cet enfer ? demanda Sisam au bout de quelques secondes.

Maâlias le jaugea du regard un instant, s'essuyant le front déjà humide de transpiration.

— On s'est déjà croisés quelque part, tous les deux, non ?

Interloqué, Sisam haussa les sourcils.

— Non, je ne pense pas.

— C'est bien ce que je me disais, ta tête ne me revient vraiment pas. Un conseil, puisque tu en voulais un : occupe-toi davantage de tes arrières que de la vie des autres Ch'Ken. J'ai autre chose à faire ici que de m'occuper des bleus !

Et il se remit aussitôt au travail, agacé par cet importun qui respirait son oxygène.

Malmené par cette première et désagréable prise

de contact, Sisam rejoignit un groupe de détenus rassemblés autour d'un autre tapis roulant en billes de bois, distribuant les pierres à tailler. L'habileté du jeune homme ne tarda pas à se faire remarquer et l'un des prisonniers, surpris de le voir si bien user de ses outils, lui adressa un coup de coude amical.

— Tu viens de la maçonnerie, pas vrai ? lui demanda-t-il.

— En quelque sorte, répondit Sisam.

— Évite de leur montrer que tu t'en sors trop facilement, l'avertit le prisonnier. Ils se feraient un malin plaisir de t'envoyer sur un autre atelier.

— C'est charmant. Tout comme cette manie de nous traiter de « Ch'Ken » à tout-va. Ça m'horripile.

L'autre l'attrapa par l'épaule. Un bandeau de fortune d'où suintaient quelques gouttes à la couleur douteuse masquait l'un de ses yeux. Ses rares cheveux noirs pendaient maigrement sur ses épaules trapues, et il était affublé d'une maigre barbe poivre et sel vieille de trois ou quatre jours.

— Dis-moi, pourquoi crois-tu que tu es ici ?

Le jeune homme ressentit un étrange tressaillement le long de son échine et feignit de s'intéresser davantage à son travail.

— Je ne suis pas sûr d'avoir envie de savoir, dit-il.

— Il n'y a pas à avoir honte d'être un Ch'Kan, petit. Car c'est ce que sous sommes tous, ici, dans cet antre de malheur ! Des moitiés d'âme, tranchées par le milieu ! Les Gouverneurs font la chasse à tous ceux qui désobéissent à la Règle des Flux, alors on nous envoie là pour expier nos fautes.

Sisam cilla. Face à son désarroi, le détenu s'avança et colla presque ses lèvres sur son oreille. Sisam sentait son haleine fétide. Il faillit reculer de dégoût.

— L'asservissement des Âmes-Sœurs, voilà de quoi il s'agit ! poursuivit-il avec des relents aigres dans la voix. Ça fait des siècles que les Cités dépensent nerf et sang pour les éloigner les unes des autres, de peur qu'un Myrihande puisse renaître un jour parmi eux. À travers elles, c'est Kryom qui contrôle les moindres déplacements de chaque citoyen, mais ce sont bien les Ch'Ken qui sont visés ! Le Gouverneur Hacton est d'ailleurs passé maître dans l'art de les traquer. Et tous ceux qui sont enfermés dans cette Prison sont de ces rebelles qui ont eu le cran de refuser l'ordre des choses. Sans parler des malheureux qui ont été purement éliminés.

— Vous voulez dire… assassinés ? souffla Sisam.

— Regarde un peu autour de toi ! fit l'autre, exaspéré. Et demande-toi comment tu as atterri dans cet enfer. Il serait temps que tu ouvres un peu les yeux, petit !

Abasourdi, Sisam interrompit son travail. Cette légende sur les Âmes-Sœurs dont Ecleïes lui avait parlé serait donc bien une réalité ? Une réalité que leurs Gouverneurs étaient prêts à étouffer de gré ou de force, envers et contre la liberté de leurs citoyens ? Sisam se massa les tempes, le cerveau en ébullition.

— Non, toute cette histoire n'est que mensonge ! fit-il, ébranlé. Je suis ici seulement parce que j'ai défié les Gouverneurs. C'est l'unique raison possible. Il n'y a jamais eu de Myrihandes ou de Ch'Ken et il n'y en aura jamais !

Le détenu ne répondit pas, un gardien l'avait repéré et lui assena brusquement plusieurs coups de fouet.

— Fais donc travailler tes bras et non ta salive ! lui ordonna-t-il.

Sisam se recroquevilla un peu, mais fut surpris par la main de Maâlias sur son épaule.

— Continue à hurler comme ça et tu iras servir de pâture à la Misandre. Bien qu'à y regarder de près, ce ne soit pas un sort moins enviable que le nôtre ici…

Stupéfait, Sisam voulut en savoir plus et le suivit sur d'autres machines destinées au façonnage des blasons.

— Tu veux parler de cette femme au corps de serpent devant l'entrée de la Prison ? s'enquit-il.

— Étonnante créature, pas vrai ? Mortelle, mais croquante à souhait.

— J'ignorais totalement que de tels êtres pouvaient exister.

— C'est un aveuglement très partagé, railla-t-il. Mais si on se donne la peine d'ouvrir les yeux, il y a bien d'autres choses encore à découvrir…

Sisam fronça les sourcils.

— Tu as connu l'Âpre-Monde ?

Maâlias jeta sur lui un regard obscur. La question semblait à la fois le surprendre et le déranger.

— Est-ce la raison pour laquelle on t'a enfermé ici ? poursuivit Sisam.

— Non, répondit-il, laconique.

Le jeune homme sentit bien qu'il devait éviter d'insister sur ce sujet visiblement délicat.

— Nous avons un vieux Temple à Ostacle, dit-il alors pour changer de sujet. On m'emploie depuis des années pour le restaurer, et ce n'est pas vraiment une sinécure. Dans le temps, l'endroit était dédié au culte des Myrihandes, et son Conservateur prétend même que certains de ces êtres y auraient été inhumés…

Maâlias haussa les épaules.

— Paix ait leur âme ! Que veux-tu que ça me fasse ?

— Toutes ces histoires… avança-t-il, hésitant. Tout le monde le sait, ce ne sont que des légendes, n'est-ce pas ?

— Et ce que pense tout ce beau monde est bien sûr incontestable ! persifla-t-il. C'est pourquoi il est vrai aussi que cette guillerette prison ne renferme que des assassins et des brigands de la pire espèce, malgré tout traités avec égards, si bien qu'on sent flotter un léger parfum de rose jusque dans les toilettes. Les roses de notre bien-aimé Hacton, si je ne me trompe ?

Sisam n'appréciait guère la façon avec laquelle celui-ci semblait se jouer de lui.

— Tu trouves peut-être tout ça comique ?

— Certainement pas autant que nos chers Gouverneurs. Mais leurs habiles manœuvres t'ont amené jusque dans notre petit paradis, et je suis certain que tu ne les verras plus jamais du même œil. Ici, dans cet atelier, il n'y a que des Ch'Ken, qui ont eu le malheur de rencontrer leur Âme-Sœur et de refuser de la quitter !

Le silence tomba entre les deux hommes, Sisam s'accorda quelques instants pour réfléchir. Malgré le bruit assourdissant des machines qui lui vrillait les tympans, quelques souvenirs refirent surface.

— Quand j'étais enfant, il y avait une petite fille qui était devenue ma meilleure amie. Un jour, alors que nous jouions dehors, une lumière est apparue du creux de nos mains. Elle a commencé à nous envelopper… C'était une sensation indescriptible, que je n'ai jamais éprouvée ensuite de toute ma vie. Et puis, plusieurs hommes portant d'horribles masques blancs sont arrivés… et ont pris mon amie.

— Des Félinides, le corrigea Maâlias. D'ignobles vermines sorties tout droit de tes pires cauchemars.

— *Félinides*, répéta songeusement Sisam. On m'a toujours dit que les seuls auteurs de tous ces enlèvements étaient les Khalibans.

— Ils sont en tous cas bien utiles aux Gouverneurs pour les justifier ! ricana Maâlias. Mais les Félinides, eux, ont un flair imparable pour ce qui est de dénicher les Ch'Ken. Ils vous ont probablement repérés au moment où ton amie et toi alliez vous réconcilier.

— Nous *réconcilier* ?

— C'est cela même : redevenir un tout, un entier. Y a-t-il encore un petit problème de vocabulaire qui dérange tes impressionnantes convictions ?

Déconcerté, Sisam dodelina de la tête et essaya de chasser le trouble qui s'emparait de lui en martelant l'un des blocs de granit.

— Je l'ai crue morte pendant des années. Et hier, elle… elle m'est revenue.

— Mal lui en a pris, comme tu as pu le constater, grogna Maâlias en tirant de ses deux bras sur la machine de marquage des dalles. En général, les retrouvailles de Ch'Ken sont assez mal perçues dans le coin. Ta tendre Moitié en a fait les frais. Et à ce que je vois, toi aussi.

Lorsqu'il releva le lourd instrument à bascule, un serpent enroulé autour d'une rose fumante apparut incrusté sur la dalle. À la vue de l'emblème, le visage de Maâlias se rembrunit.

— Moi, je ne risque plus de retrouver la mienne, murmura-t-il avant de poursuivre rageusement son labeur.

Chapitre 37

Dans son Palais de Thrèce, Phonkerf méditait sombrement. Debout devant l'une de ses grandes fenêtres donnant sur le panorama de la Cité en contrebas, il observait les citoyens, vaquant à leurs occupations quotidiennes, ignorants des graves événements qui se tramaient. Il aurait aimé profiter de cette même insouciance, mais la vie ne lui avait jamais guère donné le choix. Envers et contre toutes les intempéries de ces années de gouvernance, il avait assumé, commandé, concilié. Il avait ignoré la calomnie, combattu les injustices, résolu les périodes de crises les plus critiques. Pourtant, celle qu'il devait affronter aujourd'hui pesait plus que jamais sur son cœur et sa conscience.

Sa femme Syline le surprit dans ses pensées en le rejoignant dans la grande salle. Voyant l'inquiétude qui le rongeait, elle se glissa derrière lui et l'enlaça.

— Mon cher époux a peu touché à son assiette,

ce midi, observa-t-elle avec délicatesse. Faut-il que j'aille blâmer notre cuisinier pour une impardonnable faute de goût ?

Il fallut quelques secondes au Gouverneur pour échapper aux turpitudes de ses réflexions. Les mains de sa femme lui parurent glacées à travers sa toge de soie sauvage.

— Personne n'est à blâmer, déclara-t-il enfin. J'avais simplement peu d'appétit, c'est là le seul tort qu'on puisse lui faire.

— Tu te fais du souci pour notre petite Helya, n'est-ce pas ?

Phonkerf inspira profondément et hocha à peine la tête. Ses préoccupations le rongeaient en silence, mais il n'était pas homme à les partager de bonne grâce. Sa femme se pencha alors plus en avant et regarda par-dessus son épaule en souriant.

— Vois nos gens, dit-elle. Ils sont heureux et en paix depuis bien des années et ne demandent rien de mieux que de le rester encore le plus longtemps possible. Et pour que cela dure, nous devons respecter la Règle de Doldometh, pour nous comme pour Helya. Sois sans crainte, nous la reverrons bientôt, et tout rentrera rapidement dans l'ordre, tu verras.

Phonkerf prit les mains de sa femme, les retira de ses bras et fit quelques pas vers la balustrade.

— La paix et l'ordre… Les vertus essentielles de nos Cités, n'est-ce pas ?

— Bien sûr. En douterais-tu ?

— Non. Mais la vie de nos citoyens ne peut se restreindre à cela. Et toute cette affaire me rappelle de bien vieilles histoires, vois-tu... Il y a de cela huit siècles, nos ancêtres avaient choisi que chacune des Trois Cités incarnerait et défendrait sa propre vertu, afin que notre civilisation ne sombre jamais dans la folie, le drame ou la décadence.

— Mais de quoi parles-tu ?

— Je parle du Tome des Lois que mes pères m'ont légué, répondit-il en se tournant vers sa femme. Je vois bien que cela ne te dit rien. Et après tout, pourquoi devrait-il en être autrement ? Plus personne ne s'est attaché à en préserver les valeurs depuis longtemps. Nous sommes si sûrs de nous, de la justesse de nos idées...

— Pour le bien de tous, lui assura Syline. Et détrompe-toi, je connais ce Tome des Lois. Il est précieux pour la mémoire de nos Cités et restera toujours un modèle de sagesse, sans aucun doute. Mais les siècles ont passé depuis sa rédaction et notre monde a changé.

— Certes, il a changé. Il a même tellement changé que ces vertus que nous défendions jadis se sont lentement et irrémédiablement évanouies dans les abîmes de notre fière philosophie, sans que nous n'en prenions réellement conscience.

Syline le regarda avec circonspection.

— Mais... N'avons-nous pas toujours sauvegardé la paix entre nos Cités ainsi que l'avaient décidé nos aïeux ?

— La paix, est-ce là donc tout ? s'emporta-t-il brusquement. Cette paix dont tu parles ne devait pas se bâtir sur les cendres de la vertu que nous étions censés défendre ici : la liberté ! Cette liberté que nous nous sommes volée à nous-mêmes, avant de la prendre à tous nos citoyens ! Aujourd'hui, nous en sommes réduits à devoir courber l'échine face au pouvoir de Doldometh comme de vulgaires insectes, pis encore, à masquer les vérités qui nous dérangent et risqueraient de compromettre cette paix tellement inestimable ! Mais qu'adviendrait-il de nous si Kryom venait à apprendre que nous lui avons menti ?

— Il n'y a aucune raison qu'il l'apprenne, dit-elle avec confiance. Je pense que tu t'inquiètes inutilement et que tu devrais prendre un peu de repos. Cette nuit a été longue et très éprouvante.

— Syline, persista-t-il comme s'il ne l'avait pas écoutée, il sait déjà que cette Ch'Kan dont on lui a annoncé l'évasion est Helya, membre de l'aristocratie de Thrèce : notre propre fille.

Le masque paisible qu'elle avait façonné sur son visage tomba soudain et ses joues pâles s'empourprèrent d'une vive colère.

— Elle n'a jamais été *notre* fille ! riposta-t-elle avec véhémence. C'est toi qui as voulu prendre cette enfant, ce jour maudit où Ecleïes l'a déposée devant notre porte !

Phonkerf avait essuyé trop d'indignations et de tourments durant toutes ces dernières heures pour supporter l'insolence de sa femme. Furieux, il avança vers elle et, levant une main, finit par l'abattre sèchement sur un des piliers soutenant la balustrade.

— Tu aurais donc préféré qu'elle connaisse le même sort que tous les autres ? lui cracha-t-il au visage. Quels que soient ses torts, Ecleïes a toujours défendu avec honneur la cause des Ch'Ken ! Mais il est devenu si gênant pour Hacton et sa glorieuse Prison que le Haut Parlement l'a écarté de son rôle de conseiller. Et toi, tu le condamnerais pour nous avoir seulement confié le destin d'Helya ?

— Seulement ? rétorqua-t-elle. Ton amitié pour cet homme t'aveugle donc à ce point ? Ecleïes est devenu une menace pour nos Cités, et je ne serais pas surprise si ta chère Helya avait trouvé refuge auprès de lui.

Phonkerf soutint un moment le regard inflexible de sa femme. Il réalisa soudain qu'il ne s'était jamais rendu vraiment compte de la suffisance et du mépris qui l'animaient, habilement fardés derrière une force de caractère peu commune. Il en ressentit alors autant de peine que de pitié.

— Fort bien, lâcha-t-il, plein de ressentiment. Suppose que nos propres fils aient été de ces Ch'Ken que l'on déracine pour les envoyer n'importe où, dans une Cité ou bien plus loin, dans les abysses de Pan-Kaïa d'où nul n'est revenu ! Les aurais-tu laissés partir ?

— Ils sont *nos* enfants, la chair de notre chair !

répliqua-t-elle aussitôt, ses yeux noirs rivés dans les siens. Ils sont nés de mon ventre et de ta semence. Alors ne me donne pas à comparer ce qui ne l'est pas !

Lassé, Phonkerf la relâcha et s'éloigna un peu plus le long du balcon. Un silence tendu s'installa durant quelques secondes avant qu'il ne reprenne.

— Si Morlhed le Passeur met la main sur Helya, c'est non seulement notre fille qui périra, mais avec elle toute notre fragile indépendance. Sa confiance envers l'aristocratie va s'effondrer et nos dernières miettes de liberté avec elle. Ne vois-tu donc rien, Syline ? Le temps des Trois Cités arrive à son terme… si nous ne faisons rien.

Sa femme reprit un peu de sa contenance et réajusta ses habits froissés.

— Et que suggères-tu, face à Morlhed et ses armées de Félinides ? demanda-t-elle comme une bravade.

Phonkerf se détourna d'elle et s'accouda pesamment à la balustrade, son regard tourmenté perdu dans le ciel zébré de nuages.

— Un marché, lâcha-t-il, le cœur lourd.

Chapitre 38

Nisis chevauchait dans les rues d'Ostacle pour regagner le Temple. Le soleil déclinait lentement vers l'horizon cerné de nuages cotonneux, accablant encore de sa chaleur les habitants de la Cité, réfugiés dans leurs masures ou sous l'auvent des commerces. Prudente, la jeune femme interrompit sa course quelques centaines de mètres plus avant et inspecta brièvement les lieux. Descendant de son cheval, elle attacha les rênes aux rampes d'une échoppe, revêtit le long manteau à capuche d'Oriance et continua le reste du chemin à pied. Les rues du quartier étaient peu fréquentées, mais il restait toujours hasardeux pour un membre de la Guilde de s'y aventurer à découvert, a fortiori lorsqu'on faisait partie de la famille des Gouverneurs.

Transpirant à grosses gouttes sous son épais manteau, Nisis marchait tête baissée afin de ne pas risquer de croiser le regard d'un visage familier du Palais, mais elle aurait tout aussi bien pu faire le chemin les yeux fermés. Cette habitude était devenue si fréquente que ses pas la guidaient instinctivement, et il ne lui fallut que quelques minutes pour trouver le chemin du Temple, dont elle escalada rapidement l'escalier du porche.

Lorsqu'elle arriva dans les galeries de la Chambre Verte, tous ses compagnons étaient rassemblés autour d'Ecleïes, en pleine lecture d'un vieil ouvrage à la couverture défraîchie. Seule Oriance restait à l'écart, installée sur l'un des bancs de pierre face aux jardins. Son visage s'éclaira en voyant entrer son Âme-Sœur.

— Heureux de te revoir, s'exclama Ecleïes en l'apercevant. J'enseignais à nos amis quelques histoires oubliées d'un Tome des Lois que m'a jadis offert notre Gouverneur. Un livre riche d'enseignements, cela va sans dire.

— Je crains de devoir vous apporter de mauvaises nouvelles, annonça-t-elle sur-le-champ. Sisam est détenu dans la Prison d'Arkopolis. Les Gouverneurs ont apparemment décidé de se servir de lui comme monnaie d'échange.

— La Prison d'Arkopolis ? s'effraya Helya.

— Les misérables chiens ! jeta Ecleïes en refermant son ouvrage. As-tu pu en apprendre davantage ?

— Hélas non. J'éveille déjà suffisamment de suspicions chez ma mère, et je ne pouvais en demander plus à Hemerod sans risquer à ses yeux de me démasquer.

Helya se redressa alors et s'avança vers Nisis.

— Vous êtes déjà allée là-bas, n'est-ce pas ? Vous connaissez cet endroit ?

Nisis jeta un coup d'œil rapide sur Ecleïes puis sur Oriance, qui dut deviner ses pensées et hocha doucement la tête en signe d'assentiment.

— En effet, je le connais. Mon frère et moi avons dû plusieurs fois nous y rendre pour…

— Vous devez faire libérer Sisam ! la coupa-t-elle. Puisqu'Heguemandre est votre mère, vous n'avez qu'à lui demander une clémence exceptionnelle, ou bien… prétendre que sa tante est malade, et qu'elle a besoin de lui.

— Pardonnez-moi, Helya, mais j'ai peur que ce ne soit pas là une raison suffisante pour émouvoir les Gouverneurs.

— Eh bien trouvez autre chose ! Après tout, c'est vous, la stratège. Vous avez certainement plus l'habitude que moi de tous ces artifices !

Nisis essuya la remarque piquante de la jeune fille sans rien laisser paraître. Elle comprenait sa douleur d'autant qu'elle l'avait souvent connue elle-même quand ses obligations au Palais l'avaient éloignée d'Oriance.

— Helya, fit-elle pour atténuer ses craintes, je vous ai promis de vous aider et je le ferai, soyez-en sûre.

— Alors conduisez-moi à Arkopolis ! On l'a injustement fait prisonnier à ma place et c'est un véritable poison de m'y résigner ! Il n'a pas à payer pour moi des fautes qu'il n'a jamais commises ! S'il le faut, je trouverai moi-même un moyen de le sortir de ces murs.

Ecleïes réagit alors avec humeur aux paroles d'Helya.

— Ma jeune amie, la Prison d'Arkopolis est une forteresse bien gardée et totalement infranchissable. Je la connais mieux que personne et puis vous assurer que nul ici ne peut se prévaloir de sortir Sisam de son enceinte.

— Je ne le laisserai pas moisir dans ce sale trou puant ! se rebiffa tout à coup Oros.

Oriance se leva de son siège et s'approcha de ses camarades, la paume de ses mains tournées vers eux en signe d'apaisement.

— Nous savons tous combien ces lieux sont dangereux, dit-elle, et quelles sont nos chances de réussite face aux aides de camp de cette Cité. Mais je sais aussi la force de Sisam. Il ne se laissera pas briser par les barreaux de cette prison, aussi redoutable soit-elle. J'ai foi en ces jeunes gens, en leur devenir. Ils sont notre salut à tous. Aussi, et quelles que soient nos chances, nous les aiderons, Nisis et moi.

Farf bondit alors de sa chaise, montrant derechef sa détermination.

— Je dois veiller sur Helya, observa-t-il en croisant les bras. Et si elle part, ce sera avec moi ou pas du tout !

— Et qui donc veillera sur toi, l'ancien ? le taquina

Oros à ses côtés. Va pour l'aventure, je vous accompagne.

Nisis adressa un sourire reconnaissant à sa compagne. Elles avaient réussi à souder leur détermination à tous.

— Helya, reprit Ecleïes, vous l'ignorez sans doute, mais j'ai siégé autrefois au conseil du Haut Parlement. J'étais là bien avant que le Gouverneur Hacton ne prenne le pouvoir. Et il lui a fallu m'évincer du conseil pour transformer la Cité d'Arkopolis en ce funeste pénitencier.

— Cet homme s'est toujours montré bienveillant envers moi, se défendit vivement la jeune fille. C'est lui qui m'a donné le courage de m'enfuir du Palais pour rejoindre Sisam. C'est un honnête homme, et je sais qu'il m'écoutera.

— Helya, Hacton est une vipère. Un sombre manipulateur dont l'ambition est de débarrasser les Cités de ses dernières Âmes-Sœurs, dans le seul but de s'attirer les bonnes grâces de Doldometh. Aucun autre sentiment ne l'anime, soyez-en certaine. Votre évasion était surtout pour lui une occasion de raffermir son autorité et faire main basse sur le Haut Parlement. Si nous n'étions pas intervenus, ses précieuses recommandations vous auraient probablement conduite à la mort.

Perplexe, Helya réfléchit un instant et se tourna vers ses amis. Le petit regard affectueux de Farf acheva de la convaincre.

— Vous avez peut-être raison, dit-elle. Mais cela ne nous empêchera pas de tenter notre chance. Nous allons lui reprendre Sisam, qu'il le veuille ou non.

À contrecœur, Ecleïes se vit obligé de capituler.

— Très bien. Vous ne pourrez pas dire que je ne vous ai pas prévenus. Cette Cité est solidement gardée. Il nous faut donc trouver au plus vite un moyen de quitter Ostacle et entrer à Arkopolis dans la plus grande discrétion.

À ces mots, Oros s'avança fièrement.

— Ça, c'est dans mes cordes, assura-t-il avec un clin d'œil espiègle.

Chapitre 39

Dans les rues de la Cité, Hemerod et quelques hommes de sa garde avaient suivi Nisis sur le chemin du Temple. Cette tâche confiée par sa mère sous prétexte de « la protéger d'elle-même » ne lui plaisait guère, et face aux autres responsabilités qui lui incombaient, il avait bien failli passer outre les volontés d'Heguemandre. Pourtant, quand sa sœur camouflée sous un manteau abandonna sa monture devant l'abreuvoir d'une échoppe et continua son chemin vers le Temple, son intérêt et son inquiétude s'éveillèrent. Il la savait proche et fervente défenseur des Ch'Ken, mais pas au point de participer à quelque culte secret.

Alors qu'elle était entrée dans l'enceinte du monument au porche encombré d'échafaudages, Hemerod inspecta les alentours, avant de faire signe à ses hommes de le suivre.

Les grandes portes du Temple n'étant jamais

cadenassées, ils pénétrèrent à l'intérieur à pas de loup. Le soir tombait, et la pénombre enveloppait les lieux, dessinant de longues ombres sur le pavé et sur les murs ornés de diptyques où d'anciennes tapisseries honoraient la mémoire des Myrihandes. Sous le dôme de trèfle régnait le silence, que troublait à peine le cliquetis de leurs armures qui résonnaient par moments sous les hautes voûtes. Quatre gros cierges posés autour de l'autel apportaient la lumière nécessaire pour explorer rapidement le périmètre. Il n'y avait personne, et Hemerod leva la tête vers les deux volées d'escaliers qui couraient aux pieds de chaque mur transversal. Ils donnaient vraisemblablement sur des combles où Nisis avaient dû se rendre. Le Capitaine allait enjoindre ses hommes d'en prendre le chemin quand un claquement sec suivi de légers frottements métalliques attira son attention. Le bruit ne venait non pas du sommet des escaliers, mais du sol.

Se laissant guider par les grincements, il découvrit la large dalle d'où filtraient les lueurs de nombreuses torches.

— Une trappe, chuchota-t-il en voyant la pierre pivoter sur son axe. Il y a du monde là-dessous.

Il fit signe à sa troupe de s'écarter et de se poster tout autour du passage secret, derrière les colonnes soutenant la haute voûte du transept.

Quelques minutes plus tard, un individu de forte corpulence surgit de la trappe : Oros, suivi de près par ses amis. Il les aida à mettre pied à terre. Le regard du

Capitaine s'illumina en reconnaissant la silhouette d'Helya. La chance était ce soir de son côté. Parti malgré lui pour surveiller sa sœur, le sort remettait entre ses mains celle qu'il recherchait vraiment. Les choses allaient enfin pouvoir rentrer dans l'ordre.

D'un prompt mouvement de bras, Hemerod déplia ses hommes à travers l'allée. Surpris, Oros se dressa devant les soldats pour protéger Helya et ses compagnons. À ses côtés, Farf n'en menait pas large, mais il s'empara d'une des torches et en menaça les hommes en armure.

— Capitaine Hemerod ! s'exclama Ecleïes avec désappointement. Vous aimez décidément les jeux de piste. Rien ne vous arrête, pas même l'outrage aux lieux de culte.

Le regard sévère, Hemerod s'avança vers lui, mais une épée se dressa devant son visage et les mots moururent sur ses lèvres. Le bras qui tenait ce glaive appartenait à sa sœur Nisis.

— Un pas de plus, mon frère, et je ne jure plus de rien !

Les soldats braquèrent leurs armes sur Nisis, dont les yeux lançaient comme des salves meurtrières tout autour d'elle.

— Il serait sage de l'écouter, jugea Ecleïes. Je n'aimerais pas avoir à souiller les murs de notre Temple.

Helya regardait tour à tour Nisis et le Capitaine. Jamais elle n'aurait imaginé qu'elle pût ainsi prendre sa défense, au péril de sa vie et de celle de son frère. Elle regretta son agressivité envers elle.

— Ne versons pas de sang inutilement, dit finalement Hemerod avec mesure. Nous avons tout à perdre en choisissant de nous battre.

— Mais ce n'est pas la seule issue, Capitaine ! s'exclama Ecleïes en faisant un pas vers lui. Vous avez la chance d'avoir enfin démasqué le grand architecte de la Guilde, n'est-ce pas ? Celui-là même que vous rêviez un jour de tenir dans vos filets. Laissez donc partir mes amis en paix, et je m'en remettrai à vous.

— Cessez ce petit jeu avec moi ! Votre arrestation viendra à son heure. Pour l'instant, je vous ordonne à tous de vous écarter et de nous livrer Helya.

— Crois-tu vraiment être en position d'imposer tes ordres ? le provoqua sa sœur en appuyant la pointe de la lame effilée sur son cou.

— Je suis et je reste le Capitaine d'Ostacle. Ma sœur devrait savoir tout comme moi où sont sa place et son intérêt !

L'étau se resserrait autour des six compagnons captifs, quand d'étranges sons surprirent l'attroupement. Des hautes fenêtres du Temple leur parvenaient des crissements et des bruits sourds martelant le verre. En levant les yeux, Helya aperçut des ombres fugitives derrière les vitraux. L'une d'elles s'agrippa à un vitrail à l'aide de ses pieds crochus et écrasa son faciès contre les verres translucides. Des yeux jaunes aux pupilles étroites observèrent l'intérieur du Temple.

— Des Félinides, murmura sombrement Ecleïes.

En quelques instants, les vitraux du Temple éclatèrent, et une dizaine de ces effrayantes créatures, agiles comme de grands chats sauvages, sautèrent de mur en mur pour descendre jusqu'à eux. Il semblait que dans ces conditions exceptionnelles et compte tenu de l'endroit isolé du reste de la Cité, ils n'aient nul besoin de porter leur long accoutrement de Masques Blancs.

Par la grande porte, apparut la silhouette de Morlhed dont la haute et colossale stature traçait une ombre menaçante le long des pavés.

— Capitaine Hemerod, lança-t-il, soyez remercié d'avoir été notre guide !

Le visage de Nisis s'empourpra de rage.

— Tu as conduit ce monstre jusqu'à nous ? éclata-t-elle. Toi, mon frère ?

— Jamais ! assura-t-il avant de se retourner vers Morlhed. Monseigneur, j'exige de régler seul cette affaire. Nous étions sur le point de négocier.

— Cette affaire est désormais la mienne, trancha celui-ci en s'avançant dans le Temple.

Les regards de Nisis et d'Hemerod se croisèrent à nouveau.

— Tu m'as suivie jusqu'ici en secret pour satisfaire tes suspicions, et maintenant tu vas causer notre perte à tous ! l'accusa-t-elle, ivre de colère.

— Ma sœur, je t'en conjure, ne te mêle pas de ce qui va suivre. Je t'en prie, va t'en !

— Jusqu'au bout, tu n'auras donc rien compris, acheva-t-elle avec amertume.

Puis, faisant fi de ses supplications, elle abaissa son épée et se rapprocha d'Oriance. Alors, sous les yeux atterrés de son frère, elle plongea son regard dans celui de la jeune femme et entama le Djhil, rituel de la réconciliation.

Les deux Âmes-Sœurs déplièrent leurs bras l'une vers l'autre en une étrange valse faite de mouvements fluides et délicats, dont l'élégance et la virtuosité confinaient au merveilleux. La danse des gestes les recouvrit bientôt toutes deux d'une vive lumière presque palpable et, sous les feulements haineux des Félinides, apparut alors le Myrihande, son corps scintillant comme les rayons d'un soleil éternel.

Ecleïes, Farf et Oros firent alors front avec leur allié Myrihande pour défendre Helya des gardes de la Cité tout autant que des Félinides de Morlhed, que l'apparition lumineuse avait fait redoubler de férocité.

Déconcerté, Hemerod se tourna vers ses hommes :

— Saisissez-vous de la fille et de son acolyte ! Mais ne touchez pas au Myrihande, compris ? leur commanda-t-il avec virulence, dissimulant mal son désarroi.

Les soldats se lancèrent en avant aux côtés des Limiers du Passeur.

Alors commença la bataille.

En quelques terribles secondes, Farf, Oros et leur jeune protégée furent assaillis par les Meutes, qui se jetèrent sur eux en une série de bonds effarants.

Ecleïes se dressa seul face à Morlhed, et le Myrihande devant Hemerod, qui dégaina son épée après une brève hésitation. Helya, quant à elle, avait dû reculer jusque derrière les colonnes. Terrorisée par le déchaînement sauvage des Félinides, elle chercha autour d'elle une arme pour se défendre, et ne trouva qu'un vieux chandelier dont elle retira la bougie pour mettre à nu l'aiguillon de métal.

Sur les pavés du Temple, les morceaux de vitraux brisés commencèrent à frémir, faisant se retourner avec méfiance l'un des Félinides. Malgré sa grande habileté, il n'eut pas le temps d'éviter les pointes aiguisées qui fondirent soudainement sur lui et le transpercèrent de part en part, le clouant presque à la chaire de bois sur laquelle il venait de grimper. Ses sinistres acolytes grognèrent de haine et plusieurs d'entre eux encerclèrent alors le Myrihande qui, de ses mains lumineuses, recomposa les éclats de verre épars et, tel un mage sculpteur, les transforma en lances, flèches, pics et boucliers chatoyants. Farf aurait presque hurlé de joie d'avoir un allié aussi talentueux à ses côtés, mais les Limiers qui avançaient maintenant vers Oros et lui le ramenèrent à une réalité plus immédiate. Outre leurs crocs et leurs griffes, les Félinides disposaient d'une fine épée dont la lame était hérissée de dents de fer acérées.

— Qu'ils approchent encore ! gronda Oros sous sa barbe. Je vais leur en servir, moi, du ronron !

— Là, tu t'égares, haleta Farf en s'agrippant à son dos. Ce sont eux qui vont faire de nous de la pâtée pour chats !

Sentant le petit Anachrone peser sur ses omoplates, Oros allait protester mais l'un des horribles félins se servit de sa longue queue comme d'un lasso pour l'attraper par la gorge. Voyant son compagnon étouffer, Farf s'empara d'un glaive que tenait dans ses mains une antique statue, et oubliant la peur qui lui tenaillait le ventre, il se jeta sur la créature et lui sectionna la queue d'un seul coup de lame. Le Félinide tomba aussitôt de son perchoir en glapissant de douleur tandis qu'Oros, hoquetant et toussant, se débarrassait avec répugnance de la queue tranchée enroulée autour de son cou.

Plus loin, brandissant son épée, Hemerod tenait le Myrihande en joue. Malgré l'écho du combat qui prenait corps autour d'eux, leur attention restait fermement vissée l'un sur l'autre.

— La Guilde du Second Souffle pourrait bien perdre ce soir son inspirateur, lança le Capitaine sans cesser de pointer son épée vers l'être de lumière. Comment peux-tu avoir partie liée avec une poignée de renégats sans cervelle ?

— Nisis n'est qu'une part de ce que nous sommes,

petit Capitaine, exprima le Myrihande d'une voix troublante. Et en insultant le nom de la Guilde, c'est tout notre être que tu offenses. Écarte-toi de cette voie, ou les Cités s'écrouleront bientôt sur tes illusions.

Furieux, Hemerod attaqua le premier. Le Myrihande évita adroitement sa lame et composa du bout de ses doigts, à partir des éclats de vitraux, deux grands boucliers de verre assez solides pour résister aux coups d'épée d'Hemerod. Ses assauts ne semblaient pas inquiéter son adversaire au corps luminescent qui parait avec aisance ses estocades et le repoussait de temps en temps du plat de ses boucliers. Même si Hemerod avait conscience de sa vulnérabilité face au Myrihande, il n'en cessait pas moins le combat.

— Tes yeux te trahissent, soutint le Myrihande en plongeant son regard dans le sien. Tu sais la justice de notre quête, alors pourquoi t'y opposes-tu ?

Hemerod entendait dans cette voix surhumaine les intonations familières de sa sœur, mais il s'efforça de garder la tête froide en dépit du sang qui bouillonnait dans ses veines. Amorçant une botte savante, il traversa un pan du manteau lumineux du Myrihande et y resta accroché jusqu'à la garde. Leurs visages furent soudain si proches l'un de l'autre qu'ils sentirent chacun la chaleur de leur souffle.

— Cesse de te mentir à toi-même et écoute enfin ton cœur ! persista l'entité au visage rayonnant.

— Je ne renoncerai pas aux Cités pour le seul plaisir de voir triompher votre folie ! grogna Hemerod, les lèvres tremblantes de colère. Et je ne renoncerai pas davantage à ma sœur !

— Tu ignores tout des Âmes-Sœurs et de cette vie que nous avons choisie, Hemerod. L'harmonie de nos corps et de nos esprits est la clef de la victoire contre Kryom, et celle de notre liberté à tous !

Mais celui-ci ne voulut plus rien entendre. Extirpant son épée du manteau, il redoubla d'efforts dans le duel.

— Nisis, s'écria-t-il, *reviens-moi !*

La violence de ses coups fracassa l'un des boucliers de verre, et le Myrihande, surpris par la virulence de son attaque, redressa son autre bouclier et frappa Hemerod. Il décolla littéralement du sol et buta contre la pierre de l'autel, sur lequel il s'effondra, inconscient.

Depuis l'entrée du Temple, Morlhed avait déplié une grande hampe à double hache et s'approchait d'Ecleïes d'un pas menaçant. Son ombre démesurée s'étirait le long des pavés jusqu'à recouvrir entièrement la silhouette de ce dernier. Toutefois, et quoiqu'il ne fût même pas armé, Ecleïes ne céda pas un pouce de terrain. Il semblait qu'une rage indicible l'animait et lui donnait le courage de faire face à l'imposant Passeur des Trois Cités.

— Quelle offrande votre maître a-t-il bien pu vous faire pour oser vous battre au cœur sacré de notre Temple ? s'offensa-t-il.

Sous le grand casque de métal aux formes de félin qui dissimulait les deux tiers de son visage, Morlhed respirait bruyamment.

— Cela fait bien longtemps que ce vieux terrier à Ch'Ken aurait dû être rasé.

Ce disant, il assena un grand coup de son arme sur Ecleïes, qui l'évita de justesse en se jetant sur le côté. Mais son ennemi était rapide et fit tournoyer la hache dans ses mains pour l'en frapper à nouveau. Les lames tranchantes ne heurtèrent heureusement que le sol, qui se craquela à chacun de leurs terribles impacts. Acculé devant les barres des échafaudages, Ecleïes grimpa les escaliers qui menaient à la plateforme supérieure et, une fois là-haut, repéra les cordages qui arrimaient la structure au mur. Sans plus réfléchir, il les dénoua, pendant que Morlhed décrochait de son dos une lourde arbalète munie de flèches à trident. Il en décocha une première, qui le frôla dangereusement et transperça l'un des derniers vitraux encore intacts. Ecleïes s'agrippa alors aux rebords de la fenêtre et s'aida de ses pieds pour pousser le sommet de l'échafaudage, qui commença à tanguer.

Au-dessous, Morlhed chargeait déjà un nouveau trident dans son arbalète.

— Ces dérobades ridicules ne te sauveront pas, gronda-t-il. Ta trahison envers Doldometh aura été ta dernière erreur.

Rassemblant ses forces, Ecleïes appuya davantage sur les barres d'acier, et la haute construction finit par ployer avant de basculer. Surpris, le Passeur n'eut que le temps de s'accroupir pour se protéger du monticule de métal et de bois qui s'abattit brutalement sur lui. Toujours suspendu à la haute fenêtre, Ecleïes s'empara d'une dernière corde afin de retrouver la terre ferme. Mais avant qu'il n'eut rejoint le sol du Temple, Morlhed avait resurgi des décombres et braqué son arbalète vers lui.

Le trident fendit l'air. Il l'aurait mortellement touché si Ecleïes ne s'était protégé au dernier moment derrière une colonne dont la pierre éclata au contact du puissant projectile.

Morlhed se redressa, les débris et la poussière roulant sur son armure, et s'amusa alors de la tiédeur de son adversaire.

— Que sont devenus tes précieux pouvoirs de jadis ? le harcela-t-il en parodiant quelques gestes d'incantation. Serais-tu toujours resté aussi lâche et honteux de ce que tu es ?

Ecleïes releva la tête. Son front était en sang, mais n'affectait en rien le feu de son regard.

— Mon sort ne sera jamais pire que celui que tu t'es choisi, Passeur des Cités !

Plus loin, un Félinide parvint à approcher Helya en écartant violemment Oros de son chemin. S'armant de courage, elle esquiva ses griffes mais ses dents lacérèrent ses vêtements. Elle réussit à se dégager et s'enfuit s'abriter dans un recoin plus sombre du Temple.

Hésitante, elle avança dans la pénombre, se servant de ses mains pour se familiariser avec les lieux. Des toiles d'araignée lui barrèrent la route et elle étouffa un cri, agitant les bras pour s'en débarrasser. Ces endroits laissés à l'abandon empestaient la fiente d'oiseau et la moisissure, mais il lui fallait continuer à avancer en ignorant ce remugle et les déchets alentours. Son cœur battait à tout rompre dans sa poitrine, tandis que la bataille faisait toujours rage.

À force de tâtonnements, elle découvrit une faille dans le mur et s'y faufila alors que le Félinide, sur ses talons, se jeta sur elle. Elle l'esquiva de justesse en se jetant en arrière, mais elle chuta dans un escalier. Elle aperçut tout près d'elle une dague plantée dans un vieux morceau de pomme. Elle retira le bout de fruit séché et eut juste le temps de pointer la lame vers son horrible adversaire qui se ruait sur elle toutes griffes dehors. La dague s'enfonça dans la poitrine de la créature, qui tomba sur elle raide morte dans un horrible miaulement. Ses griffes s'étaient à peine accrochées au tissu de sa robe, mais le Félinide inanimé sur son propre corps lui donna la nausée. Prise de panique, elle se débattit et arracha les manches de sa robe pour s'extraire de son emprise. Emportant la dague, elle retourna dans le cœur du Temple.

Le Myrihande l'interpella et la tint auprès de lui tout en projetant plusieurs triangles de verre acérés sur deux Félinides qui se précipitaient vers eux.

— Helya, nous ne pourrons pas échapper à la

fois à Morlhed et aux soldats de la Cité. Il vous faut fuir.

— Et vous ? fit-elle, alarmée. Qu'allez-vous faire ?

— Vous êtes plus précieuse que nous ne le serons jamais, Helya. Votre amour pour Sisam vous montrera la voie. Allons, partez !

D'un geste de ses bras, le Myrihande reconstitua des monceaux de vitraux brisés et les transforma en une gangue de verre, qui emporta alors Helya dans les airs, jusque dans les bras d'Oros.

— Houlà ! s'exclama-t-il en accusant le poids. La demoiselle devrait suivre un régime, si elle veut mon avis !

— Oros, il faut les aider ! Nisis et Oriance ont besoin de nous !

Oros acquiesça et aida Helya à s'extraire de la gangue de verre, quand les éclats éparpillés sur le pavé s'élevèrent devant eux pour former un épais mur de verre concassé qui leur interdit le passage.

— Mais que font-elles ? s'alarma Helya en tapant de ses deux poings sur le verre.

— Elles vous sauvent la vie, répondit derrière elle Ecleïes, le visage grave.

— Mais... on ne peut pas les laisser seules face à Morlhed et ses monstres !

Le vieil homme adressa à Oros un regard lourd de résolution.

— Le destin d'Helya est lié à celui de Sisam. Et nous sommes tous intimement liés au leur. Que décidez-vous ?

Oros croisa le regard de Farf, qui tenait fébrilement son épée entre ses doigts noircis du sang poisseux des Félinides. Il comprit qu'ils ne remporteraient pas de victoire ici, et jugea qu'Ecleïes était peut-être vraiment digne de confiance. Hochant la tête, il prit Helya sur son épaule en dépit de ses protestations, et battit en retraite avec ses autres compagnons.

Ecleïes demeura un instant immobile devant le haut mur de verre multicolore qu'il effleura d'une main, percevant au travers les ombres et les clameurs de la bataille qui se poursuivait sans eux. Puis à contrecœur, il abandonna à son tour le Temple.

Reprenant connaissance, Hemerod releva péniblement la tête et s'accouda aux rebords de l'autel, le front tailladé d'éclats de verre. Apercevant au loin Helya et ses amis en train de prendre la fuite, il se remit debout et héla ses hommes.

— Rattrapez-les ! ordonna-t-il. Vite !

Ils s'élancèrent à leur poursuite.

À l'intérieur, les deux derniers Félinides valides attaquèrent le Myrihande. Il échappa néanmoins à leurs assauts et les transperça chacun d'une lance de verre, mais l'un d'eux parvint à lui lacérer le dos de ses griffes. Plusieurs fentes de lumière plus intense apparurent, témoignant de sa blessure.

Morlhed s'approchait de l'entité étincelante, un rictus de haine déformant ses lippes.

— La rébellion est plus profonde que je ne le

supposais. D'un Gouverneur à l'autre, les filles se ressemblent... jusqu'au même sort qui les attend !

Morlhed entama aussitôt le combat avec le Myrihande, mû par une indicible sauvagerie. Malgré sa force et son courage, celui-ci sentit que son pouvoir ne faisait pas le poids face à celui du Passeur. Sa double hache aux lames impitoyables fendait l'air à une vitesse fulgurante, l'obligeant sans cesse à reculer pour éviter ses assauts mortels, dont il se défendit avec les derniers cristaux de verre qu'il parvint à rassembler pour percer le cuir de son adversaire et former sans relâche de fragiles boucliers, que Morlhed s'acharnait à pulvériser de sa hache.

Entendant le vacarme du combat qui se poursuivait dans le Temple, Hemerod interrompit sa course au seuil du parvis et se retourna.

— Nisis, murmura-t-il, une sourde angoisse au cœur.

Laissant ses hommes prendre la chasse des fuyards, il fit marche arrière et accourut à l'intérieur, mais le mur de verre devant lequel Helya et ses alliés avaient tourné les talons l'empêcha d'entrer. Furieux, il assena plusieurs coups de son épée sur la paroi translucide, qu'il parvint à endommager, mais pas de manière suffisante pour se frayer un passage. Le souffle court, il remit son épée dans sa gaine et, au prix d'un violent effort, s'en alla desceller de son socle le buste d'une statue. Grimaçant sous son poids, il le cala sur ses épaules et, prenant un peu de recul, s'en servit de bélier.

Le verre explosa sous le choc, et l'un des éclats lui entailla le visage. La masse de la statue l'entraîna dans sa chute et il se retrouva à terre, les morceaux de vitraux ne cessant de pleuvoir autour de lui. À peine eut-il relevé la tête qu'il vit la hache de Morlhed anéantir l'ultime bouclier de verre du Myrihande, violemment projeté contre l'autel. Sans lui accorder le moindre répit, Morlhed attrapa sa redoutable arbalète et la pointa sur la poitrine de son adversaire.

— NON !! hurla Hemerod.

Mais la flèche à trident fila plus vite que l'éclair, transperçant tout à coup le corps du Myrihande dans un flamboiement de lumière aveuglant, pour finalement le clouer au cœur du marbre de l'autel.

— NISIS !! NOOOOOON !

Trébuchant sur les bris de verre, il courut désespérément jusqu'au pied de ce dernier et, saisissant l'extrémité de la flèche, la retira alors de la poitrine du Myrihande, qui se laissa tomber sur les marches. Puis, doucement, sa lumière faiblit et finit par s'éteindre totalement avant qu'il ne se métamorphose une dernière fois, libérant les corps mortellement blessés de ses deux Âmes-Sœurs : Nisis et Oriance.

Les mains tremblantes, Hemerod prit sa sœur dans les bras, dont le bout des doigts était resté comme tétanisé sur ceux d'Oriance. Les lèvres de Nisis s'entrouvrirent pour parler, et son autre main se tendit vers le visage de son frère. Puis elle suspendit son geste et se blottit péniblement contre son Âme-Sœur, dont elle caressa le visage avec tendresse.

Elle s'éteignit ainsi, le regard évanoui dans celui d'Oriance, à l'instant même où la vie semblait abandonner le corps mutilé de sa compagne.

Abaissant son arme, Morlhed s'approcha, tandis que de nouveaux Félinides surgissaient et, sur les ordres de leur maître, emportaient avec eux le corps d'Oriance. Mais devant le regard de défi que lui lança Hemerod, le Passeur s'immobilisa.

— Soit, consentit-il, je t'abandonne la dépouille mortelle de Nisis. Mais je t'engage à prendre leçon de cette journée. J'aurai bientôt mâté cette petite insurrection causée par l'évasion d'Helya, et vous devrez alors rendre des comptes devant le seigneur Kryom.

— Rendre des comptes ? fit-il, meurtri et indigné. Vous avez pris la vie de ma sœur !

— Et je prendrai toutes celles des Myrihandes qui empoisonnent encore vos Cités, ainsi que l'a toujours exigé notre maître à tous ! Aussi, à ta place, je commencerais déjà à prier pour sa clémence. En vérité, il serait regrettable que toute l'aristocratie des Cités ait à payer elle aussi le prix de cette forfaiture.

Sur ces derniers mots, Morlhed se détourna et sortit du Temple dévasté, accompagné de ses Félinides, laissant Hemerod à sa douleur, le visage enfoui dans les cheveux souillés de sa sœur.

CINQUIÈME PARTIE

DANS LES GRIFFES D'ARKOPOLIS

Chapitre 40

Depuis son lointain Palais de Doldometh, Kryom avait déjà tout vu et entendu à travers l'amulette de son émissaire. Il venait d'assister à la mort d'un Myrihande, et son visage était devenu un rictus effrayant, mélange convulsé de satisfaction, de haine et de douleur. Ses ongles étaient restés enfoncés dans le cuir de son luxueux siège princier, et il lui fallut quelques secondes encore avant de s'en apercevoir et de relâcher son étreinte.

Cela faisait maintenant plusieurs années qu'aucun de ses anciens semblables n'avait été découvert au sein même des Cités. Les lois draconiennes qui interdisaient aux Âmes-Sœurs de vivre ensemble et de se *réconcilier* étaient dissuasives pour le commun des Tricitoyens, mais il apparaissait aujourd'hui qu'il en allait différemment chez certains membres des familles dignitaires, auxquelles des privilèges exceptionnels avaient pourtant déjà été accordés. Et Kryom se demanda si ce constat lui déplaisait vraiment.

S'éloignant des images renvoyées par l'entremise surnaturelle de la Porte des Âmes, il se leva et alla se servir un verre de vin. En chemin, il croisa son visage dans l'un des vastes miroirs de la salle et s'immobilisa un instant, suspendant la coupe au bord de ses lèvres entrouvertes. Lentement, il leva une main sur elles, sur ses joues, puis sur ses yeux où il découvrit, accroché à ses doigts, un mince filet de larmes. Il l'observa un court moment, éberlué, le faisant couler le long de sa main à la lumière des hautes torchères. Ces quelques gouttes luisantes n'auraient pas dû échouer ici. C'était tout simplement une abomination. Ou peut-être l'expression ultime et excessive de sa rage ? C'était bien possible, mais Kryom n'aurait pu l'affirmer. Une sombre fureur s'empara alors soudain de lui, et il brisa le verre sur le miroir, le vin éclaboussant la glace comme une brusque traînée de sang.

— Doloriane ! hurla-t-il d'une voix écorchée. Doloriane, où t'en es-tu allée ? Sais-tu seulement ce que j'endure pour toi, pour *nous* ?

Le cœur débordant de fureur et d'amertume, il s'approcha de la grande Porte des Âmes, pareille à une gigantesque fenêtre percée, dont les éclats lumineux convergeaient à nouveau en une lueur mystérieuse.

— Doloriane, pourquoi ne réponds-tu pas ? Je suis las de tes silences !

Une fois de plus, ce ne fut pas sa Moitié égarée qui lui fit écho, mais son guide d'outre-monde, tandis que les images venues des Cités s'évanouissaient dans un nuage violacé.

— Elle est plus près de toi que tu ne l'imagines, Kryom, exhala alors la voix doucereuse.

— Alrazel ?

— Je suis fier de toi, aujourd'hui, poursuivit ce dernier, dont les inspirations bruissaient telle une brise sur un tapis de hautes herbes. Ta loyauté envers notre pacte m'a prouvé ta force et ta valeur. Le temps des lamentations touchera bientôt à sa fin, mon ami.

— Des lamentations ? se récria-t-il. Nul de ces misérables Ch'Ken ne mérite une seule des larmes que j'ai versées pour ma Moitié !

— Ils n'en ont jamais été dignes. Toi seul détiens la sagesse et le savoir. Ces forces ont grandi au plus secret de ton âme et t'ont rendu plus puissant que je n'aurais osé l'espérer autrefois.

Le visage de Kryom se fendit d'un sourire sardonique.

— Plus puissant, dis-tu ? fit-il en se détournant du rideau de lumières occultes. J'aimerais l'avoir été suffisamment pour embrasser cette autre Moitié de moi-même que j'ai perdue il y a si longtemps... Au lieu de cela, c'est l'éternité du néant que j'enlace. Et tu parles de puissance ? Mais je n'ai rien, Alrazel. Absolument rien.

L'inspiration paisible se tut un instant, et le silence

envahit alors la grande salle princière au vieux trône de marbre fatigué par les siècles.

— Est-ce là ce que tu crois vraiment ? reprit enfin la voix désincarnée.

— Chaque jour et chaque nuit de cette vie que tu m'as donnée. Cette vérité est aussi réelle pour moi que ton monde est immatériel.

— Détrompe-toi, Kryom. Grâce à ton émissaire, nous venons d'affirmer au peuple des Trois Cités notre parfaite domination sur les leurs. Tu as remis de l'ordre au sein de l'aristocratie, et tu ne peux que t'en réjouir pour l'avenir. Ce n'est que de cette façon que tu consolideras ton alliance avec les Gouverneurs, qui seront bientôt prêts à te révéler des secrets qu'ils n'auraient jamais imaginé trahir.

— Je sais tout ce que je dois savoir sur leur peuple, répondit-il avec indifférence. Que pourraient-ils bien me révéler que je ne sache déjà ?

Alrazel émit un petit soupir malicieux.

— Quelques précieux secrets sur les Gardiens, suggéra-t-il.

— Les trois Gardiens de la Porte ? s'étonna Kryom avant de pouffer de mépris. J'en sais suffisamment sur celui auquel j'ai jadis dérobé la Clef Elzée. Ce n'est qu'un misérable pleutre, dont la honte a anéanti depuis longtemps toute vaillance. Quant aux deux autres, aucun Homme des Cités ne m'apprendra la moindre chose sur eux. Les Gouverneurs sont des politiciens, prêts à vendre leur âme pour grignoter quelques miettes de pouvoir jetées de ma table. Depuis des siècles, je les observe et les écoute. S'ils avaient la moindre information sur les Gardiens, ils m'en auraient fait part depuis longtemps.

Alrazel modela comme un murmure méditatif.

— Peut-être, répondit-il finalement. Mais les récents événements auront sans aucun doute bouleverser leur communauté. Le triangle des Cités n'est plus aussi limpide qu'ils aimeraient nous le laisser paraître, Kryom. Crois-moi, en faisant preuve de patience, je suis certain que parmi ces petits nobliaux se trouveront des langues plus bavardes que tu n'imagines…

Chapitre 41

Dans les entrailles du pénitencier d'Arkopolis, c'était l'heure de la pause après le repas du midi. Les prisonniers étaient fatigués, écroulés pour certains entre deux murs pour trouver un appui providentiel. D'autres, tellement déshydratés par la chaleur dégagée des machines, étaient incapables de s'assoupir. Poussant le vice, les gardiens rationnaient l'eau, sans autre prétexte que de servir les intérêts généraux de la Prison. Peu leur importaient les malades ou les faibles, surtout s'il s'agissait de Ch'Ken, pour lesquels le bagne devenait au fil des jours une question de survie permanente. Au sein des cellules obscures et malodorantes, on ne pouvait naturellement pas parler de favoritisme envers un groupe ou un autre de détenus. Néanmoins, ceux qui appartenaient à la souche la plus indésirable – et coupable peu ou prou de sympathie avec les Âmes-Sœurs – héritaient bien malgré eux des pires turpitudes et des tâches les plus sordides.

Maâlias semblait toutefois s'en être accommodé. Le pas lourd, il alla s'entretenir un instant avec deux gardiens, qui lui remirent une sorte de bille de terre verdâtre. D'où il se tenait, Sisam le vit ensuite s'adosser à l'une des parois de la grotte avant de s'appliquer à écraser entre ses doigts son mystérieux butin. Enfin, il ouvrit plus largement sa tunique, révélant une plaie pubescente sur son torse, qu'il enduisit de cette poudre de terre.

Le *froog*, pensa aussitôt Sisam.

Les muscles de Maâlias se raidirent brusquement, les veines de son large cou sourdant de sa peau comme les racines filandreuses d'un étrange végétal. Il grogna, gémit et toussa bruyamment, le souffle saccadé, jusqu'à ce que ses yeux s'embrument et que son corps tout entier finisse par se relâcher. En quelques secondes, Maâlias venait de disparaître, emporté dans le tourbillon de ses paradis artificiels.

Dépité par ces pratiques dégradantes, Sisam se désintéressa de lui, sans se douter que Maâlias voguait déjà sur l'horizon de songes nébuleux.

Quand le tourbillon vertigineux de ses pensées finit par se calmer, Maâlias se vit marcher sur les sentiers d'une forêt hérissée d'arbres gigantesques et recouverts de neige, aux abords parsemés de rochers à la mousse verglacée. Les immenses racines émergeaient du sol comme les tentacules de pieuvres pétrifiées, dessinant sous leur masse des labyrinthes et des cavités noueuses.

Partout le silence, l'hiver et l'ombre des épaisses frondaisons. Il sentit le froid pénétrer ses vêtements et lui glacer les os, jusqu'à ce qu'il tombe soudain dans les filets du peuple venu des grands arbres. Vêtus de tissus légers, leurs corps à la peau couleur de nuit ne paraissaient pas souffrir des rigueurs du froid. Au contraire, celui-ci lustrait davantage leur épiderme cuivré d'où saillaient des muscles longs et puissants. Maâlias n'était pas le bienvenu en cette terre étrangère, et ils allaient le tuer quand une jeune femme parmi eux intervint et lui sauva la vie.

Le temps s'étira, parut se distordre un instant au cours de son rêve, et il se retrouva alors chez elle, à l'abri des racines d'un vieil arbre. Il y faisait chaud. De petits foyers à la braise bleutée brûlaient tout autour et faisaient danser les ombres sur le bois. La peau de la jeune femme était plus brune encore que celle de ses semblables, offrant à ses grands yeux clairs une profondeur énigmatique. Ses cheveux longs et lisses caressèrent le visage de Maâlias lorsqu'elle s'assit près de lui.

« *Nadjy* », murmura-t-il.

Son nom avait coulé d'entre ses lèvres comme un soupir. Il la reconnaissait, et elle le reconnaissait lui aussi. Dans cet antre d'écorces et de bois, enfoui au plus secret du monde connu, ils firent l'amour toute une nuit durant, jusqu'à tout oublier du monde et des différences qui les séparaient. Le rire de Nadjy résonnait dans son cœur comme les tintements joyeux de grelots. Maâlias sentit son cœur s'éveiller à un amour absolu, plus fort que sa propre vie. L'euphorie le gagnait.

Son sommeil devint plus agité. D'autres images défilèrent. Sa brutale arrestation aux portes d'Arkopolis, le sourire perfide d'Hacton, puis sa propre colère et son épouvante, découvrant Nadjy dans les bras de soldats de la Cité, un poignard en lame d'os planté dans la poitrine. Fou de rage, Maâlias se vit assaillir la garnison, puis empaler d'une lance le meurtrier de sa compagne, tandis que les autres soldats l'empoignaient et le couvraient de coups.

La dernière image de son rêve révéla le corps inanimé de Nadjy que l'on traînait loin de lui, le visage souillé de sang et de terre grise.

Maâlias se réveilla en hurlant, trempé de sueur. Autour de lui, quelques prisonniers sursautèrent et s'écartèrent rapidement comme s'il s'agissait d'un pestiféré. D'autres se moquèrent un peu plus loin, dont un petit vieillard rachitique qui avait l'air d'avoir perdu l'esprit, tant son rire était saugrenu.

Depuis sa place, Sisam observait Maâlias avec inquiétude et curiosité. Il songea que ce colosse aux manières si détestables dissimulait sans doute quelque lourd secret. Son amitié pourrait peut-être s'avérer utile.

Chapitre 42

Oros avait profité des faveurs de la nuit pour conduire Helya et ses nouveaux alliés chez lui, à quelques pâtés de maisons du foyer de Sisam. Ce n'était guère l'endroit le plus sûr, tout au plus un refuge providentiel. Ils étaient tous exténués. Le combat qui les avait opposés à la fois à Morlhed et à Hemerod les avait éprouvés. Ecleïes n'avait plus décroché un mot depuis leur fuite éperdue dans les rues d'Ostacle, abandonnant leur ami Myrihande entre les griffes du Passeur et de ses Limiers. Son visage était devenu aussi gris que les murs de son Temple, lui-même mis à mal par leurs impitoyables ennemis. Farf tremblait encore et ne quittait pas d'une ombre Helya, dont la robe était maintenant à moitié déchirée et souillée tant de poussière que du sang noir des Félinides.

— Nous y sommes ! chuchota Oros. Ce n'est pas un palace, mais nous pourrons au moins y passer la nuit.

— Ecleïes, souffla Helya, la garde Ostallane est déjà venue jusqu'ici. Nous devrions nous trouver un abri ailleurs.

— Pensez-vous que le domicile du mentor de la Guilde en était un plus sûr ? objecta-t-il amèrement.

— Mais vous avez bien d'autres alliés à Ostacle ?

— Le cœur de l'alliance n'est pas dans les murs de cette Cité, ma petite. Et je nous imagine mal cheminer plus loin sans éveiller l'attention des guetteurs, même en une heure si avancée de la nuit.

— Est-ce que vous pourriez discuter de cela plus tard ? lança Farf en dansant d'un pied sur l'autre.

— Du calme, l'ancêtre, fit Oros. Personne ne nous a suivis.

— Je ne m'en fais pas pour ça, geignit l'Anachrone. Mais ma vessie est sur le point d'exploser !

La bonne dizaine de litres d'eau qu'il avait ingurgitée depuis le matin avait finalement trouvé son chemin naturel. Helya remercia silencieusement le petit être d'avoir glissé un sourire sur ses lèvres, tandis qu'Oros déverrouillait la porte d'entrée et les invitait à le suivre à l'intérieur.

La pièce principale était un vrai capharnaüm où traînaient dans un incroyable désordre ses outils de travail, des assiettes entassées, des paperasses et plusieurs épaves de bougies dont la cire fondue avait dessiné des cercles multicolores sur le sol et sur quelques draps froissés. La cendre accumulée dans l'âtre exigu de la cheminée formait un tas presque compact, comme si de l'eau y avait été mêlée. Dès leur arrivée, un gros chat au pelage beige vint les accueillir en miaulant énergiquement et s'agrippa à l'épaisse jambe d'Oros.

— Tartare, mon pauvre gros matou ! s'exclama-t-il en le prenant dans ses bras. Je t'ai laissé bien seul ces derniers jours ! Tu dois avoir faim, pas vrai ?

— Tu as appelé ton chat « Tartare » ? demanda Farf, incrédule.

— Oui, et alors ?

— Oh, rien ! répondit-il en se détournant pour cacher son hilarité.

Helya sourit elle aussi, tandis qu'Oros haussait les épaules et donnait au chat sa pitance.

— Au moins, en voilà un qui ne risquera pas de nous faire grand mal, plaisanta-t-elle.

— Non, celui-là ne terrorise que les rares souris qui rodent encore chez moi, dit-il en reposant le chat devant sa gamelle bien garnie.

Ils essayaient bien de se détendre, mais la tension régnait toujours. Helya ne pouvait cesser de penser à Nisis et Oriance, et elle devinait qu'il devait en être de même pour Ecleïes, dont le silence laissait présager de profonds tourments.

— Nous avons très peu de temps pour agir, dit-il en allant tour à tour tirer les rideaux des deux fenêtres. La nouvelle de votre appartenance aux sympathisants du Second Souffle va se répandre comme une traînée de poudre, et nous aurons bientôt davantage encore d'ennemis, tous logés à la même enseigne : l'extermination des Ch'Ken.

— Cette fameuse Guilde dont vous nous parlez semble bien dangereuse aux yeux des Gouverneurs, fit remarquer Helya. Qui en sont les membres ? Et pourquoi ne nous portent-ils pas secours ?

Les questions de la jeune fille parurent contrarier Ecleïes, car son regard se troubla.

— Je comprends votre détresse, répondit-il. Mais la Guilde est dispersée, et il est difficile d'agir dans l'urgence sans risquer de compromettre chacun de ses partisans. Par ailleurs, la plupart d'entre eux attendent le signe promis de leur délivrance, ce même signe que j'espérais pour nous guider sur le chemin de notre liberté à tous.

Helya regarda son compagnon avec perplexité.

— Vous voulez dire...

— Le sacrifice de nos amies avait un sens, poursuivit-il. Celui de donner à tous les Ch'Ken de nos Cités le droit de vivre auprès de leurs Âmes-Sœurs. Un Myrihande est tombé, pour que le plus grand et le plus puissant de ses semblables renaisse enfin de ses cendres et nous conduise à la victoire.

Devant l'expression dubitative de la jeune fille, Ecleïes se pencha vers elle et posa les mains sur ses épaules.

— Sisam et vous *êtes* ce Myrihande, dit-il.

Déconcertée, Helya resta un moment sans voix,

puis elle ferma les yeux et glissa une main tremblante dans ses cheveux.

— Ecleïes, je veux bien croire aujourd'hui que Sisam et moi puissions devenir ce que vous prétendez, mais… enfin, regardez-moi. Regardez-nous. Nous n'avons rien de chefs de guerre ! Même si le destin nous permettait d'en faire l'expérience, combien de temps nous faudrait-il encore pour maîtriser cette nouvelle forme de vie ? Nous ne sommes que des apprentis !

— C'est bien ce qui vous trompe. Votre raison seule vous dicte ces pensées, Helya. Mais vous ne pouvez encore soupçonner l'infinité des ressources qui sommeillent en votre âme et celle de Sisam. Quand vous serez à nouveau *réconciliés*, alors vous comprendrez.

— Pour l'heure, nous devrions surtout trouver un moyen de sortir d'Ostacle, observa Farf. Après ça, vous pourrez réconcilier tout ce que vous voudrez !

Ecleïes approuva du menton et se tourna vers Oros.

— Il nous faudra partir dès l'aube, déclara-t-il. Arkopolis possède une solide garnison et il serait préférable de ne pas se faire remarquer d'elle avant d'avoir atteint les portes de la Prison.

Occupé à caresser la petite tête ronronnante de son chat enfin repu, Oros saisit l'allusion et reposa délicatement l'animal dans son panier d'osier.

— Compris, dit-il en se redressant. J'aurais juste deux ou trois choses à mettre en place. Attendez-moi ici.

— Où t'en vas-tu ? s'inquiéta Farf.

— Pas de panique, l'ancêtre. Veille juste sur mon petit Tartare, c'est tout ce que je te demande.

Puis, après un bref salut, il s'engouffra par la porte et la referma rapidement derrière lui.

— Croyez-moi ou pas, siffla l'Anachrone entre ses dents, si ce gros malotru m'appelle une fois de plus « l'ancêtre », je lui fais manger son adorable minou en terrine !

Avec empressement, Oros s'éloigna de la maison et, lorgnant de droite à gauche, prit la direction de l'atelier. Il était rare qu'il s'y rende de nuit, excepté pour achever du gros œuvre commandé par un personnage fortuné de la Cité. Sisam avait toujours mis un point d'honneur à livrer leurs travaux dans les temps, quitte à y passer ses nuits et ses jours de congé, au grand dam de son associé qui lui suggérait toujours en échange de revoir à la hausse le montant de la facture. Mais son ami portait l'intégrité en lui comme d'autres le mensonge ou la vanité. Et pour Oros, il était des jours où cela devenait plus un fardeau qu'un privilège.

Arrivé devant le portail aux épais volets de bois, il farfouilla un instant dans ses poches à la recherche des clefs.

Une main vint soudain se poser sur lui, et il sursauta de toute sa grande carcasse. Les nerfs tendus comme des flèches, il aurait sans doute même poussé un cri s'il n'avait reconnu aussitôt la silhouette familière de la visiteuse.

— Laïmu ! fit-il, haletant. Excusez-moi, mais je ne m'attendais pas exactement à vous !

— À qui d'autre ? l'interrogea-t-elle, les yeux rouges de larmes à peine contenues. Sisam a été enlevé hier au soir par ces brutes, et Helya et toi avez disparu aussitôt après. Lorsque je me suis éveillée, la maison était vide et je n'ai pu retrouver le sommeil depuis.

Vêtue d'une longue tunique droite doublée d'une pièce d'étoffe brodée couleur de sable, elle avait enveloppé ses cheveux d'un voile plissé, tant sans doute pour éviter le froid que les regards indiscrets.

— J'en suis vraiment désolé, Laïmu. Mais il était impossible pour moi de venir vous voir. Nous avons dû protéger Helya et… nos ennemis ne nous ont laissés aucun répit, croyez-moi.

— Ce maudit Capitaine vous a donc pris en chasse à nouveau ?

— Oui, mais… à vrai dire, les choses se sont corsées depuis la nuit dernière. D'ailleurs, il n'est pas très raisonnable de venir si tard jusqu'ici. Vous devriez rentrer chez vous.

— Oros, dit-elle d'une voix ferme, dis-moi au moins où est Sisam. Qu'ont-ils fait de lui ? Il faut que je sache !

Embarrassé, celui-ci soupira et prit délicatement ses petites mains entre les siennes.

— Laïmu, vous savez l'estime que j'ai pour vous.

Je ferai tout ce que je peux avec Helya et Farf pour libérer Sisam au plus vite. Mais pour votre sécurité et la sienne, il vaut mieux que vous n'en sachiez pas davantage pour l'instant.

— Oros... insista-t-elle tout de même.

— Nous allons lui venir en aide dès demain. Faites-moi confiance, je ne le laisserai jamais entre les pattes de ces crapules !

Une larme coula sur sa joue rosée. Malgré son âge mûr, elle ressemblait un peu à une jeune fille égarée, ses mèches de cheveux vaporeuses atténuant les sillons du temps sur son doux visage. Contenant les sanglots de chagrin qui l'étreignaient, elle laissa glisser ses mains de celles d'Oros et détacha de son cou un fin collier d'argent. Celui-ci était orné d'un pendentif de forme oblongue, sur lequel étaient gravées deux feuilles d'olivier devant un lever de soleil.

— Ce bijou a appartenu au père de Sisam, confia-t-elle en essuyant une larme rebelle de ses yeux clairs. C'était un cadeau de sa femme, du jour de leur mariage. Il l'a toujours porté sur lui, jusqu'au jour où les gardes de la Cité sont venus les chercher, ma sœur et lui. Il l'a remis entre mes mains, en me demandant de le léguer à Sisam quand il serait en âge de comprendre... Mais je n'ai jamais osé lui en parler.

— Il est très beau, dit Oros, ému.

— Ce que contient ce bijou ne regarde que Sisam et lui seul, précisa aussitôt Laïmu. Personne ne doit l'ouvrir ni en connaître le contenu à sa place. C'est à lui seul de décider quoi en faire. Et il n'y a que toi en qui j'ai suffisamment confiance pour le lui transmettre.

Oros la regarda avec stupéfaction, tandis qu'elle faisait glisser le bijou de sa main pour le remettre entre ses gros doigts.

— Je suis honoré par votre confiance, Laïmu. Mais sincèrement, je ne suis pas sûr de…

— Allons, l'invita-t-elle plus résolument, prends-le.

Le jeune homme ventru saisit avec précaution le bijou et le rangea dans une poche de sa gibecière.

— Je vous promets de le lui donner dès que nous l'aurons retrouvé, dit-il.

— Merci, Oros. Je n'en attendais pas moins de toi.

Elle lui adressa un petit sourire et s'en retourna doucement vers sa demeure, les bras pressés sur son ventre comme si une vague de froid s'était emparée d'elle.

Oros trouva enfin la clef qu'il cherchait et la fit tourner dans la vieille serrure du portail. Ce dernier céda sous son impulsion, et il écarta vivement les battants. Se munissant à l'entrée d'une lampe à huile, il l'alluma et se dirigea vers le fond de l'atelier. Décadenassant une nouvelle porte pour pénétrer dans une sombre remise, Oros en révéla l'intérieur à la lumière de sa lampe et, satisfait, se fendit d'un large sourire.

Leur passe-droit pour Arkopolis se tenait juste devant lui.

Chapitre 43

Traversant les tunnels des soubassements de la Prison, Sisam et Maâlias transportaient des lourdes dalles tractées aux moyens de cordages en compagnie d'autres détenus. Durant un instant, Sisam fut persuadé que son compagnon ne parviendrait pas à s'acquitter de sa tâche. L'inquiétant coma dans lequel il l'avait vu rapidement sombrer en saupoudrant de *froog* la plaie de sa poitrine avait été si foudroyant qu'il l'aurait davantage imaginé réduit à l'impuissance qu'à traîner ces centaines de kilos de pierres. Pourtant, Maâlias s'était relevé et semblait même avoir gagné de l'énergie, comme si ces quelques minutes de fiévreuse inconscience avaient ravivé ses forces. Hélas, cela n'avait pas influé sur son humeur maussade, et même si l'ancienneté de cet homme dans le pénitencier pouvait un jour ou l'autre devenir un atout de circonstance, Sisam commençait à regretter de l'avoir pour voisin de cellule. D'une manière ou d'une autre, s'il souhaitait nouer des liens un peu plus amicaux avec d'éventuels complices d'évasion, il allait devoir passer au peigne fin les autres prisonniers.

Sur leur chemin, ils croisèrent une poignée d'autres détenus qui, en apercevant Maâlias, se mirent à rire et à chuchoter de façon malveillante. Sisam ne les avait jamais vus, ce qui signifiait probablement qu'ils n'étaient pas eux-mêmes de ces Ch'Ken contraints de survivre entassés dans les geôles des niveaux supérieurs. Celui qui ouvrait la marche, un grand chauve à courte barbe et aux oreilles percées d'anneaux, salua distraitement les gardiens avant de fixer son regard vicieux sur Maâlias. En arrivant à sa portée, il fit mine de trébucher et lui donna un rude coup d'épaule qui le déstabilisa.

— Oh mille excuses, ricana-t-il. On est vraiment à l'étroit dans ces tunnels, pas vrai ?

Maâlias évita son regard et, préférant ne pas répondre au provocateur, courba le dos tout en essayant de poursuivre sa marche avec ses compagnons de charge. De l'autre côté de la dalle, Sisam remarqua la présence insistante du même prisonnier, mais les gardiens le pressèrent de tirer plus vigoureusement sur les cordages.

— Eh ben, Maâlias, toujours rien dans le ventre, hein ? persévéra l'autre en chuchotant à son oreille. Un gentil toutou à la solde de ses amis matons !

Devant l'impassibilité tenace du géant à l'épaisse chevelure, un autre détenu du groupe adverse s'en prit alors à lui et enserra brusquement son cou d'une chaîne.

— Un brave cabot comme toi a besoin d'un collier ! cracha celui-ci en forçant sa prise.

Sisam n'y tint plus. Réalisant que les gardiens semblaient s'amuser de la querelle, il lâcha ses attaches et s'interposa pour défendre la dignité de son compagnon d'infortune, aussi désagréable et arrogant fût-il.

— Laissez-le ! s'écria-t-il en se jetant de tout son poids sur l'un de ses bourreaux.

Il parvint à lui faire lâcher prise, libérant Maâlias de la chaîne qui l'étouffait. Le choc le fit lourdement tomber à terre, tandis que les autres détenus belliqueux se ruaient sur lui pour le rouer de coups à son tour. Il eut beau se défendre et assener lui aussi quelques frappes bien placées, il ne se fit pas moins submerger par le nombre. Les gardiens, qui avaient complaisamment observé la scène durant quelques minutes, finirent par intervenir pour mettre un terme à l'incident et séparer les adversaires.

— Allons, ça suffit ! ordonna l'un d'eux en renversant et cognant le premier qui lui tomba sous la main. La plaisanterie a assez duré, vermines ! Vous autres, regagnez vos cellules, allez !

L'échauffourée se dissipa, nul n'osant désobéir, au risque d'avoir un bras cassé ou une semaine entière de cachot. Avant de repartir, le détenu aux oreilles percées cracha sur Maâlias resté au sol, les genoux repliés sous son menton.

Sisam l'aida à se remettre sur pieds.

— Vous, fit sèchement l'un des gardiens à l'intention du premier groupe de porteurs, sortez-moi ces dalles d'ici, elles encombrent le tunnel ! Et les deux rigolos, suivez-nous ! Vous avez assez provoqué de remue-ménage pour la journée !

Les visages souillés de terre et de sang, Sisam et Maâlias emboîtèrent le pas des deux gardiens qui les raccompagnaient vers leurs cellules.

Des étoiles dansaient devant les yeux de Sisam, mais il s'efforça de ne pas tituber, et de se concentrer sur le mouvement régulier de sa marche. À un moment, il fut suffisamment proche de l'autre détenu pour échanger quelques mots avec lui.

— Il paraît que tu connais ces tunnels depuis un bout de temps, pas vrai ? souffla-t-il. Il doit bien exister un moyen de sortir d'ici.

— Tu as vraiment le don de choisir le mot pour rire.

— Je suis tout ce qu'il y a de plus sérieux.

À peine sorti de sa torpeur, le mauvais caractère de Maâlias avait déjà repris le dessus.

— Ton travail pour la gloire des Cités ne te convient pas, peut-être ? Ou bien est-ce de te retrouver parmi les tiens qui te pose un problème ?

— Non, c'est plutôt instructif, répondit Sisam avec une pointe d'agacement. Mais à ta façon d'en parler, j'ai bien l'impression que c'est à toi que ça pose un vrai problème.

Cette dernière remarque stoppa Maâlias, qui dévisagea alors Sisam. Il comprit qu'il était allé sans doute trop loin.

— Je sens que je vais en régler un tout de suite, grogna-t-il. Et tu l'auras bien cherché, c'est certain !

Sisam ne s'attendait pas à une telle réaction, et il maudit en lui-même le vieux détenu qui lui avait assuré que Maâlias était devenu aussi doux qu'un agneau.

— Maâlias, bredouilla-t-il, nous devrions remettre cette petite discussion à plus tard. Ce n'est vraiment ni le lieu ni l'endroit.

— Pauvre petit crétin, où crois-tu que l'on est ? Est-ce que par hasard tu aurais vu un ange gardien au-dessus de ma tête, ou fais-tu tout ça pour le simple plaisir de m'échauffer la bile ?

— Pas du tout, mais je pensais...

— C'est bien ça, ton problème, gamin. Tu penses trop et mal ! Qu'est-ce que tu crois ? Tu imagines que je te dois quelque chose parce que tu as pris quelques coups à ma place ?

— Hé, on se calme, les avertit l'un des gardiens derrière eux. Vous vous expliquerez dans vos cellules.

— Tu ne sais rien de moi et je ne sais rien de toi, petit morveux ! fulmina Maâlias comme s'il n'avait rien entendu. Risquer ma peau pour la tienne ? Mais tu ne serais même pas digne de cirer mes godasses si seulement j'en avais, espèce d'imbécile !

Sisam était désemparé face aux manières de Maâlias, qui perdit le contrôle de ses nerfs et se jeta sur lui. Les deux hommes roulèrent à terre, tandis que les gardiens tentaient bon gré mal gré de les séparer.

— Allons, les gars ! Vous n'en avez pas eu assez ? plaisanta l'un des deux. On va peut-être vous arranger ça !

L'homme s'apprêtait à porter un coup à Maâlias avec sa matraque quand ce dernier stoppa soudain son geste en lui saisissant le poignet.

— On parie ? lâcha-t-il en se tournant vers lui.

Tapant violemment le bras du gardien contre le mur, il parvint à lui faire lâcher son arme, avant de lui administrer un franc coup de poing dans le ventre. L'homme vola contre la paroi du tunnel et s'effondra, inconscient.

Le second gardien comprit, en même temps que Sisam, le stratagème de Maâlias. La diversion avait fonctionné. Maâlias se redressa de toute sa masse imposante. L'être inoffensif que les gardiens considéraient jusqu'alors comme un moins que rien venait de faire place à un guerrier implacable : il empoigna le garde et le mit rapidement hors de combat. Un troisième gardien de l'autre côté du tunnel fonçait arme au poing. Extirpant le glaive pendu au ceinturon du garde inanimé, Sisam courut trancher les cordages retenant de grandes dalles empilées dans un renfoncement. Elles glissèrent lourdement sur le malheureux et l'écrasèrent. Des traînées de sang se répandirent d'entre les blocs de marbre immaculé, et Sisam se détourna, pris d'un violent dégoût.

— Excellente initiative, le complimenta Maâlias en s'emparant à son tour du glaive d'un des gardiens à terre.

Sisam le considéra un instant, perplexe, le cœur cognant comme un marteau dans sa poitrine.

— Tu aurais pu me prévenir de la tienne ! le fustigea-t-il. Un petit clin d'œil n'aurait pas coûté grand-chose, non ? Tu n'y es pas allé de main morte !

— C'en aurait perdu en naturel. Et pour être honnête, j'adore nos petites chamailleries.

— Alors, tout ce que j'ai vu de toi était une mascarade depuis le début ? Les épuisements, le *froog*, les humiliations... Tout cela faisait partie du jeu ?

— Un jeu pour la survie, corrigea-t-il en arrachant le ceinturon des hanches d'un gardien avant de le passer autour des siennes. Ça m'a aidé à vaincre l'ennui, et crois-moi, j'ai usé de tous les moyens.

Il fouilla ensuite dans une besace accrochée à sa cuisse et en sortit une poignée de billes de terre. Il se fendit d'un sourire et dénoua le sac pour s'en emparer.

— Qu'est-ce que tu fais ? souffla Sisam, surpris.

— Je ne vais pas me priver de mes petites récréations préférées, répondit-il en se redressant.

— Mais je croyais que tu n'avais pas besoin de ces saletés ?

Ce dernier lui décocha un regard en coin et rangea précieusement les billes verdâtres à l'intérieur de la besace.

— Bon, ne restons pas là, décida-t-il finalement. Les autres matons ne tarderont pas à s'étonner de notre absence à leur réunion de famille, et je les imagine déjà très fâchés de notre retard.

Sisam le retint par le bras.

— Tu as donc vraiment une solution pour sortir d'ici ?

— Et toi, gamin, tu connais quelqu'un d'autre que moi qui en ait une ?

Ce dernier esquissa un sourire. À présent, il n'avait guère le choix, contraint de s'en remettre aux bonnes volontés de son nouveau guide.

Après un dernier regard sur les trois gardiens gisant sur le sol poussiéreux, il suivit malgré lui Maâlias le long du tunnel.

Chapitre 44

Sur le chemin des viaducs reliant les Trois Cités entre elles circulaient, parmi les cavaliers, les carrosses et diverses carrioles lourdes de marchandises, un grand chariot, recouvert d'une toile de bâche tendue de cerceaux. Oros et Ecleïes la conduisaient, enveloppés de longues et épaisses toges grises à capuchon. La circulation était dense et ils devaient rouler au pas. Quelques hauts nuages voilaient le soleil, mais n'avaient en rien réduit la chaleur de cette fin de matinée. Il était rare que le ciel soit ainsi couvert, car la plupart des nuages ne franchissaient pas la moitié de la montagne et constituaient tout autour d'elle ce perpétuel anneau vaporeux dissimulant les terres en contrebas. Hélas, ces timides nuées étaient rarement chargées de pluie, et les Cités ne pouvaient compter sur elles pour les approvisionner en eau douce. L'Isthme restait leur source principale de vie, ses flots émergeant des plus hautes cimes pour converger dans les puits aménagés par chacune des trois acropoles.

L'accès au viaduc d'Ostacle était contrôlé par plusieurs gardes de la Cité, sous la surveillance d'un Félinide au faciès dissimulé derrière le traditionnel Masque Blanc. De jour comme de nuit, quelles que soient l'heure et la saison, la Règle des Flux s'appliquait à tous, hauts dignitaires comme simples citoyens. Les deux grands arceaux sous lesquels s'effectuaient les contrôles abritaient des postes de garde fortifiés où plusieurs Masques Blancs – il était toujours impossible de savoir combien – restaient dissimulés. Si les gardes connaissaient le véritable faciès de leurs sinistres alliés, peut-être auraient-ils plus d'aversion à les fréquenter.

— Une sacrée idée, vos déguisements, pesta Oros. Et avec cette chaleur, merci pour la suée !

— Merci à toi pour nous avoir fourni ce véhicule, répondit Ecleïes avec flegme. Et cesse de te faire autant de souci, tout se passera bien.

— Qu'est-ce qui vous fait croire que je m'en fais ?

— Seuls les idiots foncent tête baissée vers le danger sans connaître les affres de la peur. Ils ont cette chance inouïe de ne pas savoir anticiper, et bien souvent, le malheur d'en subir les fâcheuses conséquences.

— J'imagine que je dois prendre cela pour un compliment ? fit Oros d'un air dégagé.

Ecleïes lui sourit élégamment sous sa barbe poivre et sel.

— C'est un fait, mon cher Oros. Le courage s'exprime chez chacun de nous de bien des manières, et il est d'autant plus honorable quand l'amitié le motive.

Contemplant durant un instant la grande porte d'accès au viaduc, Oros songea à Nisis et à Oriance, qui avaient donné leur vie pour sauver Helya.

— Et vous, Ecleïes, qu'est-ce qui vous motive depuis tout ce temps dans votre combat pour les Âmes-Sœurs ?

Le regard du vieil homme se fit lointain. D'invisibles images semblaient se bousculer sous ses yeux fatigués.

— J'ai moi aussi une revanche à prendre, confia-t-il finalement. Et aujourd'hui, elle est peut-être à portée de main.

— Que le ciel vous entende, alors !

Sur ces mots, il fouetta les chevaux pour qu'ils s'activent le long de la procession de véhicules.

Leur chariot arriva bientôt devant le poste de contrôle à l'entrée du viaduc, face au lointain Mirador s'érigeant fièrement au croisement des trois ponts. Oros fit halte devant l'un des gardes et exhiba ses papiers.

— Je transporte une grande pièce de bois sculptée sur commande du Gouverneur Hacton, annonça-t-il.

Le garde saisit les papiers que celui-ci lui tendit, attestant ses allégations et son statut d'artisan Ostallan.

— Je dois contrôler la marchandise, indiqua l'homme d'une voix atone. J'ai des ordres stricts.

— À votre guise, répondit Oros.

Sous le regard scrutateur d'un Félinide masqué, deux des gardes inspectèrent l'arrière du véhicule. En écartant les pans de la bâche, ils découvrirent une magnifique panthère en bois fièrement campée sur ses pattes avants. Ils ne se doutaient pas que son buste était creux et dissimulait Helya et Farf, muets et immobiles. En entendant les pas empressés qui martelaient le sol du chariot, ils cessèrent de respirer.

Après s'être assurés que personne ne se cachait sous la paille du plancher, les deux gardes descendirent du chariot et hochèrent la tête à l'intention de leur supérieur.

— Rien à signaler, certifia l'un d'eux.

Le garde de faction restait cependant suspicieux et ses yeux s'étrécirent.

— J'aimerais voir le visage de l'homme à vos côtés. Veuillez retirer votre capuche, s'il vous plaît.

— Oh, vous savez, c'est juste un vieil original, s'empressa de répondre Oros, qui se mit à transpirer davantage sous sa toge. Ses pauvres yeux craignent la lumière et je préférerais qu'il les garde encore intacts quelques années. C'est lui qui s'occupe de tous mes comptes, voyez-vous.

— Retirez cette capuche et montrez-moi votre visage, insista le garde.

Les traits d'Oros se durcirent. Il était prêt à fouetter

les chevaux pour prendre la poudre d'escampette. Ecleïes, sentant monter sa panique, posa une main réconfortante sur la sienne. Alors, usant pour la première fois de pouvoirs longtemps tenus secrets, il releva la tête de sous son capuchon et affronta le regard inquisiteur du garde. Celui-ci cligna d'abord plusieurs fois des yeux, se détourna pour s'essuyer les paupières et le regarda à nouveau. Oros l'observait sans comprendre. Le regard de l'homme était devenu étrange, à la fois brillant et trouble, et il ne semblait plus les regarder de la même manière. Puis, apparemment dépité, il secoua la tête en faisant signe à ses hommes de les laisser passer.

— Bon, vous pouvez y aller, lâcha-t-il, irrité. Allez, aux suivants !

Oros encouragea ses chevaux en sifflant, et le chariot pénétra sur la passerelle du grand viaduc d'Ostacle. Satisfait, Ecleïes enfouit à nouveau son visage sous la capuche et se délassa un peu les bras. Devant eux se profilait la haute tour du grand Mirador, qu'il leur restait encore à traverser avant d'atteindre le second viaduc qui les conduirait à Arkopolis.

— Je nous voyais déjà morts, avoua Oros d'une voix blanche. Quel diable de tour lui avez-vous joué ?

Ecleïes sourit avec une pointe de malice.

— Le vieux Conservateur du Temple a encore quelques tours dans sa manche. Certains talents dont je ne peux abuser sans éveiller d'encombrantes interrogations chez nos concitoyens.

— Et pour cause, vous avez bien éveillé les miennes !

— J'ai quelque pouvoir sur l'eau, confessa-t-il. En réalité, j'ai simplement brouillé la vision de cet homme en jouant sur l'humidité de ses yeux.

— *Simplement* ? répéta son compagnon, les sourcils arqués.

— Une astuce qui trouble bien des fouineurs.

Quoique peu rassuré par les paroles énigmatiques d'Ecleïes, Oros se détendit un peu et lui offrit un sourire. D'où Ecleïes tenait d'aussi extraordinaires facultés ? Il parut évident qu'il n'en divulguerait pas plus pour l'instant. L'essentiel était que leur expédition se poursuive sans autre ennui afin de venir au plus vite au secours de Sisam. En outre, Oros connaissait la sculpture de bois où étaient cachées Helya et Farf, et l'incommodité qui en résultait, sans parler du manque d'oxygène. Ils avaient donc tout intérêt à atteindre au plus vite la Cité d'Arkopolis.

Alors qu'ils étaient bien avancés sur le viaduc, un Masque Blanc surgit en courant au poste de garde. Trop loin pour intervenir, il rugit furieusement et fit signe aux gardes alentours de rattraper le chariot.

— Vous, là-bas ! les héla une sentinelle. Arrêtez-vous, c'est un ordre !

Le répit avait été de courte durée. Oros fouetta les chevaux qui se mirent au galop.

— Côté diversion, c'était un peu léger !

— Mes talents s'exercent seulement sur l'eau, se

défendit Ecleïes. Je ne peux rien contre le flair de ces maudites créatures !

Dans leur cachette de bois, Helya et Farf furent ballottés. Les cahots devinrent si violents que la grande panthère finit par tomber à la renverse, projetant ses occupants l'un contre l'autre.

— Mille excuses ! s'exclama l'Anachrone, mortifié. Au grand jamais je n'oserais…

— Ils nous ont percés à jour, dit-elle, ses grands yeux clairs levés vers l'étroite ouverture de leur abri. Accroche-toi, mon petit Farf !

Se frayant un chemin parmi les véhicules dont certains se renversèrent sur leur passage, le chariot filait le long du viaduc qui semblait ne jamais finir. Les cris fusaient de toutes parts, tandis que des cavaliers d'Ostacle se lançaient à leurs trousses. Ils étaient encore loin, mais suffisamment rapides pour les rattraper avant que leur chariot n'eût atteint la frontière du Mirador. Dans le même temps, d'autres gardes étaient apparus des postes de surveillance situés au milieu du pont pour leur barrer le chemin. La défense des viaducs se révélait plus solidement assurée qu'Ecleïes et sa petite compagnie ne le présumait.

— Si vous avez un autre tour de génie, c'est le moment ou jamais de vous rendre à nouveau intéressant ! l'exhorta Oros.

Celui-ci ne répondit pas. Ses yeux roulaient nerveusement de droite à gauche, en quête d'une solution qui semblait ne pas vouloir se manifester. Ils seraient bientôt pris entre les fers croisés des soldats d'Ostacle, dont l'arsenal militaire ne manquerait pas de mettre en pièces leur malheureux véhicule.

Alors qu'ils n'avaient plus d'autres solutions que de s'arrêter ou fendre la route au mépris du danger, surgit soudain du haut des murs de la Cité une cohorte d'étranges guerriers. Armés d'épées rouillées, de haches et de lances élimées, ces hommes et femmes aux étranges défroques surmontées d'armures de fortune surprirent la vigilance des gardes et franchirent les portes du viaduc d'Ostacle, malgré les nombreux Masques Blancs qui firent quelques percées sanglantes dans leurs rangs. Ils n'étaient pas plus d'une centaine, mais la rage qui les animait compensait leur nombre. La bataille brutale s'engagea autour du chariot, qui eut bien du mal à progresser au milieu des combattants et des autres véhicules pris au piège.

— Des Khalibans ! s'exclama Ecleïes.

— Formidable, fit Oros, hagard. À défaut de tour de génie, si vous avez une prière...

— Elle est exaucée, ne vois-tu pas ?

Oros le regarda, incrédule, et finit par comprendre. Les Khalibans n'étaient certainement pas leurs alliés, mais leur intervention soudaine accaparait maintenant toutes les forces et l'attention des soldats et Félinides réunis.

C'était leur dernière chance. Redonnant du fouet à grands renforts de cris et de sifflets, Oros fit presque décoller le chariot, dont les quatre chevaux galopaient.

Sous la bâche, la sculpture glissa de quelques mètres sur le plancher tressautant, et Helya vit qu'ils s'étaient dangereusement rapprochés des bords.

— Si ça continue comme ça, nous allons finir par basculer à l'extérieur ! s'écria-t-elle. Il faut sortir de là !

— Sortir de cette statue ? s'écria Farf, totalement désemparé. Mais Ecleïes nous a bien répété d'y rester cachés jusqu'à notre arrivée !

— Si nous restons là-dedans, nous arriverons plus tôt que prévu en nous fracassant sur le viaduc !

S'agrippant aux anfractuosités du bois, elle s'engagea dans la maigre cavité qui leur avait permis d'entrer dans la sculpture, mais les soubresauts du chariot lui rendaient la tâche difficile. Elle parvint néanmoins à se cramponner d'une main à l'une des chaînes d'attelage, tandis que la grande panthère continuait à déraper vers l'extérieur. Réalisant le danger, Farf s'arrima à la taille de sa maîtresse et ferma convulsivement les yeux.

Un cavalier se rapprocha suffisamment de l'aile gauche du chariot pour y trouver une prise. Sautant de sa monture, bravant les secousses du véhicule, il atteignit l'arrière. Percevant les voix s'échappant de l'imposante statue, il dégaina son épée et l'escalada afin de déloger les dissidents. Helya étouffa un cri en apercevant la silhouette du soldat. À cet instant, un nouveau cahot arracha définitivement la sculpture du sol du chariot. Désarçonné, l'homme disparut avec elle derrière la bâche en un terrible fracas. Helya et Farf se retrouvèrent à l'air libre, sauvés par le bout de chaîne auquel la jeune fille s'était agrippée avec force.

Se tenant fermement d'une main aux rebords de son siège, Oros avait laissé les rênes à Ecleïes. Avec pour seules armes les outils accrochés à sa ceinture, il saisit le manche de sa masse et l'abattit sur les soldats et les Félinides qui se dressaient en travers de leur route. Leur véhicule arrivait maintenant à toute vitesse sur le Mirador, et Ecleïes accéléra encore leur course. La surprise et la rapidité jouaient en leur faveur. Les Meutes de Morlhed n'avaient pas eu le temps de s'organiser pour contrer leur approche.

Oros se retourna. Les Khalibans poursuivaient le combat. Certains étaient si rachitiques qu'on devinait à peine leur corps sous les armures, et cependant, ils guerroyaient avec une énergie et une détermination proches du désespoir, face aux doubles forces des Félinides et des soldats Ostallans. Où et comment pouvaient survivre ces parias depuis tant d'années, hors de l'enceinte des Cités qui s'en étaient fait leur unique ennemi ?

L'urgence de la situation ne laissait guère de place à la réflexion. Ils venaient de dépasser les coursives latérales du Mirador et apercevaient enfin devant eux les deux autres Cités, perchées sur les cimes abruptes de Pan-Kaïa. Ecleïes avait vu juste : leurs prières avaient finalement été entendues.

Le viaduc menant aux portes d'Arkopolis se tenait devant eux, quand un Félinide se fraya un chemin sur les plus hauts remparts du Mirador et se jeta de tout son poids sur Ecleïes qui, sous le choc, lâcha les rênes.

— Ecleïes ! s'écria Oros, horrifié.

L'hideuse créature au masque à moitié brisé commença à lui labourer le dos de ses griffes. Le vieil homme essaya en vain de se défaire de son étreinte, et Oros bascula vers lui pour frapper le Félinide de sa masse. Mais il arrêta son bras au dernier instant et planta ses yeux jaunes dans les siens en poussant un miaulement haineux. Oros crut sa dernière heure arrivée. Ecleïes profita de cette diversion pour s'emparer de l'épée de la créature et la lui planta dans le flanc. Mortellement blessé, le Félinide, dans un dernier râle, tomba en avant et disparut sous les roues du chariot.

Oros récupéra les rênes et dévisagea avec anxiété le vieux Conservateur.

— Occupe-toi plutôt de la route ! le fustigea celui-ci.

— Mais vous êtes blessé !

— Une sensation qui rappelle que l'on est vivant, fit-il d'une voix éraillée. Il ne tient qu'à toi que nous le restions tous !

Oros concentra ses efforts sur leur chevauchée. Dans sa course folle, le chariot fonçait vers Arkopolis. Dans le chaos général, ils atteignirent l'entrée de la Cité où stationnaient et se bousculaient plusieurs voyageurs effrayés par le terrible tumulte. Ils profitèrent de l'incident et se fondirent dans la bouillonnante mêlée, avant de pénétrer à l'insu de toutes les vigies par les grandes portes inhospitalières d'Arkopolis.

Chapitre 45

Le cœur lourd et le visage meurtri, Hemerod traversait à cheval la grande artère centrale de la Cité d'Ostacle, accompagné par les hommes de sa garde. On eût dit qu'ils étaient passés par les flammes, tant leurs armures et leur peau étaient noires. Nulle parole ne s'élevait d'entre leurs lèvres, scellées par une désolation si pesante qu'elle en était palpable.

Hemerod releva la tête en pénétrant dans la cour du Palais et observa un moment ses murs altiers comme s'il les découvrait pour la première fois. Les tourelles resplendissantes parurent blesser son regard et il baissa les yeux, les mains crispées sur les rênes de son destrier. Couchée en travers de ce dernier était étendue la silhouette ballante d'une jeune femme. Une couverture de soie mauve, assombrie par endroits de taches brunes, avait été déposée sur elle. Hemerod n'avait trouvé sur sa route que ce tissu de fortune pour offrir un peu de dignité à leur retour, avant que la funeste vérité n'éclate au grand jour.

En faisant halte aux portes du Palais, le Capitaine mit pied à terre. Il resta un instant immobile, les yeux rivés sur les marches dont il foulait la pierre noble depuis ses plus jeunes années. Absorbé par les ténèbres de ses pensées, il rompit son inertie et prit dans ses bras la dépouille mortelle de la jeune femme, dont tous les citoyens alentours reconnurent alors avec effroi le tendre visage : celui de Nisis, fille d'Heguemandre et sœur du Capitaine d'Ostacle. Des murmures se répandirent aussitôt dans la foule, que les gardes s'efforçaient de contenir derrière les grilles de fer forgé.

Le visage d'Hemerod était celui d'un fantôme accroché aux lambeaux d'une ineffable douleur. Le peuple et les gardes citoyens s'écartèrent sur son passage, comme si le gong d'une sinistre cloche le précédait. Il se dirigea vers le porche du Palais, dont il gravit lentement les marches de marbre blanc, le pâle visage de sa sœur tout contre le sien.

Écartant les épais rideaux de velours, Heguemandre aperçut son fils par une haute fenêtre de ses appartements, et porta une main tremblante à ses lèvres.

Chapitre 46

Sous les nuages gris qui s'étaient rassemblés au-dessus d'Arkopolis, Ecleïes avait pris la place d'Oros sur la banquette d'attelage et guidait maintenant le chariot à travers les rues étrangères et silencieuses de la Cité. L'atmosphère qui régnait dans ses faubourgs était pesante. Les visages des quelques habitants dont ils croisèrent le chemin étaient ternes et sans joie, comme s'ils supportaient tous un fardeau invisible. Les ponts aménagés pour enjamber les profondes crevasses taillées dans le sol de la Cité n'avaient visiblement jamais été remis à neuf, car on pouvait déceler çà et là d'inquiétantes fissures dans le bois de charpente, sans parler de la pierre elle-même dont certains blocs effondrés donnaient à ces vieux monuments des allures de ruines abandonnées. Les petits commerces s'alignaient sous de sinistres préaux et étaient fréquentés par une poignée de clients qui se rassemblaient autour du halo de lumière. Les rares tavernes alentours, quant à elles, respiraient autant la poussière que l'ennui. Seul le Palais du Gouverneur Hacton, qui se profilait au loin avec une froide splendeur, tranchait avec l'apparence misérable des rues de la Cité.

Écartant les pans de la bâche, Helya contempla ce lugubre décor.

— Nous avons donc réussi à passer, constata-t-elle, soulagée. Sommes-nous sur la route de la Prison ?

Ecleïes resta silencieux. Les blessures infligées par le Félinide le torturaient, mais il trouvait la force de les endurer.

— Vous avez réussi à sortir seule de la statue ? fit Oros, abasourdi.

— Disons que votre course effrénée nous a un peu aidés, Farf et moi. Quant à votre œuvre, elle gît quelque part en miettes sur l'un des viaducs.

— En *miettes* ? s'empourpra-t-il. Mais quelle folie vous a prise ? Cette damnée panthère m'a demandé plusieurs mois de travail. Elle valait une fortune !

— Ce sont toutes les satanées secousses de votre carriole qui l'ont faite chavirer. Il s'en est fallu de peu pour que nous ne nous retrouvions pas nous aussi sur la chaussée.

— Dame Helya nous a sortis d'un beau pétrin, vous pouvez me croire, ajouta Farf, dont le petit visage rabougri surgit des toiles entrebâillées de la bâche. Foutacrasse ! Oros, tu aurais pu témoigner un peu plus d'égards pour tes passagers !

— Restez cachés, leur recommanda Ecleïes. Le danger reste présent, même ici. Et pour répondre à votre question, Helya, nous allons d'abord rendre visite à Santoriès, le Maître Archiviste.

— Vous le connaissez ? s'enquit-elle.

— Il fut une époque où nous étions comme les doigts de la main, répondit-il rêveusement. Une époque moins sombre que celle que nous vivons aujourd'hui, où les Gouverneurs n'avaient pas encore la mainmise sur les Archives. Mais j'espère toujours que leurs manigances n'auront pas changé le cœur de Santoriès...

— En quoi pourrait-il nous aider ?

— Le Maître Archiviste est resté un éminent dignitaire des Trois Cités. Même si son indépendance envers le Haut Parlement n'est plus ce qu'elle était jadis, il conserve toujours une certaine autorité auprès de ses pairs. Celle-ci pourrait nous être utile.

— Est-ce un ami de la Guilde ? fit Oros.

Ecleïes plissa les yeux et scruta un moment le nouveau quartier dans lequel ils venaient d'entrer. Le souvenir du Myrihande tombé quelques heures plus tôt dans le Temple vint alourdir ses pensées, mais il s'efforça de l'occulter.

— La vraie question est de savoir s'il l'est resté, lâcha-t-il finalement avant de fouetter les chevaux.

Leur chariot arriva bientôt devant la haute tour blanche des Archives à la grande rosace couleur de rubis. À leur approche, les grandes portes s'ouvrirent, et ils pénétrèrent dans la cour bordée de bosquets soigneusement taillés où quelques Archivistes vinrent les accueillir. L'un d'eux s'approcha afin de prendre connaissance de leur nouvel hôte.

— Veuillez annoncer à votre Maître qu'Ecleïes désire lui parler, s'empressa d'annoncer celui-ci.

L'homme au visage taciturne s'exécuta sans mot dire, tandis que les autres Archivistes arborant de longues toges mauves effectuaient quelques pas en arrière, délimitant le chariot et leurs occupants d'un cercle immobile.

Entre-temps, Helya et Farf étaient descendus de l'arrière du véhicule et avaient rejoint leurs deux amis. La présence de ces individus tout autour d'eux, figés telles des statues dont ne leur parvenait pour seule voix que le froissement sec des tissus, ne les rassurait guère.

— J'espère que vous savez où vous mettez les pieds, chuchota l'Anachrone en s'adressant à Ecleïes. Ils n'ont pas l'air très jouasses.

— Ce sont des Archivistes, rappela celui-ci en mettant pied à terre. Leurs lois leur interdisent de se mêler au reste du monde. Ils vivent en communauté fermée et n'apprécient que modérément la visite d'étrangers. Mais n'ayez crainte, ce sont de grands humanistes.

— Pour des humanistes, ils ne semblent pas avoir le contact facile, fit remarquer Helya. Êtes-vous certain que nous sommes vraiment les bienvenus ici ?

Ecleïes n'eut pas le loisir de répondre, car Santoriès se présenta devant eux. Helya remarqua que le grimoire ouvert dessiné sur les toges de chaque Archiviste était identique à celui que portait leur Maître sur le camée accroché au collier qui ornait son cou. C'était là son seul insigne, qui le distinguait à la fois de la servile dynastie des Gouverneurs et du statut de simple citoyen. Une rafale de vent s'engouffra en claquant dans son manteau aux franges ouvragées tandis qu'il observait un à un ses visiteurs. Ses traits étaient tirés et son regard aigu. De toute évidence, il ne semblait pas particulièrement réjoui de leur venue.

— Cela fait bien longtemps, Ecleïes.

Celui-ci lui tendit la main.

— Le temps nécessaire pour éclairer notre route. Avec les années, les voyages sont malheureusement devenus compliqués.

Santoriès ne répondit pas à la poignée de main. Ses yeux couleur de pluie firent à nouveau le tour de la petite confrérie, et s'arrêtèrent sur le visage d'Helya. Se sentant dévisagée, la jeune fille baissa les siens et se tourna légèrement de côté.

— Je sais ce qui t'amène, déclara-t-il finalement. Sache que l'histoire d'Helya et Sisam a déjà fait son chemin jusqu'ici.

— Alors, cela facilitera sans doute notre tâche, se réjouit Ecleïes.

— Détrompe-toi. Les choses ont bien changé depuis ta dernière visite. L'autorité du Gouverneur

Hacton n'a cessé de croître au sein de notre Cité, et son influence pèse sur tous. Mais tu as tout de même pensé à moi pour infiltrer la Prison et récupérer ton valeureux Sisam, n'est-ce pas ?

Ecleïes se risqua à poser une main sur l'épaule du Maître Archiviste.

— Du plus lointain que je me souvienne, tu as toujours été l'un des plus précieux alliés des Ch'Ken, rappela-t-il. La Guilde du Second Souffle te doit beaucoup. Et les jours qui s'annoncent sont peut-être ceux qui bouleverseront notre destin à jamais.

— Te voilà donc persuadé que ces deux jeunes gens pourraient devenir ce Myrihande que vous attendiez ?

— Celui que *nous* attendions. Nous avons tous ressenti son retour dans notre chair à l'instant même des retrouvailles entre Helya et Sisam, et je sais que tu l'as forcément senti toi aussi.

Santoriès écarta sèchement la main chaleureuse de son invité.

— Vous n'êtes décidément que des fous inconscients ! cracha-t-il. Quelle chance croyez-vous avoir de défaire Morlhed et son armée ? Ils sont parmi nous depuis des générations pour faire régner la loi de Doldometh, et aucune Âme-Sœur n'a jamais pu échapper à leur contrôle. Tes deux jeunes Ch'Ken ne sont qu'une aiguille dans leur botte de foin, et les Gouverneurs eux-mêmes chercheront à étouffer l'affaire, quitte à y sacrifier celles et ceux de leur propre sang !

— Jamais Phonkerf ne prendrait une telle décision ! s'indigna brusquement Helya en s'avançant vers lui. Comment pouvez-vous dire une chose pareille ?

Avec un sourire sans joie, Santoriès se pencha vers la jeune fille à la chevelure amarante et la fixa de ses yeux de loup blanc.

— Phonkerf ne décide pas seul de tous les artifices politiques de nos Cités, jeune Helya. Les Gouverneurs ne prendront jamais le risque de perdre leur petite autonomie en désobéissant à Kryom. Crois-moi, si tu veux sauver ta vie et celle des gens que tu aimes, abandonne les rêves insensés de ceux qui se prétendent tes amis, et retourne auprès des tiens.

Derrière lui apparut au coin d'une lourde porte le visage de sa fille, la jeune Chrysalie. Alertée par les voix, elle s'immobilisa sur le seuil et croisa un instant le regard d'Oros. Devant son expression étonnée, elle esquissa un sourire, auquel il répondit par un froncement de sourcils un peu gêné. Ses cheveux couleur d'épi de blé rivalisaient de beauté avec la belle crinière rousse d'Helya, tout couronnés qu'ils étaient d'un diadème aux gracieuses formes de papillon. Mais son expression mutine et sa luxurieuse parure de lin blanc lui donnaient un charme tout différent. Le temps qu'il fasse mine de s'intéresser à nouveau à la conversation, Oros jeta un dernier coup d'œil vers la porte, mais la jeune fille avait disparu.

— Santoriès, insista à nouveau Ecleïes derrière lui, nous sommes tous prêts à risquer nos vies pour cette cause. Le destin de Sisam et d'Helya doit l'emporter sur toutes nos vieilles querelles.

— Ces jeunes gens doivent être bien exceptionnels, grinça-t-il.

— Ils le sont, et tu n'imagines peut-être pas l'importance de leur union pour notre salut à tous.

— Et toi, tu n'imagines pas les sacrifices que j'endure depuis toutes ces années pour préserver ma liberté ! explosa-t-il en se retournant vers lui. Dois-je te rappeler qu'à travers moi, c'est aussi ma fille que je protège de la folie meurtrière de Kryom ? Nous ne sommes que des jouets entre ses mains, et il lui appartient de nous manipuler à sa guise, tout comme il nous appartient à nous de ne pas le faire céder à la tentation d'exterminer ces Cités ! Et d'ailleurs, aurais-tu déjà oublié que ton propre aveuglement a déjà coûté la vie d'un Myrihande ? Deux Flammes Jumelles, dont la fille du Gouverneur d'Ostacle en personne ?

Ecleïes accusa douloureusement le coup porté par Santoriès, qui réveilla en même temps les blessures de son corps.

— Nisis et Oriance se sont battues pour que survive Helya, se défendit-il. Elles l'ont fait de leur propre volonté. Et si l'angoisse n'étouffait pas ton cœur, tu refuserais toi aussi que leur sacrifice ait été vain !

— Leur sacrifice, en effet, acquiesça gravement Santoriès. Malheureusement pour vous, je ne suis pas certain que cela soit une consolation suffisante pour le Gouverneur d'Ostacle et son Capitaine.

— C'est une tragédie qui les aura fait réfléchir. Tout comme toi.

Le Maître Archiviste le pointa du doigt avec colère.

— Tu as introduit le deuil chez Heguemandre et sa famille, Ecleïes ! Sa fille n'est plus ! Elle est *morte*, pauvre fou !

La voix de Santoriès résonna sur les murs de la cour, suivie d'un profond silence auquel seuls les Archivistes étaient familiers. Les lèvres pincées, il observa un moment l'expression déterminée de son vieux compagnon, puis il leva les yeux vers les sommets d'un des bâtiments où se profilait une étroite fenêtre voilée de rideaux de soie. La balustrade illustrée d'ailes de papillon était déserte.

— Je n'ai rien à ajouter, conclut-il. Partez maintenant, et ne revenez jamais.

Chapitre 47

La traversée des tunnels transversaux avait obligé Sisam et Maâlias à remonter plusieurs niveaux dans la Prison, et ils pouvaient maintenant apercevoir, par les ajours, les bâtisses grises de la Cité. Ces détours les avaient éloignés de leur destination, mais emprunter les voies les plus directes leur aurait fait prendre le risque de tomber nez à nez avec d'autres gardiens.

Un soupirail logé au fond d'une petite cavité souterraine dont Maâlias connaissait l'existence leur avait permis de quitter les tunnels. Ils pénétrèrent dans une sombre excavation, au creux de laquelle se trouvaient une dizaine de conduits d'aération encastrés dans la roche humide. Ceux-ci ne semblaient guère entretenus, mais ils diffusaient une pâle lumière sur le sol, bien utile à Sisam pour savoir où il posait les pieds. Jetant un coup d'œil par l'extrémité de l'un d'eux, il recula vivement et plaqua une main sur son visage.

— Eh oui, ce doit être le seul coin d'Arkopolis où l'on ne cultive pas les roses, persifla Maâlias en s'agrippant aux parois crasseuses.

— Je m'y ferai, répondit le jeune homme, opiniâtre.

— À la bonne heure ! Nous en avons pour une bonne cinquantaine de mètres avant d'atteindre l'autre niveau, et je me serai vite lassé de tes petits malheurs !

— Trop aimable.

— On me le dit tout le temps. Allez, ne traînons pas !

Luttant contre le dégoût que lui inspirait l'aspect poisseux du conduit, Sisam remonta jusqu'au nez le col de sa tunique et entreprit prudemment la descente le long de l'étroit passage. Ses pieds nus glissèrent à plusieurs reprises sur la paroi humide, mais il réussit néanmoins à maîtriser sa pénible progression. La peur de rester coincé dans cette bouche aussi serrée que malodorante effleura ses pensées, et il concentra son attention sur ses mouvements. Peu à peu, la clarté de la lumière en contrebas se fit plus vive.

Maâlias s'était engouffré dans un conduit voisin et, quoique plus grand et plus massif que Sisam, il se mouvait à l'intérieur avec aisance. La pestilence qui régnait dans les vieux conduits avait cessé de l'incommoder depuis plusieurs années. Il aurait presque pu en remercier ses détestés gardes-chiourmes, qui l'y faisaient travailler à longueur de semaine afin de s'affranchir de leurs propres labeurs.

Il arriva le premier à l'autre bout et, s'aidant de ses bras puissants, finit par s'extraire du conduit en roulant sur le sol. En se relevant, il vit que sa tunique ruisselait de matières plus ou moins douteuses. Un peu écœuré, il secoua bras et jambes avant de se pencher vers l'autre bouche d'aération.

— Maintenant que je me suis mouillé pour toi, gamin, il serait temps de me rendre la pareille, pas vrai ?

Sisam aperçut quelques mètres devant lui le visage épais de Maâlias, dont les yeux perçaient la pénombre.

— Je peux savoir ce que ça signifie ? demanda-t-il, tout en se tortillant pour avancer plus vite.

— Quand je choisis un allié, et cela quelles qu'en soient les raisons, je veux être certain de pouvoir lui faire confiance en toute situation, vois-tu. C'est pour ainsi dire un point d'honneur que je me fais. Or, il se trouve que tu me caches des choses et j'aimerais savoir pourquoi.

— Je ne te cache rien !

— Allons, soyons honnête. Sinon, tu vas m'obliger à fermer ce conduit sur toi, et je serais vraiment navré de te savoir piégé là-dedans au milieu de toutes ces immondices.

Ce disant, il fit coulisser une lourde chape en métal sur la bouche, obscurcissant tout à coup le conduit. Sisam étira un bras mais ne put l'empêcher de refermer la chape.

— Maâlias, qu'est-ce que tu fais ? s'écria-t-il, effrayé. Arrête ça !

— Bien, tu es donc décidé à me dire la vérité ? fit celui-ci en relevant la chape.

— Mais de quoi est-ce que tu parles ?

— Voyons voir. Tu m'as raconté que ton Âme-Sœur et toi aviez vécu à Ostacle côte à côte, et cela pendant une bonne partie de votre enfance. J'imagine que vous avez dû vivre de grands moments ensemble, à n'en pas douter. Le seul hic à cette belle histoire est qu'elle m'a l'air tout droit sortie d'un conte à dormir debout. Hélas, en ce qui me concerne, j'ai passé l'âge des enfantillages.

— Pourquoi est-ce que je te mentirais ? riposta Sisam dont le visage affleurait maintenant l'extrémité du conduit. On m'a entraîné de force dans cette maudite histoire dont j'aurais aimé ne jamais rien savoir, et me voilà prisonnier de cet endroit puant pour des fautes dont j'ignore le sens ! Mais si tu penses malgré tout qu'avoir une Âme-Sœur est un cadeau du ciel...

— Parce que cela n'en est pas un pour toi ?

— Il n'y a que les enfants pour le croire !

— Et patati et patata, oui, des enfants, c'est exact. C'est ce que vous étiez à l'époque. Mais ça ne vous soustrayait pas au flair des Félinides. Je les ai vus de mes yeux emporter des bébés et leur mère pour les exiler vers une autre Cité, ou pire encore ! Alors de deux choses l'une : soit tu m'as menti et tu n'es pas un Ch'Kan, ceci induisant le fait que tu peux aussi être un ennemi potentiel, soit… tu as trouvé d'autres raisons de me mentir.

Sisam sentit la fureur monter en lui. Il parvint à ramper au plus près de l'issue et assena un coup de poing rageur sur la chape entrouverte.

— Je dis la vérité ! Ouvre ce fichu clapet !

Dévoré par la colère, il poussa de toutes ses forces sur ce dernier, déchirant le tissu de sa tunique sur son épaule à nu.

Exaspéré, Maâlias allait bientôt obturer le conduit quand il remarqua sur la peau dénudée de son compagnon le petit tatouage pourpre, dessinant une ligne sinusoïdale marquée de trois points dans le creux de sa courbe. Troublé, il en lâcha subitement la chape et recula de quelques pas. Profitant de cette chance, Sisam se hissa enfin hors de l'étroit boyau et tomba à terre, dégoulinant de matières brunes. Il lui fallut encore une dizaine de secondes pour récupérer et avaler quelques franches goulées d'air pur, avant de se jeter furieusement sur Maâlias.

— À mon tour, maintenant ! cracha-t-il en l'empoignant. Qu'est-ce que tu dirais si j'envoyais valser tes petites billes magiques, pour commencer ? Je me demande jusqu'où tu saurais aller sans tes graines de paradis !

Maâlias ne semblait même pas l'avoir entendu. Il approcha un timide doigt vers son épaule, et pointa le dessin qui figurait sur la peau de son compagnon.

— Tu portes l'Anolfac, indiqua Maâlias, médusé.

— Comment ?

— Ce tatouage-là, qui te l'a fait ?

Troublé, Sisam le relâcha et fronça les sourcils.

— Je ne sais pas, répondit-il en regardant le dessin incrusté sur sa peau. Je porte cette drôle de marque depuis toujours.

— Il y a très peu de Ch'Ken qui aient reçu ce cadeau. Grâce à lui, tu peux garder auprès de toi ton Âme-Sœur, voire même fusionner avec elle. Les Félinides sont incapables de sentir ceux qui portent ce tatouage. C'est comme si cette encre mêlée à la peau anesthésiait leur flair. On peut dire que tu es béni du ciel, gamin !

Sisam songea aux brûlures qu'il avait éprouvées auparavant sur son épaule.

— J'ai toujours pensé que c'était plutôt une malédiction, dit-il.

— Parce que ça te faisait souffrir, pas vrai ? À t'entendre causer de ton Âme-Sœur, ça me paraît évident. Tu n'as jamais voulu admettre ce que tu étais, à ce qu'il semble, mais l'Anolfac, lui, te le rappelle sans cesse.

Le jeune homme le regarda, sceptique.

— Même si ce que tu dis est vrai, ce fameux tatouage n'a pourtant pas empêché les Félinides de nous retrouver.

— Sans doute que ta tendre moitié n'a pas la même chance que toi, fit-il en haussant les épaules. Mais au moins, j'ai trouvé la réponse à ma question.

— Ah oui ? Pourrais-je enfin savoir laquelle ?

Maâlias l'observa de ses yeux pleins de malice et esquissa un sourire.

— Tu ne m'as pas menti.

Puis il lui fit signe de le suivre et, bon gré mal gré, Sisam finit par lui emboîter le pas.

Après quelques minutes de marche, ils arrivèrent au pied d'un immense précipice circulaire, béant d'une centaine de mètres de diamètre. Le lieu était fortement ventilé par plusieurs grandes roues à aubes situées juste au-dessus des fondations de la Prison, toute entière alimentée par la pression hydraulique issue du fleuve qui traversait Arkopolis.

— Voilà notre salut, déclara Maâlias. Nous n'avons plus qu'à rejoindre le fleuve en dessous et nous serons enfin libres !

— Et pourquoi penses-tu que personne n'aura l'idée de nous attendre à la sortie ?

— Parce que personne n'imaginerait une telle évasion, rétorqua-t-il en lui décochant un petit clin d'œil. J'espère que tu n'as pas le vertige ?

Sisam lui signifia d'un hochement de tête que tout irait bien. Satisfait, Maâlias se retourna et s'engagea sur les escaliers qui longeaient les parois de la vaste trouée et dévalaient jusqu'à sa base. Ils n'étaient plus utilisés depuis de nombreuses années et avaient été érodés par le temps et la puissante aération. Les arpenter s'avérait dangereux, d'autant plus qu'ils abritaient de sinistres locataires : des Oïbrags, sortes d'iguanes grisâtres aux grandes ailes membraneuses, qui venaient ici s'abriter du froid. En entendant le claquement de leurs pas, les reptiles aux fines langues fourchues s'agitèrent un peu et poussèrent quelques gémissements aigrelets.

Perdu dans ses pensées, Sisam les remarqua à peine en suivant son acolyte le long des marches abruptes.

— Je ne comprends toujours pas dans quel but nos Gouverneurs mettent tant d'énergie à vouloir séparer les Âmes-Sœurs les unes des autres, réfléchit-il tout haut. J'imagine que cela est lié au secret qui entoure les Myrihandes... Mais lequel ? Ces Félinides font-ils donc la loi dans les Cités ?

Maâlias eut un petit rire caustique.

— Ces bêtes ne sont que sous les ordres de leur maître, le seul véritable souverain des Trois Cités : Morlhed, le Passeur. Un douanier pas des plus commodes.

— J'ai entendu parler de lui, répondit Sisam. Je sais qu'il occupe le Grand Mirador. Mais j'ignorais tout de son rôle dans la domination de nos Cités.

— Alors c'est parfait. Puisque nous en sommes là, je te conseille d'en savoir le moins possible pour l'instant et de te concentrer sur la situation qui nous occupe. Nous ne sommes pas encore sortis de ce guêpier.

Sisam commençait à se lasser des manières infantilisantes de son comparse.

— Toujours en savoir le moins possible, râla-t-il. Ça n'est pourtant pas ta devise, à ce qu'il m'a semblé tout à l'heure. Je ne suis plus un gamin, Maâlias !

— Voilà un détail qu'il est intéressant de préciser, car j'avoue que je n'en étais pas totalement convaincu.

— Tu ne manques pas d'air ! C'est sans doute trop difficile pour toi d'admettre que je t'ai aidé à t'évader et à nous débarrasser de nos gardiens ? Mais si je ne t'avais pas poussé dans tes derniers retranchements, tu moisirais encore dans ta cellule, à l'heure qu'il est !

Ses exclamations finirent par effrayer la colonie d'Oïbrags alentours qui, pris soudainement de panique, provoqua tout à coup un tourbillon d'ailes autour de Maâlias et Sisam. Les animaux affolés volèrent en tous sens au cœur de la trouée et certains d'entre eux les heurtèrent violemment. Aveuglé par la myriade envahissante des créatures ailées, Sisam perdit l'équilibre et dérapa. Il réussit heureusement à se rattraper d'une main à l'angle d'une marche, ses pieds patinant désespérément dans le vide.

— Maâlias ! hurla-t-il.

Écartant les Oïbrags autour de lui à grands renforts de battements de bras, celui-ci le rejoignit en hâte et agrippa son bras.

— Donne-moi ton autre main ! l'intima-t-il. Allez !

Découvrant le vide au-dessous de lui, Sisam se tortilla comme un ver pendu à son hameçon. La peur lui plombait le ventre. Il étira son bras vers Maâlias. Au prix d'un puissant effort, ce dernier parvint à hisser Sisam jusqu'à lui. Il resta un moment écroulé sur les marches, étourdi et le souffle court.

— Bien, lança Maâlias en se redressant. Je crois que nous sommes quittes ?

— Merci, lâcha Sisam, encore haletant.

— À l'avenir, prends garde plus à tes pieds qu'au vol des oiseaux. Ce n'est pas tout à fait l'eldorado, par ici, et je ne serai pas toujours derrière toi pour sauver tes miches. Compris ?

Vexé, le jeune homme ne saisit pas la main qu'il lui tendait pour se relever. Se remettant sur ses pieds, il reprit prudemment le chemin tortueux des escaliers à la suite de Maâlias, abandonnant derrière lui la danse tourbillonnante des Oïbrags.

Chapitre 48

Installé dans la plus haute salle de la tour des Archives, Santoriès relisait les grandes pages du livre où figurait l'histoire de Sisam et Helya. Depuis l'avènement des Cités, la vie de chaque citoyen avait été consignée ici, entre les milliers de pages de milliers d'ouvrages précieusement conservés par la confrérie Archiviste. Mais les citoyens vers lesquels les études étaient les plus approfondies furent toujours les Ch'Ken, au point que leur simple archivage devînt peu à peu pour les Gouverneurs l'outil le plus efficace pour maîtriser leurs vies et leur prolifération. Avec les siècles, les ordres venus de Doldometh s'étaient faits plus sévères, jusqu'à ce que des Félinides viennent assurer leur pleine et entière fidélité, sous la tutelle de Morlhed, le Passeur des Trois Cités.

Le libre arbitre de chacun fut spolié, et les Âmes-Sœurs devinrent de lointains souvenirs, vestiges d'un passé que l'histoire officielle relégua au rang de légende. Collaborer ou être anéanti, tel avait été le choix imposé à leurs ancêtres. Depuis lors, personne n'avait jamais osé remettre en question l'hégémonie de Doldometh sur leur existence. Pis encore, certains Gouverneurs, dont Hacton n'était pas l'un des moindres, avaient commencé à entretenir une complicité secrète avec Kryom, en échange de mystérieuses faveurs. Cependant, tout ce qu'avait gagné l'ensemble de l'aristocratie à accepter cette mainmise sur leurs prérogatives fut seulement quelques privilèges, dont celui de laisser vivre en paix les rares Ch'Ken issus de leur sang.

Santoriès médita un moment, puis descendit les marches de la tour pour se rendre dans le vivarium où sa fille Chrysalie élevait des papillons aux ailes multicolores. Cette serre aux larges baies vitrées était son petit paradis terrestre, un plaisant refuge au sein duquel rien ne pouvait l'atteindre. Son père le lui avait fait construire voilà huit ans, afin de lui offrir quelques loisirs et combler sa solitude obligée d'adolescente Archiviste.

Santoriès ébaucha un sourire en la voyant griffonner des croquis sur un carnet déjà rempli de notes diverses et de dessins. La jeune fille au casque d'or l'avait entendu arriver et se tourna vers lui, le regard enjoué.

— Tes amis sont partis ? demanda-t-elle.

Il acquiesça et s'approcha d'elle pour déposer un baiser sur ses cheveux.

— J'étais curieux de savoir où en étaient tes recherches sur les cocons, lui confia-t-il doucement.

Elle sourit et lui désigna un établi vers lequel elle l'entraîna.

— Regarde, j'en ai mis un de côté pour mieux l'étudier. Tu vois, à l'intérieur de l'œuf, la peau va bientôt se fendre au niveau de la tête. Grâce à ses contorsions, la petite larve fera ensuite glisser cette vieille peau jusqu'à s'en débarrasser complètement. Elle est encore très fragile, à ce stade. Mais il n'y a heureusement pas beaucoup de prédateurs, par ici.

— Si je comprends bien, tu poursuis tes petites expériences ? constata-t-il en examinant un bocal de papillons au couvercle piqué de petits orifices.

— Ce sont plus que des petites expériences, père ! s'offusqua-t-elle en lui prenant le bocal des mains. Ces papillons m'ont beaucoup appris sur les lois de la nature et notre propre vie. Au lever du soleil, ils s'élancent de toute la force de leurs ailes et doivent profiter de ce jour unique dans leur existence pour butiner, voler, se reproduire… Pourtant, à peine ont-ils eu le temps de naître qu'ils doivent mourir à la nuit tombée.

— Une des lois de la nature, souligna son père. Ainsi vont les choses et les êtres.

— Alors, la nature est injuste ! Ça ne devrait pas se passer ainsi. D'ailleurs, mon vœu le plus cher serait de percer le secret de leur existence si éphémère… et de les en guérir.

Santoriès l'avait écoutée avec attention. Ses yeux luisaient et il inclina la tête avant de faire quelques pas le long des établis.

— J'apprécie ta passion et ta générosité pour ces papillons magnifiques, confessa-t-il. C'est un travail qui exige beaucoup de minutie, de patience et de talent. D'ailleurs, c'est à toi que nous devons sans doute en partie la beauté de nos jardins. Mais je suis… disons… inquiet au sujet de cette obstination qui t'anime depuis toutes ces années.

Il s'interrompit et considéra sa fille d'un air déterminé.

— Je sais que ce travail te tient à cœur, mais malgré tous tes efforts, tu ne pourras jamais rien changer au destin de ces papillons. Ils ont leur vie comme nous avons la nôtre, et il ne faut pas chercher à la changer. Les voir naître, grandir et s'envoler, voilà les instants qui méritent notre ravissement et nos égards. Mais il ne faut pas vouloir l'impossible.

Chrysalie perdit son expression paisible. Les paroles de son père n'étaient certainement pas celles qu'elle aurait souhaité entendre, aussi sages soient-elles. Blessée, elle se détourna de lui et retourna à sa tablette piquée de petits papillons précieusement conservés, sur lesquels elle laissa dériver son regard.

— Ma fille, je suis navré si je te cause du chagrin, mais…

— Toi, tu as le pouvoir de changer des choses,

père, lança-t-elle à brûle-pourpoint. Pourquoi n'en uses-tu pas ?

Santoriès allait protester, mais elle poursuivit.

— Ces gens avaient besoin de ton aide, n'est-ce pas ? Cette jeune fille avec eux... J'ai senti sa peine. Elle a perdu sa Moitié.

Le Maître Archiviste s'approcha à nouveau de sa fille et vint poser ses mains sur ses frêles épaules. Elle se retourna alors vers lui, le visage tendu.

— Chrysalie, dit-il, toutes ces choses sont immuables et ne doivent pas t'affecter. Mon devoir envers les Cités fait de moi un obligé des Gouverneurs, et nécessite en cela de nous protéger. Aurais-tu oublié que nous sommes des privilégiés, toi et moi ?

La jeune fille leva le menton, observant un instant le regard soucieux et perçant de son père. Puis elle prit l'une de ses mains dans la sienne. Leurs doigts commencèrent à rouler les uns sur les autres, tandis qu'une aura blanche en irradiait doucement, se prolongeant par filaments le long de leurs bras. Santoriès ferma les yeux et entonna un chant aérien qui leur était à tous deux familiers. Mais Chrysalie suspendit alors ses gestes et laissa retomber sa main. La lumière s'éteignit aussitôt.

— Des privilégiés, répéta-t-elle avec amertume. Père, ne vous en déplaise, mais je ne suis qu'une prisonnière dans une tour dorée ». Elle baissa les yeux et se retourna vers la tablette. « Un papillon qui ne s'envolera jamais... acheva-t-elle.

Une larme menaça sur sa joue et elle quitta le vivarium, laissant seul Santoriès, dont le regard voilé retomba sur la rangée de papillons épinglés.

Chapitre 49

Après avoir quitté les Archives, Ecleïes et Oros avaient poursuivi leur route à travers les rues sombres d'Arkopolis, Helya et Farf à nouveau dissimulés à l'arrière. Pour remplacer la statue, le Maître Archiviste avait accepté de leur céder quatre grands tonneaux dans le cas où ils subiraient de nouveaux contrôles. Deux d'entre eux, à moitié remplis, leur permettraient de se cacher sous les céréales. La générosité soudaine du Maître Archiviste étonnait Helya, surtout après le farouche face à face avec Ecleïes. Elle lui en fut reconnaissante, même si, avec Farf, ils espéraient ne pas avoir besoin de se dissimuler à l'intérieur des tonneaux.

Le ciel s'éclaircissait. Le chariot arriva sur une grande place carrée aux froides bâtisses, ouvragées de belles colonnes recouvertes de lierre. C'était l'endroit le plus animé d'Arkopolis. Hommes et femmes allaient et venaient, à pied ou à cheval, transportant des vivres, des pierres de taille, des peaux de bête, des fagots entiers de bûches, d'épaisses bottes de foin ou des fournées d'esclaves aux visages taciturnes. Par-delà l'enceinte de la place, s'érigeant entre les murs de vieilles habitations, se profilait au bout d'une longue avenue dallée et bordée d'arbustes broussailleux, la grande Prison de la Cité.

Ils y étaient enfin.

Au centre de la place se tenait un petit kiosque aux vieux piliers envahis de mousse verte. Devant, un crieur s'égosillait, tenant dans ses mains une pile de parchemins où figuraient les noms et descriptions des individus recherchés par le Palais. Sans avoir l'ouïe très développée, Helya crut bien entendre son nom.

— Nous y voici, déclara Ecleïes en faisant stopper les chevaux.

Sous l'auvent en toile, Farf se recroquevilla, la tête enfoncée dans les épaules. Sans ce visage constellé de rides, on aurait pu le confondre avec un petit garçon apeuré.

— Il va nous falloir à nouveau sortir, pas vrai ? dit-il d'une voix chevrotante.

— Tout ira bien, tenta de le rassurer Helya. Nous allons libérer Sisam des murs de cette infâme Prison et le ramener avec nous.

— Et ensuite ? Il nous faudra plus qu'un tour de passe-passe d'Ecleïes pour nous échapper de cette horrible Cité !

— Le temps nous le dira, mon petit Farf. Tu n'as qu'à imaginer qu'on est encore au Palais : je garde l'équilibre sur ma barre, et toi, tu veilles en dessous à ce que je ne tombe pas, qu'en dis-tu ?

Il leva la tête vers elle et la fixa de ses grands yeux hagards.

— Votre « pointe de l'ange » ? Mais ça n'avait déjà rien de rassurant ! geignit-il.

Helya le prit contre son épaule. La tête d'Ecleïes apparut soudain d'entre les pans de la bâche.

— Le voyage sur quatre roues s'achève ici, annonça-t-il en les invitant à sortir. Aucun véhicule de marchandises extérieur à la Cité n'est autorisé à franchir le seuil de cette place en direction du pénitencier. Nous poursuivrons à pied.

Ecleïes leur donna des vêtements roulés en boule et des écharpes de fortune.

— Vous pensez que ces déguisements suffiront à nous cacher ? s'inquiéta Helya en examinant les bouts de tissu rapiécés.

Il hocha la tête d'un air rassurant.

— Ils suffiront à notre discrétion.

— Pour entrer, sans doute, intervint Farf. Mais pour ce qui est de ressortir ?

Ecleïes serra les dents, mais s'efforça de garder une expression paisible.

— Enfilez vite ces vêtements et rejoignez-nous dehors, conclut-il avant de les laisser se changer.

Une fois passés leurs déguisements de malandrins, Helya et Farf mirent pied à terre. L'écharpe de laine qu'avait dû enrouler la jeune fille autour de son cou et de son visage lui grattait affreusement la peau et exhalait une odeur désagréable de vieil oignon.

— Oros et Farf, vous resterez ici pour garder le chariot et attendrez notre retour, ordonna Ecleïes.

— J'y veillerai comme à la prunelle de mes yeux, jura aussitôt l'Anachrone, que cette perspective semblait avoir un peu rasséréné.

— C'est à moi de vous accompagner, Ecleïes, objecta Oros. Les Gouverneurs ont déjà Sisam entre leurs mains. C'est mon ami, et Helya ne doit pas courir de tels risques avec vous.

— Elle en prendra sûrement davantage si elle reste seule avec Farf sur cette place, répondit celui-ci avec force autorité. De plus, elle sera bien plus utile à mes côtés qu'en restant ici. Nous allons prendre le chemin de la Prison et ramener Sisam avec nous, je vous en fais la promesse.

— Je suis avec vous, approuva derechef Helya.

Oros soupira et croisa les bras devant lui.

— Même en bidouillant une fois de plus les yeux des gardiens, je ne suis pas du tout certain qu'on vous laissera entrer et sortir si facilement avec un détenu aussi capital sous les bras. Sans compter que vous êtes blessé...

Indifférent à ses dernières remarques, Ecleïes accrocha les chevaux à un portique, et Helya en profita pour se confier Oros.

— Oros, Sisam est mon Âme-Sœur, et aussi le meilleur ami que j'aie jamais eu, tout comme il est le tien. C'est par ma faute s'il est aujourd'hui enfermé ici, et c'est à moi de l'en faire sortir. À présent, je le sens au plus profond de mon cœur, comme un chant lointain qui m'appelle irrésistiblement à lui... Tant d'années se sont écoulées pour moi à l'ombre de sa vie... Je n'en laisserai pas gaspiller davantage. Crois-moi, je dois y aller.

Son regard n'avait rien d'implorant. Au contraire, il semblait plus confiant et déterminé que jamais.

— Très bien, se résigna-t-il. Mais si ça tourne au vinaigre, par ma foi, vous serez forcé de compter sur nous !

— J'y compte bien, Oros, fit-elle avec un demi-sourire.

— Ma Dame, je vous en prie, revenez-moi en un seul morceau, l'implora Farf, les yeux mouillés. Sinon, je m'en voudrais toujours de ne pas vous avoir accompagnée !

— Promis, répondit-elle en resserrant l'écharpe autour de son visage.

— Il est encore temps que tu les rejoignes, si tu y tiens tellement, le nargua Oros d'un coup de coude.

Le petit Anachrone lui décocha un coup d'œil assassin.

— Et je te laisserais seul pour surveiller nos arrières ? Bah, n'y pense même pas !

Après un dernier signe de la main, Ecleïes et Helya prirent le chemin de la route pavée menant à la grande et tristement célèbre Prison d'Arkopolis.

Chapitre 50

Au Palais d'Ostacle se déroulaient les funérailles de Nisis.

Toutes les familles aristocratiques de la Cité étaient rassemblées pour cette journée de deuil, au sein de la vaste chapelle dévolue aux défunts de renom. Des trois hautes verrières polychromes perçait la lumière du soleil, atténuée par la couleur des sobres peintures et les fines nuées de poussière flottant dans l'air silencieux. Le cortège entra par la grande porte de fonte, soutenant le cercueil ouvert de Nisis, dont le corps était recouvert de fines bandelettes mordorées, excepté le visage laissé à découvert, yeux clos, un edelweiss posé sur les lèvres.

Près de l'autel carré ceint de trois colonnes cannelées se tenaient Heguemandre, revêtue d'un fourreau de soie noire paré de voilages en résille, et Hemerod, dont la tunique et l'étincelante cuirasse d'apparat juraient avec l'affliction qu'on pouvait lire sur son visage.

Derrière eux se trouvait un jeune Archiviste, paré de son long manteau cérémonial, chargé de l'inhumation et de sa conformité aux lois des Cités.

D'un geste de la main, Heguemandre invita les dignitaires à s'asseoir et, après quelques secondes de recueillement, elle céda la place à l'officiant.

Les mots de l'Archiviste, dont la voix ne s'élevait en dehors de son sanctuaire que dans la lecture de textes sacrés, résonnèrent dans la chapelle du Palais.

— Ô, Increéé, nous te donnons l'âme des morts dans ta puissance et te confions aujourd'hui celle de Nisis, fille d'Heguemandre. Au-dessus de notre terre, fais qu'elle élève ses pensées et emprunte ce marchepied pour gravir les marches de ton royaume. Donne-lui un chemin à suivre pour arriver jusqu'à ton auguste Lumière. Éclaire son chemin et protège-la des ombres du Mal. Illumine son âme et son entendement, et donne-lui ta sagesse. Ô, Incréé, nous te prions ce jour de prendre Nisis dans ta puissance, au nom de la gloire de Kryom, seigneur de nos Cités…

Les lèvres d'Heguemandre se crispèrent au son de ce nom maudit, et elle détourna le regard du cercueil, croisant alors celui d'Hemerod. Ses yeux, affûtés tels des silex, attendaient obstinément une réaction de la part de sa mère. Une réaction qui ne vint pas. Heguemandre baissa les siens, et vint s'approcher du cercueil auprès duquel elle s'agenouilla.

Doucement, elle saisit les mains glacées de sa fille et les embrassa. La sensation de sa peau froide sur ses lèvres enfonça comme une flèche d'acier dans le cœur d'Heguemandre. Un instant, elle contempla son visage, que la mort enveloppait d'une troublante sérénité, et elle s'efforça de ne pas défaillir devant toute l'assemblée d'aristocrates, venue des quatre coins de la Cité. Péniblement, elle se releva, Hemerod s'approcha à son tour et se laissa choir devant sa défunte sœur. Une profonde douleur teintée de frustration et de colère étreignit le jeune Capitaine, incapable de retenir ses larmes. Avant de se retirer, il écarta l'edelweiss des lèvres inertes de Nisis et y déposa un dernier baiser. Il régnait dans la chapelle un silence assourdissant. La douleur dévorait le cœur d'Hemerod, qui replaça l'edelweiss sur les lèvres de Nisis et se redressa, hagard. Puis il s'éloigna lentement pour laisser les autres se recueillir sur la dépouille de sa sœur.

La cérémonie s'achevait. Chacun vint déposer un edelweiss sur le corps étendu de la défunte. L'Archiviste en charge de l'office s'apprêtait à recouvrir le visage glacé de Nisis, quand Hemerod perdit le contrôle de ses nerfs.

— Regardez bien son visage ! éclata-t-il. Souvenez-vous en tous ! Car c'est bien nous qui avons fini par la tuer !

Heguemandre redoutait depuis le commencement de la cérémonie une réaction de son fils. Elle intercéda vivement avant qu'il n'aille plus loin dans son emportement.

— Hemerod, tu offenses nos gens, fit-elle à voix basse. Reprends-toi, je te prie.

— C'est notre propre douleur qui est offensée ! soutint le Capitaine. Comment pouvez-vous tolérer que l'on invoque en un tel jour le nom de Kryom ?

— Nisis avait enfreint nos lois les plus strictes, allégua-t-elle. Elle savait à quel danger elle s'exposait en prenant la défense de renégats. Les privilèges dont nous bénéficions ne lui suffisaient pas, il lui fallait les partager avec ceux que nous sommes censés gouverner et protéger d'eux-mêmes. Elle voulait l'impossible, et elle y a stupidement sacrifié sa vie.

Hemerod explosa.

— Mère, c'était votre fille !

— Oui, tout comme tu es mon fils, et également Capitaine d'Ostacle, chargé de faire appliquer la loi ! C'était également son devoir de la faire respecter, mais elle a préféré suivre ces égarements libertaires qui sont la gangrène de nos Cités !

— Nisis avait sans doute des convictions que vous et les autres Gouverneurs réprouvez, mais elle défendait aussi le bien le plus précieux que la vie lui avait offert.

— Cette Ch'Kan n'était même pas digne de son rang !

Hemerod dévisagea sa mère, ne sachant s'il devait croire en ce qu'il venait d'entendre.

— Vous saviez ? murmura-t-il, consterné. Vous *saviez* qu'elle avait une Âme-Sœur ? Et vous m'avez demandé de la suivre pour mener Morlhed et ses Limiers jusqu'à ses alliés ?

— Ne t'avais-je pas demandé de la protéger d'elle-même ? se récria-t-elle d'une voix tranchante. Ne t'avais-je pas dit de la suivre comme son ombre ? Je suis parfois le bâton, Hemerod, mais pas la main qui le tient et décide qui doit être frappé. Vois le résultat, à présent. Vois ce qu'il en coûte de se dresser impunément face à ceux qui ont permis que ces Cités survivent ! Que deviendrions-nous si nous n'étions plus capables de faire respecter nos lois sur notre propre sol ?

Les mots d'Heguemandre résonnèrent en lui comme un lointain carillon dont ses pensées avaient toujours refusé d'écouter la souveraine vérité. Mais il était temps aujourd'hui de la livrer au grand jour.

— Alors peut-être serions-nous libres, mère, lâcha-t-il. La Règle des Flux n'a jamais été la nôtre. Doldometh nous l'a imposée dans le seul but d'asseoir sa toute-puissance et gouverner chacune de nos existences... sans que nous ne tentions jamais rien pour nous en défaire.

Heguemandre martela le sol marbré de ses talons pour se rendre au plus près de son fils. Derrière eux, certains aristocrates, étonnés par cette querelle en de tels circonstances, échangèrent quelques propos alarmés.

— C'est par cette Règle que tu peux vivre et te tenir debout devant moi, Hemerod ! s'écria-t-elle. Par elle que tous ici naissent, travaillent, se nourrissent et donnent la vie en citoyens qu'ils sont, nobles de leur sang et fiers de leur terre ! Aucun autre cadeau ne nous a été accordé lorsque nos ancêtres ont élu domicile sur ces falaises, qui sont devenues envers et contre tout notre unique patrie ! Notre salut est ici, mon fils, nous devons l'honorer et le défendre ! Et sans cette Règle ancestrale que tu méprises...

Hemerod l'interrompit pour achever la phrase à sa place.

—... votre fille, ma sœur, serait vivante.

Heguemandre en resta sans voix. Des larmes de colère et d'une cinglante douleur pointèrent au creux de ses yeux aux pupilles devenues d'un noir orageux. Un lourd silence tomba sur la salle de la chapelle.

— Je ne serai jamais plus dans le camp de l'injustice, mère, déclara enfin Hemerod. Faites donc selon votre raison. Pour ma part, je ferai désormais selon mon cœur.

Après un dernier regard empli d'amertume, il se retira, traversant l'allée bordée de fleurs argentées sous le bourdonnement de l'assemblée d'aristocrates.

Chapitre 51

Sisam et Maâlias avaient atteint le dernier niveau de l'escalier du tunnel et se tenaient au-dessus de trois grandes roues à aubes aux pales courbes et moussues, alimentées par le courant du fleuve. La puissance hydraulique des roues gorgées d'eau dispensait l'essentiel des besoins en énergie de la Prison d'Arkopolis. Leurs engrenages de bois et de métal constituaient une savante mécanique faite de multiples rouages qui dépassait de loin tout ce que Sisam avait vu jusqu'ici dans les moulins à grain ou à huile d'Ostacle. Il n'en fut pas rassuré pour autant, car les battements rapides des impressionnants rodets, combinés au puissant courant qui traversait le fleuve, allaient rendre leur passage périlleux.

— Une ingénieuse machinerie, n'est-ce pas ? dit Maâlias. Il se trouve aussi que c'est notre seule issue.

Il s'approcha des rebords et désigna la roue la plus à droite, où les eaux du fleuve entraient en gargouillant par un sombre souterrain avant d'être brassées et entraînées par les aubes.

— Tu vois les pales de celle-ci ? Il ne nous reste plus qu'à nous y accrocher solidement avant de plonger et gagner la sortie. On en aura pour quelques bonnes brassées avant de nous retrouver enfin hors de cette fichue forteresse !

— Mais nous serons à contre-courant, protesta Sisam. Pourquoi ne pas passer par l'autre côté ?

— Parce que cet autre côté nous conduirait tout droit vers la falaise et que je n'ai aucune envie d'aller m'aplatir tout en bas !

— Finir écrasé ou noyé par les eaux, c'était donc ça, ta brillante idée d'évasion ?

— J'en ai au moins une, et tu n'as pas chicané autant en décidant de me suivre, il me semble.

— J'étais loin d'imaginer un suicide ! riposta Sisam.

— Quel pessimisme ! Je t'avais bien dit que personne n'imaginerait une pareille escapade.

— Ces pales vont nous attirer sous elles et nous noyer !

Maâlias le toisa avec dédain.

— Tu peux aussi rester là, si ça te tente. D'ici quelques jours, je suis certain que tu feras un excellent pique-nique pour nos amis Oïbrags. Ce sont de vrais amateurs en matière de Ch'Ken.

Maâlias, trouvant sa remarque spirituelle, ne put s'empêcher de sourire devant l'expression révoltée de

Sisam. Ils observèrent un instant le mouvement circulaire des aubes. Quelques mètres au-dessous d'eux, les roues aux armatures massives entraînaient les flots dans un bouillonnement sourd d'écume argentée. Attentif à leur rythme cadencé, Maâlias se concentra. Puis il prit son élan et sauta sur l'une des pales où il s'agrippa des deux mains.

— À présent, suis-moi et saute ! dit-il.

La roue commençait à l'entraîner vers le fleuve rugissant. Sisam se pencha mais ses pieds refusèrent d'avancer davantage. Son corps fourmillait d'électricité.

— Tu veux peut-être que je te donne la main ? lui cria Maâlias. Allez, dépêche !

Une poussée d'adrénaline lui piqua vivement le cœur. Les sarcasmes de son complice reléguaient au second plan tout autre forme d'émotions. Sisam avala une grande bolée d'air avant de se jeter sur la roue. Malheureusement, il ne parvint pas à s'agripper et dérapa sur plusieurs pales avant de réussir à coincer l'une d'elles entre ses bras. Malgré les gerbes d'eau qui éclaboussaient son visage, il réussit à tenir bon.

L'oscillation des roues plongea progressivement l'un et l'autre vers le fleuve, que le mouvement des aubes courbes faisait bruyamment bouillonner.

— Sers-toi de tes jambes pour contrer le courant, l'avisa vivement Maâlias quand ils furent devant l'embouchure houleuse du souterrain. Agite-les comme si les pires démons de l'enfer te mordaient les fesses ! Et inspire à fond un bon coup !

Sisam acquiesça d'un hochement de tête. Puis ils lâchèrent chacun la pale auquel ils étaient fermement agrippés et disparurent sous le remous des eaux tumultueuses.

Chapitre 52

Sur la place d'Arkopolis, Oros martelait nerveusement du pied le plancher fatigué du chariot. Les coudes appuyés sur la barre d'attelage, il examinait d'un œil méfiant chaque badaud qui s'approchait un tant soit peu du véhicule dont on lui avait confié la garde. La plupart d'entre eux affichaient une mine patibulaire, mais il maîtrisait l'angoisse qui lui tenaillait le ventre. La situation serait pire si le serviteur d'Helya, qui n'en menait pas large lui-même, avait conscience du malaise d'Oros. Heureusement, l'Anachrone était resté à l'arrière.

Dissimulé sous l'ample bâche cerclée, Farf s'était assis en tailleur sur l'un des tonneaux de céréales. Son déguisement fait de vêtements dépareillés lui donnaient l'allure d'un arlequin ridicule. Les yeux clos, il essayait de faire le vide dans sa tête pour gagner un peu de paix intérieure. Les terribles événements qui s'étaient enchaînés depuis trois jours l'avaient mis à rude épreuve. Aujourd'hui, les myriades scintillantes de son ciel étoilé lui paraissaient bien loin. Dire que personne ne prêtait foi à ses histoires ou même à l'existence de son pays de Cornovan ! Le parfum généreux des Landes lui manquait. L'odeur piquante de la résine, les fragrances épicées du thym, celles de la terre et de l'eau de Mer de ses ancêtres... Rien de plus en ce jour que des souvenirs aux contours fuyants. Il regretta de ne pouvoir y retremper ses forces et pria la constellation de ses dieux pour la sauvegarde d'Helya.

Farf était plongé dans ses pensées mélancoliques quand Oros écarta les pans de la tente et grimpa à l'arrière du véhicule. Farf le regarda, un peu affolé.

— Quoi ? Que se passe-t-il ?

— Ils sont partis depuis bien trop longtemps, déclara Oros en calant ses poings sur ses larges hanches. C'est décidé, je vais y aller.

Cette fois-ci, Farf ouvrit de grands yeux alarmés.

— Pas question ! s'écria-t-il d'un ton impérieux. Nous devons rester ici pour les attendre, c'est ce qui a été prévu !

— Tu peux rester là le temps que tu veux, l'ancêtre. Tant que personne ne te remarque au milieu de tes tonneaux, ce n'est pas mon problème.

Sur ces dernières paroles, Oros tourna les talons et descendit lourdement du chariot. Farf sauta de son piédestal et le retint par le bras.

— Oros, une minute ! siffla-t-il entre ses dents. Tu ne peux pas me laisser là tout seul !

— Parfait. Alors suis-moi.

— Mais ce serait courir dans la gueule du loup et abandonner notre seul moyen de transport ! Tu n'as donc point de cervelle ?

— Bien plus que tu n'as d'os et de muscles, vieux machin, répondit-il. À présent, regagne ta cachette et laisse-moi y aller.

— Foutacrasse, cesse de m'appeler comme ça ! s'énerva-t-il. Tu seras couvert de rides que j'aurai, moi, une peau de bébé !

— Ce qui fait de moi ton aîné, en dépit des apparences, conclut Oros avec ironie. Et de par le fait, c'est donc moi qui décide.

Tandis qu'ils se querellaient, deux individus aux visages recouverts de suie s'approchèrent discrètement du chariot. Ils guettaient Oros depuis un certain temps, attendant le moment où ce dernier aurait besoin de se délasser les jambes. Leur patience avait porté ses fruits. Sans un bruit, ils s'installèrent sur la banquette de bois, et l'un d'eux attrapa les rênes puis fouetta sèchement les chevaux qui s'emballèrent aussitôt en hennissant. À l'arrière, sous l'impulsion, Farf perdit l'équilibre et tomba au milieu des tonneaux, qui roulèrent bruyamment vers l'avant.

— Oros ! brailla-t-il.

Stupéfait, Oros courut après le chariot cahotant, dont les roues bringuebalaient sur le pavé de la place. Pour ne pas se faire distancer, il se jeta en avant de toute sa masse et parvint à agripper l'épais rebord de planches élimées. Les pavés glissaient sous lui, meurtrissant ses pieds et ses genoux, tandis qu'il allongeait un bras vers l'intérieur. Se faufilant entre les tonneaux qui tressautaient dangereusement autour de lui, Farf parvint à rejoindre l'arrière et, après avoir pris le temps de s'amarrer aux rampes à l'aide d'une corde, il lui tendit une main fébrile.

— Tu plaisantes ! s'exclama Oros, sa pesante carcasse secouée par les soubresauts de la route. Je suis bien trop lourd pour toi !

— Question humour, c'est un fait ! Allez, attrape ma main, gros bêta !

Le chariot quittait la place, heurtant et renversant sur son passage plusieurs étals sous les cris rageurs des marchands. Au détour d'une rue qui grimpait plus haut vers la Cité, Oros percuta de plein fouet une grande vasque. Les ravisseurs s'évertuaient à le faire lâcher prise, et son seul espoir était la petite main chétive de l'Anachrone.

— Décide-toi, saperfouille ! le supplia Farf.

Après plusieurs tentatives, Oros réussit à attraper sa main. Une douleur cuisante électrifia tout à coup le bras de son ami, dont les muscles tressaillirent. Puis, au prix d'un effort dont il ne se serait jamais cru capable, Farf le tira à lui et l'aida à remonter à bord, avant de s'écrouler, épuisé, sur le plancher.

Le chariot filait toujours à travers les rues sombres d'Arkopolis. La côte avait un peu ralenti leur chevauchée. Les brigands s'étaient aperçus que leurs victimes avaient tenu bon, et l'un d'eux s'employait à détacher l'attelage. Oros se releva en grimaçant, déterminé à gagner l'avant du véhicule. Mais l'un des tonneaux rempli de céréales se renversa et le fit à nouveau chuter aux pieds de Farf.

— Quel gaspillage ! hoqueta-t-il, nauséeux.

— N'en perds surtout pas une miette, je reviens, fit Oros en se relevant furieusement.

Mais il était trop tard. Le voleur venait de défaire les chaînes d'attelage, et Oros n'eut que le temps de voir s'éloigner les deux truands et leurs précieuses montures.

— Sales chiens ! vociféra-t-il de dépit.

Et le chariot, après s'être un instant immobilisé au milieu de la rue, commença doucement à reculer.

— Que se passe-t-il encore ? s'inquiéta Farf en tentant de se remettre debout au milieu des graines qui jonchaient le plancher.

— Oh-oh, murmura Oros pour lui-même.

La côte devenait une pente raide. Ils repartaient en contresens, aveugles et impuissants derrière la toile opaque de l'auvent. Les autres tonneaux se renversèrent et roulèrent. Farf et Oros essayèrent de se cramponner à tout ce qui passait de solide entre leurs mains. Des éclats de voix et d'objets brisés fusaient au fur et à mesure que le chariot dévalait le pavé des rues abruptes.

Puis, à pleine vitesse, le chariot sortit de la route et s'écrasa entre deux conifères d'un petit espace vert.

Farf et Oros furent catapultés entre les épais fourrés qui amortirent leur chute.

— Fichtre ! marmona Farf en se frottant la tête.

— Rien de cassé ? demanda Oros, encore sous le choc.

— Il semblerait que non. « L'ancêtre » a peut-être les os plus solides qu'il n'y paraît !

Cela relevait du miracle, mais hormis quelques écorchures, ils étaient saufs.

Alors qu'ils reprenaient leurs esprits, un homme, perché sur son cheval et couvert d'une large cape pourpre à capuchon, les observait. Les traits de son visage étaient invisibles. Immobile, il semblait simplement les attendre.

Puis il tendit vers eux la paume de sa main.

Chapitre 53

Sur le chemin qui les conduisait aux portes de la Prison, Helya et Ecleïes croisèrent de nombreux citoyens. La plupart était des ouvriers et des esclaves au service du Gouverneur Hacton, et ils portaient toutes sortes de constructions et d'ouvrages réalisés par les détenus. Certaines pièces titanesques demandaient pas moins d'une vingtaine d'hommes pour les transporter sur de grands traîneaux, eux-mêmes halés au moyen de cordes et de poutres polies fixées aux parois des galeries. Les dalles gravées de roses étaient acheminées quant à elles sur de grandes charrettes tirées par des bœufs. Ils en avaient foulé quelques-unes depuis leur arrivée à Arkopolis et comprenaient maintenant comment le Gouverneur se permettait d'en produire autant. Ici, la pierre et le marbre occupaient les moindres parcelles, limitant les coins de verdure et les promenades.

Helya ne s'attendait pas à tant de froideur et de

grisaille dans la Cité dirigée par celui qui s'était conduit envers elle comme un mentor durant toutes ses années au Palais de Thrèce. Lorsqu'Ecleïes l'avait mise en garde contre Hacton, elle avait refusé de le croire. Cet homme s'était toujours attaché à lui prodiguer conseils et affection. Mais ce qu'elle découvrait ici ne laissait plus planer un seul doute : le Gouverneur l'avait abusée. Sa dépendance envers Doldometh commandait le moindre de ses gestes, et son aide il y a quelques jours pour s'enfuir du Palais d'Ostacle n'était qu'un artifice pour mettre le feu aux poudres dans la chasse donnée aux Ch'Ken.

Ses souvenirs bousculaient cruellement ses pensées. Puis une sensation nouvelle s'insinua en elle, d'abord ténue et lointaine, comme l'écho d'un bruissement familier, avant qu'elle n'envahisse pleinement son esprit. Prise d'une étrange confusion, elle interrompit sa marche. Ecleïes, soucieux de leur discrétion, la pressa de reprendre la route. Mais elle résista. Ce sentiment lui était tout à fait étranger et elle se devait de comprendre.

— De l'eau, souffla-t-elle, le regard égaré. De l'eau partout. Elle coule à flots et m'entraîne vers un mauvais chemin… Je n'arrive pas à revenir à la surface, il y a trop de courant…

Les paroles de la jeune fille éveillèrent l'intérêt et la vigilance d'Ecleïes. Il prit son visage entre ses mains.

— Ne craignez rien, Helya. Ces visions ne vous

appartiennent pas et vous êtes en sécurité avec moi. Qu'y a-t-il d'autre ?

— Je me suis blessé le front sur une écharde de bois... L'eau est glacée et le courant si fort... Il me ramène vers les roues. Les poumons me brûlent...

Elle ferma convulsivement les paupières et baissa la tête, mais Ecleïes la saisit par le menton pour la forcer à le regarder.

— Helya, restez avec moi ! fit-il en la secouant. Ne cèdez pas à la peur ! Il ne s'agit pas de vous, mais d'une personne dont vous ressentez en cet instant les sentiments et les souffrances. Ce ne sont pas les vôtres, mais vous pouvez savoir qui les éprouve à travers eux. Écartez ce rideau de frayeur et dites-moi ce que vous voyez.

Elle leva alors des yeux luisants sur Ecleïes.

— Sisam ! lâcha-t-elle enfin dans un souffle. C'est lui, je le sais !

Les sens en alerte, le vieil homme se redressa de toute sa hauteur et scruta l'horizon inhospitalier qui les entourait. Les murs de la Prison, aux étages amoncelés telle une pile de livres gigantesques, étendaient leur ombre redoutable jusque sur les toitures des maisons les plus proches. Exceptés les guérites et les postes de garde avancés, aucune forme d'habitation n'existait en ces lieux de perdition. Tout ici n'était que dalles, pierres et fracas de vents glacés. Plus à l'Ouest, Ecleïes repéra cependant un fleuve dont le lit sinueux passait non loin de leur position. Celui-ci prenait sa source sur les cimes enneigées de Pan-Kaïa et cascadait jusque dans l'enceinte de la Cité, traversant en leur milieu les entrailles de la Prison.

Le visage d'Ecleïes s'illumina, traversé par une soudaine clairvoyance. Prenant la main d'Helya, il quitta la route balisée de hauts-reliefs aux motifs de serpents entrelacés, et l'entraîna avec lui.

— Je me sens bizarre, dit-elle, les yeux hagards, tandis qu'ils s'éloignaient. Comme si toutes ces choses étaient en train de m'arriver… mais sans me toucher vraiment.

— La télépathie, l'instruisit Ecleïes. Elle liait jadis tous les Myrihandes entre eux et constituait leur seul mode de communication. Elle a sans doute commencé à grandir en vous depuis vos retrouvailles avec Sisam.

— Alors il est en danger ?

— Nous devons faire vite. Hâtez-vous, le fleuve n'est plus très loin.

Helya avait maintenant recouvré ses esprits. Elle se demanda pourquoi Ecleïes les conduisait en ces abords du fleuve dont les eaux étaient si calmes, sans le moindre indice de la présence de Sisam.

Près de la rive, Ecleïes s'immobilisa et ferma les paupières. Lâchant la main d'Helya, il dressa lentement les bras devant lui, paumes ouvertes vers le ciel, ses deux pieds mordant le bord herbeux du chenal. L'air se fit plus silencieux autour d'eux, comme si une bulle invisible en avait absorbé l'essence. Puis ses lèvres s'entrouvrirent, psalmodiant un chapelet de mots insaisissables.

Helya l'observait avec stupeur. Ses tympans résonnaient à présent d'un roulement sourd et mystérieux, pareil aux battements d'un immense tambour étouffé sous des tonnes d'eau.

— Ecleïes, mais que faites-vous ?

Chapitre 54

Luttant désespérément contre le courant qui les ramenait sans cesse vers les dangereuses aubes, Sisam et Maâlias eurent la sensation que le fleuve venait de se stabiliser. Ayant réussi à remonter à la surface, Sisam emplit ses poumons d'oxygène, et constata que les roues avaient cessé de brasser l'eau vers elles et commençaient à inverser leur mouvement.

Maâlias émergea à son tour du remous et prit appui contre la paroi du souterrain, le temps de reprendre son souffle et de retrouver ses repères.

— Par toutes les barbes des chiens de guerre ! s'exclama-t-il en crachant plusieurs gorgées d'eau. Cette fichue Prison est-elle donc maudite ?

— C'est nous qui sommes bénis des cieux, répondit Sisam avec liesse. Regarde !

Maâlias leva les yeux sur les roues. Les pales tournaient à présent à contresens, l'oscillation s'amplifiait, et ils sentirent le courant les entraîner désormais vers leur salut. Aucun d'eux ne comprenait quel nouveau tour le destin avait décidé de leur jouer, mais ils n'avaient plus la force ni le pouvoir de s'y soustraire. L'improbable courant s'emparait de leur sort, et les deux hommes se laissèrent avalés par la bouche grondante du souterrain, qui les propulsa vers l'extérieur.

Se débattant sous les eaux torrentielles, Sisam, à bout de force, revint à la surface. Plus loin, Maâlias sortit la tête de l'eau, battant des bras et des jambes comme pour se défendre du sortilège qui les avait arrachés à l'attraction des roues. Sisam nagea en direction de la rive où il tenta de trouver une prise pour s'extraire de l'eau, mais la terre boueuse compliquait la manœuvre.

Alors qu'il se décourageait, une main l'attrapa par le bras. Levant les yeux, il découvrit le visage amical d'Ecleïes et, à ses côtés, reconnut la chevelure flamboyante de son Âme-Sœur.

— Helya, lâcha-t-il, le souffle court.

Elle lui sourit, retenant les larmes qu'elle sentait monter dans ses yeux. Ecleïes lui fit signe pour qu'elle l'aide à tirer Sisam hors de l'eau. Plus loin, Maâlias se laissait dériver vers eux. Sisam les rassura :

— Il est avec moi, souffla-t-il, hors d'haleine.

— Un autre insoumis ? demanda Ecleïes en se redressant pour mieux en distinguer le visage.

— Il m'a aidé à m'enfuir, si c'est ce que vous voulez dire.

Ecleïes releva la paume de ses mains, puis la

retourna lentement vers le sol. La course effrénée du fleuve ralentit, et Maâlias pu attraper de solides racines sur la rive, auxquelles il s'agrippa, crachant et toussant l'eau qui avait infiltré ses poumons.

Le fleuve s'était maintenant apaisé, et le courant naturel reprit ses droits en un paisible murmure.

— Ecleïes, s'étonna alors le jeune homme, qu'est-ce que… ? D'où tenez-vous un tel pouvoir ?

Ecleïes abaissa enfin les bras et regarda Sisam, à moitié allongé sur le talus boueux.

— À chaque porte, sa clef, répondit-il d'un ton énigmatique. Ce n'est ni le lieu, ni le moment de t'embrouiller l'esprit. Allons !

La vision d'Helya leur avait permis de ne pas trop approcher de la Prison, et fort heureusement, ils n'avaient pas encore attiré l'attention des autres citoyens.

Helya et Sisam se retrouvaient pour une seconde fois. Il ne put s'empêcher de la prendre dans ses bras, et Helya le serra avec une ferveur renouvelée. Leurs cœurs se mirent au diapason. La respiration du jeune homme ralentit doucement, jusqu'à se confondre avec celle de sa compagne. La paix, enfin, délivrait leur corps et leur âme, comme elle l'avait fait jadis durant leur enfance, quand ils gambadaient, côte à côte, dans les rues ensoleillées et bienveillantes d'Ostacle.

— Je suis heureux de constater que certaines amours résistent au temps et à la distance, commenta

Ecleïes. Mais ne gâchons pas ce beau moment par l'entrée en scène de nouveaux ennemis.

— Vous allez encore nous interdire de nous toucher, n'est-ce pas ? avança Helya d'un petit air résigné.

Ecleïes se racla la gorge et opina.

Sur la berge, Maâlias s'était extirpé du fleuve et tordait ses vêtements trempés pour en chasser l'eau glacée.

— Quel accueil ! lança-t-il tout en reprenant son souffle. Mais fallait pas vous donner tant de mal. Comme vous voyez, on s'en sortait très bien, le gamin et moi !

— Vous avez effectivement facilité notre tâche, lui répondit Ecleïes, qui recouvrit promptement sa contenance.

— Facilité ? s'extasia-t-il. Vous ne manquez pas d'air, dites donc !

— C'est vous qui en auriez manqué si nous n'avions pas été là pour vous aider, le défendit Helya.

Sisam se retourna vers son complice et lui tendit une main amicale pour l'inviter à s'approcher. Avec un soupir condescendant, Maâlias le rejoignit, les cheveux ruisselants sur son visage buriné.

— Pardon, s'excusa Sisam, j'ai omis les présentations d'usage. Voici Ecleïes d'Ostacle, et Helya... mon Âme-Sœur.

Helya dévisagea Sisam, stupéfaite. Son séjour dans la Prison d'Arkopolis avait dû lui apprendre bien des choses pour qu'il eût accepté cette vérité. Mais bien qu'il voulût le cacher, elle sentit son malaise à l'évocation de ce mot.

— Quant à ce grand dadais à la langue bien pendue, se reprit-il, son nom est Maâlias.

Haussant l'un de ses sourcils broussailleux, Ecleïes dévisagea un instant ce dernier et lui tendit finalement une main amicale.

— Heureux de faire votre connaissance, cher Maâlias, dit-il.

— Et moi la vôtre, mon vieux, répondit-il en lui tapotant l'épaule en guise de courtoisie. Profitez-en bien, il paraît que ça ne dure pas.

— J'imagine que vous aviez aussi de solides raisons pour risquer votre tête dans cette cavale ?

— Oh, voilà qui est pertinent, en effet. Figurez-vous que les quatre murs de mon palace commençaient à grouiller de cafards gros comme des dattes, et qu'une fichue araignée menaçait de crever mon plafond. Alors, quand j'ai vu pointer votre ami avec ses petits caprices d'écolier, je me suis dit qu'il était enfin temps de prendre l'air !

Le visage de Sisam se renfrogna.

— Si tu veux mon avis, ton araignée est encore bien accrochée.

Les deux hommes s'observèrent quelques secondes, et Maâlias amorça l'un de ses sourires gouailleurs dont il avait le secret. Sisam finit par l'imiter, sans savoir s'il était lui-même sincère.

— Vous résoudrez vos petits différends une autre

fois, reprit Ecleïes, dont les yeux noirs scrutaient maintenant la route. Oros et Farf nous attendent à bord de notre unique laissez-passer, et leur impatience pourrait nous jouer de mauvais tours. Il n'y a plus une minute à perdre.

L'alerte avait dû être donnée à l'intérieur de la Prison. Plusieurs patrouilles débouchèrent de l'antichambre et commencèrent à se déployer autour du bâtiment à la recherche des évadés. Emboîtant le pas empressé de leur guide, Helya, Sisam et Maâlias abandonnèrent les abords du fleuve et rejoignirent la route, dont les hauts-reliefs en forme de serpents menaçants semblaient darder leurs regards sur leur petit groupe.

En chemin, Sisam ralentit sa marche à la vue d'une cage de métal abandonnée dans l'ombre d'un dépotoir, où s'entassaient des débris de pierre et de bois pourri. Attiré par d'imperceptibles soubresauts, il fit quelques pas vers elle.

— Sisam, non ! l'enjoignit Helya, essayant vainement de le retenir.

Ignorant ses protestations, il avança vers la cage dont l'ombre semblait frémir. Quand il fut suffisamment proche, Sisam avança à tâtons une main vers les barreaux humides, quand la pointe d'une queue acérée vola brusquement vers lui, manquant de peu transpercer son poignet. Il retira vivement sa main et bondit en arrière, tombant presque dans les bras d'Ecleïes, qui l'avait suivi.

— Il n'y a plus rien de sensé à faire en ces lieux, Sisam. Nous avons suffisamment d'ennemis autour de nous. Inutile d'en chercher de nouveaux.

— On ne peut pas la laisser là, s'insurgea-t-il. Ce que lui font endurer les gens d'ici est intolérable. Elle n'est rien de plus pour eux qu'une vulgaire attraction de foire !

Ecleïes observa la pénombre de la cage jusqu'à apercevoir la silhouette gracieuse qui ondulait comme une anguille.

— Tu ne connais rien de cette créature, le prévint-il. C'est une Misandre. Elle n'a rien de commun avec notre monde et pourrait te trancher la tête d'un seul coup de sa queue.

Maâlias jeta un coup d'œil sur la femme au corps de serpent et eut une moue amusée.

— Voilà qui n'est pas donné à tout le monde, assurément !

— Que pouvez-vous bien savoir d'elle ? s'étonna Helya.

— Crois-moi sur parole, insista Ecleïes. J'en sais suffisamment pour déconseiller à quiconque de s'en approcher davantage.

— Vous la jugez sur son apparence, dit Sisam.

— Absolument pas, se défendit-il. Et d'autre part...

Mais Maâlias, las de ces bavardages, assena un grand coup d'épée sur le cadenas de la cage, libérant la Misandre sous le regard pétrifié de ses acolytes. La Misandre siffla et les considéra un à un de son regard venimeux.

La créature parlait-elle leur langue ? Il parut évident qu'elle ne dirait rien. Son mépris était si palpable qu'il ne laissait place à aucune autre forme d'émotion. Toutefois, sa férocité parut s'atténuer, et elle s'éloigna en glissant sur sa longue queue écailleuse, avant de disparaître dans les eaux du fleuve.

— Voilà, ça, c'est fait, signala Maâlias en se frottant les mains. On peut continuer, à présent ?

Les autres le regardèrent, sidérés.

— Eh bien cette fois, conclut Ecleïes en croisant les bras, je pense que les présentations sont vraiment faites.

Chapitre 55

Du haut de la Prison, Hacton se tenait près de la balustrade de pierre, les pieds ancrés sur la terrasse dallée. Son visage s'animait d'une sombre jubilation. Il avait repéré les fugitifs et leurs complices, et observait la troupe en train de remonter le fleuve vers la Place Carrée. Même si les gardiens ignoraient encore l'identité des deux évadés, le Gouverneur avait reconnu Sisam, ce jeune fauteur de troubles dont le destin était soudainement devenu si précieux au regard de tous. Hacton n'oubliait jamais un visage, a fortiori celui d'un de ses détenus. Son allure, sa démarche, rien ne pouvait l'abuser, pas plus que ne le trompait la grande silhouette nonchalante de Maâlias à ses côtés.

Il fit un léger signe de la main, et son Capitaine se présenta aussitôt devant lui.

— Quels sont vos ordres, Gouverneur ? s'enquit-il. Devons-nous intervenir et les arrêter ?

Hacton prit le temps de la réflexion, faisant jouer

l'image lointaine des quatre acolytes entre ses doigts recourbés. En penchant la tête de côté, il eut presque l'impression d'y avoir emprisonné comme de curieux insectes.

— Non, ne les capturons pas tout de suite, jugea-t-il. Nous pourrions les perdre dans les dédales de la Cité et je ne tiens pas à ternir la réputation de notre pénitencier. En revanche, faites immédiatement prévenir Morlhed que ses proies sont en chemin…

Le Capitaine au faciès lugubre acquiesça et tourna les talons.

Clignant plusieurs fois des paupières comme s'il s'éveillait d'un rêve, Hacton se détourna de la haute fenêtre et fit quelques pas sur la terrasse ombragée.

— Faites-la entrer, dit-il à l'intention de deux hommes de sa garde.

Les gardes poussèrent devant eux une vieille femme au chignon emmêlé. Son visage chiffonné était marqué par la fatigue, mais ses yeux vifs avaient conservé leur éclat.

— Non seulement nous allons livrer à Kryom l'un des plus précieux Myrihandes jamais revenu d'outre-tombe, pérora-t-il sans se retourner, mais aussi le chef d'orchestre de la Guilde du Second Souffle… Ecleïes en personne, sur un plateau d'argent.

Hacton quitta la terrasse et s'approcha d'un air paisible de la vieille femme.

— Quant à vous, d'après ce que je sais, vous vous rendiez à Thrèce, n'est-ce pas, Laïmu ?

La tante de Sisam releva la tête et lui lança un regard de défi.

— Je ne vois pas en quoi cela peut vous intéresser, Gouverneur, lâcha-t-elle. Vous me retenez ici contre mon gré !

— En vérité, j'ai tout lieu de croire que ce petit voyage n'était pas étranger au sort de votre cher neveu Sisam, insinua-t-il. Vous vouliez savoir où le trouver depuis son arrestation, et je n'ai fait que vous montrer le chemin.

Les intonations sirupeuses du Gouverneur devenaient insupportables pour Laïmu, qui en perdit son sang-froid.

— Sisam est innocent ! Il n'a rien à faire dans cette horrible Prison !

— N'allez pas si vite en besogne, la pondéra Hacton. Je ne fais ici que mon devoir, qui consiste, dois-je vous le rappeler, à préserver nos Cités de l'engeance de ses plus mauvais sujets. Or, il semblerait que leur nombre se soit un peu alourdi, ces dernières heures.

— Si quelque chose s'est alourdi, c'est sans nul doute votre mainmise sur les Ch'Ken, répondit Laïmu en grimaçant de mépris. Si j'avais su vos manigances, j'en aurais averti depuis longtemps Ecleïes. Alors jamais vous n'auriez accédé à cette fonction de Gouverneur dont les vertus vous échappent.

— Oh, ne vous fâchez pas, très chère, répondit Hacton en la considérant de haut en bas. Dois-je vraiment vous rappeler qu'Ecleïes n'a plus sa place dans les affaires de nos Cités ? Il en est d'ailleurs l'unique responsable. Prendre la défense des Ch'Ken fut vraiment en son temps une erreur déplorable, et celle de conduire la Guilde lui sera fatale, je le crains.

Laïmu se débattit, mais les gardes la maintinrent fermement.

— Vous souillez la mémoire de vos pères ! s'écria-t-elle. Vous avez bafoué toutes les lois d'Arkopolis pour en faire une Cité prison au seul service d'un tyran ! C'est à croire que votre détestable ambition n'a d'équivalent que votre lâcheté !

Hacton marqua un arrêt, et vint s'approcher au plus près du visage de la vieille femme, auquel il offrit un sourire narquois.

— Un portrait plutôt fidèle, je dois l'avouer, chuchota-t-il.

Laïmu ne trouva d'autre réponse que de lui cracher au visage. Effaçant le sourire de ses lèvres, Hacton se déroba légèrement, sortit un mouchoir de sa tunique et s'essuya la joue avec une délicatesse affectée.

— Croyez-vous que vos manières de gentilhomme abuseront encore longtemps votre monde ? grinça-t-elle. D'autres viendront bientôt et mettront un terme à vos complots.

— Croyez-vous ? Serait-ce la peur qui altère votre raison, ou bien l'espoir de voir s'unir Sisam et Helya en un Myrihande prophétique ?

Laïmu fut déconcertée. Le Gouverneur devait essayer de la désorienter pour en apprendre plus qu'il n'en savait.

C'était certainement l'une des raisons pour lesquelles il la gardait vivante : il cherchait des réponses.

— La peur ? éluda-t-elle finalement. Vous ignorez tout de sa signification. Mais quand vous la connaîtrez enfin, j'espère qu'elle vous dévorera l'âme et l'esprit, au point que les derniers instants de votre misérable vie soit aussi cruels que l'enfer ! Alors seulement, quand même les vautours ne voudront plus de votre dépouille calcinée par le mal, ce jour-là, Gouverneur, vous aurez appris ce qu'est la peur.

Hacton fit crisser des doigts les poils drus de son menton, puis alla se servir une coupe de vin.

— Voyez-vous, Laïmu, dit-il, je pense que votre utilité à notre égard n'a peut-être pas encore touché à sa fin...

Puis, avant de porter la coupe à ses lèvres, il la leva dans sa direction, comme s'il avait voulu porter un toast.

— L'Histoire est une maîtresse malicieuse. Elle semble ne vouloir toujours retenir que le nom de trois sortes d'amants : les conquérants, les traîtres et les martyrs. Cela vous surprendra peut-être d'apprendre que vous l'emporterez bientôt sur moi, à deux titres contre un. Mais je me contenterai très certainement de ce titre-là.

Sur ces mots, dont il dégusta chaque syllabe, il fit signe aux gardes de relever Laïmu et de l'emmener.

Le parfum liquoreux de la peur imprégné sur cette pauvre femme l'enivrait davantage que le vin lui-même.

SIXIÈME PARTIE

LE PAPILLON DU SECOND SOUFFLE

Chapitre 56

Au sein du Grand Mirador, Morlhed attendait la visite d'un éminent membre des Trois Cités.

Ce n'était pas monnaie courante. Qu'ils fussent dignitaires, issus de la bourgeoisie ou du petit peuple des Cités, aucun ne se bousculait pour aller à la rencontre de celui que tous appelaient « le Passeur » ou, pour les plus téméraires, « le Tiers Écartelant ». Qui aurait été assez fou ou inconscient pour s'y risquer ? Les vieux murs grisâtres du Mirador, enracinés dans les profondeurs de l'ancien cratère et s'élevant au-delà des plus hautes toitures de chaque Cité, suscitaient davantage la crainte que la défiance.

Peu de citoyens avaient croisé le chemin du Passeur, et son apparence était depuis longtemps le terreau des commérages les plus divers. Les rumeurs concordaient sur un point : l'indescriptible effroi que l'on éprouvait à son approche. Les mystères entourant Morlhed étaient nombreux, le plus énigmatique de tous étant sans doute le lien qui unissait ce dernier à la fratrie des Gouverneurs. Mais la curiosité s'achevait là. La prudence devenait de mise. Et le Mirador, objet des plus noirs fantasmes, préservait ses secrets.

Le visiteur se présenta à la porte, que deux Masques Blancs ouvrirent sur un signe de leur maître. Morlhed ne fut pas surpris de reconnaître le Gouverneur Phonkerf, accompagné de sa garde personnelle de Thrèce.

— J'espère que vous pardonnerez la spontanéité de ma visite. Pourrais-je m'entretenir avec vous ?

Les traits du Gouverneur étaient tirés. Il avait précipité sa venue ici sans prendre le moindre repos. Morlhed l'invita à entrer. Son escorte allait le suivre mais les Masques Blancs leur interdirent le passage du croisement de leurs épées dentées.

— Attendez-moi ici, préconisa stoïquement Phonkerf. Je n'en ai que pour quelques instants.

La porte se referma derrière lui en un claquement sourd, dont l'écho retentit comme une lourde cloche à l'intérieur de l'alcôve aux plafonds indiscernables. La lumière du jour ne filtrait qu'à travers d'étroites lucarnes, qui dispensaient en ces lieux une atmosphère crépusculaire. Le mobilier était seulement composé de trois chaises, d'une bibliothèque débordante de livres anciens et élimés coincée entre deux colonnes, et d'une longue table triangulaire en pierre de taille au bout de laquelle se tenait Morlhed, les mains jointes en une expression d'attente vigilante.

Phonkerf s'avança vers lui et le salua sans ambages.

Bien que la pénible traversée des viaducs ait endolori son dos, il resta debout. Traiter avec le Passeur exigeait de lui certains sacrifices, et il estima que ce serait peut-être moins difficile ainsi.

— Je viens vous parler sans détour, dit-il. Il y a aujourd'hui bien trop de choses qui se passent par-devers moi, et même si vous n'en êtes pas l'instigateur, je connais votre rôle dans leur application la plus concrète. Or, je suis ici pour entendre la vérité. Quel sort réserve-t-on à ma fille Helya ?

Morlhed lui répondit avec le même aplomb, les yeux à peine discernables sous son heaume d'acier.

— Le Seigneur de Doldometh a négocié la Règle avec vos Cités depuis longtemps, Gouverneur. Et même si les gens de votre rang bénéficient de certains privilèges à l'égard de leurs Ch'Ken, il n'en est aucun pour celles et ceux qui ouvrent la voie aux Myrihandes.

— Vous avez déjà exercé votre châtiment sur la fille du Gouverneur d'Ostacle et sur son Âme-Sœur, me semble-t-il. Heguemandre a perdu sa fille dans cette tragédie et doit à l'instant même la pleurer aux côtés de son fils. N'est-ce pas une punition suffisante ?

— Je n'ai pas à me justifier devant vous, répliqua froidement Morlhed. Ce Myrihande défendait plusieurs dissidents envers et contre mon autorité.

— Et en retour, vous lui avez pris la vie. Cet incident me paraît clos, désormais.

— Il le sera lorsque nous aurons parfaitement

rétabli l'ordre dans chacune des Cités. Vos murs empestent la révolte, Gouverneur, et nous allons avant tout les assainir.

— Il n'importe, ma fille n'est pas une criminelle ! protesta Phonkerf avec véhémence. Elle s'est montrée indocile, certes, et sa négligence de la Règle sera naturellement sanctionnée. Mais les adolescents traversent tous ce genre de crises, ils veulent enfreindre les lois de leurs parents, puis celles de leur quartier, sans vraiment prendre conscience de la portée de leurs actes. Elle ne pensait pas à mal et ne cherchait qu'à retrouver ses racines perdues.

Imperturbable, Morlhed l'observait à travers les fentes de son casque impénétrable.

— Ce n'est pas à moi de juger du sort de votre fille, si tant est qu'on puisse la dénommer ainsi, considéra-t-il froidement. Helya est seulement une grâce qui vous a été accordée autrefois sans notre consentement, et jusqu'ici, nous avons fermé les yeux. C'était visiblement une erreur. Il appartiendra donc au Seigneur Kryom de trancher.

La requête ayant été entendue, il se leva derechef et s'apprêtait à faire renvoyer son hôte, quand Phonkerf, à mi-chemin de la porte, décida d'exhiber sa dernière carte.

— Et si je vous livrais l'un des Gardiens, à l'instant même, que me proposeriez-vous ?

Morlhed s'était retournée vers l'une des lucarnes et semblait contempler les cimes dentelées de la montagne sur lesquelles s'étendaient les enceintes des Cités. Il ne réagit pas aux paroles du Gouverneur, ou du moins, il ne le montra pas. Il resta étrangement immobile et silencieux, comme si toute vie venait subitement de le quitter.

Prenant ce mutisme pour de nouvelles et sombres méditations, Phonkerf fit quelques pas vers lui et insista.

— Le refuge secret des Gardiens vous intéresse, n'est-ce pas ? Votre Maître a besoin de leurs Clefs, je le sais.

Il allait poursuivre quand il remarqua une lueur scintiller derrière l'épaisse armure du Passeur, doucement, puis avec plus de vigueur. Il lui tournait le dos et ne pouvait en voir davantage. Seule une improbable vapeur s'élevait par saccades le long de ses larges épaules.

Morlhed se retourna. Le cœur du Gouverneur se serra, découvrant à la lumière ondoyante de son médaillon le visage désincarné du Seigneur de Doldometh, immense et fascinant au-dessus de sa tête. Plus qu'une apparition, c'était une présence conquérante, spectrale mais néanmoins si vivante qu'elle envahissait jusqu'aux ombres de l'alcôve.

— ... Seigneur Kryom ? balbutia Phonkerf.

Figé devant la manifestation de son mentor, Morlhed ressemblait à un immense pantin sans cordes. Le découvrir ainsi rendait l'apparition de Kryom encore plus effrayante.

— *Gouverneur Phonkerf*, tonna Kryom d'une voix profonde. *Vous semblez détenir une information essentielle à mes yeux et je suis prêt à entendre vos doléances. Dites-moi où trouver ce Gardien, et en contrepartie, je consentirai à laisser votre fille en vie.*

Phonkerf resta un moment indécis. Il ne s'attendait pas à négocier avec le souverain des Trois Cités en personne. Même si Morlhed était un être sinistre et malsain, sa fonction d'émissaire le rendait à ses yeux plus accessible, voire plus maniable que son maître de Doldometh, dont l'esprit subtil déjouait les intrigues. À présent, incapable de détourner les yeux du regard magnétique de Kryom, la peur le tenaillait et obscurcissait ses pensées.

— Quelle… quelle assurance puis-je avoir de…

— *Gouverneur, il serait mal avisé de m'avoir dérangé pour rien*, le coupa sèchement Kryom. *Dites-moi où se cache ce maudit Gardien !*

Le front ruisselant et les mains tremblantes, Phonkerf ferma les yeux. Il aurait souhaité ranimer sa raison égarée, mettre à profit ces quelques secondes aveugles pour échafauder d'autres perspectives… Seul le visage d'Helya lui apparaissait, ce doux visage à la crinière au roux de cinabre, qui le regardait de ses grands yeux pleins d'effroi et d'innocence, le jour où Ecleïes l'avait amenée au Palais afin de la lui confier. Cette petite fille dont seuls ses rêves lui avaient montré quelquefois la timide image était alors entrée dans sa vie comme un baume divin, et il s'efforça alors d'en occulter toutes les sombres raisons, n'entendant qu'avec peine les conseils éclairés de son vieil ami. Tout ce qui lui importait dansait ce jour-là dans les prunelles aux reflets myosotis de cette enfant dont il bénit le nom : Helya, jeune et nouvelle princesse de la cour de Thrèce.

— *Gouverneur ?* reprit Kryom. *Vous abusez de ma patience.*

Rouvrant brusquement les yeux, ce dernier sentit le sol se dérober sous ses pieds. Maintenant que les dés étaient jetés, il n'avait plus le choix.

— Je... je ne sais en fait que peu de choses sur ce Gardien, dit-il enfin.

— *Laissez-moi seul en être juge.*

— Très bien. Vous le trouverez... sur l'île de Milaminos, au large des Rocs de Phalas. On l'appelle Philodendre.

Phonkerf se mordit les lèvres en entendant prononcer ces mots de sa propre bouche, mais les yeux nébuleux du Seigneur de Doldometh ne cessèrent de le fixer.

— *Vous seriez prêt à tous les mensonges pour sauver votre fille*, subodora-t-il, suspicieux. *Quelle preuve pouvez-vous m'apporter de cela ?*

Phonkerf baissa la tête, le cœur au supplice.

— Je le tiens du père de mes pères, confessa-t-il. C'est un secret de tradition orale, ma famille en est l'héritière depuis dix siècles. Vous ne trouverez aucun écrit à ce sujet...

Sur ces pieuses déclarations, le visage de Kryom

s'élargit d'un sourire satisfait, puis il disparut peu à peu, la lueur du médaillon de Morlhed s'estompant jusqu'à s'évanouir complètement. Morlhed retrouva l'usage de ses membres et de ses esprits, remuant nerveusement la tête comme s'il s'éveillait d'un songe.

— Votre maître et moi nous sommes parlés, dit le Gouverneur.

— Je sais tout cela. Notre entretien touche donc à sa fin.

On frappa à la porte. Un des Limiers laissa passer un Félinide masqué qui remit à Morlhed un message épinglé d'une rose. Déroulant rapidement le parchemin, il le lut sans tarder, puis se retourna vers Phonkerf.

— Votre fille Helya vient de jeter une ombre sur nos accords, déclara-t-il.

Le Gouverneur devint livide.

— Quoi ? Que voulez-vous dire ?

— Son Ch'Kan s'est évadé de la Prison d'Arkopolis grâce à son aide et à la complicité de certains membres de la Guilde. Ceux-là même que nous poursuivions.

— Non, je ne peux y croire ! Helya n'est qu'une enfant. Et le Seigneur Kryom m'a promis...

— Nulle promesse ne peut être accordée à une traîtresse, l'interrompit-il. Fût-elle fille de Gouverneur. Aussi, pour votre propre sécurité et celle de vos proches, je ne saurais que trop vous conseiller de rentrer chez vous.

Les yeux de Phonkerf étaient devenus d'un rouge

sang. Qu'aurait-il pu dire de plus pour sa défense ? Il était pris à son propre piège.

— Au revoir, Gouverneur. Et merci de votre si noble coopération.

Les gardes Félinides rouvrirent la porte et s'effacèrent obligeamment devant lui. Après un dernier regard sur le Mirador, Phonkerf, les épaules tombantes, retrouva son escorte sur l'appontement et abandonna ces lieux funestes dont il maudit le nom en silence.

Chapitre 57

Quand Helya, Sisam, Ecleïes et Maâlias débouchèrent sur la Place Carrée d'Arkopolis, une désagréable surprise les attendait : le chariot, Oros et Farf avaient disparu. Sans laisser la moindre trace, le moindre indice derrière eux. Désemparés, Ecleïes et Helya observèrent chaque coin de la place, cherchant un signe de leur présence dans les rues avoisinantes, près des commerces et le long de la voie dont ils étaient revenus. Mais il fallait s'y résoudre : leurs deux amis n'étaient plus ici.

— Question organisation, vous êtes vraiment à la pointe, observa Maâlias en soupirant. À présent, qu'est-ce qu'on fait ?

— Oros est comme mon frère, dit Sisam avec force conviction. S'il n'est pas au rendez-vous, c'est qu'il a de bonnes raisons.

— Voilà qui ne va pas beaucoup nous aider. Ses

raisons portent-elles souvent tuniques courtes et balconnets plongeants ?

— Je peux t'assurer que ses priorités n'ont rien de commun avec les tiennes, se rebiffa Sisam.

Ecleïes leva une main pour les interrompre.

— Je crois que nous avons de la visite, fit-il.

En effet, sur son cheval, un homme vêtu d'un long manteau pourpre à capuche s'approchait d'eux. Son visage impassible, au menton proéminent, émergeait à peine de l'ombre. On eut dit qu'il l'avait emprunté à l'une des nombreuses statues de marbre qui encombraient les Palais ou le Haut Parlement des Cités. Le voyant glisser une main sous son manteau, Sisam fit mine de s'interposer, mais Ecleïes le retint. L'inconnu découvrit alors sous les replis du tissu un grand papillon multicolore, enfermé dans une étincelante boule de cristal. L'insecte, aux ailes déployées dans sa prison translucide, semblait figé dans un stupéfiant élan de vie, comme si le temps avait suspendu sa course pour déposer sur lui un baiser d'éternité.

L'homme au capuchon tendit l'objet à Helya. Sous le regard perplexe de Sisam, la jeune fille se saisit de la boule de cristal, qu'elle fit pivoter entre ses mains pour en apprécier l'étonnante beauté.

— Qui est cet homme et que nous veut-il ? s'inquiéta le jeune homme.

— C'est un Archiviste, il me semble, lui confia Helya. Nous en avons croisés avant de venir ici.

Sisam considéra Ecleïes, qui hocha la tête en guise d'assentiment.

— Ce papillon nous apporte la parole de Chrysalie, fille de Santoriès, déclara-t-il. Elle est là pour nous offrir son aide.

L'homme leur indiqua le chemin à prendre d'un mouvement explicite du bras.

— La fille du Maître Archiviste ? fit Sisam, perplexe. Vous en êtes sûr ?

— Comme si on n'avait déjà pas suffisamment de morveux sur les bras ! jeta Maâlias d'un air dépité.

— Mais peut-on seulement lui faire confiance ? demanda Helya. Nous avons déjà frappé une fois aux portes des Archives, et nous n'étions pas les bienvenus. Pensez-vous que le Maître Archiviste se soit repenti si vite pour envoyer sa propre fille à notre secours ?

Face à ses doutes, Ecleïes se tourna vers Sisam qui, pour sa part, préféra garder son sentiment pour lui. Ecleïes cherchait à mettre à l'épreuve l'intuition de ces deux jeunes apprentis Myrihande. Puis, Sisam interrogea l'Archiviste.

— Puisque vous êtes ici, savez-vous ce qui est arrivé à nos amis Oros et Farf ? lança-t-il. Ils devaient attendre notre retour dans un chariot afin de nous ramener à Ostacle. Où sont-ils, à présent ?

Mais l'homme resta silencieux, se contentant de leur faire à nouveau signe de le suivre.

— Tu n'obtiendras pas plus de réponse, lui assura Ecleïes. Hormis pour les textes sacrés, les Archivistes ne s'expriment pas à voix haute. Ils ont tous fait vœu de silence, excepté leur Maître et les membres de sa famille.

— Je serais curieux de voir si leur petit serment tient toujours, une épée en travers de la gorge, suggéra Maâlias en lançant un sourire vers l'Archiviste.

Sisam ne prêta pas attention à l'insolence de son complice. Il s'appuya contre le rebord d'un vieux puits, aussi mal entretenu que le reste de la Cité. Son séjour dans les entrailles puantes de la Prison l'avait éprouvé, et ce brusque changement de situation soulevait de nouveaux problèmes auxquels il peinait maintenant à trouver des solutions. En outre, il connaissait bien peu de choses de l'univers des Archivistes, alors qu'Helya les avait côtoyés.

Elle parut lire dans ses pensées et serra sa main avant de se retourner vers leurs compagnons.

— Entrer à Arkopolis ne nous a guère été facile, dit-elle. Sans le courage d'Ecleïes et l'intervention des Khalibans, nous n'aurions même pas atteint les portes de la Cité. Et maintenant, nous sommes livrés à nous-mêmes, sans véhicule et sous le coup d'une double évasion qui ne tardera certainement pas à mobiliser toute la garde du Gouverneur. Il me semble que nous n'avons guère d'autres choix : allons trouver cette Chrysalie. Que risquons-nous de plus, de toute façon ?

Sisam acquiesça, et Ecleïes fit signe à l'Archiviste qu'ils étaient prêts à le suivre.

Soupçonneux, Maâlias jeta un œil torve sur le cavalier taciturne, mais suivit néanmoins ses nouveaux amis.

— Si la fillette de ce grand Maître Archiviste a aussi avalé sa chique, maugréa-t-il, par ma foi, je lui apprendrai des chansons qu'elle ne sera pas prête d'oublier…

Chapitre 58

Après avoir emprunté de nombreux chemins dans les dédales de la Cité, la petite troupe et son guide arrivèrent dans un quartier isolé. Là, les attendait un splendide carrosse monté de six chevaux, dont l'armature peinte aux couleurs des Archivistes était richement ornée de moulures argentées et d'anciennes peintures vernies. Entre les deux grandes roues arrière cerclées d'or s'érigeait la sculpture chatoyante d'un lourd grimoire, ouvert entre deux mains fuselées de femme. Derrière les rideaux de velours moirés apparaissaient de petites fenêtres arrondies aux embrasures de bois laqué et gravé de mille écritures sibyllines, dont seule la confrérie Archiviste détenait les anciens secrets. La porte centrale, sur laquelle figurait en bas-relief des couronnes entrelacées d'acanthes, était éclairée de deux lanternes ceintes à des hampes de cuivre.

À leur approche, le cocher, vêtu des mêmes sobres

habits que le cavalier, se tourna vers eux. Il rejoignit le carrosse et toqua à sa portière. Quelqu'un à l'intérieur déverrouilla le loquet, et l'Archiviste invita alors ses compagnons à monter.

La confiance de Sisam envers la gent aristocratique s'étant émoussée, il retint Helya par l'épaule et marcha seul vers le carrosse. Arkopolis était une Cité qui recelait bien des surprises, il en avait fait la détestable expérience, et ses convictions envers la justice en étaient fort ébranlées. Aujourd'hui, à quelques pas de ce somptueux véhicule, il s'attendait à tout.

Malgré cela, la petite paire de pieds qui dévala tout à coup les escaliers du carrosse le prit de court.

— Sisam ! Dame Helya ! s'exclama Farf jovialement.

Ce disant, il sauta du marchepied et vint s'accrocher aux jambes du jeune homme.

Helya s'élança vers eux, heureuse et soulagée de retrouver son cher Anachrone.

— Farf, mais où étiez-vous donc passés ?

— C'est une longue histoire, ma Dame, s'excusa-t-il en se tortillant les doigts, et vous me voyez tout honteux de vous avoir causé tant de soucis...

— Ce n'est rien, la rassura-t-elle. L'important, c'est que nous vous ayons retrouvés.

Elle le prit dans ses bras, et Ecleïes décrocha un sourire détendu vers Sisam.

— L'intuition féminine, remarqua-t-il, amusé. Les femmes ont sans doute hérité de notre meilleure moitié, si je puis dire.

— Entrez vite ! les pressa Farf. Entrez, n'ayez crainte ! Nous sommes ici à l'abri !

Une fois à l'intérieur du carrosse à l'étonnante superficie, Sisam fut heureux de trouver son ami, affligé de quelques bleus et d'éraflures. Ses pieds blessés avaient été soignés et pansés, et il se leva pour accueillir Sisam.

— Aurais-tu disputé un autre mauvais joueur ? plaisanta ce dernier.

— Ils n'étaient que deux, mais ils m'ont donné plus de fil à retordre qu'un bataillon entier ! jura Oros. Ils ont volé notre chariot, sous notre propre nez. C'était une chance que cette demoiselle ait été là pour nous tirer d'affaire.

Sisam se tourna alors vers la jeune fille qu'il lui désignait. Parée d'une ample robe cintrée et ceinte à son épaule par un fibule d'argent, elle arborait un visage aussi doux et lisse que l'étaient ses longs cheveux dorés couronnés d'un diadème aux formes de papillon. Son regard, quant à lui, était aussi aiguisé aujourd'hui que celui d'une louve.

— Arkopolis n'est pas une Cité de rêve pour des Ch'Ken, n'est-ce pas ? fit-elle à leur intention à tous. C'est bien ce que mon père a toujours dit.

En la découvrant à la lumière vacillante des lustres du carrosse, Ecleïes reconnut aussitôt la fille du Maître Archiviste.

— Chrysalie, s'enquit-il, nous sommes vos obligés. Est-ce lui qui vous envoie ?

Derrière Maâlias, dont les lèvres étaient inhabituellement restées closes depuis son entrée dans l'habitacle du véhicule, l'Archiviste referma la portière et alla prendre place aux côtés du cocher, qui fouetta aussitôt les chevaux. Le grand carrosse se mit doucement en branle et quitta le quartier au trot discret de leurs sabots.

— Si j'avais attendu les décisions de mon père, déclara-t-elle en rallumant une bougie soufflée par la brise, vos deux amis seraient sans doute à l'heure qu'il est entre les mains d'Hacton. Mais je suis aussi hélas porteuse de plus sombres nouvelles.

— Quoi donc ? s'inquiéta Helya.

La jeune fille se tourna vers Sisam et le considéra avec gravité.

— Le Gouverneur Hacton a fait arrêter votre tante.

Bouleversé, celui-ci jeta sur elle un regard empli d'effroi.

— Non, c'est impossible, balbutia-t-il. Comment aurait-elle pu ?

— Elle se rendait à Thrèce quand la garde Arkopolienne s'est saisie d'elle. Je pense qu'elle venait y chercher de l'aide pour vous.

Le cauchemar ne cesserait donc jamais. La roue du destin semblait obstinément vouloir lui arracher un à un toutes celles et ceux qui vivaient encore dans son cœur. Sisam ferma un instant les yeux et tapa rageusement du poing sur la paroi du carrosse.

— Comment pouvez-vous savoir cela ? demanda Helya, incrédule. Vous ne quittez jamais les portes des Archives.

— C'est aussi ce que se figure mon père, répondit-elle avec subtilité. Et il doit continuer à le croire afin que je puisse intervenir comme je l'ai fait pour vous aujourd'hui. Les Khalibans vous ont peut-être sauvés malgré eux des Félinides sur le viaduc, mais leur offensive n'était seulement qu'un heureux hasard de circonstances.

— Et ils ne sont pas les alliés les plus recommandables, ajouta Farf d'un ton badin.

À ces mots, Maâlias sortit de sa torpeur et réagit avec véhémence.

— Qu'en sais-tu, l'avorton ? Ces gens n'ont commis d'autres fautes que d'être nés Ch'Ken et de refuser la loi sordide des Cités ! Il fut un temps où j'aurais très bien pu me ranger parmi eux, et crois-moi, je n'aurais pas fait plus de quartier à mes ennemis, tout soldats des Cités qu'ils soient !

— Du calme, mon vieux, s'opposa Oros, dont la masse imposante rivalisait avec la carrure de Maâlias.

Les deux hommes se toisèrent un instant. Il brillait dans les yeux de Maâlias une étincelle de folie, profonde et fascinante, qui finit par s'apaiser au son de la voix de Chrysalie.

— La plupart des citoyens n'ont pas votre expérience du monde, lui concéda-t-elle. Et s'il est vrai que les Khalibans ont parfois donné leur sang pour de justes causes, ils n'en restent pas moins des êtres imprévisibles.

Assis sur l'un des strapontins, Ecleïes méditait depuis un moment, l'expression soucieuse.

— Chrysalie, savez-vous où le Gouverneur Hacton a fait emmener Laïmu depuis ?

— Au Mirador. Elle vient d'être confiée à Morlhed.

— Alors nous allons la chercher, décida Sisam tout de go.

— C'est bien ce qu'il espère, le mit en garde Ecleïes. Ta tante était bien inspirée d'aller à Thrèce, car c'est là que nous devrions te conduire avec Helya pour vous mettre en sécurité.

— Je ne la laisserai pas entre les mains du Passeur et de ses monstres ! jeta-t-il, le regard enflammé.

— Nous ne pouvons l'abandonner, renchérit Helya à ses côtés. Le Mirador est sur notre chemin, alors nous n'avons plus qu'à le suivre. Chrysalie, jusqu'où pouvez-vous nous conduire ?

— Pas au-delà des portes d'Arkopolis, répondit-elle. Je mettrais en péril toute la confrérie Archiviste, et mon propre père à travers eux. Mais je peux vous mener jusqu'au seuil de la Cité. Trois de mes chevaux sont pour vous, les autres suffiront à mon propre retour. Ensuite, vous devrez faire route seuls sur le viaduc pour vous rendre jusqu'au Mirador.

— Mais bien sûr ! éclata Maâlias. Et dire que je

vous ai suivis aveuglément jusqu'ici ! Mais qu'est-ce que vous imaginez ? Chevaucher tranquillement jusqu'au Mirador sans vous faire repérer par la garde Arkopolienne, ou pire, par ces Félinides qui vous pistent depuis le début ?

Ecleïes semblait s'être rangé à l'avis des deux jeunes Ch'Ken, car il fit un signe d'apaisement avant de prendre la parole.

— Ce que vous craignez n'arrivera pas, promit-il. Je ferai en sorte de nous rendre aussi anodins à leurs yeux que n'importe quel autre citoyen.

— Ah oui ? ironisa l'autre en le jaugeant de haut en bas. Et comment comptez-vous vous y prendre ? En nous déguisant d'un hippocampe sur le torse ? La belle affaire !

L'allusion cynique au dessin ornant la toge de l'ancien Conservateur du Temple n'eut pas l'effet escompté, et Maâlias se détourna avec un geste de dérision.

— Il en a le pouvoir, soutint Oros avec défi. Nous sommes déjà passés d'Ostacle à Arkopolis grâce à son pouvoir.

— C'est vrai, reconnut Farf. Les gardes n'y ont vu que du feu !

Sisam n'avait pas besoin d'en savoir davantage sur cet épisode. La réponse, évidente et lumineuse, brillait dans le regard complice de son Âme-Sœur.

Ecleïes se releva du strapontin et s'accorda un

instant de silence, les considérant un à un avec cette bienveillance naturelle dont il savait user en de telles circonstances.

— Encore une fois, dit-il enfin, faites-moi confiance.

Chapitre 59

Sur la route qui les acheminait vers les portes d'Arkopolis, la petite compagnie profitait de son court moment de répit pour reprendre des forces en mangeant un repas décent offert par leur hôte. Affamé par des années de nourriture indigente et avariée, Maâlias dévora sans mot dire les morceaux de viande salée. Oros, loin de se laisser impressionner, en prit une bonne part, qu'il partagea à peu près équitablement avec les autres.

Mais la faim et la soif n'étaient pas une impérieuse nécessité pour tout le monde. Main dans la main, Sisam et Helya, installés dans un coin du carrosse, se retrouvaient. Leur dernier véritable moment d'intimité remontait à quelques jours, dans la maison de Sisam et de sa tante, avant l'intervention du Capitaine Hemerod.

Helya retira le costume et l'étole que lui avait confiés Ecleïes afin de camoufler son identité, libérant son épaisse chevelure dont les boucles rousses ondulaient maintenant sur ses épaules. Sisam la trouvait aussi magnifique qu'au premier jour de leur rencontre, il y a bien longtemps, dans un petit faubourg d'Ostacle. Elle-même ne cessait de contempler le visage de Sisam, imprégnant son cœur de chaque seconde volée au temps.

— Voilà deux lunes que nous nous sommes retrouvés, sans nous trouver vraiment, observa Sisam d'une voix qui trahissait la mémoire de vieux démons.

— Le passé ne reviendra pas. Laisse-le aller derrière nous. Accorde-moi juste le présent, ce sera déjà beaucoup.

Elle parvint à le faire sourire.

— Tu as les mêmes yeux que dans mes souvenirs, chuchota-t-il. Couleur de foudre…

— La foudre ne brille bien que dans la nuit, répondit-elle en lui rendant son sourire. Et la nuit accompagne toujours ce regard que j'aime tant…

Ils se dévisagèrent, goûtant à la saveur silencieuse de leurs retrouvailles.

Mais les pensées de Sisam ne cessaient de perturber cet instant. Combien de temps restait-il avant que le sort ne décide à nouveau de leur jouer un mauvais tour ? Le bonheur dont ils rêvaient depuis toutes ces années exigeait-il qu'on lui consente tant de sacrifices ? Leurs vies étaient si simples, si insouciantes durant leur enfance… L'un auprès de l'autre, l'autre auprès de l'un, à jamais. L'Amour ne portait même pas de nom.

Il était juste là, au creux de leurs mains et de leurs cœurs, dans sa plus innocente nudité, dans toute son humble et pudique splendeur. Il était leur force, leur vérité et leur joie, avant que les abominables Meutes tapies dans la Cité ne les trouvent et ne rompent leurs liens.

Avant que la peur, l'amertume et le doute ne fassent leur œuvre dans le cœur de Sisam...

Pourtant, Helya avait raison. Ruminer le passé ne servait à rien. Seul le présent devait compter.

Surprenant le doux sourire qu'elle lui offrait, Sisam s'abandonna alors à ses bras, la gorge nouée.

— Mes mains auraient creusé la terre pour se nouer à nouveau aux tiennes, murmura-t-il comme un péché. Je sais maintenant que ma vie sans toi perd tout son sens. Durant toutes ces années, j'étais vide de tout, asséché...

— Je l'étais aussi, tu sais. Par deux fois, je t'ai perdu. Mais aujourd'hui, nous sommes vraiment réunis et je ne te laisserai certainement plus m'échapper...

Elle ferma les yeux et, en les rouvrant, rencontra le regard d'Ecleïes qui, plus loin dans le carrosse, les observait calmement en mordant dans une pièce de viande. Elle comprit alors ce qu'il attendait d'elle et releva lentement sa tête de l'épaule de Sisam.

— Tu sais maintenant pourquoi on nous a séparés, n'est-ce pas ? fit-elle en relevant les yeux vers lui. Tu sais pourquoi les Gouverneurs nous pourchassent ?

Sur l'instant, les questions de la jeune fille le désarçonnèrent un peu.

— Pour ce que nous sommes, souffla-t-il finalement avec embarras. Deux Flammes Jumelles... arrachées à jamais l'une à l'autre par les Cités...

— Plus « à jamais » ! Car nous pouvons être plus que cela. Je n'osais pas y croire, Sisam, mais je l'ai vu de mes propres yeux. La lumière est apparue, comme elle l'a fait pour nous et... Tu sais, je me suis souvenue des mots de notre comptine.

Il la regarda, et ses lèvres s'entrouvrirent d'étonnement lorsqu'elle l'invita à s'agenouiller à ses côtés.

— *« Lune blanche, froid qui tranche »*, entonna-t-elle d'une voix vibrante.

— *« ... lune pâle, l'eau dévale »*, poursuivit spontanément Sisam, alors que ses mains retrouvaient d'elles-mêmes le souvenir de gestes anciens.

Mais Helya posa un index en travers de sa bouche.

— Bientôt, lui confia-t-elle, nous serons dans le secret des Myrihandes. Sisam, nous en deviendrons un à notre tour.

Il se doutait où elle voulait en venir, mais les résonances de ce mot empreint de vieilles légendes ne l'en troublèrent pas moins. En fait, Sisam se rendit compte qu'il était terrifié.

Ecleïes vint s'asseoir près d'eux.

— Ceci n'est pas pour l'immédiat, dit-il. Si vous vous unissiez maintenant, vous attireriez les Félinides autour de nous comme les insectes sont attirés par la lumière.

— Ecleïes, dit Sisam en se tournant vers lui, alors, c'était vrai…

Il hocha posément de la tête.

— Mais vous êtes bien plus que cela encore, poursuivit-il. Les derniers Myrihandes qui ont foulé le sol de nos Cités n'étaient que les lointains descendants de leurs glorieux ancêtres. Mais votre propre Aura est si puissante qu'elle présage d'origines bien plus anciennes…

— … qui vous font supposer que nous sommes les héritiers des Myrihandes de jadis ? déduisit alors Helya.

Songeur, Ecleïes finit par soupirer et posa sur elle un regard insaisissable.

— Il vous faudra d'abord en faire l'expérience. Vos âmes réunies brillent à mes yeux d'une Aura sans précédent. Mais cependant, rien n'est jamais certain…

La jeune fille comprit l'allusion et opina de la tête. Il leur restait sans doute encore beaucoup à faire et à apprendre avant de percer tous les secrets de leur âme.

— Combien existe-t-il de Myrihandes au travers des Trois Cités ? voulut savoir Sisam.

Ecleïes réfléchit quelques instants.

— Trop peu, révéla-t-il enfin. Le Passeur s'acquitte malheureusement fort bien de son devoir, et les Gouverneurs l'assistent depuis toujours dans l'application de la Règle des Flux. À dire vrai, il est devenu impossible pour deux Ch'Ken de demeurer côte à côte à la lumière du jour. Séparés, bannis, emprisonnés… ou exterminés : c'est le destin auquel ils sont voués. Mais cependant, quelques-uns s'unissent encore dans le secret, car ils ont la chance de ne jamais éveiller les sens des Félinides.

— C'est donc possible ? s'enquit Helya. Comment ?

— Ils sont nés ainsi, répondit simplement Ecleïes. C'est leur miracle.

— Mon père pense que certains ont développé un Don, confia Chrysalie, restée jusqu'alors silencieuse et attentive à leurs échanges. Les Archives de la Confrérie ont constaté une évolution dans l'essence des Ch'Ken. Au fil des générations, il semblerait qu'un petit nombre d'entre eux ait acquis de nouvelles défenses naturelles afin d'échapper à ses « prédateurs ». Comme s'ils pouvaient fermer totalement leur corps et leur esprit à la prescience de leurs ennemis.

Sisam se souvint des révélations de Maâlias sur le tatouage qui ornait son épaule. L'*Anolfac*. Il n'aborda pas le sujet, désireux d'abord d'en apprendre davantage sur l'existence de ces autres Âmes-Sœurs disséminées dans les Cités.

— Vous parlez là de cas très isolés, fit remarquer Ecleïes en se grattant soucieusement le front. Les Ch'Ken dans leur grande majorité ne sont pas capables d'échapper au flair des Limiers.

— Il leur faut donc vivre cachés, déplora Oros.

Exaspéré, Maâlias donna un coup de pied dans un tabouret, faisant sursauter Farf à côté de lui.

— Vous parlez d'une vie ! cracha-t-il avec aigreur. Terrés comme des lapins, à l'ombre du monde entier !

— C'est pour cette raison qu'existe la Guilde du Second Souffle, rappela Ecleïes. Je l'ai fondée dans le but de protéger et de regrouper les Ch'ken hostiles aux lois des Cités. Les catacombes du Temple étaient notre seul siège à Ostacle, mais l'intrusion de Morlhed et de la garde du Palais nous oblige désormais à trouver au plus vite un nouveau refuge.

Le silence tomba entre eux et Sisam se leva. Lâchant la main de sa compagne, il fit quelques pas hésitants dans l'habitacle cahotant du carrosse.

— Cet être de lumière qui est venu à notre secours, suggéra-t-il alors, c'était donc… l'un d'entre nous ?

Ecleïes baissa lentement les yeux, mais sa voix grave ne fléchit pas.

— Oui, dit-il. Oriance et Nisis, la fille du Gouverneur d'Ostacle. Deux jeunes Flammes Jumelles, elles aussi. Elles étaient membres de la Guilde. Toutes deux ont péri pour nous sauver de Morlhed et de ses Félinides.

Sisam se souvint de l'étrange empathie qui s'était emparée de lui quand il avait rencontré Oriance, lors de la rixe dans la Taverne des *Laborieux*. Il comprit enfin d'où lui était venu ce sentiment. La mort de cette jeune femme, à la présence aussi familière qu'étrangère, l'ébranla.

Sentant son trouble comme s'il s'était agi du sien, Helya se releva à son tour et vint l'enlacer de ses bras.

— Bon, trancha Maâlias en levant le menton vers Ecleïes, sans vouloir jouer les trouble-fête, au cas où cela en serait une, j'aimerais connaître la suite des opérations.

— En tout état de cause, nous devons d'abord porter secours à Laïmu, affirma Ecleïes. Ensuite, nous pourrons rejoindre le reste de la Guilde.

— Porter secours, hein ? fit celui-ci, caustique. Et pourquoi pas monter à l'assaut du Mirador, pendant que vous y êtes ? Navré, les gars, ce sera sans moi.

— Comment ça, « sans toi » ? s'exclama Farf, offusqué.

— Tes amis ont l'air de vouloir jouer aux anges gardiens de tout poil. Et personnellement, j'ai d'autres projets en vue.

— Mais qu'est-ce qui peut être plus important ? insista-t-il.

— En premier chef, sauver ma peau, mon petit vieux. Ces Cités, je les vomis depuis des lustres, et l'air en dehors de leurs murs est à mon goût plus supportable.

— *En dehors* ? s'exclama Oros avec moquerie. Cet homme est fou ! Personne n'est jamais revenu de l'Âpre-Monde. L'air y est vicié et les terres regorgent d'un millier de créatures aussi monstrueuses que mortelles !

— Tu crois toujours tout ce qu'on te dit, gros ? répondit Maâlias, goguenard.

Oros n'apprécia guère sa remarque. Avant de ne le voir sortir de ses gonds, Sisam s'interposa.

— C'est donc ainsi que tu comptais me remercier ? dit-il à Maâlias.

— Je n'ai aucune leçon à prendre de toi, gamin. Il me semble que nous sommes quittes, non ?

— Maâlias, tu…

Mais Chrysalie, qui venait de s'entretenir avec le cocher au travers d'un œil-de-bœuf situé à l'avant du carrosse, l'interrompit :

— Il serait sage de vous faire plus discrets, messieurs, déclara-t-elle avec tempérance. Nous arrivons aux portes d'Arkopolis.

Chapitre 60

Dissimulé au coin d'une rue, le carrosse s'arrêta à une centaine de mètres des portes de la Cité. La nuit avait revêtu de sa parure les façades et les grandes artères, éclairées par de rares torches et la pâle clarté de la lune. Les rues d'Arkopolis étaient désertes, comme si les habitants craignaient de s'y aventurer quand l'ombre agrippait les murs. La chaleur avait quitté les quartiers, même les plus populaires, pour laisser place au murmure du vent, promenant avec lui les exhalaisons malodorantes d'une vieille tannerie de la Cité.

Les portes du rempart étaient fermées et défendues par trois gardes de faction. Deux autres surveillaient l'ensemble depuis les hauteurs des contreforts de la Cité, effectuant des allers-retours réguliers d'un bout à l'autre du mur.

Les événements survenus à Ostacle et dans la Prison d'Arkopolis accroissaient la vigilance des Gouverneurs et de leurs soldats.

Sisam, Helya, Ecleïes et leurs compagnons mirent pied à terre, tandis que le cocher et son acolyte Archiviste détachèrent et sellèrent pour eux trois de leurs chevaux.

— Ma Dame, s'alarma Farf, voyez, les portes sont closes ! Par toutes les plaines de Cornovan, jamais nous ne passerons !

— Ecleïes, dit Sisam avec appréhension, je suppose qu'avant de venir me libérer, vous aviez prévu cette éventualité ?

Celui-ci eut quelques scrupules à lui répondre. Excédé, Maâlias soupira bruyamment et passa devant eux.

— Bien sûr que non, il ne l'avait pas prévu, jeta-t-il. Les portes d'Arkopolis sont toujours fermées la nuit, et d'autant mieux surveillées qu'elles abritent derrière leurs murs plusieurs centaines d'insoumis que personne n'a envie de voir s'évanouir dans la nature. Mais c'était peut-être trop demander à votre divine clairvoyance, Ecleïes !

Observant les silhouettes qui se mouvaient devant les contreforts, il prêta peu d'attention aux sarcasmes de Maâlias.

— Patience, dit-il, les sens aux aguets. L'issue est plus proche que vous ne pensez.

— Si vous voulez parler d'une fosse taillée sur mesure, je veux bien vous croire !

— Et toi, tu as sans doute une idée lumineuse

pour nous sortir de là ? grogna Oros, les poings plantés sur les hanches.

Maâlias eut un sourire en coin, et sortit l'épée de son fourreau.

— Ma lame a plus d'esprit que moi. Elle taillera plus efficacement ma route que les tours de passe-passe de votre sorcier.

— Non ! s'interposa Sisam. Maâlias, tu vas réussir à tous nous…

Mais une nouvelle fois, Chrysalie l'interrompit.

— Regardez, fit-elle, les portes !

Les gardes avaient quitté leur poste, et tiraient à présent sur deux grandes roues à poulies qui faisaient lourdement s'ouvrir les grandes portes. Derrière elles apparurent à la lumière des torches une dizaine de cavaliers et, à leur tête, le Capitaine Hemerod. Tendant l'oreille depuis leur sombre abri, Sisam et ses compagnons entendirent qu'il venait rendre une importante visite au Gouverneur Hacton. Cette visite ne semblait pas avoir été annoncée, car les hommes de la garde hésitaient à lui céder le passage. Le Capitaine d'Ostacle sut se montrer déterminé. Son charisme et sa renommée inspiraient à tous un certain respect. Aussi, les gardes le laissèrent entrer dans l'enceinte avec ses hommes.

— Nous n'aurons pas de seconde chance, assura aussitôt Ecleïes. Allons, à cheval !

Réjouis par leur bonne fortune, tous obtempérèrent et choisirent rapidement leurs montures.

Perplexe, Maâlias finit par ranger son épée et leur emboîta le pas.

— Cela dit, ajouta Ecleïes d'un ton complaisant, vous avez toute latitude pour tailler notre route, à présent.

Maâlias ne répondit pas mais lui jeta un regard mauvais avant d'enfourcher son cheval aux côtés d'Oros.

Le voyant prendre la tête de la petite équipée, Chrysalie marcha au devant de lui et saisit la bride du cheval.

— Désolée, gamine, mais je crois qu'on n'a plus le temps pour un brin de causette, dit-il.

La jeune fille à la peau d'albâtre ne prit pas ombrage de ses paroles et le retint un instant près d'elle.

— Maâlias, je sens une grande blessure en vous. Une vieille et profonde douleur. Elle est la source de votre colère et vous aide à tenir bon depuis longtemps. Mais prenez garde à ne pas la laisser décider à votre place.

Ses traits se détendirent. En dépit des événements, Chrysalie avait conservé cette même grâce qu'il lui avait découverte dès son entrée dans le carrosse. Cela eut le mérite de le surprendre.

— Je vous en prie, protégez-les, reprit-elle. Je sens votre courage et votre force. Pour l'amour des Cités et des Âmes-Sœurs, pour leur liberté à tous, je sais que vous pouvez le faire.

Il l'observa encore un instant, et ses yeux brillèrent d'une imperceptible lueur.

— Les Cités sont maudites, répondit-il enfin. Et elles le sont depuis trop longtemps pour être sauvées. Je suis désolé.

À ces mots, le doux visage de Chrysalie s'assombrit. Avant de la quitter sur la chaussée en compagnie de ses serviteurs, Maâlias se retourna une dernière fois vers elle.

— Ouvrez vite vos ailes, lui conseilla-t-il. Ouvrez-les tant que vous le pouvez et envolez-vous très loin d'ici.

Puis il partit au galop, suivi de près par les autres.

Chapitre 61

Hemerod et son escorte avaient déjà disparu dans l'obscurité des vieilles rues. Les trois chevaux de la petite compagnie galopèrent en soulevant la poussière sur leur passage. Maâlias et Oros chevauchaient en tête, suivis de Sisam et Helya. Ecleïes, flanqué du petit Anachrone, fermait la marche. Le bruit des sabots cavalant sur le pavé alerta les trois gardes.

— Halte ! s'écria le premier. Halte, c'est un ordre !

Voyant que les cavaliers ne manifestaient aucun signe d'obéissance, les gardes dégainèrent leur épée, prêts à les fendre sur leur passage. Ces soldats parfaitement aguerris, forts de la confiance d'Hacton, ne leur feraient pas de quartier. Ecleïes, pour déjouer leur attaque, abusa à nouveau de son mystérieux pouvoir afin de brouiller leur vision. Les hommes clignèrent des paupières pour chasser le trouble qui s'emparait d'eux, mais n'en perdirent pas pour autant leur sang-froid. Bravant la résistance des hommes de la garde

Arkopolienne, Maâlias saisit sa chance et leur assena à chacun un franc coup de pied en plein visage. Deux d'entre eux furent projetés à la renverse contre les murs d'enceinte, le souffle coupé et la mâchoire fracassée.

Sisam et Helya s'engagèrent au galop sur la voie ouverte par leurs amis, mais le dernier soldat fit face à leur cheval. Derrière lui, quatre autres gardes jaillirent d'une guérite et se positionnèrent de façon à leur couper la route de leurs longues lances acérées. Maâlias et Oros avaient réussi à traverser le porche de la Cité. Il était trop tard pour revenir en arrière.

Cramponnée aux flancs de son compagnon, Helya empoigna l'un de ses bras et le serra avec vigueur. Blottissant son visage au creux de ses épaules, elle ferma les yeux et récita en elle-même les anciennes paroles de leur comptine. Sentant la chaleur qui commençait à irradier de son bras, Sisam lâcha les rênes et tendit sa main en avant, comme sous l'impulsion d'un courant électrique. Une vive lumière en jaillit soudain, enveloppant et fondant son bras tout entier avec celui d'Helya. Puis, sous ses yeux stupéfiés, jaillit de ce membre scintillant la lame argentée d'une épée, dont ils éprouvèrent aussitôt l'un et l'autre l'incroyable énergie.

Derrière lui, la jeune femme rouvrit les yeux et, prise de frayeur à la vue de ce bras incandescent, eut le réflexe de reculer avant de sentir en elle la force de Sisam mêlée à la sienne.

— Sisam, mon bras !

— Reste contre moi ! l'encouragea-t-il. Cette épée est la nôtre, à présent !

Les gardes perdirent leur vigilance. À peine eurent-ils le temps de brandir à nouveau leurs armes que la lame de lumière les arracha de leurs mains avant de les briser en mille éclats. Les plus vaillants s'interposèrent dans l'espoir de les faire chuter de cheval. Mais Helya et Sisam, transcendés par leur éblouissante communion, anticipèrent l'attaque et les fauchèrent de leur épée couleur de lune.

La voie était libre. Helya relâcha son étreinte du bras de son compagnon, qui recouvrit peu à peu le sien. La lumière et la lame chatoyante de leur épée s'évanouirent en même temps.

Sisam réalisa qu'ils venaient d'avoir un infime aperçu de leurs forces réconciliées. Plus qu'un sentiment de force et de vitalité nouvelles, c'était l'union harmonieuse éprouvée soudain avec Helya qui le bousculait maintenant au plus profond de son être. Une fois encore, il aurait souhaité que cet instant ne meure jamais, et il en ressentit une peine terriblement familière.

Derrière eux, Ecleïes pressa davantage son destrier, faisant presque décoller Farf, et se faufila par la grande porte.

La petite compagnie était déjà sur le viaduc, quand l'alerte fut donnée par les guetteurs qui, perchés au sommet des contreforts, les avaient repérés. Des flèches fendirent l'air et vinrent se planter non loin d'eux sur les larges rampes du viaduc, d'autres rebondissant sur la pierre s'évanouissaient dans le vide, sous l'écharpe nébuleuse de nuages. Devant eux se dressait déjà l'ombre du grand Mirador, sinistre tour de garde éclairée par quelques flambeaux et ceinte quelques dizaines de mètres plus haut par les vastes bâtiments du Haut Parlement. Le bâtiment ressemblait à une immense roue de chariot vissée tout autour, avec ses innombrables rayons formés par les hautes colonnes de marbre blanc.

Surgirent alors de leurs guérites d'autres gardes armés, alarmés par les cors rugissants de la Cité. Les cavaliers arrivaient si vite que leurs efforts pour tenter de les arrêter furent vains. Par ailleurs, Maâlias ne rechignait pas à donner de l'épée dès qu'un nouvel ennemi se mettait sur son chemin.

Le Mirador se faisait proche. Ils distinguaient parfaitement le haut escalier qui y menait et, tout au-dessus, l'entrée principale avec son immense charpente formée de doubles arceaux et ses piliers marbrés qui soutenaient l'édifice. Au seuil des marches trônaient les sculptures monumentales de grands oiseaux de feu, aux faciès monstrueux et arrogants.

Sisam mit pied à terre, quelques mètres avant le seuil des escaliers. Sur chaque bord, de l'eau ruisselait de petites fontaines, le long de rigoles richement sculptées. Une allée centrale en pente douce permettait le passage des chevaux et des véhicules à roues.

La nuit, elle était hélas fermée par de solides bardages à claire-voie.

Agir était pour lui le plus sûr moyen de faire taire les démons de son cœur. Scrutant les alentours, il arqua alors les sourcils d'étonnement.

— C'est étrange. Il n'y a personne.

Helya descendit à son tour de cheval et attacha sa bride à l'une des rampes, tandis qu'Ecleïes et Farf arrivaient.

— Restons sur nos gardes, conseilla-t-elle.

— Je n'ai jamais connu cet endroit désert, fit Maâlias en observant le sommet des escaliers. Les garnisons ne désemplissent jamais, ici. Je fleure le guet-apens à plein nez.

— Il a raison, renchérit Oros. D'habitude, ces lieux grouillent de Masques Blancs.

— Guet-apens ou pas, nous n'avons plus d'autre option, objecta Ecleïes après avoir aidé Farf à descendre de cheval. Voyez derrière vous !

De nouveaux soldats d'Arkopolis se pressaient sur le viaduc. Plusieurs flèches volèrent dans leur direction. L'une d'elles se planta dans la gourde de Farf, qui vit sa précieuse eau se déverser.

— Ma gourde ! s'écria-t-il, sidéré. Foutacrasse ! Espèce de chiens sans cervelle !

— Allons, venez ! commanda Ecleïes. Dépêchez-vous !

Abandonnant leurs chevaux, ils s'élancèrent dans les escaliers. Derrière eux retentissaient les hurlements guerriers des soldats d'Arkopolis, mais aucun des six compagnons ne prit le temps de se retourner. La lance qui frôla Helya suffit à leur faire tous prendre leurs jambes à leur cou.

Alors qu'ils arrivaient au sommet, une flèche atteignit Ecleïes à la cuisse. Il poussa un cri rauque, interrompant son ascension. Sisam se tourna vers lui.

— Ecleïes !

Il releva péniblement la tête et un deuxième trait lui transperça l'épaule, déchirant de part en part sa tunique dont le bel hippocampe se teinta rapidement de noir.

— NON !! hurla Sisam, épouvanté.

Helya fit marche arrière et vit Ecleïes à terre.

— Ce n'est rien, grogna-t-il en coupant l'embout de la flèche qui avait percé sa cuisse. Continuez, je vous rejoindrai.

— Je ne peux pas vous laisser là, s'opposa Sisam. Nous avons besoin de vous pour entrer dans le Mirador !

— Sisam ! lança Maâlias à ses côtés. Ils seront bientôt sur nous !

Il le prit fermement par le bras.

— Tu as entendu le bon monsieur ? le secoua-t-il. Pour une fois, je le trouve de très bon conseil. Si tu tiens toujours à sauver ta peau et celle de ta chère tante, hâte-toi !

— Non, résista fermement Sisam. C'est impossible. Sans lui, nous sommes perdus !

— Perdus dans les galeries du Mirador ? Sois tranquille, je les ai trop courtisées pour les avoir oubliées. Ce trou à rats n'a plus le moindre secret pour moi.

Malgré les flèches qui pleuvaient sur eux, Ecleïes se voulut réconfortant.

— Maâlias a raison, dit-il. Sauvez vos vies et celle de Laïmu. Vous êtes le dernier espoir de la Guilde et des Âmes-Sœurs de ces Cités. Elles n'ont que trop attendu votre venue. Allons, partez maintenant. Vite !

Face à sa ferme détermination, Sisam et Helya suivirent à contrecœur les pas empressés de leurs amis, abandonnant Ecleïes au milieu de l'escalier.

Grimaçant de douleur, le vieil homme se traîna vers les rebords pour s'abriter des lances et des flèches s'abattant sur la pierre poussiéreuse. Puis, se redressant avec peine contre l'accotoir, il laissa glisser une main sanglante dans la rigole, dont l'eau ruisselante emporta des traînées vermeilles.

Chapitre 62

Sisam, Helya et leurs alliés accédèrent au parvis du Mirador, grand point de croix des Trois Cités, où s'effectuaient quotidiennement les transactions, les expéditions et toutes les allées et venues des citoyens, sous l'œil attentif de Morlhed. Là, quatre puits prenaient leur source depuis le fond de la montagne pour alimenter en eau potable les habitants. Sous les arcs-boutants soutenus par des pilastres aux cannelures sinueuses, deux séries de tapis roulants faits de rondins de bois se faisaient face, destinés à l'inspection des marchandises. Le parvis s'ouvrait par deux de ses côtés sur les viaducs menant l'un à Thrèce, l'autre à Ostacle. Face à eux, un mur décoré de tentures et de brocards aux insolentes effigies, s'élevait un nouvel escalier menant vers le Haut Parlement et les autres dépendances du Mirador.

— C'est ici que nous sommes censés trouver Laïmu ? s'enquit Farf en inspectant craintivement l'endroit.

— Entre ces murs, oui, soupira Oros en apercevant un autre escalier.

Sisam restait silencieux. La perte d'Ecleïes pesait sur lui plus qu'il ne l'aurait jamais imaginé. Cet homme leur avait ouvert les yeux sur une nouvelle réalité, à la fois magnifique et terrifiante, dans laquelle Helya et lui avaient à jouer un rôle primordial. Il avait offert sa vie pour la leur, sans qu'il eût le temps de lui témoigner sa gratitude. Cela, Sisam avait bien du mal à l'accepter. La roue du destin semblait le poursuivre de sa funeste course.

— Jusqu'où devrons-nous monter encore ? s'enquit Helya, toute essoufflée. Cet escalier n'en finit donc jamais !

— Il faut bien continuer d'avancer, répondit-il, égaré dans ses tourments.

Le visage d'Ecleïes ne cessait de le hanter. Mais celui de Laïmu s'imposa à son esprit, et la peur de la perdre se répandit dans son cœur. Prenant son courage à deux mains, il passa devant les autres et commença à gravir les premières marches. Maâlias s'avança au milieu du parvis et examina rapidement le sol dallé jonché de détritus.

— Heureusement pour vous, je suis bon prince ! les héla-t-il. Venez voir par ici !

Surpris, ces compagnons se détournèrent de l'escalier pour le rejoindre. Ils découvrirent sous leurs pieds une large trappe de forme circulaire, dont la porte légèrement convexe était verrouillée par des chaînes tressées sur un cadenas.

Avec un sourire railleur, Maâlias s'empara d'une hache posée sur un établi et en soupesa la lourde lame.

— Si vous aviez mieux connu Morlhed, expliqua-t-il en l'élevant au-dessus de sa tête, et ne prenez surtout pas cela pour de la vantardise de ma part, vous sauriez qu'il refuse à ses prisonniers de voir la lumière du jour. Un excellent remède contre les gens de noble moralité ! À présent, si vous voulez bien faire place, je vais jeter un charme à ma façon…

Rassemblant ses forces, il abattit alors la hache sur les lourdes chaînes. La porte trembla bruyamment sous l'impact, mais les fers ne se brisèrent pas. Passablement agacé par son échec, Maâlias se moucha dans les plis crasseux de sa tunique et brandit à nouveau son arme vers le ciel.

— Attendez ! intervint Helya. Laissez-moi essayer… à ma façon.

Extirpant une petite clef de ses vêtements, la jeune fille s'agenouilla près du cadenas et, le nez collé sur le bout de métal, la fit habilement jouer dans ses rouages.

— Vite ! l'intima Sisam. Les soldats approchent !

Les cliquetis nerveux et désordonnés se changèrent en un net déclic. Retenant son souffle, Helya ôta avec précaution la clef du cadenas déverrouillé, puis retira les chaînes qui entravaient la porte. Avec l'aide de Sisam et d'Oros, elle finit enfin par l'ouvrir entièrement.

— Bravo, Dame Helya ! la félicita Farf, rassuré. Voilà notre issue !

— Une bonne habitude de prise dans ma cage dorée, révéla-t-elle en lançant un clin d'œil complice vers Sisam.

Les uns après les autres, les membres de la petite compagnie se faufilèrent par la trappe, jusqu'à Maâlias qui, une fois à l'intérieur, referma la lourde porte sur eux, calant le plus solidement possible la hache pour en bloquer l'accès. Cela n'empêcherait certainement pas leurs poursuivants de passer, mais ça les ralentirait un peu.

Après avoir emprunté quelques marches abruptes à la lueur de flambeaux accrochés aux parois inégales, ils arrivèrent dans un corridor circulaire, dont le pilier central soutenait sans doute tout l'édifice depuis sa base. Son pourtour, de forme évasée et assez primitive, abritait de petites cellules aux portes massives.

— Elle est peut-être ici, considéra Maâlias. Ces geôles sont souvent utilisées pour enfermer les nouveaux venus.

— À entendre cet ostrogoth, on croirait qu'il en a jetés lui-même dedans, commenta Farf à l'oreille de sa maîtresse.

Helya leva les yeux au ciel et décrocha un flambeau du mur pour éclairer ses pas. La remarque de l'Anachrone n'était pas passée inaperçue aux oreilles de Maâlias, qui le saisit par le cou avant de planter ses yeux noirs dans les siens.

— Une autre insinuation de ce genre, vieux gnome, et c'est toi qui serviras de repas aux vermines qui infestent ces fichus cachots, d'accord ?

Il plaisantait, mais Farf n'eut pas le goût de le lui demander et se contenta de hocher la tête avec force docilité.

— Maâlias, s'exclama Sisam devant lui, ces cellules sont toutes fermées. Et vu l'épaisseur des portes, on ne pourra jamais les enfoncer.

Il lâcha l'Anachrone et s'approcha de Sisam.

— Ta petite fée n'aurait-elle pas un nouveau tour dans son sac pour résoudre aussi ce problème ? demanda-t-il en jetant un coup d'œil sur Helya.

— Impossible, les serrures de ces portes sont bien trop larges, rétorqua-t-elle. Et je n'ai pas d'outil à leur mesure pour tenter quoi que ce soit.

Maâlias leva les yeux sur Sisam et fit craquer les jointures de ses doigts.

— Somme toute, il vous faut un plus gros calibre, se rengorgea-t-il. Rassure-toi, gamin, toutes les femmes en viennent là tôt ou tard.

Outrée, Helya le fusilla du regard.

— Si le seul outil qui semble fonctionner chez vous est aussi efficace, nous pourrions peut-être forcer la serrure avec ?

— Et je suis sûr que vous aimeriez ça.

— Ça suffit ! lança Sisam d'un ton vindicatif.

Est-ce qu'on pourrait un peu se concentrer sur le sujet qui nous occupe ?

Se mordillant les lèvres, Maâlias passa devant eux et s'agenouilla près d'une des cellules, dont il s'employa d'abord à inspecter en quelques savants coups de mains les gonds et les moulures d'acier. On aurait dit un sculpteur un peu excentrique en train de peaufiner l'œuvre de sa vie.

— Mais que fait-il, ce damné imbécile ? s'énerva Oros.

Ignorant la contrariété de ses camarades, il poursuivit méticuleusement son examen de chaque cellule, et finit par s'immobiliser devant l'une d'elle.

— Il y a quelqu'un là derrière, déclara-t-il tout de go.

— Qu'est-ce qui te faire dire ça ? voulut savoir Sisarn.

Maâlias introduisit son index dans la grosse serrure et le ressortit tout imprégné d'un liquide ambré.

— De l'huile, dit-il en l'étalant entre ses doigts. J'en ai aussi trouvé des traces sur le sol. Les matons en enduisent toujours leurs clefs pour déverrouiller ces portes dévorées par la rouille.

— Alors, nous avons peut-être une chance d'y trouver Laïmu, estima Helya. Reste à trouver un moyen d'ouvrir ce cachot.

N'y tenant plus, Oros s'avança et bomba fièrement le torse.

— Laissez-moi faire. Je n'en serai pas à ma première porte dégondée !

— Tu n'y arriveras pas tout seul, gros, intervint Maâlias. Ces machins-là résisteraient sûrement à la charge d'un bœuf.

— Parfait, dit-il. J'ai toujours adoré les défis !

Réalisant qu'Oros n'avait pas l'intention de capituler, Maâlias se joignit à lui avec une pointe de résignation et, ensemble, ils donnèrent un franc coup de pied dans la porte, dont le métal résonna sourdement. Ils tambourinèrent encore plusieurs fois de toutes leurs forces, en vain.

— Cette fichue porte n'aura pas le dernier mot, foi d'Ostallan ! s'impatienta Oros.

L'un et l'autre prirent alors davantage de recul, et, après s'être lancés un regard entendu, se jetèrent sur elle de tout leur poids. Le choc fut si violent qu'ils froissèrent l'acier du poids de leurs épaules et firent enfin sauter le verrou.

La lourde porte s'entrebâilla. Sisam acheva de la pousser avec Helya. L'obscurité régnait totalement dans la cellule car nulle ouverture, pas même une lucarne ou un quelconque ajour, n'y avait été admise par le Passeur. Se retournant vers Farf, Helya lui arracha des mains le flambeau et se risqua à faire un peu de lumière.

À l'intérieur gisait, recroquevillée sur une paillasse, la frêle silhouette d'une femme, dont les mains étaient attachés à des chaînes rivées au mur. En apercevant ses visiteurs, elle releva lentement sa tête à la longue chevelure souillée de plaies sombres. Puis elle ébaucha un fragile sourire.

— Oriance ! s'exclama Helya.

Elle se précipita vers elle et, avec l'aide de Sisam, l'aida à se redresser.

— Oriance, par tous les cieux, nous vous croyions morte !

— Qui est-ce ? questionna Maâlias, dont les pas vacillaient encore suite au douloureux impact contre la porte.

— Une alliée de la Guilde, répondit Sisam en se tournant vers lui. Elle et Nisis étaient un Myrihande, jusqu'à ce que le Passeur en décide autrement.

— Sisam… gémit-elle, retenant une quinte de toux sanguinolente, je sais pourquoi tu es ici. Elle… elle est dans l'ancien cratère.

— L'ancien cratère ? fit celui-ci, perplexe.

— Vous voulez parler de Laïmu, n'est-ce pas ? demanda Helya.

— Oui… Mais elle n'est pas… seule. Les Meutes sont là-bas avec elle.

— Morlhed s'en est servi d'appât, observa Sisam. Mais nous sommes venus jusqu'ici pour la sortir de ce bourbier, et nous allons vous emmener avec nous.

Les flammes dansèrent un instant devant les yeux couleur émeraude d'Oriance, qui leva une main pour frôler de ses doigts la joue du jeune homme.

— Ma Moitié n'est plus, murmura-t-elle. Je le sais.

Nous étions encore unies quand la lame de Morlhed nous a frappées, et… je l'ai sentie s'éteindre au plus profond de mon âme. Ma survie ici n'a tenu qu'à la sorcellerie de son maître…

— Non, insista Helya, les yeux voilés de larmes. Vous nous avez sauvés de la mort, moi et mes amis, alors aujourd'hui, c'est nous qui allons vous sauver.

Oriance frémit sous un brusque accès de douleur, et Sisam attrapa sa main pour la serrer dans la sienne.

— Un Myrihande ne survit pas au trépas de son Âme-Sœur, confia-t-elle. Cette force qui nous unit l'un à l'autre est aussi notre faille si l'on nous arrache à cette unité…

Sisam et Helya se regardèrent, comprenant ce que cette révélation signifiait pour eux.

— Ne gardez pas de regrets en vos cœurs, poursuivit-elle d'une voix affaiblie. Les regrets sont les armes du Mal… Ne leur cédez pas votre Amour. Jamais. Hissez-le au plus haut de vous-mêmes, car vous êtes… la clef de notre devenir…

Les lèvres d'Oriance se figèrent sur ces derniers mots. Son corps s'effondra comme celui d'un pantin dont on aurait coupé les fils. L'Âme-Sœur de Nisis venait d'éteindre à jamais sa flamme. Profondément ému, Sisam reposa la main de la jeune femme sur son ventre et ferma ses paupières, avant d'inciter Helya à se relever avec lui.

— Le Mirador est bâti sur les ruines de l'ancien cratère de Pan-Kaïa, précisa Maâlias derrière eux. Si ce qu'elle a dit est vrai, Laïmu se trouve à environ mille deux cent pieds au-dessous de nous. Autant dire une sacrée trotte.

Plus que du chagrin, une sourde colère couvait dans le cœur de Sisam. Aussi, sans marquer une seconde de plus d'hésitation, il quitta la cellule et, jetant un rapide coup d'œil sur le corridor, aperçut entre deux renflements angulaires du mur un escalier en colimaçon. Ses marches semblaient se perdre à l'infini, noyées dans une profonde pénombre.

Il allait s'y engager quand Oros le rattrapa par l'épaule.

— Sisam, dit-il, tu comptes nous faire entrer dans l'anneau de nuages ? Tu sais bien ce qu'on dit de l'Âpre-Monde !

Il le dévisagea un instant, croisant au passage le regard impatient de Maâlias.

— Ce monde n'est pas pire que le nôtre, promit-il. Si nous devons y trouver le Mal, ce ne sera pas par l'air que nous respirerons.

Puis, prenant Helya par la main, il dévala le tourbillon de marches, et Oros, tout comme Farf, durent se résoudre à les suivre.

— Et dire que je craignais juste un simple guet-apens ! pesta Maâlias en crachant les pépins d'un fruit ramassé par hasard dans la cellule.

N'ayant guère de plus réjouissantes alternatives, il s'engagea à son tour dans la spirale de l'escalier.

Chapitre 63

Au Palais d'Arkopolis, Hemerod patientait dans un salon privé où brûlait le feu d'un âtre aux colonnes de granit, dont le conduit culminait vers les hauts plafonds ornés de nombreux bas-reliefs aux motifs extravagants. Plusieurs décennies de blasons fanés par les années parsemaient les murs, ainsi que des boucliers et des parchemins signés de la main de glorieux ancêtres. Un grand miroir à bascule, cerclé d'or et de saphir, reflétait la lueur des torches ansées, et le sol, entièrement recouvert d'une immense mosaïque de cristaux, illustrait un tapis de roses aux couleurs fascinantes.

Nul doute que le Gouverneur appréciait les débauches de luxe au sein de son Palais, même si le reste de sa Cité devait en pâtir. En chevauchant dans les quartiers d'Arkopolis, Hemerod n'avait pas relevé plus de changements notables que lors de sa dernière traversée, dont la lointaine date lui échappait. Mais ce triste état de fait n'avait vraiment rien de surprenant à ses yeux.

La double porte s'entrouvrit dans un léger bruissement et Hacton apparut, les bras tendus vers son hôte.

— Capitaine Hemerod, clama-t-il avec un enthousiasme apprêté, c'est un honneur de vous recevoir !

— Gouverneur, fit celui-ci d'un petit hochement de tête pour le saluer.

— Je vous en prie, prenez vos aises. Ce n'est pas tous les jours que nous recevons ici des gens de haut rang. C'est là par ailleurs un crève-cœur que je déplore... Comment se porte votre mère ? J'espère que tous ces récents aléas ne l'ont pas trop durement affectée.

— Gouverneur, je ne suis pas venu vous voir en pleine nuit pour une simple visite de courtoisie, déclara celui-ci d'un ton dissimulant mal l'empressement. Mais vous avez vu juste, les choses ne sont pas telles qu'elles le devraient ces derniers temps à Ostacle, et j'aurais une faveur particulière à vous demander.

Hacton fit tinter une clochette posée sur un mobilier en marbre blanc, et un serviteur empanaché entra dans le salon, tenant entre ses mains deux coupes décorées de corolles fleuries, finement ciselées dans l'argent.

— De la liqueur de rose, parfumée d'un zeste de violette, dit-il en prenant les coupes. C'est d'un goût exquis et, paraît-il, excellent pour la tension nerveuse. Tenez, je vous en prie.

Hemerod accepta le verre qu'il lui tendait et en but distraitement une gorgée. Hacton fit quelques pas tranquilles dans le salon et s'arrêta devant le miroir, faisant mine d'ajuster ses habits.

— Eh bien, vous parliez d'une faveur ? reprit-il. Je vous écoute.

Le Capitaine reposa la coupe et se donna quelques secondes avant de répondre.

— Gouverneur, je sollicite la libération d'un de vos prisonniers. Un dénommé Sisam.

Celui-ci suspendit la coupe au-dessus de ses lèvres et se retourna, mimant la surprise à grands renforts de haussement de sourcils.

— Sisam ? fit-il, interloqué. Vous avez donc remis la main sur la chère fille de notre ami Phonkerf et venez déjà procéder à l'échange ? Voilà qui est merveilleux.

— Pas exactement, fit-il avec embarras. J'ai besoin de lui pour retrouver la trace d'assassins.

— Je vois. Quelles sortes d'assassins ?

Hemerod marcha alors vers la fenêtre et vint s'appuyer sur le balcon en fer forgé. Son cœur était au plus mal, mais il s'efforça d'en maîtriser les battements et garda son sang-froid.

— Gouverneur, ma sœur Nisis a été retrouvée morte hier soir près du Temple d'Ostacle.

— Morte ? s'émut Hacton. Ciel, j'ignorais tout de cette tragédie ! Je suis affreusement désolé pour vous, Capitaine...

— Mes informateurs m'ont assuré du lien qui unit son assassin à Sisam. Je suis certain de pouvoir mettre bientôt un visage sur le responsable de ce meurtre, mais pour cela, il me faut cet homme.

— Pourquoi ne pas simplement l'interroger ? demanda Hacton avec candeur.

— Lui seul a la confiance de ce dissident, improvisa Hemerod. Si je m'en tiens seulement à des aveux, le meurtrier me glissera entre les doigts, et vous comprendrez que je ne saurais le tolérer.

Le Gouverneur laissa passer quelques instants de silence tendu, buvant une gorgée de son breuvage qu'il touilla délicatement avec la tige de sa rose.

— Je suis navré, Capitaine, finit-il par répondre, mais je crains de ne plus être en mesure de vous aider. Le détenu dont vous parlez s'est malheureusement évadé de la Prison.

Stupéfait, Hemerod se retourna et revint promptement près du Gouverneur.

— Évadé, vous dites ? Comment ? Quand ?

— Aujourd'hui même, avec la complicité d'un autre prisonnier. Je sais, tout cela est invraisemblable en un endroit aussi sûrement gardé que notre pénitencier... Mais il y a de temps à autre des impondérables qu'il nous faut bien assumer.

— Avez-vous lancé des recherches ?

— Bien entendu, Capitaine, nous tenons à honorer notre réputation, et bien plus encore, à prémunir nos citoyens de l'engeance prisonnière de nos barreaux.

Hélas, nous n'avons encore aucune idée du lieu où se cachent ces deux fugitifs. Comprenez, les évasions sont si exceptionnelles entre nos murs que nous n'avons pas…

— Merci, Gouverneur, le coupa-t-il, absorbé par d'obscures pensées. Je vais immédiatement faire le nécessaire pour vous prêter main-forte dans la poursuite de ces forcenés. Désolé de vous avoir dérangé et mes salutations à vos gens. Je dois vous laisser.

Et sur un dernier salut, il quitta en trombe le salon pour s'en aller récupérer ses hommes postés dans les couloirs.

— Tout le plaisir était pour moi ! s'exclama Hacton derrière lui en levant tout haut son verre.

Disant cela, il vint se pencher à la fenêtre, par laquelle il vit le Capitaine et son escorte enfourcher leurs destriers et abandonner le Palais au galop. Les yeux plissés, il sourit, finit doucement le contenu de sa coupe, et la brisa joyeusement contre le mur.

Chapitre 64

Ainsi qu'il y a déjà fort longtemps, Sisam et Helya arpentaient main dans la main des espaces étrangers, se fiant à leurs seules sensations, à leur confiance mutuelle et à leur intuition. Combien de ruelles, de ponts, de galeries et de jardins avaient-ils parcouru enfants ? Cet univers dans lequel il leur plaisait de flâner et de s'aventurer au hasard de leurs pas n'avait jamais été qu'un immense terrain de jeux, rassurant et paisible, où les surprises qui ponctuaient parfois leur route intrépide suscitaient de passionnants frissons. La peur et la douleur ne faisaient pas partie de leur monde. Chaque jour apportait son lot d'émerveillements, de rires et de bonheur, sans qu'ils eussent à s'interroger sur les pourquoi ou les comment de leur existence. Quoi qu'ils fassent, où qu'ils aillent, l'insouciance était le maître mot secret de leur âge d'or.

Leurs paumes serrées évoquaient encore ces douces pensées en leurs cœurs, mais aujourd'hui, dans leur course effrénée contre la montre au sein des entrailles du Mirador, la paix et la félicité les avaient quittés.

Le tourbillon de l'escalier semblait ne jamais devoir se terminer quand la pâle lueur du jour traça ses rayons sur les murs circulaires, jusqu'alors éclairés par leurs seuls flambeaux. À bout de souffle, Sisam, Helya et leurs amis débouchèrent enfin sur le sol de l'ancien cratère.

Contre toute attente, ils découvrirent une grande étendue d'eau. Au-dessus d'elle s'érigeaient trois falaises dont les cimes étaient masquées par la ceinture de nuages, derrière laquelle se dissimulaient les murailles altières de leurs Cités. Au centre de ces falaises se dressaient les puissantes fondations de la tour du Grand Mirador, dont ils venaient de dévaler les milliers de marches.

— Vous appelez ça un cratère ? s'étonna Helya en parcourant l'horizon du regard.

— C'est ainsi que les gens de nos Cités ont toujours appelé cet endroit, fit Maâlias avec dépit. Ce lac existe sans doute depuis des siècles, mais la bêtise les aveugle aussi sûrement que l'anneau de nuages.

— C'est incroyable ! s'extasia Oros. Toute cette eau à portée de main, et personne pour en profiter…

— Personne n'oserait y croire, et pour cause ! Il semble plus facile de persuader le monde de la corruption de l'air que de l'existence d'Âmes-Sœurs, n'est-ce pas ?

Oros saisit l'allusion qui lui était faite et se rembrunit, grommelant dans sa barbe quelques murmures inaudibles.

Galvanisé par cette vaste étendue bleue, Farf se précipita au bord de l'eau et plongea sa tête dedans, buvant et aspergeant son corps de cet élément dont lui et ses semblables étaient si avides.

— Ah, par toutes les étoiles de Cornovan, quel délice ! jubila-t-il en secouant gaiement ses cheveux trempés. Un vrai bain de jouvence, voilà ce que c'est !

— Alors plonge dedans une bonne fois pour toutes, le rabroua Maâlias. Si ça pouvait aussi dérider ta cervelle, par la même occasion…

Trop heureux pour être réellement vexé, l'Anachrone se contenta de hausser les épaules et but encore quelques précieuses gorgées d'eau.

— Je ne comprends pas, réfléchit Sisam à voix haute. Cet endroit est complètement désert. Où peuvent bien être Laïmu et ses ravisseurs ?

Oros posa une main amicale sur son épaule.

— Je crains que sur ce coup-là, Ecleïes ne nous manque cruellement.

Sisam n'avait pas besoin qu'on le lui rappelle, et il lut dans le regard d'Helya la même détresse qui l'étreignait. Après Nisis et Oriance, voilà que leur guide et ami était tombé aux seules fins de les protéger et de leur donner une chance de devenir ce Myrihande en lequel tous avaient foi au sein de la Guilde. Et face à tant de bravoure et de sacrifices déployés, leurs doutes comme leurs réticences premières leur paraissaient à présent des injures. Sisam regrettait sa défiance.

— Il nous a fait confiance depuis le début, dit-il enfin. Après tout ce que nous avons traversé, nous ne pouvons pas le décevoir.

Helya acquiesça avec conviction.

— Si Oriance a vu juste, Laïmu ne devrait plus être très loin.

— Écoutez ! s'écria tout à coup Maâlias en leur faisant signe de faire silence.

Au loin, par devant et derrière eux, résonnait maintenant une clameur étrange et menaçante. C'était un bruit difficile à définir, semblables à des gémissements et à des hurlements ignoblement déformés de nourrissons.

— Ces échos me rappellent de mauvais souvenirs, déclara-t-il sombrement en glissant une main sur la garde de son épée.

Farf se redressa en sursaut, l'oreille aux aguets, et recula précipitamment des rives du grand lac.

Le petit groupe aiguisa son regard, scrutant les alentours. Là-bas, sur les crêtes escarpées du vallon de la montagne, se distinguait comme un tremblement, une vibration pareille à celle que produit la chaleur du soleil sur une terre aride. Même le ciel en semblait affecté. Peu à peu, les plaintes étouffées se firent plus distinctes, accompagnées de grognements caverneux et de feulements sinistres.

Le visage de Sisam se fit plus dur.

— Ils sont là.

La lumière se fit plus vive aux abords du cratère. Jaillissant alors de ses extrémités crénelées, cinq grands oiseaux de feu aux orbites noires et maléfiques s'élevèrent, chevauchés par une cohorte repoussante de Félinides et, en leur sein, la haute stature du Passeur des Trois Cités. Près de lui, ficelée à un grand pieu maintenu à l'un des terribles oiseaux, se profilait la silhouette de Laïmu, le visage mutilé et les vêtements en lambeaux.

Helya et Sisam virent que la vieille femme, malgré ses blessures et les flammes environnantes, les avait reconnus. Et s'ils furent soulagés de la retrouver vivante, ils n'en reculèrent pas moins devant la puissance malfaisante qu'exhalaient leurs adversaires.

Dans un vrombissement assourdissant, la funeste armada vola jusqu'à se disposer quelques mètres au-dessus des cinq compagnons dos à dos, formant un fragile cercle de défense.

— Oh la la, balbutia Farf, pétrifié d'horreur. Et dire que j'ai toujours détesté les grosses bestioles…

— Des Phénix, répondit nerveusement Maâlias. Des créatures à la solde de Morlhed dont il vaut mieux éviter la compagnie.

— Pire que les Félinides ?

Il lui adressa un rictus embarrassé.

— Tu n'as même pas idée.

L'épouvantable monture de Morlhed vint alors se poser à quelques mètres d'eux, ses grandes ailes rougeoyantes faisant frémir l'air alentour. Les flammes qui le ceignaient se firent alors plus diffuses pour permettre à son maître de s'avancer plus avant. Sa grande cape noire claquait au vent, exhibant son épaisse cuirasse chargée d'émaux et gravée de symboles cabalistiques. Derrière son heaume à cimier évoquant la figure sauvage d'un grand félin, ses yeux mauvais brillaient d'une lueur féroce, et il débloqua une pièce du casque afin de mettre à jour sa bouche au sourire décharné.

— Voici donc les misérables fugitifs des Cités, proféra-t-il avec un petit ricanement. Helya, fille de Phonkerf, je vous reconnais. Votre très cher père a marchandé avec moi dans le but de vous laisser la vie sauve. Et pour obtenir gain de cause, ce vieux fou a osé confier le nom du repaire où se cache l'un des Gardiens des trois Clefs.

Entendant ces mots, Helya ne put s'empêcher de vivement réagir.

— Vous mentez ! Il n'aurait pas trahi un tel secret, quand bien même il l'aurait détenu, ce qui n'a jamais été le cas !

— Croyez-vous ? fit-il, amusé. Le nom de Philodendre n'a sans doute pas de sens pour vous, petite Ch'Kan, mais votre père, lui, en connaissait la valeur. Et mon maître également.

Sisam comprit que Morlhed parlait là des trois anciens Gardiens de la Porte des Âmes dont Ecleïes leur avait parlé. Et il devinait qu'une deuxième Clef entre les mains de Kryom pourrait déchaîner sur eux plus de fléaux qu'ils n'en supportaient déjà depuis des siècles.

— Puisque vous avez eu ce que vous vouliez, avança Sisam, vous devez honorer votre part du marché. Rendez-nous Laïmu et laissez Helya en paix !

— Pauvre idiot ! s'exclama Morlhed, dont le sourire s'effaça. On ne marchande pas avec le Seigneur de Doldometh ! Vous êtes des partisans de la Guilde, accusés de haute trahison par mon maître et par vos valeureuses Cités ! Il n'y a donc aucune miséricorde à espérer... Livrez-moi dans l'instant Helya et son Anachrone... ou bien vous y perdrez un à un tous ceux qui vous sont chers !

Tandis qu'il achevait sa phrase, Morlhed s'empara de la grande arbalète accrochée dans son dos et, sur un ultime sourire de défi, décocha un trident qui vint violemment transpercer le corps transi de Laïmu.

— NOOON !! hurla Sisam.

Il était déjà trop tard.

La tête de sa tante retomba, tandis que ses yeux clairs, peu à peu, se voilaient.

SEPTIÈME PARTIE

LA RENAISSANCE D'UN MYRIHANDE

Chapitre 65

Sisam et Helya ne purent détacher leur regard du corps mortellement blessé de Laïmu, planant au-dessus d'eux dans la nacelle du Phénix.

Oriance, Nisis, Ecleïes, et maintenant la tante de Sisam. Tout ceux qui avaient combattu pour eux, pour la cause des Âmes-Sœurs, avaient péri. L'espoir placé entre leurs mains n'était qu'un rêve déchu, une prophétie corrompue par les siècles et entretenue par des générations de disciples utopistes et romantiques. L'évidence piétinait aujourd'hui le champ délétère des chimères. Ils n'étaient pas les Élus que la Guilde attendait.

— Une dernière fois, gronda à nouveau Morlhed sur sa monstrueuse monture, remettez-moi Helya sans délai. Qu'elle s'avance au-devant de moi !

Sisam sentit la main de la jeune femme se dérober sous ses doigts. Il leva les yeux sur elle et comprit dans son regard sa décision. Nul mot n'aurait pu traduire le désespoir auquel elle s'abandonnait.

— Pas ça, murmura-t-il d'une voix déchirée.

Maîtrisant la peur et la douleur qui lui tenaillaient le ventre, Helya le dévisagea de ses grands yeux couleur de myosotis, comme si elle contemplait son visage pour la dernière fois. Ses doigts se détachaient des siens, et ses lèvres dessinèrent un baiser, qui était celui d'un adieu.

Face au désarroi de Sisam, Maâlias se souvint d'une douleur cuisante qu'il avait souhaitée à jamais bannir de son cœur. Cette douleur, cette profonde vengeance inassouvie, l'avait mené tout droit dans la Prison d'Arkopolis, privé d'espoir et de dignité. Aucune défaite en ce monde ne justifiait qu'on souffrît autant pour elle.

— Quoi ? s'exclama-t-il, comme piqué à vif. C'est de cette façon que vous me remerciez ? Vous parlez d'un sauveur !

Sisam se tourna vers lui.

— Maâlias ? Tu crois vraiment que c'est le moment pour...

— Je crois qu'il n'y aura pas de meilleur moment pour te dire en face mes quatre vérités, oui ! s'acharna-t-il. Quand je pense aux cauchemars par lesquels toi et tes guignols m'avaient fait passer, je me dis que je méritais un peu plus que ça, non ? Mais manque de bol, des sauveurs, il n'y en a aucun, ici ! Rien que des cancrelats qui se prenaient pour des héros ! Et franchement, avant que tout ça se termine, j'aimerais planter cette idée au fond de ton crâne !

En l'empoignant, il le serra contre lui et glissa quelques mots à son oreille.

— Retiens ta tendre Moitié, gamin. Ce damné Myrihande est en vous, alors sortez-nous vite du pétrin !

Puis il le repoussa violemment. Sous son impulsion, Sisam tomba près d'Helya.

Les regards des deux Ch'Ken se croisèrent. La jeune fille comprit ce qu'attendait d'eux Maâlias. C'était une idée insensée, et ils risquaient tous d'en regretter les conséquences.

Maâlias, plus audacieux que jamais, tenta le tout pour le tout pour faire diversion.

— Seigneur Morlhed, fit-il en mettant un genou à terre, je vous jure sur ma vie que je n'ai rien à voir avec ces viles crapules. Ils m'ont conduit contraint et forcé dans leur pitoyable expédition, et j'ai dû faire preuve de ruses démentes pour les convaincre de me suivre jusqu'ici. Et sachez bien que je ne l'ai fait que dans un seul but : vous livrer la fille. Et la voici, mon Seigneur, dans vos nobles filets.

Oros, à qui la ruse de son comparse échappait, réagit au quart de tour.

— Espèce de fripouille ! cria-t-il en lui administrant un grand coup de botte dans le dos.

Maâlias se retourna et lui décocha un clin d'œil. Oros comprit la tactique et ébaucha un sourire discret sous sa barbe.

— Tu crois pouvoir sauver ta misérable peau de cette manière ! vociféra-t-il de plus belle. Voilà qui n'est pas étonnant de la part d'un vide-gousset tout juste sorti de derrière ses barreaux !

— Ma peau vaut sûrement mieux que la tienne ! renchérit Maâlias, Tu t'es bien regardé, gras du bide ?

Profitant de cette diversion, Sisam et Helya se firent face, réalisant la nouvelle et difficile tâche qui leur incombait. À leurs côtés, Farf ouvrait de grands yeux terrifiés, ne sachant plus s'il devait rester près d'eux pour les défendre, ou s'esquiver le plus loin possible.

Sisam plongea son regard dans celui de sa compagne. Tout devait s'achever ou commencer ici et maintenant. Mais serait-il capable de reproduire tous les gestes de jadis, de laisser aller son cœur et de le partager aussi pleinement qu'il l'avait fait lorsqu'il était enfant ? Tant de douleurs, de colères et de désespérance l'avaient traversé depuis ce temps ! Le monde lui semblait avoir tourné plus d'une fois sur son axe ces derniers jours, et son si précieux équilibre, bâti tout au long d'années solitaires mais paisibles, s'était subitement écroulé comme un château de cartes. Sa destinée restait suspendue au fil de ses blessures. Et aujourd'hui, il se faisait peur à lui-même...

Pourtant, ce qu'il avait le plus désiré depuis plus de quinze ans s'était offert à lui. Helya avait resurgi dans sa vie. Il n'imaginait pas la peur mortelle qu'éveillerait son retour. Cette même peur qu'il avait éprouvée autrefois au moment de la perdre, en se jurant de ne jamais plus livrer son cœur aux griffes déchirantes et cruelles de l'abandon.

— Sisam, que se passe-t-il ? demanda-t-elle.

La voix d'Helya résonna comme un lointain carillon dans son esprit. Trop lointain, songea-t-il. Il partait. Il s'enfuyait, encore une fois.

Mais non, il ne pouvait pas. Son âme réclamait celle de son Âme-Sœur. Seules sa raison et sa peur la refusaient. Pourtant, s'il décidait de les écouter, ce serait désormais pour perdre Helya à jamais.

Cette certitude, soudainement, le révulsa.

— Ils sont si proches, souffla-t-elle, tremblante, les yeux maintenant rivés sur les Meutes de Félinides.

Prenant une longue inspiration, Sisam approcha alors son visage du sien et déposa un baiser sur ses lèvres.

Ce fut comme si un feu vivant embrasait tout à coup le sang dans leurs veines.

— Oublie-les, fit-il enfin. Ne regarde que moi.

Helya vit dans ses yeux bruns cet éclair de foudre que le temps et la désolation lui avaient jusqu'alors ravi. Puis, d'une voix d'abord vacillante, elle prononça doucement les premiers mots de leur comptine d'enfants, mots qui éveillèrent les gestes oubliés de jadis : le Djhil.

— *Lune blanche, froid qui tranche...* commença-t-elle.

Sisam sentit son corps parcouru de ces mêmes

frissons d'autrefois qui avaient à jamais charmé son cœur.

— *Lune pâle, l'eau dévale*... murmura-t-il, tandis que ses bras et ses mains commençaient à danser avec ceux d'Helya.

— *Lune rouge, vent qui bouge*... continua-t-elle, l'esprit étrangement plus léger, si léger qu'elle en ferma les yeux.

Et alors que leurs compagnons s'évertuaient à se quereller pour attirer l'attention de Morlhed, une vapeur luminescente s'éleva des mains des deux Ch'Ken, les enveloppant peu à peu comme un écrin de brumes. Il ne s'était en réalité écoulé qu'un bref instant, mais un puits d'infini savoir s'épanchait déjà dans leurs esprits. La mémoire de ce qu'ils furent, de ce qu'ils étaient et de ce qu'ils seraient.

Soufflant comme une tornade dévorante dans leurs cœurs, l'Amour les absorba à bras le corps, faisant exploser en une gerbe de feu leur conscience. Pour la première fois de leur vie, Sisam et Helya éprouvèrent l'intime conviction de ne plus être seuls. Ils étaient un. Une entité harmonieuse et unique, dont la force de vie les transcendait et les rendait à la fois plus humains et plus accomplis.

Les Félinides accroupis aux côtés de Morlhed, feulant comme des chats de cauchemar, réagirent à la transformation des deux jeunes gens.

— Misérables vermines! fulmina alors le Passeur

en découvrant la lumière qui émanait d'Helya et Sisam. Il est plus que temps de mettre un terme à votre chute !

À peine eut-il achevé ses paroles que les Limiers se précipitèrent sur eux toutes griffes dehors, tandis que leurs cris ameutaient leurs congénères, bondissant des nacelles des Phénix. Mais tout à leur fusion physique et spirituelle, Helya et Sisam ne sentirent pas le danger imminent qui plongeait sur eux.

— On ne leur a pas laissé assez de temps, se lamenta Oros en voyant les Félinides se ruer sur leurs amis.

Maâlias tira son épée du fourreau, prêt à leur porter secours, quand des eaux calmes et profondes du lac s'éleva soudain une lame de fond, rivalisant de hauteur avec la monumentale tour du Mirador. Mue par une vitesse fulgurante, elle faucha la horde sauvage de Félinides avant qu'ils n'eussent atteint le couple, les faisant voltiger par-delà les limites des flancs de la montagne.

Au cœur même des flots aspirés comme par un effarant maelström, les paupières closes et les bras tendus, l'auteur de ce miracle émergeait du tourbillon, le corps investi par l'eau du lac, comme si les flots le traversaient de leur substance.

Le regardant s'élever au-dessus des flots tourmentés, Morlhed dirigea vers lui son regard venimeux.

— Ecleïes, siffla-t-il entre ses dents.

Chapitre 66

Sur la rive, Oros tomba à genoux. Maâlias, lui, se remit sur ses jambes, ne sachant s'il devait se réjouir ou se garder de cette incroyable apparition.

— C'est Ecleïes ! s'écria Farf avec allégresse. Saperfouille, il est revenu pour nous sauver !

— Mais c'est impossible, chuchota Maâlias pour lui-même. Comment aurait-il pu ?

L'incrédulité ne semblait pas partagée par leur ennemi. Faisant virer de bord son abominable volatile, Morlhed s'apprêtait à réagir, quand de terribles spasmes le traversèrent. Le médaillon rivé sur sa poitrine se mit aussitôt à scintiller et à brûler. Des vapeurs surnaturelles s'en répandirent et ondoyèrent un moment au-dessus de lui, mues par une force invisible dont l'énergie possédait maintenant le corps et l'esprit du Passeur. Puis, de ces obscures volutes se dessina enfin le visage désincarné de Kryom, monumental et menaçant.

— Te voilà enfin décidé à montrer qui tu es, Ecleïes ! rugit-il d'une voix qui semblait monopoliser l'espace. Te voilà enfin décidé à m'affronter !

Le sourire du petit Anachrone s'effaça aussi vite qu'il était apparu, et il alla se réfugier derrière la grosse bedaine d'Oros.

— L'affronter ? balbutia-t-il, incapable de détacher ses yeux de la scène effrayante. Mais qu'est-ce que ça signifie ?

— Sûrement plus que nous n'avions imaginé, fit pensivement Maâlias.

Autour d'eux, les Phénix se rassemblaient, délivrant leur armée de Félinides sur le sol rocailleux du cratère. La chaleur que dégageait leur corps au plumage flamboyant se fit plus présente, les faisant transpirer à grosses gouttes.

— Tu crois pouvoir me défier en redonnant la vie à ce Myrihande ? tempêta Kryom avec ironie. Comme tous ses maudits semblables, mes Limiers n'en feront qu'une bouchée…

— Tu t'imagines tout-puissant, rétorqua Ecleïes en scrutant de ses yeux perçants le visage fantomatique du Seigneur de Doldometh, mais ton imagination a ses propres limites. Tu restes seulement l'habile voleur que tu as été jadis, rien de plus, rien de moins !

Sisam et Helya avaient cessé d'être le jeune homme et la jeune fille qu'ils étaient jusqu'alors. En leur lieu et place se tenait à présent une silhouette lumineuse, dont la magnifique Aura scintillait tels les rayons d'un astre lointain. Des cheveux longs et ondoyants, aussi clairs que l'aurore, flottaient autour de son visage surnaturel, dont les traits illuminés confondaient harmonieusement ceux du jeune homme et de la jeune fille, au point qu'on ne pût plus les distinguer l'un de l'autre. Les vêtements eux-mêmes s'étaient métamorphosés, pris dans la même phosphorescence que le reste de ce corps nouveau, comme s'ils étaient devenus le prolongement naturel de son essence.

Le Myrihande ouvrit doucement les yeux. Son regard se porta vers le lac et les légions de Félinides qui envahissaient la surface lunaire du cratère.

Ecleïes sentit la communion des deux Âmes-Sœurs, il se tourna vers eux, découvrant l'entité lumineuse dont ils venaient de revêtir l'éclatante apparence.

— Sisam, Helya ! les appela-t-il en recouvrant des formes plus familières. Mobilisez votre Amour ! Devenez maintenant ce que vous deviez être !

Mais l'humanité d'Ecleïes était aussi sa faiblesse, et Kryom connaissait cette faille. Ses traits se recomposèrent au cœur des émanations maléfiques. Un sourire mauvais vrilla ses lèvres vaporeuses.

— Pauvre diable, lâcha-t-il dans un ricanement. Disparais donc avec tes illusions !

Son image s'étiola, et la grande carcasse de Morlhed s'anima à nouveau. Il chargea son arbalète d'un trident et mis en joue Ecleïes. Le projectile s'élança, mais sa course fut interrompue par une épée luminescente.

Le Passeur, dont le médaillon avait cessé de briller,

poussa un grognement. Debout sur le dos du Phénix et bravant son regard fielleux, le Myrihande s'interposait entre lui et Ecleïes.

— Nous ne sommes pas une illusion, dit-il d'une voix étrangement androgyne. Mais sache que nous allons mettre un terme aux tiennes !

Ayant retrouvé le contrôle de ses membres, le Passeur décocha deux autres tridents, que le Myrihande fit adroitement valser de la lame étincelante de son épée. Abandonnant alors l'arbalète, Morlhed se saisit d'un long bâton qu'il fit pivoter sèchement entre ses doigts, le transformant en une hache dont les redoutables lames d'acier jaillirent de chacune de ses extrémités.

Flottant au-dessus de l'écume tourbillonnante, Ecleïes jeta un regard pénétrant et généreux vers le Myrihande.

— Deux redeviendront un, souffla-t-il silencieusement à ses pensées. Un et un seul cœur.

Morlhed se rua sur son lumineux adversaire.

L'ultime combat éclata.

Chapitre 67

Quand l'épée scintillante du Myrihande rencontra le fer de la hache de Morlhed, le choc qui s'ensuivit mêla brusquement le son du métal à celui de chœurs étranges et tumultueux.

Le duel s'engageait entre les deux êtres. Ecleïes s'éleva davantage au-dessus du lac, évoluant dans les airs comme s'il était devenu aussi léger qu'une plume. Le tournoiement des flots sous ses pieds concentrait ses pouvoirs et le rendait plus puissant et redoutable que ses compagnons n'auraient jamais pu imaginer. Il était dans son élément, défiant Phénix et Félinides qui engageaient maintenant la bataille. Certains de ces Limiers au faciès difforme de chats sauvages avaient tiré leur longue épée à la tranche hérissée de dents de fer, feulant et vociférant de leurs gueules aux mâchoires d'acier.

Sur la rive, Maâlias ramassa l'une de ces lames, abandonnée par un Félinide que la vague d'Ecleïes avait expulsé par-delà la montagne. Il se tourna ensuite vers Oros et la lui lança.

— Reste près de moi, lui recommanda-t-il.

— Je n'avais pas l'intention de faire autrement !

Ils firent face aux Meutes maléfiques de Morlhed, qui formaient un cercle de plus en plus resserré autour d'eux. Poussant un long hurlement guerrier, Maâlias brandit son épée et se jeta dans le combat. Résigné et faisant fi de sa propre terreur, Oros lui emboîta le pas.

Les Félinides étaient nombreux, adroits et rusés. Ils se mouvaient, couraient et sautaient comme des félins, attaquant leurs ennemis de leurs griffes acérées, de leur mâchoire et de leur lame dentelée, fouettant l'air de leur queue à la façon d'un lasso mortel. Les deux hommes firent preuve d'une bravoure et d'une férocité égales. Le dénouement de ce combat allait sceller leur destin. Parant les coups qui lui étaient donnés, Maâlias, glaive au poing, perçait et tranchait les impitoyables Limiers. Oros, dos à lui, faisait de son mieux pour protéger les arrières de son ami et tenir éloignée une partie de leurs monstrueux adversaires. Mais face à ces créatures intrépides et impitoyables, bondissant de rocher en rocher pour esquiver leurs coups, ils craignaient de ne pouvoir résister bien longtemps si un nouveau miracle ne s'offrait à eux.

N'ayant pas la force morale de pousser sa témérité plus loin, Farf, quant à lui, s'était précipité derrière un bloc rocheux. Hélas, une si ridicule cachette ne le dissimulerait pas longtemps aux yeux comme au flair des Limiers. Cherchant autour de lui un autre refuge providentiel, il finit par apercevoir une roche fissurée. Sans réfléchir, il galopa jusqu'à celle-ci et se faufila à l'intérieur, tandis que passaient non loin les ombres infernales des créatures aux pattes fourchues.

Au-dessus de l'étendue du lac, Ecleïes rassembla ses forces, et l'apparence fluide de son corps s'intensifia : ses pupilles disparaissèrent et les paumes de ses mains s'abaissèrent vers les flots écumeux comme deux ailes ruisselantes d'énergie pure. Près de lui, deux Phénix aux pupilles rouge sang tournoyaient, les griffes de leurs grandes pattes à l'affût, prêtes à broyer le corps de leur ennemi.

Un formidable geyser s'éleva alors des profondeurs du lac et vint flageller l'un des rapaces. Du plumage de flammes s'échappa une âcre fumée noire, et le Phénix, poussant une plainte, virevolta au loin. Les quatre autres volatiles se ruèrent aussitôt sur Ecleïes. D'autres geysers jaillirent les uns après les autres du lac, de plus en plus nombreux, traçant un labyrinthe de colonnes liquides dans les airs, au sein duquel les rapaces de feu serpentaient en vociférant.

Quelques dizaines de mètres plus bas, la bataille n'était pas moins âpre. Morlhed s'avérait un adversaire redoutable. Sa dextérité était celle d'un maître d'armes doublée d'un acrobate. Malgré sa taille et sa masse imposante, il abattait et parait les coups avec une rapidité aussi surprenante qu'implacable. Le Myrihande recula sous ses assauts, opposant son épée avec une énergie accrue mais insuffisante. Autour d'eux, le roc éclatait, le sol se fendait, l'air s'électrisait. La puissance maléfique de Kryom survoltait le corps de son émissaire, dont les coups étaient autant de détonations affaiblissant les forces vitales de son adversaire.

Alors que leurs fers se croisaient, Morlhed parvint à s'approcher du Myrihande. La voix profonde et hautaine de Kryom l'interpella :

— La peur suinte de tes yeux, jeune Myrihande. Je le sens, elle inonde ton cœur et le dévore.

Réprimant les tressaillements qui s'emparaient de ses membres, il s'efforça de n'en rien laisser paraître.

— Elle n'est que le reflet d'une ombre, Kryom, lança-t-il avec défi. La vôtre !

Les yeux du Seigneur de Doldometh sourirent de mépris.

— Toi, tu n'es déjà plus le reflet de rien !

Morlhed redevint lui-même, et sa hache se dégagea alors de l'épée du Myrihande, qu'il fit tournoyer au-dessus de lui, avant d'abattre sa terrible lame sur son flanc. Ce dernier l'évita en se jetant de côté, culbutant plus bas sur les rochers. La lame scintillante se désagrégea entre ses doigts, et Morlhed ricana de plus belle. Puis il sauta du dos de son Phénix et marcha tranquillement vers lui, la grande hache pendue à son bras.

Plus loin, Maâlias assaillait vaillamment les Félinides aux côtés d'Oros. Il avait dérobé une épée dentée à l'un d'entre eux et se servait habilement de ses deux armes, dont les lames étaient déjà noires de sang. Il accusait la fatigue, et son compagnon aussi. L'armée de Limiers semblait ne jamais se tarir, tandis que leurs forces, à eux, s'amenuisaient. Un Félinide parvint à se frayer un chemin jusque dans le dos de Maâlias et lui lacéra les omoplates de ses griffes. Hurlant de douleur, il arriva néanmoins à le transpercer de son glaive, puis il s'écarta des autres créatures, s'appuyant contre un rocher le temps de reprendre son souffle et mesurer l'étendue de ses plaies. Sa main était maintenant rouge de sang. La douleur irradiait cruellement dans son dos et il regarda un instant Oros combattre seul les hordes sauvages, s'étonnant de sa vigueur et de son endurance.

— Maâlias !! Ce n'est pas le moment de flancher ! lui cria celui-ci du cœur de la bataille.

— Ils sont trop nombreux ! protesta-t-il, la voix éraillée.

— Trop nombreux si tu capitules !

Maâlias leva les yeux, et vit Ecleïes accaparer à lui tout seul les forces aériennes des Phénix, tournoyant dans le ciel obscurci de grands geysers dont de grosses gouttes venaient un peu rafraîchir son visage. Il ignorait comment leur vieux compagnon avait survécu et pouvait posséder de tels pouvoirs, mais cela lui redonna un peu de courage. Maâlias serra fermement les dents et se jeta à nouveau dans le combat, tranchant la tête d'un Félinide à deux doigts de pourfendre Oros. Sa blessure irradia dans toute son épaule, mais il tint bon.

À l'abri sous la roche fendue, Farf s'était tapi au plus près du sol. La tête collée contre la vieille croûte du cratère, il pouvait entendre et ressentir tous les vrombissements, les sursauts et les bourdonnements de la terre sous les assauts des Meutes et des monstres ailés. La peur lui donnait d'horribles crampes d'estomac et, tremblant sous les pas des horribles Limiers de Morlhed, il voulut s'enfoncer plus profond dans sa cachette. La roche craqua alors sèchement sous ses pieds, et un petit nuage fuligineux lui piqua si fort les narines qu'il ne put s'empêcher de tousser.

Les sens en alerte, deux des créatures l'entendirent et s'approchèrent en grognant du rocher fissuré. Levant craintivement les yeux, Farf les aperçut et ne bougea plus du tout, paralysé de terreur. Mais la brèche qu'il avait accidentellement ouverte se mit à siffler, dégageant davantage encore de fumée, et le petit Anachrone s'efforça de l'obturer comme il put avec quelques scories, à l'instant où les deux Limiers mirent la main sur lui.

Pétrifié, il pensa sa dernière heure venue. De la brèche jaillit brusquement une puissante et brûlante fumerolle, que prirent de plein fouet les deux Félinides.

Hurlant et crachant de douleur, ils s'écroulèrent aux pieds de Farf, qui profita de sa bonne fortune pour s'enfuir à toutes jambes vers un abri plus sûr.

— Comme quoi, je peux moi aussi me rendre utile, se félicita-t-il sans cesser de courir.

Morlhed se tenait aux pieds du Myrihande tombé. Derrière lui s'étendait la pente abrupte de la montagne, camouflée par le brouillard toujours dense des nuages. Le visage dont Helya et Sisam partageaient la vision se releva et fit front au Passeur.

— Votre résistance se meurt, constata l'émissaire de Kryom. La Guilde ne sera bientôt plus. Il n'y a rien à espérer.

Le Myrihande se remit debout et le toisa, malgré la taille écrasante de son adversaire. L'épée ne luisait plus entre ses mains, et le doute, lugubre et vénéneux, s'insinua en lui. Il recula d'un pas, mais les paroles d'Ecleïes lui revinrent alors en mémoire.

« Mobiliser notre Amour », chuchota-t-il pour lui-même. *« Deux redeviendront un et un seul cœur »*.

Au sein de la divine lumière qui les unissait, Helya et Sisam focalisèrent leurs pensées sur ces mots, enracinés au plus secret de leur cœur depuis des temps immémoriaux. La tendresse et l'attachement qu'ils se témoignaient l'un envers l'autre, dans toute la noblesse et l'ampleur qui les animaient, affluèrent en eux comme une déferlante d'argent. Toutes ces années d'attente, de combat intérieur contre la misère et le désespoir, rencontrèrent tel un poing dressé vers le ciel l'extraordinaire bonheur de leurs retrouvailles et de leur ultime fusion en cet être magnifique dont ils partageaient désormais l'âme et les pensées.

Enfin, l'Amour les inonda.

Morlhed ressentit tout à coup la puissance nouvelle qui imprégnait l'Aura du Myrihande, et son sourire victorieux s'effaça. Avec une férocité redoublée, il brandit sa double hache et la précipita sur lui. Mais le Myrihande bloqua alors l'arme du revers de son bras chatoyant et la lui arracha subitement des mains. Ployant sous cette parade inattendue, Morlhed perdit l'équilibre sous la force de son adversaire à l'énergie reconquise. Profitant de ce court instant de stupéfaction et écoutant l'intuition qui le commandait, le Myrihande planta alors la paume luminescente dc sa main sur le casque de son ennemi, face à son visage masqué.

Sous les yeux fascinés de Maâlias et de ses amis, la grande carapace de Morlhed resta un moment comme statufiée, tandis que la lumière du Myrihande grandissait au point de rendre sa vision insoutenable. La symphonie des chœurs résonna plus fort encore, couvrant tous les autres bruits alentours. Le Myrihande était devenu un soleil qui, plutôt que brûler son ennemi, le privait peu à peu de la chaleur et de l'énergie de vie qui l'animaient, saisissant son corps d'une inexorable froideur. Seul son médaillon rougeoyait encore, mû par la volonté farouche de son maître qui, invisible mais encore bien présent, luttait contre le nouveau pouvoir du Myrihande.

L'attention des Phénix et des Félinides était elle-même absorbée par l'impétueux combat de leur maître, dont un long cri explosa alors de sa gorge tendue.

Morlhed se raidit par à-coups violents. Alors, libérant une fumée bleuâtre dont les volutes surnaturelles jaillirent en spirales au-dessus de sa poitrine, le médaillon explosa soudain en un fracas de cristaux brisés.

Chapitre 68

Depuis son lointain Palais de Doldometh, Kryom poussa un cri de rage. Au creux de la Porte, l'image que lui renvoyait son émissaire éclata brusquement en morceaux, les débris spectraux s'éparpillant en un millier de fragments dans toute la salle princière.

Écartant les mains qui lui protégeaient le visage, il contempla un instant la Porte des Âmes, désormais muette et aveugle. Pour la première fois depuis des siècles, l'univers qu'il embrassait et possédait au travers d'elle s'était tu.

Attendant un signe d'Alrazel, Kryom resta quelques instants debout face à elle, guettant la présence de son guide d'outre-monde. Mais rien ne vint. Une seconde, il songea que sa Moitié aurait peut-être perçu quelque chose ; il espéra, durant cet infime moment, que sa vive douleur l'aurait appelée, lui aurait soufflé le chemin secret pour le rejoindre. Mais il écarta bien vite de lui cette idée inepte, dont il aurait aimé consumer à jamais tout espoir.

Alors, le pas lourd et la mine sombre, il quitta la salle, laissant la Clef Elzée dans son encoche de granit.

En patientant encore quelques instants, il aurait aperçu une main diaphane apparaître des ténèbres de la Porte, dont la peau sombre se craquela presque aussitôt et, prise de panique, retourna d'où elle était venue, une plainte lointaine et lugubre s'évanouissant avec elle dans les abîmes…

Chapitre 69

Sur le cratère de la montagne Pan-Kaïa, la dépouille de Morlhed s'effondra brutalement aux pieds du Myrihande en un tonnerre de métal brisé.

Déjà, les Félinides, privés de leur maître, prenaient la fuite, certains s'agrippant aux trois Phénix encore vivants pour s'envoler au loin avec eux. Deux des grands volatiles gisaient sur les rives du lac, le corps encore fumant et les griffes raidies par la mort. La débâcle, aussi rapide qu'inattendue, laissait à penser que la défaite de Morlhed avait lourdement affecté ses abominables sbires.

Trop heureux de voir ses ennemis ainsi battre en retraite, Farf sortit de sa cachette et en poursuivit quelques-uns, brandissant son épée et hurlant après eux.

— C'est ça, déguerpissez, sales bêtes ! s'époumona-t-il. Et que la peste vous emporte !

— Toujours prêt à en découdre, l'ancêtre ? s'exclama une voix derrière lui d'un ton moqueur.

— Oros ! s'exclama-t-il en se retournant. Oros, mon ami, tu es vivant !

— Farf, vieux farceur ! lança celui-ci en écartant ses grands bras, manquant de peu d'assener une gifle à Maâlias debout derrière lui.

Avec une joie toute spontanée, le vieil Anachrone sauta dans ses bras. Oros, embarrassé par tant de démonstration, le remit à terre en lui tapant amicalement sur l'épaule.

— Regardez, fit Maâlias, je crois qu'on vient nous féliciter pour nos exploits.

Une poignée de soldats d'Arkopolis venaient de déboucher de l'entrée du Mirador. Ils les avaient poursuivis depuis les portes de la Cité, et leur attitude n'avait rien de bienveillante.

Un homme se détacha des troupes et, découvrant la champ dantesque de bataille, rangea son arme dans son fourreau.

— Soldats, rengainez vos épées ! commanda-t-il. Laissez en paix ces citoyens, ils ne sont pas nos ennemis. Achevez les créatures survivantes et quadrillez immédiatement les abords !

Ceux-ci semblaient rechigner à s'exécuter, et il se fraya un chemin devant eux pour leur faire face.

— N'avez vous pas entendu ce que j'ai dit ? Je suis Hemerod, Capitaine d'Ostacle, et je vous demande d'obéir à mes ordres ! Les faits qui se sont déroulés ici ne doivent en aucune manière être révélés à nos concitoyens. Vous êtes donc tous tenus au secret, est-ce bien compris ?

L'autorité de ce dernier finit par payer, et les soldats obtempérèrent, se déployant autour du cratère pour en défendre l'accès. Retirant son casque, il lâcha un soupir et s'avança en direction des trois compagnons entourés des dépouilles de Félinides.

— Mais que s'est-il passé ici ? demanda-t-il en observant le terrain encore fumant de la bataille. Je n'ai jamais vu un tel carnage. Où sont Helya et Sisam ?

Maâlias le toisa avec dédain.

— Et toi, où sont tes vertus de vaillant Capitaine ? maugréa-t-il entre ses dents. Envolées avec ton restant de dignité ?

Affrontant son regard méprisant, Hemerod se détourna finalement de lui et, reconnaissant Laïmu étendue sur la carcasse du Phénix, il accourut vers elle.

Plus loin, délaissant l'étendue du lac dont les hauts geysers avaient disparu, Ecleïes rejoignit la terre ferme, tandis que sa silhouette recouvrait l'apparence que tous lui connaissaient. Doucement, il s'approcha du Myrihande, dont la clarté s'était mue en un paisible scintillement. Il se tourna vers Ecleïes.

— Vous avez survécu, observa-t-il de cette même voix douce et mystérieuse.

— Comme je l'avais dit, j'ai quelques pouvoirs sur l'eau, répondit Ecleïes. Elle m'a sauvé de l'ombre.

Mais je suis certain qu'à présent, beaucoup de questions ont trouvé en vous leurs réponses.

Le Myrihande leva ses yeux auréolés d'argent sur l'étendue du cratère et considéra un instant les cadavres encore fumants des énormes volatiles.

— Nous avons donc... vaincu ?

— Oui. Grâce à vous. Grâce à Toi. Celui que nous attendions.

— Celui que vous attendiez, fit-il en écho, tout à ses songes lointains. Ecleïes, vous nous aviez caché bien des choses, n'est-ce pas ?

Le vieil homme resta silencieux et se contenta d'incliner la tête devant lui.

Farf et Oros s'approchèrent à leur tour. Le petit Anachrone dévisagea le Myrihande, incapable de reconnaître les traits de son étonnant visage.

— Da... Damoiselle Helya... ? bredouilla-t-il, mal assuré. Est-ce vous ?

Le Myrihande baissa son regard vers lui et ébaucha un sourire, auquel Farf essaya de répondre, les lèvres tremblantes. Alors, l'être de lumière leva les bras et, avec une élégance qui le disputait à la noblesse, les fit se croiser, s'entrelacer, se tendre et se détendre, ses mains jouant de leurs doigts virtuoses pour exécuter le Djhil, prélude à la métamorphose. La silhouette se fit plus dense et lumineuse, jusqu'à ce que la valse des bras révélât les deux entités à nouveau distinctes de Sisam et Helya. Alors, la lumière quitta paisiblement leurs corps, les découvrant l'un face à l'autre, mains ouvertes paume contre paume. Leurs regards mêlés l'un dans l'autre avaient quelque chose d'indéfinissable. Puis, l'espace d'un battement de paupières, les deux Ch'Ken semblèrent reprendre pied dans la réalité qui les entourait.

Au comble de la joie, Farf enlaça Helya de ses petits bras trapus.

— Tout ça était donc vrai, murmura Oros, n'en croyant pas ses yeux.

— Aussi vrai que je te vois, lui répondit Sisam. C'est bon de te retrouver.

Les deux hommes se regardèrent avec émotion et se prirent dans les bras.

En relevant les yeux au-dessus des épaules de son ami, Sisam aperçut au loin Ecleïes et Hemerod, agenouillés près d'une silhouette familière. Son cœur se glaça soudain.

— Laïmu, murmura-t-il.

S'écartant aussitôt d'Oros, il se précipita vers elle et tomba à genoux pour la prendre entre ses bras. Hemerod avait retiré le trident de sa poitrine et pansé la plaie à la hâte avec des tissus déchirés.

— Elle est gravement blessée, fit-il en se relevant.

Les doigts de la vieille femme s'accrochèrent à celles de son neveu et les serrèrent avec force.

— Sisam, mon enfant…

— Je suis près de toi, ma tante, chuchota-t-il. Je t'en prie, ne bouge pas.

— La brume étend son souffle sur moi, exhala-t-elle. Mes yeux se voilent… et pourtant, je vois ta vaillance, Sisam. Ton Helya… Toutes ces épreuves te l'ont enfin rendue.

Sa main frêle vint caresser la joue du jeune homme, qui la prit doucement dans la sienne.

— Et le prix à payer était donc celui de te perdre, toi ? fit-il, plein de douleur.

— Il n'y a pas de prix, Sisam. Seulement… des épreuves. Ta route se trace, et je serai toujours près de toi pour la suivre… Toujours.

Les lèvres de Laïmu se figèrent sur ces derniers mots. Doucement, ses traits fatigués s'apaisèrent et une paix réconfortante parut alors éclairer son vieux visage. Ç'en était fini.

Sisam lui ferma les paupières et se redressa, des larmes affleurant aux coins des yeux. Tendrement, Helya posa les mains sur les joues de son compagnon et but d'un baiser un peu de son chagrin.

Avec une maladresse empâtée qui lui était propre, Oros se rapprocha de lui et vint tapoter son épaule.

— J'ai un présent pour toi, confia-t-il, un peu mal à l'aise. De sa part.

Fouillant dans sa besace, il en sortit le collier d'argent au pendentif orné de feuilles d'olivier penchée sur un lever de soleil.

— Ce qu'il renferme est pour toi et toi seul, précisa-t-il. Ce sont ses propres mots. En souvenir de ton père.

Sisam prit délicatement le pendentif dans sa main et l'embrassa du bout des lèvres.

— Je l'ai toujours vu autour de son cou, dit-il, le regard abîmé dans de lointains souvenirs. Pour moi, c'était juste un porte-bonheur… J'ignorais d'où il lui venait.

Ses yeux retombèrent sur le visage désormais paisible de Laïmu. On aurait presque dit qu'elle dormait.

— Elle va me manquer, acheva-t-il dans un sanglot.

— Elle nous manquera à tous, fit Oros.

Le cœur gros, Sisam l'attrapa et le serra puissamment contre lui.

— Merci, mon ami, lâcha-t-il dans un souffle.

Chapitre 70

Maâlias avait retiré le heaume de Morlhed, curieux de savoir à quoi ressemblait vraiment leur geôlier du Mirador. Sous celui-ci, il découvrit le visage balafré d'un étrange humain, aux yeux curieusement bridés et à la peau d'un jaune pâle. Ses cheveux lisses et dégarnis, souillés par la poussière et le sang, avaient la couleur de l'argent.

— Au plaisir, belle gueule, lâcha Maâlias. Te voilà au frais pour un bon moment.

— Cet être n'a pas toujours été le monstre que vous avez connu, relata Ecleïes avec une étonnante miséricorde.

— Attendez, vous plaignez ce type ?

— Avant de devenir l'émissaire de Kryom, Morlhed fut le dernier commandant du peuple Ochril à défendre la citadelle de Doldometh, bien avant que celle-ci ne devienne la propriété de son noir seigneur. Cet Ochril était fier, mais la torture que lui fit subir

Kryom eut raison de son honneur et de sa raison. Afin de sauver sa vie, on l'obligea à tuer de ses propres mains sa femme et ses enfants, en gage de sa nouvelle et totale fidélité envers Kryom. C'est là que son âme bascula à jamais dans les abîmes.

— Bah ! jeta nonchalamment Maâlias. Merci pour le cours d'Histoire, mais la sienne est définitivement terminée.

— L'Histoire est parfois tout ce qu'il nous reste pour comprendre le présent, suggéra Ecleïes.

— Parfait. Eh bien, si ce fumier a besoin d'une épitaphe, on saura à qui s'adresser !

Hemerod marcha vers les rebords du cratère et observa un moment l'horizon. Au loin, crépitaient encore les ailes des Phénix soutenant leurs destriers Félinides, qui disparurent peu à peu dans les nues lointaines.

— Ils n'en resteront pas là, prédit-il sombrement. Jamais Kryom ne tolérera cette rébellion contre ses armées.

— Voyez-vous ça ! s'exclama Maâlias derrière lui, pansant les blessures de son dos à l'aide de tissus déchirés. Le sort des Ch'Ken aurait donc trouvé grâce à tes yeux, ces derniers temps ? C'est bigrement intéressant. Et de quel côté pencheras-tu demain, noble Capitaine ?

— Je suis du côté de la justice, se défendit Hemerod.

— Ah oui, pour sûr, la sacro-sainte justice des Cités !

— Non. Celle que nos Gouverneurs ont abandonnée et trahie. Une justice pour tous, qui défend la vie et ne la retire pas à celles et ceux qui se sont battus pour elle. Et qui continuent à se battre aujourd'hui.

Près d'eux, Ecleïes leva une main pour apaiser la tension entre les deux hommes.

— Hemerod a raison, acquiesça Ecleïes. Et les Cités doivent se préparer à affronter la colère de Doldometh.

— Nous ne sommes pas les seuls à devoir la craindre, intervint Helya derrière eux. Morlhed a parlé d'un Gardien nommé Philodendre, et il sait désormais où le trouver.

Hemerod fronça les sourcils.

— Philodendre ? Je n'ai jamais entendu ce nom. Qui est-ce ?

Lentement, Ecleïes se retourna, faisant face à la petite assemblée réunie autour de lui.

— Il existe en ce monde trois Gardiens, surnommés ainsi car, il y a fort longtemps, leur avait été confiée la tâche de protéger la grande Porte des Âmes, par laquelle les Myrihandes trouvaient le chemin de la vie. Mais la folie gagna un jour l'un de ces Gardiens, qui entrouvrit les secrets de la Porte à l'un d'eux, dont la soif de connaissance était immense. Ce savoir brûla son cœur et emporta avec lui pour toujours sa Flamme Jumelle.

— Kryom, murmura Sisam.

— C'est bien ainsi qu'il se fit appeler, après avoir dérobé sa Clef au Gardien. La Clef Elzée. Ses pairs ne le lui pardonnèrent jamais, et la Chambre des Gardiens fut alors dissoute.

— Sont-ils toujours vivants ? s'inquiéta Farf.

— Oui. Exilés au fin fond du continent d'Oesion, afin de ne jamais être retrouvés. Mais Kryom connaît désormais le refuge secret où l'un d'entre eux s'est retiré. Et il fera tout ce qui est en son pouvoir pour l'amener à lui.

— Peuh ! s'exclama Oros. Qu'avons-nous à craindre du sort de ces vieux serruriers ? Il s'agit d'abord de nous défendre de la riposte de ses créatures !

— Si Kryom vient à s'emparer des deux Clefs qui lui manquent, objecta gravement Ecleïes, il ouvrira enfin entièrement la Porte des Âmes, et libérera plus de calamités que tu ne saurais imaginer.

Il y eut un moment de silence troublé, avant que Maâlias n'intervienne à brûle-pourpoint.

— Pour jouer franc jeu avec vous, Ecleïes, un rien m'échappe. Ces histoires sur le passé de Morlhed ou les origines des Gardiens... Vous n'avez pas pu les sortir de vos vieux grimoires, pas vrai ? Alors comment pouvez-vous savoir tout cela ?

Le regard du vieil homme s'assombrit, comme si une étrange tourmente couvait au creux de ses prunelles. Il ne pouvait manifestement plus se dérober devant l'évidence qui s'imposait.

— Je *suis* le Gardien banni, déclara-t-il avec une lourde désolation. Je sais tout de l'Histoire depuis près de deux mille ans, déjà... Et je dois en porter le fardeau.

Sur ces mots, il se détourna, fuyant le regard consterné de ses compagnons.

— Que comptez-vous faire, Ecleïes ? demanda Sisam au bout de quelques secondes.

Celui-ci demeura silencieux. Ses épaules dessinaient comme les versants d'une haute et triste montagne aux sommets embrumés de lointains tourments.

— Il faut retrouver les autres Gardiens ! décida Helya à la surprise de tous. Le danger qu'ils vont affronter sera très vite aussi le nôtre si nous ne faisons rien.

L'impétuosité de la jeune fille n'était plus un secret depuis longtemps pour Sisam, et pourtant celle-ci le surprit encore. Il échangea un regard avec elle, un regard nourri de feu, de fleurs et de tempêtes, et sut au plus fort de lui-même qu'il l'accompagnerait jusqu'au bout du monde.

Avec conviction, il s'approcha alors d'Ecleïes et tendit une main vers lui.

— *Nos racines sont nouées autour du même arbre,* rappela-t-il. Ce sont vos propres mots. Et aujourd'hui, si vous venez avec nous, nous pourrons leur donner tout leur sens.

Le vieux Gardien se retourna, puis les regarda l'un et l'autre avec une profonde mansuétude.

— Vous êtes si précieux, s'émerveilla-t-il. Votre courage vous honore, mais cette route est dangereuse, et la Guilde ne peut pas prendre le risque de vous perdre.

— Ecleïes a peut-être raison, ajouta alors Hemerod. Il n'a été accordé aucune pitié à ma sœur, et on ne vous réservera pas de meilleur sort.

Devinant la crainte de Sisam à l'idée de l'entraîner à nouveau dans d'autres périls à venir, Helya décida de réagir.

— C'est à nous seuls d'en juger, considéra-t-elle. Il en va de la survie de tous les nôtres et des habitants de nos Cités. Nous ne laisserons pas Ecleïes partir seul dans cette quête.

Celui-ci la dévisagea avec respect et affection.

— Je n'ai jamais douté de votre courage à tous deux, fit-il. Mais aujourd'hui, c'est votre confiance qui m'honore.

— Faites ce que bon vous semble ! lâcha tout à coup Maâlias, qui récupérait quelques armes abandonnées sur le sol rocailleux du cratère. Je vous ai suivis jusqu'ici, mais ne comptez pas sur moi pour aller plus loin.

Perplexe, Sisam s'approcha de lui.

— Tu sais le Mal que peut répandre Kryom sur toutes les Âmes-Sœurs encore vivantes en ce monde, et tu décides de tout laisser tomber maintenant ?

— Désolé, gamin, dit-il en le toisant d'un air désabusé. Je connais les contrées sauvages d'Oesion, et elles seront toujours un meilleur endroit qu'ici pour couler quelques années paisibles.

— Si nous échouons, ces années-là passeront plus vite que tu ne le crois.

— Ah oui ? Alors disons que porter secours à ceux qui sont à l'origine de tous nos malheurs n'était pas exactement dans mes projets !

— Et tu préfères attendre que ce soit le Mal qui te rattrape ?

Le cœur lourd de sombres souvenirs, Maâlias se déroba et comprima un peu plus ses bandages de fortune.

— Il m'a déjà rattrapé il y a bien longtemps, soupira-t-il.

— Sisam, laisse-le partir, s'interposa Ecleïes. Maâlias en a déjà fait beaucoup pour nous tous et... je comprends sa colère. Il reste libre de ses choix, et nous n'avons pas à lui en tenir rigueur.

— Et il vous en remercie ! fit-il en les honorant d'une petite courbette bouffonne.

Puis, jetant un dernier regard sur la petite troupe, il cala dans son dos le butin amassé sur le champ de bataille, et entreprit d'escalader les crêtes escarpées de Pan-Kaïa pour une destination que lui seul connaissait.

Quand il eut disparu, Sisam se retourna vers Ecleïes. Le départ impromptu de son compagnon le décevait, mais dans son regard, on pouvait toujours lire une volonté farouche.

— Nous irons donc sans lui, dit-il simplement.

— Mais pas sans moi ! l'apostropha Oros de sa grosse voix.

— Pas sans nous, foi de Cornovan ! s'associa aussitôt Farf à son acolyte. Et sauf votre respect, ce n'est pas sujet à discussion, Dame Helya.

Étonné par la détermination de ses équipiers, Ecleïes finit par hocher la tête en signe d'assentiment. Son regard croisa alors celui d'Hemerod, rejoint par les quelques hommes de sa garde.

— Allez sans crainte, assura le Capitaine. D'où que vienne la menace, je resterai à Ostacle pour veiller sur nos Cités. La Guilde du Second Souffle ne s'éteindra pas, je vous en fais le serment.

Touché, Ecleïes posa une main fraternelle sur son bras.

— J'en suis certain. Il semble que tu aies trouvé ta vérité, Hemerod, et je te sais prêt aujourd'hui à entendre la mienne.

— Que voulez-vous dire, Ecleïes ? demanda-t-il, soucieux.

— La Guilde… Je ne serai plus là désormais pour veiller sur elle et la soutenir. Or, si elle vient à disparaître, les Gouverneurs ne tarderont pas à céder les derniers bastions de notre liberté. Hemerod, je souhaiterais que tu acceptes de reprendre le flambeau.

— Moi… ? fit-il, abasourdi. Ecleïes, croyez-moi, il me semblerait vraiment malvenu de…

— Tu connais la Guilde mieux que quiconque,

l'interrompit-il tout en retirant une vieille bague de son doigt. Tu l'as suffisamment traquée toutes ces longues années pour en connaître les membres et les fondements essentiels. Prends ceci, je t'en prie. Ce sera le gage auprès des nôtres de ta succession.

Hemerod jeta un regard incrédule sur le bijou de bronze. Ce que réclamait de lui Ecleïes était pure folie. Et néanmoins, ce témoignage de confiance, de la part d'un homme que son devoir de Capitaine avait fait pourchasser au nom d'une justice qu'il vomissait aujourd'hui, le bouleversa au plus fort de lui-même. Il tenait peut-être là un moyen de racheter ses fautes.

— Très bien, acquiesça-t-il enfin en acceptant la bague. Je reprendrai le flambeau.

— Envers et contre chacune des Trois Cités ? souleva Sisam à ses côtés. Vous trouverez de nombreux ennemis sur votre chemin, et parmi eux Heguemandre, votre propre mère.

— Je le promets sur ce que j'ai de plus cher, répondit-il, résolu.

Ecleïes sentit que cette décision engageait chez le Capitaine bien plus de choses qu'il n'aurait osé avouer sur l'instant, et il en éprouva autant de gratitude que de soulagement.

— Hemerod, fit Helya, nous vous serions reconnaissants d'offrir une vraie sépulture à Laïmu et Oriance. Ailleurs que dans ces lieux sinistres. Elles ont mérité leur dignité.

— Bien sûr, comptez sur moi.

— Je sais bien qu'il vous faudra du temps pour vous pardonner à vous-même, ajouta-t-elle. Mais vous venez de prouver que Nisis et son Âme-Sœur ne se sont pas battues en vain. Et d'où qu'elle vous regarde aujourd'hui, soyez sûr que votre sœur est fière de vous.

Touché, celui-ci inclina légèrement la tête. Puis il contempla un instant la bague aux reflets bruns et, après quelques secondes indécises, la glissa autour de son doigt.

— Prenez soin de vous et de tous les vôtres, Hemerod, l'engagea enfin Ecleïes avec chaleur. Jusqu'à notre retour, le sort des Cités sera entre vos mains.

À son tour, Hemerod posa sa main sur celle du vieux Gardien, qui fut autrefois son ennemi. Les deux hommes échangèrent un regard entendu, puis Ecleïes se retourna vers le petit groupe.

— Le continent d'Oesion nous attend, annonça-t-il. Ce sont sur ces terres lointaines que nous devrons retrouver mes frères Gardiens. Une longue route pour un incertain voyage…

Contemplant l'immense étendue de terres qui s'étendait devant eux, Sisam éprouva un étonnant sentiment de liberté et prit la main d'Helya dans la sienne.

Sentant au creux de leurs paumes cette même énergie d'Amour qui les avait enlacés enfants, les deux jeunes gens échangèrent un sourire, empreint de confiance et d'une infinie tendresse.

Au-dessus d'eux, l'immense Tour du Mirador épanchait son ombre ténébreuse sur le grand lac. Remplissant plusieurs gourdes d'eau claire, Sisam, Helya, Farf et Oros suivirent alors leur guide, après un dernier salut adressé à Hemerod. La pente était un peu abrupte, mais il n'existait à leur connaissance aucun autre chemin, et les gros rocs comme les vieilles racines vitrifiées favorisaient heureusement leur cheminement laborieux.

Debout au pied du cratère, Hemerod regarda ses compagnons escalader les flancs de la montagne sous les premiers rayons du soleil, jusqu'à ce qu'ils se soient totalement évaporés derrière la seconde ceinture opaque de nuages, avalés par les terres de l'Âpre-Monde. Un univers au-delà duquel nul ne connaissait vraiment la réalité ni les dangers, pour ne jamais en être revenu.

Le Capitaine d'Ostacle laissa un moment l'angoisse l'accaparer, puis la chassa énergiquement de ses pensées. Si Ecleïes était bien le Gardien qu'il disait être, il saurait mieux que quiconque mener à bien leur mission.

C'était du moins ce qu'il espérait au fond de son cœur en rebroussant chemin, abandonnant avec ses hommes le sol aride du cratère.

Car la grande guerre qui s'annonçait pour rendre aux Cités et aux Myrihandes leur liberté ne faisait sans aucun doute que commencer…

Remerciements

À Sophie Gotteland et Stéphanie Turpin, pour tous leurs précieux conseils, sans lesquels ce roman ne serait pas ce qu'il est devenu aujourd'hui.

À Philippe Gotteland et Christophe Sivet, talentueux révélateurs des visions fantastiques de cette histoire.

À Christophe Houssin, compositeur ingénieux et prolifique, qui a su saisir l'essence profonde de cette grande aventure.

À Nico, Céline, Clovis et toute son équipe, Romain, Nolwen, Fred, la Fée Nad', Fanny, MarcO', Agnès, l'ami Catanzano et tant d'autres encore pour leur formidable soutien, leur enthousiasme et leur amitié dans le développement de mon univers.

À ma mère, pour sa générosité constante et toutes ces heures passées sur les innombrables relectures.

À ma jolie Nathy, qui m'écoute et me voit par-delà les brumes infinies de mes songes…

Durant la rédaction de cet ouvrage, j'ai laissé voguer l'inspiration sur plusieurs océans musicaux dont voici un court inventaire : *Da Vinci Code, Gladiator, Pirates des Caraïbes*, de Hans Zimmer, *Braveheart* et *Troie*, de James Horner, *le Parfum* de Reinhold Hein, *l'Associé du Diable* de James Newton Howard, *Edward aux mains d'argent* de Danny Elfman, *Narnia* de Harry Gregson-Williams, *le Seigneur des Anneaux* de Howard Shore, *Va, Vis et Deviens* d'Armand Amar et l'intégralité des magnifiques albums de Loreena McKennit.

Déjà parus
au Diable vauvert

Catalogue disponible sur demande
contact@audiable.com

JEUNESSE

COLLECTIF

Questions d'ados, guide pratique

DAVE EGGERS

Les Maximonstres, roman

NEIL GAIMAN

Neverwhere, roman

NEIL GAIMAN, MICHAEL REEVES

Entremonde, roman

NEIL GAIMAN, P CRAIG RUSSELL

Coraline, BD

MÉNÉAS MARPHIL

Abracadagascar, La Fabuleuse Histoire des lunes de Pandor, t1, roman

Le Sceau de Cyané, La Fabuleuse Histoire des lunes de Pandor, t2, roman

Les Secrets de Gaïa, La Fabuleuse Histoire des lunes de Pandor, t3, roman

CHINA MIÉVILLE

Lombres, roman

HOWARD ZINN AVEC REBECCA STEFOFF

Une histoire populaire des États-Unis, 1492-1898 : La conquête, document

HOWARD ZINN AVEC REBECCA STEFOFF

Une histoire populaire des États-Unis, 1898-2006 : Les conflits, document

SÉLECTION ADOS

JUAN MIGUEL AGUILERA

La Folie de Dieu, roman, Prix Imaginales 2002, Prix Bob Morane étranger 2002

Le Sommeil de la raison, roman, Prix Masterton 2006

AYERDHAL

Demain, une oasis, roman, Grand prix de l'Imaginaire 1993

Balade choreïale, roman

JULIEN BLANC-GRAS

Gringoland, roman, Lauréat du Festival du premier roman de Chambéry 2006

Comment devenir un dieu vivant, roman

PIERRE BORDAGE

L'Évangile du serpent, roman, Prix Bob Morane 2002

L'Ange de l'abîme, roman

Les Chemins de Damas, roman

Le Feu de Dieu, roman

COLLECTIF

Questions d'ados, guide pratique

THOMAS CLÉMENT

Les Enfants du plastique, roman

NEIL GAIMAN

Miroirs et Fumée, nouvelles

Anansi Boys, roman

Stardust, roman

Neil Gaiman, Terry Pratchett

De bons présages, roman

Xavier Gual

Ketchup, roman

Thomas Gunzig

Le Plus Petit Zoo du monde, nouvelles, Prix des Éditeurs 2003

10 000 litres d'horreur pure, roman, Prix Masterton 2008

Nora Hamdi

Des poupées et des anges, roman, Prix Yves Navarre 2005

Grégoire Hervier

Scream test, roman, Prix Polar derrière les murs 2007, Prix Méditerranée des lycéens 2007, Prix Inter-lycées professionnels de Nantes 2007

Louis Lanher

Microclimat, roman

Dan O'Brien

Les Bisons du Cœur-Brisé, roman

Amruta Patil

Kari

Pulsatilla

La cellulite, c'est comme la mafia, ça n'existe pas, bio-roman

Céline Robinet

Vous avez le droit d'être de mauvaise humeur..., nouvelles

Faut-il croire les mimes sur parole ?, nouvelles

Régis De Sá Moreira

Pas de temps à perdre, roman, Prix Le Livre Élu 2002

Marc Vassart

Le Serval noir, roman

Joelle Wintrebert

Pollen, roman, Prix Rosny-Aîné 2003

Impression réalisée par

CPI
BRODARD & TAUPIN

La Flèche
en septembre 2010

Imprimé en France
N° d'impression : 60139
Dépôt légal : septembre 2006